借 阅 用 书

⊗ 若拾获此书,请归还波拉德州立大学
总图书馆 B19 研究室。

　　Hey, 我把书上架时发现你的东西。
　　(你好像走得很匆忙!)
　　我读了几章,很喜欢。但不好意思拿走,
　　因为你显然是写论文用的。我得自己弄一本!
　　　　　　　　　　　　　　　珍

忒 修 斯 之 船

拿去吧!喜欢的话就该看完。
　　反正我也得休息一下。(看完把书放到南区最后一个书架)
　　　　谢啦!后面我一口气看完了,好棒!
　　　　好久没这么喜欢一本书了(我还主修文学呢)!
　　　　好爱整本书的神秘感(故事本身和作者石察卡我都爱)。
　　　　我大概真的需要逃避一下现实。

亲爱的文学系大学生:
　　你若觉得这是一种"逃避",表示你读得不够用心。
　　想再试试看吗?

亲爱的自大狂,我写了一些批注,你可以看看我读得多仔细。
但我懂什么呢?我只是个大学生。

　　真不敢相信
你把我的书涂成这样。　　是啊,我实在太冒昧了。
　　　　　　　不必再把书留给我了。祝你论文顺利。
　　　　　　　对了,关于译者 F.X. 柯岱拉,你完全忽略了一个关键。

你是说:他是个超级怪咖?几乎每一个认真研究石察卡的学者
都这么认为。假如你以为柯是石察卡佯装成自己作品的译者,
这也不是新闻了。　　　　　　→

⇒ 两者皆非。
　仅供参考：你要是不这么高高在上，和你交换留言应该会更愉快。
　　再会啦。　　珍

对不起，真心的。
我留言回应了你的批注，
很想听你的想法。　　　　　石察卡的其他作品

追不及待？
　　　大概吧！　　　　　　《布拉克森霍尔姆的奇迹》
我知道书中的译者脚注真的很怪，　《科迪勒拉山系》
但如果那本来就不是什么注解呢？　《广场》
会不会是要给某人（例如石察卡本人）《彩绘窟》
的暗语或信息？　　　　　　《山塔那进行曲》
　　　　　　　　　　　　　《三联镜》
当时石察卡已经死了。　　　《花斑猫》
我只是觉得：我们不该把柯岱拉　《黑色十九》
想成笨蛋/疯子，一定另有蹊跷。《阿姆利则的百年四月》
　　　　　　　　　　　　　《蝰蛇的幽默》
"我们"？？　　　　　　　　《华盛顿与格林》
　好吧，我说错了。　　　　《吊亡人》
　　↓　　　　　　　　　　《洛佩维岛》
你还是这么想吗？　　　　　《夜栅栏》
　　　　　　　　　　　　　《部队旅》
　　百分之百。　　　　　　《万卜勒的矿坑》
　　　　　　　　　　　　《伊米迪奥·阿尔维斯的飞天鞋》
　　　　　　　　　　　　　《科里奥利》

现在还是一样？
　　你真的有必要问吗？

忒修斯之船

V. M. 石察卡 著

> 你的书？是你从某高中图书馆偷来的！
>
> 你怎知是我偷的？
>
> 我直觉敏锐。
>
> 反正他们不会发现，这本书放在那只是浪费。
>
> 但你剥夺了求知若渴的学子一睹石察卡大作的机会！
>
> 〔· ·〕
> ↑
> （我翻白眼的声音）

飞天鞋出版社
纽约
1949

> 本书中的人物与事件皆为虚构。
> 若有任何与真人（无论是否仍在世）雷同之处，
> 纯属巧合，并非作者本意。

一九四九年
V. M. 石察卡与F. X. 柯岱拉 ©

于美国印刷发行

依泛美版权协定，版权所有。由飞天鞋出版股份有限公司于纽约，以及加拿大飞天鞋出版公司于加拿大多伦多出版。

一九四九年十月
第一版

译者序[1]

一

V. M. 石察卡是谁？世人知道他的名号，知道他是个多产作家，写了许多挑衅意味浓厚的小说，不仅撼动各级政府机关、令无良的实业家感到羞耻，更预知到近几十年来格外猖獗的极权主义终将以骇人的声势横扫全世界。世人也知道他写作极其灵巧，他的每一本书，甚至是每一个章节中，形形色色的成语与文学手法总是信手拈来，随处可见。但世人从来不知道石察卡

---

[1] 如同石察卡先前的所有著作，此书原该由我的前雇主卡石特出版社发行。然而，这家公司却忽然关门大吉，也没有通知雇员。于是我个人做了莫大牺牲（无论在金钱或其他方面），展开我自己的出版历险，以便让读者们一睹石察卡的巅峰之作。

忒修斯之船

的真面目，从来未曾确知此人的任何一项人生经历。

可以预见却也令人失望的是，石察卡的身份之谜比他的作品引发了更热烈的研究探讨。对他一生的经历感兴趣当然可以理解，因为他被公认为本世纪上半叶最独树一帜且最具影响力的小说家之一。[2] 欣赏他的读者想认识这个创作出深受他们喜爱的故事的人，而他的敌人则想认识他以便封他的口。

坊间有各种关于他参与的活动和关系的传闻，其中充斥着破坏行动、间谍活动、密谋、颠覆、偷窃与刺杀等谣言，这更加激发了追查石察卡身份的狂热。据我所知，在大众媒体（与某些冒称"文学研究"的令人发指的文章）中，没有任何一类阴谋诡计不和石察卡牵扯上关系。或许这是可以预期的，因为石察卡的作品本身便经常涵盖秘密、阴谋与虚幻世界的事件，而作者本身的蛰伏隐遁可能正是其中最精彩也最刺激的部分。

---

[2] 海明威在一九三五年接受法国《世界报》访问时，曾表示很欣赏石察卡的作品。众所周知，他后来却成为最严厉的石察卡评论家之一。较鲜为人知的是，海明威曾私下求见石察卡，却得到冷淡的沉默回应，不久之后他的态度便起了一百八十度转变。

左侧手写批注：

那晚你为何非得留在离开图书馆？

我不想被看见。

被谁？　任何人。

好借口，就让你（暂时）蒙混过去。

你研究石察卡多久了？

大概从高中开始。

十四五年了。

有没有想过自己该做点儿别的事？　没。

这时就该善解人意地问我："你可这么问？"

好吧，你为何这么问？

我5月毕业，不知道接下来要干什么。

找到自己所爱，然后拼命不让别人夺走。

听起来是个好建议，但我可不是这样。不是应该更容易吗？

那得看你爱的是什么？

*这些事的真实性有多少？

得看你问谁。从泄漏/解密的文件看来，很多人（和政府）确实认为他很危险。

在这种情况下，通情达理的人会建议我们延期到交换书了。

这位同学，我从没说过我通情达理。

右侧手写批注：

我爱这个词。

证据呢？无论石察卡或海明威的档案资料都找不到。

请告诉我你的大学家力不只如此。

你要是打算帮忙，{vi} 就好好帮吧。

你向来这么会说话？

抱歉，只是觉得我正在跟时间赛跑。

译者序

为什么？既然身份问题在他每一本书中都很重要（尤其《咸修斯》《飞天鞋》《科里奥利》这几本）。是哪些？你有复印件吗？

[可是把焦点放在"作者"而非"作品"，对两者都是侮辱。] 应该只有在作者的私生活中（无论过去或现在，这皆与他人无关），他"是谁"可能才重要。石察卡在寥寥几次可验证的公开声明中确认了，他也认为作者身份的争议被误导，更遑论他的安全、自由与内心的平和受到的致命威胁。

附上了。我的最爱："写给葛兰的信"，他强烈抨击了《山塔那进行曲》的改编电影。

很好笑，但让我替葛兰感到难过。

石察卡一般被认为写了十九部小说，第一部是讽刺探险小说《布拉克森霍尔姆的奇迹》，一九一一年在欧洲备受推崇，而最后一部便是你现在手上的这本。[此书中还有我为石察卡的忠实读者与研究其作品且负责的学者所做的大量注解。]

见博尔採的研究(1957)：他主张从柯的注解可知他有精神分裂。

我看了，真蠢。他以为强烈的情感＝精神疾病。

二

虽然诚惶诚恐，我还是要概述几个有关"可能人选"最常见的主张，以免读者从不可靠的来源寻求资料。

旧法重看了。你说得对太五十年代的论述了。奇怪的是没人回去质疑它。你可能以为我应该。

有人以为作家石察卡便是工厂工人瓦茨拉夫·石察卡（一八九二年生于南波希米亚），但执此论点者必须设法解释一篇新闻报道，其内容是有个同名同姓者

为什么你应该？

因为曾有人这样评断过我。

慢看，是最亚吗？

如果我说是，你就不打算再留言了？

虽然不会。

O 没有中间名？没。

奇怪，柯岱拉的F.X.是什么的缩写？

下＝弗朗西斯科或菲利普（视资料来源而定）

X＝沙布雷加斯

忒修斯之船

于一九一〇年在布拉格自杀身亡。还有人——包括许多自诩为的"文学专家"——以不同理由反驳这个理论:诚如莎士比亚的作者身份备受争议,他们认为这些作品不可能出自一个几乎未接受正式教育的人之手。不会的,他们说,这肯定是另一人,另一个资格更令人信服的人,以"石察卡"为笔名写作,例如:

- 瑞典童书作家托斯滕·埃斯壮;
- 或是苏格兰哲学家、小说家兼美食享乐主义者格思里·麦金内;
- 或是一度受人尊崇,如今已大为失宠的西班牙小说家兼传记作家蒂亚戈·加西亚·费拉拉;
- 或是美国低俗小说家兼编剧维克托·马丁·萨默斯比;
- 或是加拿大探险家 C. F. J. 沃林福德;
- 或是德国无政府主义者兼辩论家赖因霍尔德·费尔巴哈;
- 或是知名捷克诗人兼剧作家卡耶坦·赫鲁毕;

> 去年我上伊丽莎白年代文学史,客座教授穆迪讲的就是这个。
>
> 希望你忽略他说的每个该死的字。
>
> 我猜:你不怎么喜欢他。
>
> 他曾是我的论文导师。最后不欢而散。
>
> 为什么?
>
> 部分因为他说谎+剽窃。
>
> 你说你在和时间赛跑,这和穆迪有关?
>
> 他打算利用我的论文。
>
> 图书馆登记簿上写穆迪昨天和"埃丝半·埃达雨·晋拉姻"进了档案室。
>
> 纽约知名编辑。看来和他很熟。

{ viii }

[手写批注：对于不喜欢雅各布的人来说，这听起来很像3年前的我（对了，他是前男友）。到头来，别人对他的想法重要吗？
重要，因为他们是对的。浪费3年。]

译者序

[手写批注：我在波士大7年，始终拿不到博士，因为穆迪。→]

- 或者甚至是法国考古学家、妇女参政论者兼小说家雅玛杭特·狄虹[3]

[手写批注：狄肯定认识石，《彩绘窟》的细节想必受她启发。]

[手写批注：我接下来该看这本书吗？
不，回去读《布拉克森霍尔姆》（他的第一本），然后按顺序来。]

有些号称严谨的人提出了玄秘出身的说法：得到十四世纪修女口谕的小女孩！来自某个遥远星球的古代纳斯卡王！欧嘉女大公，遭谋杀前后都在写作！以及其他谬论：一名凶狠的塞尔维亚民族主义分子，只知其外号叫"阿匹斯神的抄缮官"！几乎可以确定为虚构的"最后一个西班牙海盗"胡安·布拉斯·科瓦鲁维亚斯！那百万只闻名遐迩的打字猴！这些全都不值一哂。

[手写批注：我很想说这词也很酷，但你可能又要发飙，所以我不说。
很好，不说是对的。]

我没有兴趣争辩哪个石察卡的"可能人选"概率最大（无论是看似可信、异想天开或其他）。我不知道他的本名、出生地或母语为何，不知道他的身高、体重、地址、工作经历，或旅游路径，(不知道他是否犯下过任何一桩他曾被指控的非法、破坏或暴力恶行)。我不在乎其他人认为他是谁或对他有何看法。[4]

[手写批注：例如？
1920年华尔街爆炸案、"圣托里尼男"（争起）谋杀案、劳工暴动事件、左翼组织间谍……我最爱的是这个：他隶属萨拉热窝刺杀大公的团体，进而引发了第一次世界大战。见本书《插曲》第299页（显而易见）。
还有《黑色19》读起来像坦承了一起黑手党屠杀。
你已经看过《黑色19》？
对，昨晚看完了。]

[手写批注：比海盗理论更傻？比中世纪修女更蠢？]

[3] 关于狄虹的推测特别愚蠢。凡是至今可取得的证据都显示石察卡是男性。
[4] 我认为他是危险人物吗？也许吧，假如你为他带来危险的话。

[手写批注：所有性别歧视？伟大作家就一定是男的？]

[手写批注：柯也许有，但关于狄虹的证据真的不多。]

{ ix }

> ⇒怎么回事？　一言难尽。

> 雅各布是你需要"逃避"的原因吗？
> 一大原因，但不是唯一。

> 你能找其他教授？转系？
> 石察卡界没人会收我。
> 巴黎有个人或许可能，
> 但他太老了没法收学生。

忒修斯之船

―――――

我在乎的是他的文字技巧与信念热情。我没有为他确认身份的冲动，因为我了解他。<u>我透过他笔下人物的眼睛看世界；我从他的信件，以及我们在他打字稿空白处的讨论中，听见了他的声音</u>；我可以感觉到他很感激我努力让更多人读到他的小说。至于他的谜、他的秘密、他的错误？无论是过去、现在还是未来，我都不关心。

> 就是像这样的文句
> 证明柯是个为人挺
> 刀的人。

三

我坦承：我切切渴望着某天的早班邮件中，会再次出现那种发皱并沾有墨渍的马尼拉纸信封，信封外的邮戳脏污不明又没有回邮地址，信封内则是石察卡惯用的葱皮纸打字稿——(照例以某种我不知道作者竟精通的语言写成。)而这充满挑衅又令人愉悦、难以捉摸又具启发性的第二十部小说，必将为作者的作品集再添宝贵的一笔。

但这事不会发生，石察卡已经死了。死于谁手，我不敢断言。[5]

> 所以石察卡也精通各种语言？
> 那何必找人翻译？

> 见德雅尔丹的研究(1982)，
> 可见石的外语并非真的
> 流利，需要有人善后。

> 何不用自己真正擅长的语言
> 写？不正常。
> 特立独行并不正常。怎
> 么大家都画之等于？真
> 受不了。
> 抱歉，选词不佳。真的没那
> 意思。

―――――

[5] 我不会白纸黑字地揣测有谁可能想要石察卡的命。只需说有几个可能性（包括个人与组织），而且都势力强大。

> 妄想？还是真的？
> ―――
> {×}

> 都有。警方机密文
> 件（来自法、美、俄、
> 德、挪威）显示他
> 们都想要他死。还有布沙&其
> 他几个大公司也是。

译者序

四

　　三年前，亦即一九四六年五月底，我收到石察卡的电报，要我从纽约前往哈瓦那的圣塞巴斯蒂安饭店。电报中说他会亲手交给我新小说《忒修斯之船》第十章即最后一章的手稿。[6] 我何其荣幸，也很高兴能与石察卡合作超过二十年，翻译了他的十三部小说（每一本都译为数种语言）[7]，但尽管合作关系意义深远、成果丰硕，却只活跃于书信往返[8]；我记得我们从未碰过面。电报暗示他终于准备好让我一睹庐山真面目，因为完全信任我不会泄漏任何事去危害他的匿名状态与人身

---

[6] 我花了大半年的时间翻译前九章的捷克原文，但即使有这些，在不知道小说结尾的情况下，我仍感觉自己译不下去，便发电报催他赶紧把书写完，因为我（当然还有他的整个读者群）实在等得心急如焚。他在电报中的答复，暗示我俩必须面对面讨论，否则他也无法写出最后结局。

[7] 依我之见，其中最出色的包括《花斑猫》（一九二四）、《黑色十九》（一九二五）、《华盛顿与格林》（一九二九）、《夜栅栏》（一九三四）、《万卜勒的矿坑》（一九三九）、《伊米迪奥·阿尔维斯的飞天鞋》（一九四二）与《科里奥利》（一九四四）。没有译者为石察卡的前六部小说贡献过心力。

[8] 特此告知那些想阅读或取得我们书信的人，这些信都已不存在。要和石察卡通信有个条件，就是收信者读完信后必须烧掉所有资料。

忒修斯之船

有，他在巴黎住过，"多马特"街对面的大钟饭店，正是1931年埃斯壮在那里的时候。

安全。⁹

我依计划在六月五日上午抵达饭店，向柜台人员询问了他旅行时用的化名（虽然他以后再也不会用到，我仍不在此公开）。柜台人员告诉我"F先生"出去了，并交代请所有访客到饭店餐厅等他回来。我一直等到午夜餐厅打烊，忍不住满心忧虑，说服了夜班服务人员带我上楼到客房去。房里的景象让我毕生难忘：显然有过一番激烈打斗——椅子断裂、桌子倒翻、灰泥墙上满是洞孔与砍痕、衣物散落、一部"流浪者"打字机倒栽葱似的躺在地上、窗台沾有血迹——窗户开向一条小巷道，三楼高的落差。窗子底下呢？两个穿警察制服的男人，正将一具用毛毯裹起的尸体抬上一辆货车后车厢，准备运走。之后呢？就只剩货车排出的废气，以及几张四下飘飞的葱皮纸。

我是否应该去追货车？也许吧。但在震惊伤痛之

⁹ 当然，我已接受了足够的考验。细数我经历过的所有危险遭遇、恐吓、盗窃、住宅入侵、追踪与监视（无论是暗中或公开），再多钱也补偿不了。

手写批注：

→ 我想，我已经够小心了。

照片拍到什么？大家都在找些什么？

没能好好看个仔细。

"S.佛国努斯"：石在别处用过这个名字吗？查一下变体字、重组字等。

我精心筹拟付我？小心点。

刚刚听说有一张现场照片即将拍卖，莫名其妙就出现了。我现在要去纽约。

慕尼黑+布拉格的档案室都宣称拥有这台打字机（波州大决定不去取得，因为穆迪觉得哈瓦那的故事是狗屁）。

柯为何要捏造？
↓
A. 柯精神分裂
B. 假情报让石摆脱追踪
C. 柯就是石本人。
D. B.C皆是
E. 以上皆是

我们也跟着掉进兔子洞了。

嗯，是的。 为什么？要是石察克被杀，柯也会被杀。那么他俩都死了，书也没了。

为何要忍受这些？什么原因让一个人这么忠诚？

为艺术？为政治？工作很闲且有机会取得各种资料库。柯的资料可能要比石较好找。再来看看。

→ 所以柯只看到一具{xii}包毯了的尸体？

没错，但之后石没再写过任何东西，也没传出任何消息。若他没死，装死也装得太成功。这或许是关键所在。

译者序

余,我凭着本能行动,奔至小巷拾起纸张。一如我所期望又害怕的,这些正是石察卡的《忒修斯之船》第十章的部分原稿。你即将读到的第十章版本,便是根据这些,加上服务员发现塞在石察卡房内床垫底下的另外几张所写成的。[10] 我尽了最大努力重建这个章节,并依照与石察卡意向相符的方式填补缺漏。

五

"如果石察卡死了,"曾有人问道,"那么他的尸体何在?"[11] 这有什么重要呢?假如他的骨骸埋在地下什么地方,那么就已经融入大地成为一体;假如在水里,那么就填入了我们的海洋,并从云端化成雨水落下;假如在空气中,那么我们必定能呼吸得到,正如我们从他的小说中吸入生命力。石察卡不只是说故事的人,也是

---

10 在此应特别声明,很可惜地,我取回的这些纸张,并不包括写着石察卡杰作之真正结局的最后一页。

11 以最平实的字面意义而言,答案很可能是"在哈瓦那或其附近的某个无名墓穴"。但凡是观察力敏锐的石察卡读者都不会满足于平实的答案。

{ xiii }

手写批注(右上,黑色):
所以这结局是柯写的,不是石。

手写批注(右侧,黑色):
没人知道。有几个不同版本的第十章流传在外。有些显然是骗局。网络上一位佳德迪最近拿到一份似乎很可信的版本。让我死了吧。

手写批注(右侧,红色):
哇!赶快,透露一点。

手写批注(中间,黑色):
他从未解释或引用文献来证明这个!

手写批注(右侧,黑色):
我们对柯还知道些什么?没有其他著作,没有书信,没有访谈。石从未让柯代他发言。所以大家才认为柯完全是他虚构的。那假设柯真的存在,我们又知道……什么?巴西出生。至少懂几国语言。还有什么?20世纪50年代末离开纽约回巴西。死于60年代。

手写批注(橙色):
这只是臆测……

手写批注(底部,红色):
我一直觉得很不可思议,你竟能把这个画得这么好。
什么?我一直以为是你画的。
告诉我你是在开玩笑。

S

> 这句会不会是某种暗示？提示要特别注意的重点？
> 但为何不用一个常见的句子？这样不是更清楚吗？

解开某个暗语的关键？
也许就在注解中？
比较简单的解释：（忒修斯之船）这几句话是向他的作品致敬。
简单的不一定更好。

故事。而且这故事充满活力、千变万化、永垂不朽。

六

[石察卡的书从来没有前言、译者序、注解或其他任何附加文章；作者非常坚持在他著作的封面与封底之间，只能出现他写的东西。]那么我现在是不是违背了作者的意愿呢？恐怕是的。但倘若有办法让石察卡看到我这些文字，他应该会谅解我的动机，并感受到字里行间从头至尾的诚心实意。他眼中的我不仅深爱他的作品、让他的文字遍及数百万读者，还热心保护他的匿名身份——他的艺术尊严甚至是性命所在。[12] 他了解我对他的忠诚自始至终坚定不移。(我与石察卡的结合始于我内心最温柔的角落，也将在此告终。)

> 那她为何这么做？如果认为读者不该关心身份问题，为何又加上<u>聚焦于此</u>的注解？<u>说不通</u>！

> 老套，受不了。

> 这句话在《科里奥利》p.464有，《飞天鞋》p.268也有。
> 你怎么有空看这些？
> 最近被甩、毕业生倦怠症等等。
> ↓
> 你没照顺序看……
> 我向来不爱服从指示。

F. X. 柯岱拉

一九四九年十月三十日，于纽约

---

12 [且容我重申：我并没有关于石察卡的任何个人资料。与他合作，我已经做了巨大牺牲并冒着天大危险，我无意招惹更多令人不快的关注。
> 还是想问，为何要忍受这一切？
> 我觉得是因为爱。
> 有意思。
> 我说真的。   {xiv} → 光凭这个可不够。
> 你说这话的根据是？ 直觉。

忒修斯之船

哦，我不知道你叫什么名字！

> 还以为你会直接去查图书馆B19研究室是谁的。

我是可以查啊，只是宁愿你自己告诉我。

喂，你不能其他问题都回答，独留这一个。不公平。

好吧，是你逼我的，只好去查研究室分配表了。
托马斯·莱尔·查德威克先生（波州大学生证#3946608）!!

被你发现了。

哈，你自以为 真聪明啊。

> 告诉你，我最近大量阅读了你那些学术好友对于此书真实作者的说法。看来有五大论点：① 柯说的是事实：书是石写的，柯只是加上必要补充。
> ② 同上，只是柯越了界。
> ③ 整本书都是石写的，柯谎称重建第十章。
> ④ 无所谓，因为石与柯是同一人。
> ⑤ 整本书就是个骗局——有人模仿石察卡的笔法（可能是柯，又或许不是）。

第一章

> 石察卡唯一一本设
> 定章节名称的书

一 → 始于斯，终于斯

> 加上没人知道石是谁，
> 事情又更复杂了。很多人对
> 此早有定见，不会改变
> 想法。
>
> 你觉得呢？
> 我偏向 2。
> 但不于柯越界了身为译者的
> 界：你觉得界线在哪里？
> 这本书从何时开始不属于石察
> 卡一个人 → 变成了他们的？

　　黄昏时分。河流与大海相会的某座城市的旧城区。

　　一条条鹅卵石小路如丝线般从港口吐出，错综复杂地穿梭于煮食香气迥异却同样散发着戚然老朽气息的邻近各区。数百年的煤烟染黑的建筑物遮蔽了大半天空，赫然耸立在老城区的街道上。一个穿着暗灰色大衣的男人行走其间，以致无论何时都难以断定他是走向还是远离水边。[1]

　　男人怀疑，在这座城市，即使是住了一辈子的人

1　多数石察卡作品中的人物都苦于定向力障碍，其中尤以《科里奥利》最明显，该书中有个人罹患一种虚构的疾病"厄特沃什症候群"，当他在旅程中越接近赤道，丧失方向感的恐慌就越无法按捺。
> 厄特沃之轮（Eötvös Wheel）是《科里奥利》的解谜关键？
> 如果"戚修斯"的注解　　　藏了暗语，说不定也能用它来解。
>   藏
> 我在书里夹了一个轮。{3} 你先玩一下，从字母就能找到对应的
> 纬度，也可以由经纬度反推出信息。有空解解看！你不需要用？
> 高中时自己动手做了一个，我喜欢用那个。　我高中时绝不会做

忒修斯之船

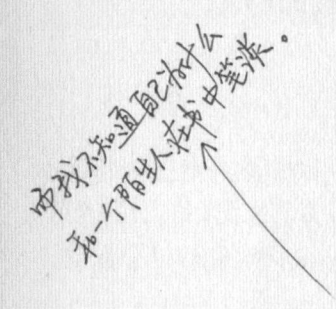

也会迷路。尽管他不知道自己是不是这样的人，他还是怀疑，不知道自己有没有来过这里，更不知道自己现在为什么在这里。

当天色转暗，建筑物仿佛成了斜倾的危楼。街灯偶尔现身（样式新颖、擦得无比晶亮，与周围环境格格不入），那油亮的冷光投下许多角度怪异且看似散乱的黑影，显示此地的光线与众不同；这座城市充满古老而不完美的几何图形。

天空下起绵绵细雨。有人在雨篷和屋檐下躲雨，有人低着头、压低帽子，拖着脚步往前走，也有人衣衫褴褛瑟缩在巷道内，穿大衣的男人一一经过这些人身旁。虽然这城市警戒的眼神无处不在，但审视的目光犹如浪潮涌来随即退去。他不是个引人注目的人。

他转过街角……

一名丰臀妇人站在自家挂出"房间出租"招牌的门口——是一栋窄窄的砖造建筑，四层楼高，表面覆盖着一层黑色青苔。她是一位船长的妻子，丈夫在四

手写批注：

> 如果我不知道原因就什么都不知道。我一个陌生人走来走去莫非……

> 你不是说喜欢神秘吗？

> 参考《花斑猫》一书：附斯卡残等于"古代几何图形"（P.33） 还有《彩绘会客》p.144

> 等一下，你连这本都读了？
> 是的，再次对某件事感兴趣的感觉真好。
> 不像那晚在图书馆的你。看到你的是穆迪吗？

> 差不多错。是伊尔莎·迪克斯，穆迪的另一个研究生。
> 她是我20世纪诗选课的助教。人好像不错。
> 重点是"好像"。她出卖了我，替穆迪做些吃力不讨好的事。P.S. 别告诉她你跟我聊过。 我还没和你聊过。— 你懂我的意思。

> 我刚刚查了去年的波州大通讯录。若你是穆迪的学生，怎会登记在地质研究院??叫我怎么相信你口中所说的你？

> 我没说过我是任何人，是你说我是查德威克的。

第一章 始于斯，终于斯

> 尊敬的"不是查德威克"先生，我的回答请见p.10。

> 珍？
> 希望你继续留言。你的批注对我真的很有帮助。拿起书发现你只字未写。我好失望。

年前出航前往一个遥远国度，听说那里的山上遍布银矿，山谷中满是异国的水果与鸟兽。他返家的时间已延误八个月，银行户头空了，于是她开始为那些廉价、浑身蚊蚋咬痕的水手提供食宿，此外还要养三个怎么也喂不饱的儿子，他们都梦想着追随父亲航向未知。还没有人知道她丈夫的尸骨已深埋水底，有些压在佛图纳角（这地方他们听都没听说过）近海的一堆碎木料下，有些则随着远洋食腐动物流散数英里。（当然，这是常有的事：人会迷路，人会消失，人会被抹去然后重生。）

> 第一个关于瑞永/下代的细节(与布沙家族联?)参考哈瓦那："S.佛图鬼斯"

> 可能影射书本身：变化不定的身份，而且：可以抹去。

妇人后退一步，看看招牌是否挂正了。她前前后后地调整，就是不满意，心想也许是屋子歪斜，又或是城市本身就不端正——有谣传说城市正在下陷。无论原因为何，她就是不能容忍招牌歪斜——咦，那个身穿大衣、拖着沉重步伐朝她走来的男人或许想找住宿房间。若是想吸引上等一点儿的房客，就得给人好印象，于是她把招牌轻轻往一边推，再轻轻往另一边推，然后又推回来。男人走了过去。她瞥见灰色大衣滴着水的后摆消失在转角处。他永远不会跨入她家门。

> 嘿，我寄了一封E-mail到你波州大的邮箱。被退回了。

> 别再试了。我不用E-mail。不信任那个。年轻？去年被黑了几次。有人想偷我的研究心血，其实不止一人。

> 无法平衡

> 我以为你看了这句话后再也不会把书留下。

> [你怎么知道我不会？]

> 差点儿就不留了。这好像是我有史以来冒过最大最笨的风险。

> 的确有可能。

这是我听所的写照。爸妈说我要是拒绝我爸在纽约帮我安排的营销工作，他们绝不会再帮我。

那工作你想做吗？

不太想——但有个计划似乎比好过完全没有。

忒修斯之船

拒绝吧，找个你热爱的事情做。

恕我直言，但从你身上看来，这样似乎也不太行得通*

你心思机敏，不该浪费在如此愚蠢又操弄人心的事情上。

她叹了口气，把心思转到正在厨房冒泡、沸腾但稀得可怜的褐色汤汁，想着如何让汤可以喝上一整个星期。

我爸就是做这个谋生的。

先别想爸，珍重的是什么？

你听过校园地下蒸气地道的谣言吧？

只是谣言。

穿大衣的男人身上怎会那么湿？或许是在雨中走了好几个小时，或许一直艰难跋涉在这反常城市下方半淹的、迷宫般的地道中。也或许有哪个不知名的路人从连接新旧城区那座摇摇欲坠的桥上，捞起了落水的他。又或许他只是像泥盆纪的某种两栖类祖先一样爬出略咸的河水。

就像瓦茨拉夫·石察卡？
(只是他没能去得了河内。)

他对自己而言也是个谜，身上只有三样东西与从前的生活有关联。一样在大衣口袋里：一张泡烂了、墨渍模糊的纸，他相信纸上曾写过重要的东西，不过现在只看得清一个字体华丽的S形符号。另一样在长裤口袋里：一个黑色的小球状物体，可能是小石子或是放了许久已经硬掉的水果。第三样串联着他体内的每个细胞：一种从高处坠落、模糊却骇人的感官记忆。但从何处坠落？坠入何处？又为了什么？

坠亡：
瓦茨拉夫·石察卡 (桥上)；
埃斯北 (阳台)；
萨默菲比 (船上落水)；
葛尔巴哈 (在家)

狄虹也是。不是，她在马德里附近被佛朗哥的军队射死。

他来到一个水坑旁停下，不知是光、影还是这倾

那是海明威和他太太盖尔霍恩说的，但美国小说家帕索斯暗指她先被人从屋顶推落，因为还有呼吸，他们才开枪解决。(没错，我做了功课)

请注意：说 vs. 暗指。不一样。只是谣

第一章 始于斯，终于斯

> 有此可能。无论如何，
> 石寮卡的世界有太多太多
> 陛事件了。

> 不敢相信我之前竟如此轻率看待这些事。太容易忘记这些人的悲惨遭遇确实是发生在**真人身上的**！

斜城市玩的把戏，总之有那么奇怪的一刻，映在水面上的光线形成一张女人的脸。但这影像来得快去得也快，转眼间水坑又只是个水坑罢了，表面泛着几丝油亮光线与七彩光泽。

"卖花！"一条小巷里传来叫卖声。"卖花！关门不做生意咯！" 和弗洛伦丝·斯托纳姆－史密斯有关？布鲁日的弗洛丽丝？

他转过另一个街角…… 她们是：自称写出石寮卡作品的小女孩&早已不在人世的修女。（女孩声称能和她通灵。）

……走进一条更狭窄的街道，有只营养不良的猫原本正急切地舔着水坑的水，见到穿大衣的男人靠近，旋即停下来，拱起背发出嘶嘶声。前方数百米处，有个说话还不流利的新近移民进入一家店，归还租用的手摇风琴。店老板穿着腰腹上沾有油渍的泛黄汗衫，坐在办公桌后面切着盘子上一条灰灰的香肠，见到来人立刻起身从他手中接过风琴摆放到墙边，那儿还有另外十八架风琴，每天早上都会有其他同样刚来不久且同样音盲的移民前来租借。他摊开手心向风琴师索讨他应得的一半收入。

> 这是我目前最喜欢的版本。
>
> 一度有许多人真的当回事。人会相信的事真是干奇百怪。
>
> 你不是本地人对吧？加州？
> 你怎么猜到的？
> 你的高中校名。100%加州风。
> 你呢？
> 地地道道的本地人，六代3。

> 问题还没解决：珍想要什么？
> 珍要是知道，恐怕不会3 a.m.还在陌生人的书上写字。
> 她说不定就是知道{7}啊。说真的，不做营销，做什么？
> 我不知道。我4年来一直在做该做的事。好吧，有好些课我是倒的。上课、工作、读书、闲逛，我甚至不记得自己喜欢什么。

忒修斯之船

风琴师还不熟悉当地货币，便将装在雪茄盒内的硬币递给店主，以手势与断断续续的语句请他帮忙堆垛均分。店主将硬币堆成两摞，将较高的那份推过桌面给风琴师，较矮、价值却高出许多的那份，则顺手扫进一个开着的抽屉（这座城市似乎也充满古老而不完美的算术）。

风琴师早在租琴时便知道这个唯利是图的人一逮到机会就会占人便宜，自然也预料到他会玩这种把戏，因此事先已偷藏起当天的部分收入。那些铜板用一条手帕包着，塞在他养的卷尾猴身上那件破旧的红外套口袋里。猴子系在一条细绳的末端，绳子另一头拴在风琴师的裤耳上，只见它面无表情地坐着，丝毫不动声色。[2]

---

[2] 社会大众对于石察卡在一九一二年九月拒领"颇具声望"的布沙奖一事兴趣浓厚（他送了一只黑帽卷尾猴前往法国沙莫尼代为领奖）。因此有一点应该加以澄清。别在猴子上衣上的字条并非如报上所载，是作者对于领受这类奖项毫无兴致的温和声明，而是指控布沙家族例行公事般安排谋杀那些鼓吹工会运动的人士，以便维护他们包罗万象的庞大商业利益。而且事实上，一九一二年初发生在加来的工厂罢工工人惨遭屠杀事件，也是他们精心策划的。（我见过那张字条的复印件，但如今已不在我手中。）为何会有如此混淆视听的报道？因为这是报社根据埃梅斯·布沙的指示所刊登的文章。

{8}

Handwritten margin notes:

（涉神学爱勤在孟豪卡找中，使此不录到怎么翻……）

信任之举

不修，我卖了一些古董，别去。想自己应该拥有更多这种生活方式也不错。

例如：穆迪
（他取消我的研究经费，我甚至得归还一些补助。）
哇，那你靠什么过活？
参见不给布沙的字条："你们正在寻找一个充斥着耍猴的世界，这群猴子会为了钱币的空口承诺陪你们起舞。"

※你对此人了解多少？

不修。一战后公司解散，他（和家人？）变得很低调。

他绝对是《开勒的矿坑》中开勒的原型：石察卡笔下最纯粹的恶人角色。

我知道，我读过了。

当然当然。

你见过那张字条吗？

没。字条在慕尼黑档案室。最后一次出现是1984年，很可能被偷了。

第一章 始于斯，终于斯

至于店主，当然也猜到风琴师会这么做，对他而言这不是新把戏。这个移民一跨出店门，店主便会指示他那群头脑简单但身强体壮的儿子去跟踪此人一整晚，无论多久，直到他露出马脚——也许当他钻进某家酒馆旁的巷道内，清空猴子口袋里的钱时，店主的儿子们便会当街将他压倒在地，用铅管把他的腕骨砸得粉碎。他们会抓住逃跑的猴子的绳索，试着到酒馆里面把它卖掉。当然不会有人想买，于是他们便在港口附近那些一家比一家声名狼藉的酒肆里，一试再试。最后，（已有八九分醉意的）兄弟们会到码头上去，在绳子另一端绑上重物，测试猴子的泳技有多好。

不过这一切还得过几个小时才会发生。此时，当店主猛地关上抽屉，风琴师将微薄的收入放进口袋之际，穿深色大衣的男人正好从外面经过。（那两人并未注意到他，但四肢大张坐在门口的猴子却龇牙咧嘴发出不满的吱吱声。）店主与风琴师道别时以握手掩饰对彼此暗藏的不信任，而身穿深色大衣的男人又转过另一个街角，留下这两人径自去进行歌曲、铜板与骨头

> （下一代）
>
> 你好像对这点很执着。
>
> 我的观点：不不断丢出暗示说S已经重组。有点牵强，但不无可能。
>
> 慢着，我完全搞混了。你是说故事角色S.?
>
> 不是。德雅尔丹（那个巴黎老人）提出一个理论：（在真实世界）有一个秘密组织叫"S"。
>
> 他认为石察卡是其中一员？还是一个目标人物？
>
> 不清楚。

忒修斯之船

的交易。随着他的鞋底踩在石板地面发出轻微的咯吱响声，天空也逐渐转暗，真正入夜了。

1月8日，P.1

……然后又是一个转角，接着再一个，穿大衣的男人来到一条没有灯光的街道。从前方很远的地方传来一阵尖锐的碰撞声（听起来像是石头相撞），但此处，四下的街上空无一人，除了啪嗒啪嗒的细雨声之外安安静静，安静到仿佛他能听见人声呢喃，那是在此河海交会处安息的人们，他们安息在这座城市与其街道正下方的地道迷宫中，在掩埋于迷宫底下、更久远的商栈小村中，在更深处的地下墓穴中，也在埋得更深的小泥屋聚落中，贯穿了各个文明的地层。那些声音不断传来，低语呢喃形成了声音的莫比乌斯环，字句模糊难辨，但那充满愤怒与哀恸、负担与剧变、歧见与复仇与忧伤的语调，却如刀刃般锋利。3

自从他醒来，（从什么中醒来？梦？神游状态？

3　陈述中，石察卡善于理解各地方的历史。他给我的一封信中曾经提及，他的梦境经常同时发生在数个不同的考古地层。

{ 10 }

手写批注：

→ 这是你的回复？嗯，里面没东西。
观察入微。好吧，实话实说了。我捡到查德威克的学生证，一直用到现在，但纯粹是因为我必须进图书馆。

你不是学生吗？
本来是，一月被除名了。
慢着，学校真会这么做？
还以为那是天方夜谭呢。
你平吗了？
详见：《义角捻日报》
斯坦德尔大楼的水泉？

我当时有点儿走偏了。
名字，释托，真名。
你最好别骗我。

埃里克·胡希

真的？？？？？？真的我保证
（暂时）很高兴认识你，胡希先生。
我（暂时）很喜欢这句台词。（暂时）给我滚开。

对于考古的敏感度来自狄虹的书如何？
或是指狄虹本人？
柯会说你太傻了。
你觉得呢？
他们互相认识，直觉告诉我。
他们很亲密。　我也觉得。这个注似乎不像第一章其他注解那么随兴。

真是这样就太酷了！
同意，但该作何解释？
柯的狡猾超乎任何人想象。

我们太聪明了。
还是别不切实际，得要证明才行。
我还以为我们得打败揭迪……
如果我们是错的，打败他也没意义。

第一章　始于斯，终于斯

──────

借来的人生？）并开始在旧城区四处游荡，身心的麻木已使感官变得迟钝，直到此刻他不禁纳闷是否应该转而感到惧怕。他试图更仔细地倾听那些声音，但雨水更猛烈地打在路面上，一阵汹涌的声波淹没了那些声音，随后石头互相撞击的声音再度响起，九声尖锐的爆裂，分成三段，每段三声；他信步又转过一个街角……

……来到一个灯火通明的路段。[原本有三个男孩正朝着亮闪闪的玻璃圆屋顶丢石块］，一看见穿大衣的男人便连忙躲进一条小巷内，拼命忍住淘气犯错后的轻浮笑声，等着那人走过。三兄弟当中谁也没去看他的脸，因为对他们来说他又是谁呢？他是大人，亦即一个没面孔的、代表秩序与评判的人。他是朝头部挥打过来的警棍，他是在家里等候他们的拳打脚踢，他是所有兴奋刺激的结束，所以必须避开他。除此之外，不必把他当回事，嘲弄一番抛到脑后就行了。

全身湿漉漉的男人从他们旁边经过（他偏斜着头

参见《布拉克森》第六章（盛大庆祝全市的第一盏街灯），此处意象相呼应，但受到破坏。

画这段是因为你觉得很酷还是这么看你好吗？！！！

你很厉害。

不，我只是刚好面临类似情况。

忒修斯之船

像在倾听什么，傻子一个）。他们等着他缓缓走过，他的身影掠过建筑物的砖墙立面，他们等候着，最后他终于不见人影。他们又冲回街上，瞄准一盏新街灯丢掷石头。第一掷便命中目标，[登时碎玻璃与火花闪耀的镁光宛如瀑布泻落路面。男孩大笑着跑开。湿湿的街道上冒起了白烟。]

穿大衣的男人来到港口附近时，城市的某种声音再次浮现，吟诵着一个句子，压过了逐渐淡去的窸窣私语：从水边开始也将在此结束，而在此结束后也将重新开始。[4] 从水边开始也将在此结束，而在此结束后也将重新开始。从水边开始……

港务长在码头上，拿着小型望远镜，透过昏暗的雨幕看着远方一个灰暗形体，就在港湾入口处。所有

4　(结束与开始是石察卡特别关心的重点。)我说出这个想法后，他嗤之以鼻。"开始与结束是每个认真说故事的人都关心的重点，无论是男是女、年幼或年长，也无论是英国人、土耳其人、祖鲁人或斯拉夫人。"他如此论辩。

{12}

手写批注：

破坏的乐趣
例如：
斯坦德帝大楼水灾。

我做这件事可没你想的那么开心啊。

总觉得这句话似曾相识，却始终找不到出处，好沮丧。
查了一下，没收获。
刚刚发现萨默斯比录音带最后有些字句听不清楚，就在敲门声之后……有可能是他说的。真的很希望能再回去听听，甚至拿去分析（前提是有信得过的人帮忙）。
说不定伊侬娜可以帮你偷回来。
别做梦了。
说不定我可以去偷。以防你不是开玩笑：千万不要。

这不是每一个人都关心的吗？
就因为这样，毕业这种事才重要啊，不是吗？
——我觉得年纪越大，"错"就越难。往后的人生中，"开始"变少。
少来了……你没那么老(吧?)
——我28——
喔，拜托。

第一章　始于斯，终于斯

———————

获准下锚或停泊的船只都已经报到，今晚或明天甚至后天也未排定其他船只入港——得等到巨型邮轮"帝王"号启程之后。水面上的形体隐约看似一艘船，却显得笨重又怪异；不是在这避风港内严重倾侧，就是一项手工拙劣的产物，<u>全靠海神那善变的慈悲漂浮未沉</u>。

他放下望远镜耸耸肩，断定黑影必然是<u>云的形成物</u>，也许是目前正逐渐增强的暴风雨，从海上强灌入港口时造成乱流所导致的某种视觉错觉。(该回家去了，回到旧城区河边他与母亲同住的整洁的家，烤烤火、吃顿热饭、躺到干爽的床上，听着母亲打毛线的棒针的摩擦声。)他竖起衣领，拱起肩膀躲雨，然后开始走过已经变暗的街道，街灯灯泡的碎玻璃片在他脚下吱嘎作响。他气得咬牙切齿，什么鬼天气啊！

他朝一个身穿深色大衣、头戴翘边帽、看似落水过的男人点头打招呼，男人不予理会直接走过去，脚下水花四溅，让他更加气愤。**同城居民之间的友爱与基本礼仪，亲切的招呼、闲谈究竟都跑哪儿去了？** 那

———————

[旁注：]
所以，一个充满不完美物理学的城市。

外表 vs. 现实

这地是几乎每一个人都关心的，不是吗？

你和你家人亲吗？
不太亲。
想多说一点吗？
不太想。

我最好把你的痛点列个清单……根本不可能全记住。

忒修斯之船

个人无疑是要前往某间岸边酒馆,那种地方聚集的全是一些行迹鬼祟可疑的家伙、濒临破产的酒鬼与社会败类,总之是港务长绝不想有所牵扯的人。他摇摇头,遭陌生人冷落的愤恨仍啃噬着他的内心。又是一个会和其他人落得同样下场的酒鬼——浪费生命。

酒馆是一栋低矮的砖造建筑,坐落于两条街转角处,这儿散发着浓烈的死鱼、退潮以及人、狗、猫的臭味,城里臭气冲天肯定与此处有关。被唯一一盏完好的街灯照亮的砖墙上,涂着一个熟悉的记号:华丽的弯曲线条,正如他口袋里那张纸上仅余的清晰部分。

𝔖

就是这里了,他暗忖。他或许不知道这记号意味着什么,但会再次出现总是有点道理。这里是他该来的地方。

从水边开始也将在此结束,那个声音告诉他,而在此结束后也将重新开始……

> **批判**
>
> 你读得家这由现S污号的方也?
> 不会有一家伏头他的国你在追究。
>
> 没有。这就像不察乍版的神秘渦洲,全都很容易仿造。
>
> 当然。但即使只有少数是真的,那该有多酷(尤其是年代真的很久远的那些)!石察卡对这些知道多少?
> 我对这个没兴趣。书、文献、文化遗物……我认为这些才是答案所在。别忘了人,埃里克。答案在人身上。就算有人认识石,现在恐怕也超过百岁了。
>
> ↑ 我觉得你错了。
>
> 但这是为什么?结果此地并不友善啊。
> 或许S的意思是世界上的事没有绝对。
>
> 又或许是因为索拉。她在那里,所以他也应该去——无论是好是坏。我实在不相信《忒修斯》基本上是个爱情故事。

{14}

第一章　始于斯，终于斯

　　里面，酒馆老板在嗅一个空玻璃杯，长长的小胡子从杯沿拖曳而过。他皱了皱脸，那气味似乎勾起了他不愉快的回忆。十来个醉醺醺的无赖喊着他的名字，一面叫嚣一面用自己的空杯敲打吧台，因此老板并未多留意身穿大衣又湿嗒嗒的男人，只是一把夺过他的钱，将味道刺鼻的酒杯斟满，然后往他面前的吧台上重重一放。这家店里看多了浑身湿透的人：每晚都会有那么两次，水手跟跟跄跄走到港口、落水，再回来讨杯酒暖暖身子；每天都会有两个惹人厌的可怜虫从船上被抛下浅滩，然后游回来找酒、找妓女、找新雇主，而且几乎一定是按照这样的顺序。穿湿大衣的男人手托着酒杯转身走开，酒保立刻将他抛到脑后，回头为下一个一贫如洗的王八蛋倒酒。

　　店里有一条长长的木凳，从这头绵延到那一头，穿大衣的男子在长凳上找到空位，坐下的时候疲倦地叹了口气，犹如自认为已结束一趟长途旅行的人。他环顾店内一圈，看到成群的水手跟跄摇晃、喧闹说笑、

{ 15 }

手写批注：

今天发生一件怪事。我收到某团体寄来的支票，说要支持我的研究。（寨林文学研究协会——从没听过，而且他们的网站还没有内容。）说是对我两年前在里斯本的石察卡研讨会发表的论文印象深刻。（真不知道为什么，那份论文烂透了。）

　　恭喜！你哪知道，有可能只有你一个人觉得烂啊呵。

我一点也不想念那些夜晚。
我是说，那真的是……我在逃亡吗？

穆迪也觉得，而且他讲得很直白。
穆迪的人格常常要加校正，所以你要去兑现支票？什么"要去"？现在我可以造访全球的石察卡档案室。我得去巴黎、布拉格、利马……今晚还要去吃个牛排，顺便来点儿红酒。

黑·斯坦德菲 2010年份 ？

呵呵。

一个自我死去→另一个自我重生？就像被学校除名。你现在是个从没在波州大待过的人。

也许吧，但他们无法夺走一部分的你。

我还是很气愤，行政人员签个名，然后你忽然就没了（或是一部分的你没了，反正都一样）。
一部分的"你的经历"，不是一部分的你。
如果将来想走学术路线，两者基本上一样。

拍背、咒骂、推撞，也看到一些落单的顾客，例如这个橘色胡须长及腰际的鬈发男子，不知为何带了一把拔钉锤，正漫不经心地扭转把玩着；那边那个面色土黄、眼皮重垂，且穿得一身黑、像个殡葬业者的男人；还有那个穿着褐色长风衣、坐在高脚凳上、目光扫射群众之余偶尔瞄一眼笔记本的男人。这些不满现状的人，这群怪异又可疑之众，是他的同胞吗？他身在自己的家乡吗？他递出去的买这杯啤酒的硬币看起来很陌生……但话说回来，他可能只是不记得自己故乡的货币。

有个顶多二十岁的年轻女子，独自坐在另一头墙边的桌子旁。[5] 她正就着背后墙上的壁灯光线在看书——一本大部头的书，厚如《堂吉诃德》——仿佛把这个乱糟糟、酒气冲天的破店当成图书馆。她一只手肘撑在桌上，拇指托着下巴，食指贴着嘴唇，一副若

---

[5] 每一个评论此书的人，我想都会对这个人物代表谁以及／或者石察卡可能以谁作为原型来提出假说，但我很怀疑会有哪个猜测特别经得起检验。

> 你猜你也写了一样的。（我才不要以泳去数你写了多少。宁可和你泡酒。）
>
> 你今天写了112个留言。平均每交换一次写28个。

> 柯预测J尚未出现的评论，还断定其中没一个有价值！

> 也许柯知道什么我们不知道的事。
> 或是想让我们以为他知道。{16}
> 对，似乎决心让我们知道他们有多亲近。

第一章　始于斯，终于斯

> 石察卡曾经结婚/交过……？或知他有任何传闻吗？
> 少得惊人。有个女人声称有他一张照片，但大家一致认为那
> 只是某个推销员告诉她说他就是石。
> 谎称自己的身份，也像他会做的吗可。

> 可能就是《科里奥利》赋格曲场景中，叙述
> 者所形容的女人？总之很相似。

有所思的模样。她的橄榄肤色与黑发（往后扎成一条长辫，几乎垂到腰际）暗示她来自世界的另一个角落，那儿的阳光更温暖，太阳也更常露脸，不像这座城市有北方的阴霾感。奇怪的是她竟独自在此。除了她，四下里只有少数几个女人，全都有生意上的盘算，穿梭在成群的水手之间寻找买卖机会。更奇怪的是这群肆无忌惮、咆哮聒噪的男人，竟无一人在偷偷注意这个带着书卷气的年轻女子。她似乎很享受闹中取静的感觉；无论是直挺的姿态与整齐利落的穿着（一件剪裁精致的翠绿洋装），或是翻页时不疾不徐的态度，又或是将手指贴在唇上对空凝视，全然无视周遭的喧扰，也许正在沉思刚刚读过的一行语句，处处都透着一种闲淡的优雅。自在地独处，也很容易被忽略。是个志趣相投的人吗？也许吧——就算不是和现在或过去的他，也是和他不介意成为的那种人相契合。

> 想到一个不信任整个
> 资本体系的人会是推
> 销员，还蛮有趣。也
> 许他打算从体系的
> 内部搞垮它。

> ……哦等下，你是在说
> 我吧？

> 身为天才少年，你有时
> 真在很迟钝。

> 我朋友现在都极力忽视
> 我。我发现我完全不在乎。

这时候他忽然好奇别人是怎么看他的。他们可能以为他在等某件事或某个人，却又不确定是什么或是谁。也许以为他是警方或是某个船长的线人。也许以

> 在我看来，石察卡根本是在说
> 自己：等待某人（以某种浪漫的成）

> 小心，别把书中的一切都和作者本人连在一起。有时小说
> 就只是小说。

> 再次提醒：
> 高高在上的态度
> 可能会激怒人。

> 你也会做这种事，我可以举出十几个例子。

{17}　没说我不会，只是说在我们下结论时得小心点。

> 会有那种感觉，也许是因为我就是这么枯坐着，
> 一无所知地等候…某人。

> 那是分手后的胡言乱语。

> 穆迪又来咖啡馆了。这次更糟，我坐吧台，都快被他的口臭熏昏了。
>> 他认出你了吗？
>>> 应该没有。他可能受到太大惊吓，不明白怎么会看到3个我。

忒修斯之船

———

为他只是个孤单的旅人。他啜了一口酒，坐在长凳上身子往前移动，看着一滴滴水从他身上落到凹凸不平的地上，形成一条细流，蜿蜒流过弯翘木板的表面、周边与间隙。他不时偷觑那名年轻女子，但对方毫无反应。他看着大门，目光掠过人群，等待着——希望着——能被认出。他肯定在这间店里发生过某些事情，又或是为了其他目的来到这里。那个记号一定有什么意义；他的直觉必定其来有自。

有个刚刚破了嘴唇、下巴流血的水手全身水花飞溅地走过去，撞到穿大衣男子的膝盖。水手停下来，因为受到某样硬物阻碍而显得茫然失措，那双充血的眼睛渐渐聚焦到这个正准备迎接辱骂、威胁或拳头的男人身上。不料水手只是摇摇晃晃，重心忽左忽右地走过去。"你……"水手搜寻着字眼，"……都湿了。"

"你在流血。"穿大衣的男子回答。

水手呆愣片刻才恍然大悟。或许是因为穿大衣男人的口音让水手听不习惯。到最后水手才点点头，口齿不清地说："——S真的。"他推了男人一把，顺势

> 有人抱怨过S的直觉卖弄太好了吗？
>> 当然有。有个叫埃兹尔·格里姆肯的评论家，就因为把《忒修斯》撕得粉碎而出了名。
>> 你怎么想？S这方面的角色设定是不是有点儿便宜行事。
>>> 是……不过S的经历有点儿超脱尘世，加上我总觉得像这样的时刻有一种贴切的超现实、令人混淆又似曾相识的特质。他所经历的一切所谓直觉，可能是失忆前的生活残留下的记忆，只是他不能确定。

> 可能暗指S组织真实存在？而且/或者象征事实？
>> 你论文要是这样写，伊尔莎会说"有点儿牵强"。
>>> 反正她本来就常常这么讲，句号。

{18}

第一章 始于斯，终于斯

离开，跟跄穿过空地上一条狭窄的通道，严重左倾后，冲进一群海员当中。他们全都穿着脏兮兮的粗布背心，脸上全都显现着暴力的痕迹。接下来他们会花一个小时有一搭没一搭地揣测港口边那艘笨重大船的来历与目的，以及那么一艘烂船的主人会愿意花多少钱拐骗船员上船。穿大衣的男人不会是他们讨论的话题，更不可能加入讨论。那个水手很快就忘掉他了。

男人盯着自己的酒杯，叹了口气，陷入沉思。他到底是怎么把自己弄得这么湿？为什么身子疼痛，尤其是右边的膝盖和臀部？其实整个身子右半边都严重瘀青。右耳背后有种破皮、灼热的感觉，如今身子开始干了，他也察觉到背部下方好像黏黏的。难道是从极高处坠落？或许他只是太沉溺于细数自己的伤处，又或许经常被忽视已经让他变得自我陶醉于被人忽视中（当然了，这种好事不会恒久持续的），总之他没有在第一时间发现那个年轻女子正从店内另一端注视着他。那有可能是认出人的眼神，但也可能不是；他的直觉什么都没感应到。然而，除了直觉之外，他身体

{ 19 }

忒修斯之船

的每个部位都认为应该进一步查明。

他来到离她桌子几步外站定，比画了一下她对面的空椅。"冒昧地问一下，你在等人吗？"

"那得看你是什么意思。"年轻女子说道。她的声音令他大吃一惊，听起来像个年纪大得多的女人。

"我的意思是在这里，现在，今天晚上，会有人来找你吗？"

"我想你可能会。"

"我可以坐吗？"

"你全身都湿透了。"

"我知道。"他说，"这似乎是我最显著的特征了。"

"你的特征肯定不只如此。你身子干的时候肯定是号人物。"

"我不记得最后一次干着身子是什么时候。"

"你怎么不把外套脱掉？"

"还是不要。"他说，并希望她别问为什么。没有原因，只是一种恐惧。

"也许你是那种经常要迅速离开某个地方的人。"

旁注（手写）：

从来没人以"风趣"形容石察卡，但我认为他是的。至少偶尔啦。
我一直都这么认为。
想象索拉这里的白词由凯瑟琳·赫本来说。会很传神。

你喜欢老电影？
是的！我常去学校放映厅（晚上消磨时间又一招）。
刚办过一个亨弗莱·鲍嘉影展，棒极了。
我去那里看了他主演的海明威小说改编电影《逃亡》。 我也看!!

唉……我也认识这样一个人！

第一章　始于斯，终于斯

她提出看法。

他不确定该披露多少关于自己的状态——身体、记忆、哲学观，或其他方面。"我发现我目前处于不明确的情况中。"他说，"告诉我，我们见过吗？"

她叹了口气。"这是老套的台词，也通常是同样令人厌烦的提议的开场白。"她合上书摆在桌上。封面凸起的字已经剥落，但仍看得出书名与作者：《弓箭手故事集》，阿基梅德斯·德·索布雷罗著。两者他都没印象。

"你住在这里吗？在……这座城里？"

"我在旅行。"她说，"我经常旅行。我是搭邮轮来的，帝王号。"

"你总是带着这么笨重的书旅行吗？"

"不会这么做的人，我信不过。"

他噘起嘴点了点头。"那么，"他说，"你一定知道这座城市的名字了？"

她歪着头斜斜地看他，随后笑出声来。"你在捉弄我。你在玩什么把戏？"

"我是好奇，"他说，"想知道你知不知道我是谁。

{ 21 }

【手写批注】

只是好玩：有个网站列出所有在作品中提过的所有虚构作品&作者。(你看了会发现他真的很爱做这种事。

你确定这本是虚构的吗？

毫无证据显示《弓箭手故事集》或作者索布雷罗(曾经)存在于《咸修斯》这本书之外。

你们这里文学专家查资料显然不太行。看我夹在书中的线索！

我的天啊。不过你是怎么知道的？(而且他老是编造假书，这是为何当真的书？

去年我本来有机会到巴黎留学。向法语系申请到一笔奖学金，应该够支付食宿。——结果我没去。真不敢相信我竟然没去。

为什么不去？

感觉好像这里有太多事情要做，但我想我只是害怕变化。

太可惜了。接下来希望你说些鼓励的话。那其实不是我的强项。

> 我就直接问了:你觉得石察卡是谁?

> 美国小说家萨默斯比,也可能是萨&童书作家埃斯壮合写的。你呢?

> 今日清水是我的首选。

> 他的可能性不高。专家几乎一致认为石不是欧洲或北美人,因为他的背景、关心的主题、显著的文学影响等等。

忒修斯之船

> bla bla bla……那是过往莎士比亚身份争议时所持的论点。完全胡说八道。

"你是我应该认识的人吗?"

"可能不是。"他说,"我不能确定。"她投来的目光示意他进一步说明,于是他决定(与其说决定,倒更像是一时冲动)说出就他所知最接近真相的事。"我的记忆出了点问题。"他说完,紧张地等候她的回应。

> 好吧,那为何是清水?

> 他是人生失败者。我喜欢失败者。比起以前,我现在更喜欢失败者。

她伸手拿起饮料——装在细长玻璃杯中略黑的液体——若有所思地啜饮一口。此刻的她让他有种熟悉感。是她手臂的动作?手的样子?上唇的皱纹?他不知道,也无从得知这种感受是记忆的片段、是记忆的意象的片段,又或是内心急欲找到一些关联而凭空创造出来的。

> 那可不只有他一个。

> 没关系。每一个可能人选我都喜欢:辛格、马苏、狄虹,甚至是费拉拉。还有修女和海盗……

这是一段折磨人的漫长等待,她好不容易才把杯子放回桌上,用手帕的一角抹干嘴唇。"你应该要非常小心说这番话是对谁。"她目光横扫过整间店——也或许是全世界。"有很多人会趁机占便宜。"

"确实。"

"你知道自己叫什么吗?住在哪里?"

"不知道。"

> 小提醒:海盗是虚构的。

> 是啊,他们就是要你这么想。

> 我认为,只要我们不<u>知道</u>实情,他们根本不在乎我们怎么想。

> 这什么句子啊?烂译者,柯岱拉真糟糕!

第一章　始于斯，终于斯

"你口袋里有什么东西吗？任何东西？"

他想到大衣口袋里那团湿乎乎的纸，但决定暂时还不要拿给她看。得等到他得知那个记号的意义，或是纸上的其他内容，又或是（更进一步说）她是谁。于是他摇摇头。

"啊，"她露出调皮的假笑说道，"真的有东西。是什么？"

思绪被她看穿，又或是被感应到，登时让他全身毛骨悚然又不安。他发现自己想方设法要圆滑地转移话题，正因为想得太入神而没有听到酒馆大门打开时刺耳尖锐的声音，也没有留意到沉重的脚步踩在弯翘的地板上正朝他们走来。你还没告诉我你叫什么名字，他正打算这么说时，发觉年轻女子变了脸色：她双眼微微睁大，嘴巴从假笑变成紧抿。这是什么表情？不认同？放弃？似乎又不像惊讶。

"怎么？"他才开口要问，便有一条肮脏的手帕从后面紧紧摀住他的脸。他奋力挣扎，却仿佛被铁钳给夹住，动弹不得。他尽可能不要吸气，一会儿，再

（手写批注）

✱ 最简单的解释：还是杰捏造的，大家觉得好玩心血来潮碌无到处留记号。我想你自己也不太相信这种说法。

我有一些想法，还没准备好要公开。我不喜欢当众出错。

两个没见过的人彼此留言，这叫当众？

我知道听起来很蠢，但感觉就是这样。

意指圣托里尼岛？关于符号的象征意义，那个丹麦人的网站大概有50种理论。✱

害怕/担忧/厌恶被了解（与/或 看穿）
担忧→侵犯
迷失在自己的脑中

我也是。我也曾经这样。

我也是。听证会上，我几乎一句话也说不出来。

被伊尔斯指责的时候，我无言以对。我很想一吐为快，告诉她我们知道她和摩迪的事，但还是忍住了。她肯定以为我是默认。

你会有个听证会。我可以帮你准备，看看该说些什么。

不用了，多谢。我就是这样才惹上麻烦。

忒修斯之船

一会儿——但他当然无法阻止自己，于是当一股甜甜的但有点儿烧焦的气味充斥他的脑袋（这让他想起小时候爱吃的节日蛋糕），视线便开始闪烁模糊。惊慌之余，他不自主地又吸了口气，接着四周的所有声音都变得铿锵刺耳又模糊难辨——出现在这片云雾中心的是她的声音，字字句句仿佛是他不懂的语言，但在这歪七扭八的店里连空气也扭曲变形，使得这些语句毫无抑扬顿挫，所以他听不懂她的话也不明白她的意思，甚至不知道她在跟谁说话。另一个声音，是男的，双唇紧闭咕咕哝哝地回答她。接着，当最后一丝意识的余烬即将在这个幽暗的夜里、在这座幽暗城市中这个幽暗酒吧的幽暗角落熄灭之前，他瞥见了身材较魁梧的男人的脸，竟熟悉得令他心惊：很像他心里所描绘的自己的脸，只不过有一些疤痕划过额头中央，在眉毛上方胡乱地分散、岔开——瘢痕组织三角洲。不是双胞胎，也不一定是兄弟的相似长相；倒比较像是表兄弟，在经历人生最残酷的际遇后也学会了残酷的一对表兄弟。又或许只是烟雾的幻象罢了。

> 待查：之前的书/文献有没有提到这些？
> 有任何发现吗？
>
> 一个：在《科里奥利》。
> 不过是姜饼，不是蛋糕。
>
> 翻译的问题？
>
> 应该不是，那本是柯番翻的。
>
> 你最希望别人认识你哪一点？
>
> 怎么听起来像找工作面试的问题，或是新人评估。
>
> 什么意思？
>
> I would prefer not to.
> ——我宁可不要。
>
> ……就算你引用梅尔维尔的小说《巴特比》主角台词逃避问题还是很恼人啊。
>
> 看来他们确实教了大学生不少东西。
>
> 参见：前面关于高高在上的留言。
>
> 石寨中的世界让我毛骨悚然（而且/或者睡眠不足）。昨晚回到家，一开灯看见镜中的自己，吓得魂差点飞了。根本以为是别人啊。

{24}

有了很激进的想法：最近找一天真正碰个面，如何？

这一切虽然很好玩，却总觉得不真实。

我是很真实的，你不是吗？

当然是，我对你一直都是诚实无欺。

**现在不行，太多工作要做（以及其他一些无法解释的原因）。但我很喜欢现在这样，也真心感激你的帮忙。*

注：其实最后并不完全是这样。

我到现在还是不确定你到底希不希望我予你相识一把。有时候你真的很难搞懂。

第3，当我没说。

第一章 始于斯，终于斯

如果能控制自己的嘴巴，他会放声尖叫。 *这样比较好，比什么好？*

穿深色大衣的男人离开酒吧时，谁也没有多说些什么，尽管他被扛在另一人肩上，软趴趴的像一袋甜菜。充其量只是一个不胜酒力的旅人罢了，不值得嚷嚷，甚至不值得讥讽窃笑。诸多目光犹如浪潮涌来随即退去，一如往常。

比在英语系的庆祝活动上，当着所有人的面对自己的教授大吼大叫。

到了外面，寒意与暴雨的冲击让穿大衣的男人闪现最后一丝意识。他睁开双眼，正好瞧见一只猴子穿着破烂的平绒衣裤奔过街道，拖在身后的绳索轻拍着石板路面。他听到咒骂与粗重的呼吸声，并看到两个粗野男人在那畜生后面紧追不放。在世界变成一片漆黑之前，他最后一个念头就是：跑啊，猴子，跑啊。

不用过 "S. OPICE-TANCE" 为化名：捷克语的"猴子之舞"。

移动。他的心没有感觉到，身体却感觉到了。身子被又拉又扯的，像件笨重的货物。它随着另一个人的步伐节奏一颠一颠，然后被吊起、摇晃、重重放下、拖拉，再次被重重放下。

那是你涂鸦在斯坦德书大楼墙上的字。（你给我看的校报照片上有。）

是我给穆迪的留言。发现自己竟然笨到信错了人，感觉真糟糕..

唉，你永远无法预知以后的事，所以才需要"信任"啊。

我知道。可是很容易忘记。

忒修斯之船

（休息。）能听到就好了，谁知道我还能撑多久。

接着，从完全静止慢慢累积、酝酿出一种晃动颠簸。横向与纵向地流动、摇晃。他的意识逐渐恢复，挤压着它针孔般大小的暗牢墙壁，扩张再扩张，直到其他感官也恢复功能。空气中有种奇怪的阴冷潮湿。一阵声波汹涌：潮水的流动摩擦有如男中音，衣物在风中啪啪翻飞有如打击乐器的响声，木板吱嘎如女中音[6]——这一切让他尚未睁开眼睛就知道自己在海上，知道自己从陆地上被偷走，放到了水上。

从水边开始⋯⋯

他躺在一张吊床上，那味道就好像在臭咸水中泡了数十年。大衣已经干了，像毯子一样盖在身上。他眨了一下、两下，然后揉揉眼睛。

他身处一个昏暗的小舱房，长约九瓶保龄球的球

---

[6] 在年幼时，石察卡便是个小提琴神童，因此小说中的音乐暗喻比比皆是。（他跟我说他之所以不再拉琴，是因为某次比赛后，评审对他说在十九名参赛者中他排名第19。）

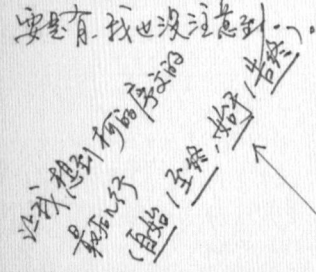

（左侧手写批注：）

← 重生

重塑自我的机会，这不正是大学该提供给我们的吗？
你觉得没有吗？
要是有，我也没注意到⋯⋯
你该想到柯的原因——
都能够、（主要、始终）考虑

还有第一章的标题（别忘了，石没有给章节下过标题），所以这一定是有原因的。
假如这本书确实是石察卡写的。
是他写的没错，我何不会花一辈子研究一个冒牌货。

（右侧/下方手写批注：）

这件事完全没有证据！
奇怪，柯无写3"十九"，尝试看却用"19"。
你说得对。{26}柯或许笨，但他做事可谨慎。
所以，我们若要找出可能是暗语的东西⋯⋯
正如我所想。

第一章 始于斯，终于斯

道，宽刚好容得下这张绑在两边墙面的吊床。较远那头，有道梯子通往打开的舱门，从那儿射入了一方深橘色的阳光。他头痛得厉害，觉得全身发热、反应迟钝。鼻孔里还留有那股甜甜的烧焦味，只是现在让他想到的不是小时候喜爱的节日，而是他再也无法享受的节日，因为他不知道自己是谁，家（如果有的话）又在何处。

他从吊床上缓缓下来，两条腿颤晃得犹如新生的幼兽，然后裹上大衣御寒。才刚踏上梯子第一阶，他便发现自己躺在吊床时头部正上方的深色木隔板上有刀刻的痕迹：是一个粗糙、不平整的"S"符号，就跟他在酒吧外面和那张纸上看到的一样。不过这回他对此符号的意义有了截然不同的理解。它似乎在说：**这里是你最不应该来的地方。**

站上梯子顶端后，他小心翼翼地往外窥探。舱门直接开向艏楼，这让他觉得奇怪；他的舱房似乎完全没有与船只其他部分连接，像是用来作为隔离室，或是牢房。但假如把他当囚犯，为何打开舱门？

> 是呵，谁都能认出"地中海三桅帆船的设计"，是吗？
>> 我就认得。
> 你怎么办到的？更重要的是：为什么？
>> 我叔叔很进取海，也喜欢教我一些东西。
> 你有兴趣？
>> 这是应该知道的东西&我有兴趣——
>> 求知，无论哪方面的知识。

忒修斯之船

这艘船本身的外观十分古老。他认出这是地中海三桅帆船的设计，造型优美、吃水浅，(是前数百年间海盗最喜爱的三桅船，)但在现代海上却是不合时宜了。它的外观也很不可思议，状态介于朽坏与精心修复之间，只是修船人的做法不可理喻。甲板有几处是最近才重新铺板，但也有几处木头都烂了，留下一些大洞，就算水手不至于整个人陷落，也足以将脚踝卡住折断。三面大三角帆中有两面看似刚出自距离最近的制帆厂，而第三面却破破烂烂，活像一面受忽视的褪色旗帜，飘扬在上面的三分之一截已经变黑、像是遭到雷击的后桅顶端。

> 这是在哪捞来了海盗的佳闻？
>> 有可能……不过这艘船听起来很像《布拉克森霍尔姆》书中的**阿里阿德涅号**(只不过这艘已经快解体了)。
>> 或是彻底变成另一艘船。对，因此才有《忒修斯之船》这个书名，神话中的忒修斯号每年替换零件，最后整艘船和最初完全不同了。也要注意，阿里阿德涅&忒修斯都是希腊神话人物。

> 我承认：这点我去查了才知道。

[有个新发现：他是一个对船只至少有些了解的人。]

他数了数，主甲板和后甲板共有十九名船员，没有一个人的动作急促匆忙得让他联想到最不遵守纪律又心怀愤恨的船员，而是全都缓慢费力地做着一样一样的粗活儿，像牛一般不屈不挠，设法让船浮在水上、平稳移动。他看不清他们低垂的脸，但从不同的肤色与身材看得出船员们来自世界各地，成分复杂。他观

> 船上19个水手！
> 书写过19本书
> 是20个，如果把大漩涡算进去。

> 大漩涡不同，这点书说得很明白。

> 有时我很好奇S本身是不是得过失忆症。

> 天啊，你能想象他在哈瓦那活了下来，结果却失忆吗？

> 参见《弓箭手故事集》？
> 水手是许多传统的合体？

> 那对S来说会是此生最残酷的讽刺。

*阿里阿德涅号的水手遇难之前热闹非凡，和这艘船不同。(没错，我搬进心布拉克森霍尔姆。你可以不必再因为我会看书的事实而大惊失色。)

没想到你这么快就沉迷于书的世界，太酷了。只是别忘了要毕业，好吗？

第一章 始于斯，终于斯

我不会搞砸的。我迫不及待要离开这里了。但还是多谢关心。

察了很长时间，耳边只听见疾风拍打着船帆与索具、海浪的翻腾冲击与撞在木头船身的哗哗声，之后才发觉船员们安静得出奇。没有大声的指挥命令，没有丝毫属于水手粗暴但机敏的应对，没有唠叨、叫嚷或抱怨。头顶上某处有几只鸟在啼叫，但船员却有如死人般安静。*

他心想自己可能得加入他们。这不正是一般人被下药绑架的原因吗？就为了被强迫劳役，不是吗？但他还不急着开工，一来对环境还不熟悉，还沉溺在一种威胁感之中，加上三氯甲烷还让他头晕晕的，而且他也感觉到一股初次航海的水手在海上双脚不稳又反胃的不适。

乌云布满天空，云边镶着橙红色日光，只见太阳光束斑驳地低挂在地平线上。他难道睡了一整天？这个想法起初令他惊讶，但后来慢慢明白自己昏迷的时间似乎远比一天更长。直到此刻，他都觉得相当平静（至少对一个基于不明原因而遭不明人士绑架的人而言，算是平静）；但这种感觉，这种已经经过一大段时

你小时候出海航行过吗？
偶尔。你们家有船？
别开玩笑了。我们有一辆1974年的福特Pinto。有船的是我叔叔，他自己整修了一艘28英尺帆船。他可是非常自豪。
埃里克!!!!
我追查了1923—1929从巴西抵达纽约的一艘船的乘客名单。没有布朗西斯科或菲利普·沙布雷加斯·柯密拉……可是：却曾有一个菲洛梅娜·沙布雷加斯·柯密拉，此人经常出现在帝王号的货货名单上，担任善的译员。而且在1926年5月25日，帝王号有位乘客叫S. Opice-Tance.

天啊，真是太不可思议了。所以：可能是爱情？所以：可能是爱情。你真的找到这了？最好别是开玩笑。一切全都改变了。不是开玩笑。嫁给我吧。好啊……这玩笑开得有点儿邪恶恐怖。至少先，等我们见过面吧，说不定见了面之后也一样恐怖。抱歉，只是想表达最高度的感激+兴奋+敬意。不太习惯做这种事。
你的兴奋激动跃然纸上。知悉。

忒修斯之船

间,世界可能起了某种根本变化,而他却毫无所知的感觉,让他浑身起鸡皮疙瘩。他可以感觉到恐惧沉甸甸地压住了五脏六腑,胃沉得像水银。他望着太阳暗想:**日落。在右舷。也就是说正向南航行**。他吐了口气。真是轻松多了,虽然不明确,至少知道了大致的方向。

忽然传来一阵细而尖的颤音,倏地将他拉回现实:是那群海鸟,他心念一动抬起头来,却还是看不见。他仔细勘察船与海水,思考逃离的可能。放眼望去看不见陆地。附近没有船只可以让他发信号求救。主甲板的一角有块防水布,底下可能覆盖着一艘小艇,但他绝不可能独力将小艇放入海中。看来唯一的选择就是自行跳海、[信任海水,这时内心深处有个声音告诉他,从前他也曾经做过类似的尝试但没有成功。]⁷一阵冷风吹来,他打了个寒噤,连忙将大衣裹得更紧。

---

7 [一九〇〇年有人匿名发表过一首诗,名为 "La Foi en Eau"(即《信任水》)。石察卡可能是有意呼应那首诗,但并无明确证据能证明此事属实。

{ 30 }

第一章　始于斯，终于斯

这时候，耳边响起一个粗哑的人声。乍听之下他吓了一跳，以为是属于旧城区的声音，但随即发觉声音来自下方的主甲板。他急忙弯身躲避，希望没有引起注意，但那个声音持续着——其实与其说是人声，倒更像是蜡筒唱片的嗤嗤声，但无论如何声音确实就在船上，真真切切——而且越来越近并不断重复同一个字眼。S——，那个声音说。这个字眼对他毫无意义。他听见脚步声爬上通往艏楼的梯子。你，他听见，S——。

他也无处可躲，[于是摆出一副麻木呆滞的姿态，高高站立在艏楼上，面对即将出现的情况。]

声音的主人是个巨人，全身上下穿着水手的粗棉衫，其中一只衣袖到处松垮断线，颜色也褪成上百种深浅不一的黑与褐色；另一只袖子则完全是骨头的色调，肩膀处有一圈以白线草草缝合的痕迹。（他迅速往船尾一瞥，发现其他船员也都穿着类似的这种航海服，只是颜色庞杂程度不同。）[这名水手顶着一颗被晒伤的光头，胡子则是一团大漩涡般的黑毛。]他似乎没有随

{ 31 }

以一个担心自己怯懦的人物而言，这倒挺有趣。他在此完全不显得懦弱。

我猜S.就是他自己最严厉的批判者。

就如同我们大多数人。

参见《山塔那进行曲》电影幕后照片里的人。

哇——好诡异。那是谁？

"身份不明的工作人员"

那种长相的人应该一见难忘。

忒修斯之船

身佩带武器，不过大衣男子并未因此对自己眼下的境况或未来的前途感到更安心。

"我？"

你，S——。

"这是我的名字？"

水手点点头。

S——。他把这名字在心里默想一遍、嘴里出声念一遍，还是毫无意义。只是一个词而已。但他顿时平静了些，有个名字总比没有名字好得多。

现在他知道两件事：*我在一艘往南航行的船上。我目前的名字叫 S。*

水手说了句什么，像是*穷*，也可能是*熊*，被突然吹来的微风盖过去了，S.没听清楚。反正还有更要紧的事情要问。

"你的船叫什么？" S.问道。

不系我底，水手说。

"那这艘船叫什么？"

吭名。他的声音虚幻得惊人——与其说是听到，

第一章　始于斯，终于斯

———

还不如说是留意到。

"没有名字？"

本来有，后来忘了。

"你叫什么名字？"

我忘名废了，大块头说着，朝船尾那些拖着脚步的船员点点头。他们忘废了。名字麻烦。

"可是我却有，应该是有。"

大块头微微一笑。他的牙齿圆圆的，好像黄色小墓碑不规则地竖立在土黄色牙龈上。麻烦，他说。口音很奇怪——不像来自某个特定的地方，而像是从语法与语言障碍的跨洋大杂烩中舀起的一瓢浑浊的水。

"为什么把我带到这里来？"S.问道，"有疤那个人呢？"他在自己额头中央画了一条线，却猛然惊慌地缩手，因为摸到那里的皮肤有破皮的刺痛感。他的背脊逐渐发凉。

我们有命令，企带你，水手说。

"去带我，这是什么意思？"

企带你。

———

{ 33 }

手写批注：

! 你在哪里？？？

对不起，我很想去，但没办法。嗯，大家总会想办法让你失望，这话是你说的……我在想自己是不是被利用了。

不是这样的。我发誓我不是这种人。

只不过你表现出来的就是这样。所以你要不是说谎，就是根本不了解真正的自己。

故意掺杂方言？
翻译的问题？

这我最清楚了。大家就是非得叫我珍妮，即使自称是我朋友的人也不例外，他们理应明白我为何想改名啊。

大家总会想办法让你失望。

说真的，我想你是唯一叫我珍的人。

嗯，因为你是这么自我介绍的。

还是很感谢。

你不觉得我们应该碰面聊聊吗？
至少讨论一下该怎么处理关于菲洛梅娜的资料。

你说得有道理。

很好。明天7 p.m.到这角落咖啡，好吗？

好！

忒修斯之船

———

"带我去哪里？"

没哪。

"我得和船长谈谈。船长人呢？"

呒船长。

"怎么可能没船长？"

呒船长，就我们。我们让船活着。他顿了一下。该做啥做啥。

大块头显得很镇定，但他这个人、他那群静默的伙伴、这艘有如百衲被褥的船，还有S.本身出现在船上，这一切的**不对劲**仿佛一把惊慌利刃刺穿了他。他感觉到心跳怦然加速，背脊转为冰凉。他——这个所谓的S.——完全无法掌控自己是谁、身在何处、又是为什么。他觉得好像再次坠落，坠穿黑暗，除了地心引力的残酷效率之外，再也不能相信什么。

他膝盖一软，整个人倒落在甲板上。木板贴着脸颊湿湿凉凉的，有种抚慰感。他听见大块头吹起尖锐的哨声，听见许多双脚越过甲板朝他们走来，他感觉到重新被拉着站起来，靠在另一名水手的肩膀上。大

———

{ 34 }

[手写旁注：一个缺少集中的力量/威权的世界]

[手写旁注：我也喜欢这句。 ★]

第一章　始于斯，终于斯

块头用那沙哑、虚幻恐怖的声音介绍他们时，他跟着扫视排列在眼前的一张张面孔[8]，进而注意到一件怪事：除了大块头之外，所有水手的嘴边都有一些黑色的污点。他正试图想厘清那是膳食营养缺乏或是何种抽烟习惯造成的，撑扶他的水手恰巧转头面向他——他就靠得那么近，两人的鼻尖几乎碰在一起——这时 S. 看见他的嘴唇被一些细细的黑线交叉缝起，最后在嘴角打了个小结。粉红小点便是缝线出入皮肤的部位。S. 大声地倒抽一口气，那个水手的嘴唇往两旁拉开，线受到拉扯，粉红点随即转为血红。<u>S. 发现自己好希望时光可以倒流</u>，让他能好好过自己的生活，永远无须在这艘无名巨船上，如此近距离地看到这样的笑容。

> 遗憾：或许暗示石察卡本身的某些遗憾。

> 老话一句：你得小心点，作家写的东西不全然与本人有关。

> 我很想你用快10倍的速度说一遍，但这样只会让你的口气高傲10倍。

---

[8] 读者们继续往下看便会发现，在作者身份争议中最可能的几个人选的容貌，似乎都重现于作者对这些水手的描述当中。

> 一个起码<u>有点</u>说得通的注解。

> 但我不认为这是事实。看书，又试着将书中描述与埃斯壮、麦全内、加西亚·黄拉拉、黄尔巴哈、薛默斯比，甚至是狄虹等人配时，似乎行不通。

{ 35 }

啊哈……

对不起。只是觉得暂时这样做比较安全。

我发誓 我长得没那些水手可怕。(但说不定你偷偷监视过图书馆的书架区?)

没有。我不会说谎……我很想这么做，但似乎不公平，也不符合交换留言的 精神默契。

原来我们还有"精神默契"。

你认为没有吗？

我认为有。所以才觉得有趣(也不那么恐怖)。

第二章

漂移的双生子

<手写>这一章是根据石的哪本书？我还没发现有哪本很接近。《山塔那进行曲》那整本书都发生在沙漠里。

情境不同，但构思/情节类似。尤其是逃跑的企图。</手写>

在船上过了两天两夜。在汹涌波涛的拍击下，船身起伏、摇晃不定，因此 S. 大半时间都待在舱房里恶心欲呕。有时能把食物留在胃里，有时则不行。他的进食充分，但质量不佳：硬得几乎能咬断牙的船用口粮和硬邦邦的咸猪肉，两者都略微泛蓝，还有新鲜却带着湿土味的水。遭噤声的水手会用马口铁盘装食物、马口铁杯装水端来给他，<u>他明知道应该试着和他们沟通，却怎么也无法正视他们的脸。那些黑线令他反感、惊恐，也让他心里兴起一些他还不愿提出，甚至不愿扪心自问的问题。</u>倒如，他们怎么吃东西？

<手写>又倒如："谁送钱给埃罗又是为了什么？"</手写>

第三天下午，那个没有被缝嘴的大块头水手（看

<手写>还有："珍到底能不能毕业？"

还有：那个穿西装的人是谁？他到底想从我这儿得到什么？伊沙莎又跟他说了什么？</手写>

忒修斯之船

和爱伦·坡的《大漩涡历险记》有联系

到他的胡子，S. 忍不住替他取了"大漩涡"的绰号）出现在舱门口往下俯看他。垂下的胡子长到能拂及梯子最高一阶。

"请替我澄清一件事，"S. 喊着对他说，"我是乘客吗？你们好像并不期望我工作……"

以后有你累底哩，甸信我。

"我发现……你没有……虽然船员都……"这种事该从何问起？"……就是你，那个，可以开口说话。"

大漩涡将两手举到面前，拨开遮住嘴巴的浓密胡须，露出伤痕累累的嘴唇。不过大块头想让他看的不是那个，不是，而是环绕在他嘴边的那些针尖般细小疤痕所形成的令人不寒而栗的图案。然而，并无进一步解释。

"告诉我，"S. 说道，"你们要带我去见的人想对我友善还是对我不利？"[1]

这么说卢珀和柯都在1924-1930和石合作过？有人见过他们一起出现吗？

---

[1] 书中人物此处的问题正是作者经常向出版商提出的问题。他们之间的对立关系是石察卡的生平中难得被外界一致认可的事实之一。（石察卡的经纪人刘易斯·卢珀于一九三○年第二次失踪后，最常被要求扮演中间人角色的就是我。）

但如果石就是他自己的出版人呢？卡西特出版社没出版什么别的书

{ 38 }

BINGO!

开头/结尾（第一个字/最后一字）的方法又适用于第二章或其他章节的注解。

不过和第一章一样，注解中似乎有些意见值得认真看待，有些则不然。（特此声明：我认为我们应该技术性地称之为"暗语"。）

我认为你应该技术性地忘了这回事。

他失踪了两次？

没，只有一次。很多人以为他是，所以如果有第二次失踪肯定会造成轰动。不知道柯在说什么。

那么"第二"就有其重要性了。

不是（注解或内文的）第二个字或词组……

也许是这一章的第二个注解？那段内容很奇怪。

第二章　漂移的双生子

不能回嗒。

"为什么？" S. 问他。

大漩涡看着他，像看着一个傻瓜。因为吼人能回嗒。他暂时住口，一手抚着长须，仿佛陷入沉思。陆地上底人话你被索拉迷上了。他的话，虽然谈不上重要，听起来却是经过深思熟虑的。

"我听不懂，" S. 说，"能不能请你解……"不料没有缝嘴的水手的脸突然从舱口消失，S. 听见他走向船尾步下主甲板时，全身重量压得甲板木头吱嘎作响。S. 跳起来打算追上去，(可是船左摇右晃，让他的胃又是一阵翻腾。他坐回地上，紧紧贴在一面牢靠的墙边，弯折起身子，哀求许许多多他不信的神明让这呕吐的魔咒赶紧失效。) S. 是无神论者

这几天的日日夜夜，S. 都听到水手们脚步沉重地在甲板上走来走去，忙着驾驶船只。大漩涡偶尔会以航海用语中某种格外神秘的术语吼出命令与观测结果，不过船员们更常以鸟鸣般的哨音沟通，以音调、节奏与速度都变化颇大的颤音震动来差遣行动。听起来

→ 而且，卡若特（Karst）几乎是石察卡（Straka）的一个变形、反缀字。
总觉得这太明显了，{39} 不像他的作风。

太不可思议了。本汤没了的一切竟然都还在——只是形式不同。　目的也不同。

好吧——老实跟我说。
你知道我长什么样子吗？
我发誓我不知道。
真的？你没试过偷看？
我觉得我们要是有一方不知道，另一方也不该知道。

可以解读为晕船，但也可以是焦虑——思及索拉时的反应。就像当你深深爱上某人。

又是个牵强说法。
狗屁。别告诉我你从来没有过这种感觉！
我有。但不代表他也有。
新闻快讯：他是人。
（至少我十分肯定。）

忒修斯之船

> 伊尔莎发表过一篇论文，探讨他书中写的隐喻。
>
> — 有好的见解吗？
> — 很快就。

S. 仿佛被囚禁在疯狂燕雀保护区内。

原来，缝了嘴的水手们在戴着的颈绳上穿了一个哨子，是一种孔洞很薄的木哨，可以塞进缝线间的空隙来吹。他以病态而热切的目光瞄了来送下一顿饭的水手，已经确认了这一点。这名水手看起来约莫三十五岁，睡眼惺忪，头发中分，形成两束高高耸起的发浪，仿佛头上长了一对蝙蝠耳朵。S.试图引起他的注意，希望获得一点儿回应——任何回应都好，哪怕只是一个哨声。那人却视若无睹。

如此一来，他最常听到的便是自己的声音，当他喃喃自语，会努力引出仍在他脑中运行的记忆之流。只要心里想到任何字句他都会说出口，然后追随着联想的轨迹直到走进死胡同，每次都是如此。他会猛然捕捉住浮现于脑海的极少数影像——青绿山坡上的一只黑羊、上钩后滴着水抽搐跃动的鳟鱼、冰冷阴暗的房间正中央摆着一只手提包、一大群咕咕地叫个不停的鸽子在鸽舍来回踱步、一片浓雾迅速弥漫整条幽暗的街道——但这些都只是各自独立的画面，来自一部

> 恐怖！

> 布拉格档案室里的文物：烙有S记号的木哨。
>
> 大家都认为那是石察卡的？
>
> 有些人。1925年卢珀把它拿出来拍卖（另外还有几块镌刻了S记号的黑曜石）。说这些都是石的珍藏，都有几百年历史了，是在亚速尔群岛附近一艘失事船只里发现的。

> 这些都是石较早期小说中的影像。
>
> 石察卡肯定气炸了（如果他不是卢珀的话）。
>
> 除非他需要钱。
>
> 很好奇：如果石察卡吹过那个哨子，说不定上面有DNA？验得出来吗？
>
> 好问题——我会问问布拉格档案室，我和他们关系不错。

> 猜猜现在布拉格什么了⋯⋯
> 我拒绝把同侪说出的话归纳为文字。
>
> 不太乐观，拿取文物需要申请，手续得花一年，而且很可能被驳回。
>
> 所以你的关系不错⋯⋯
> 我本来也以为。

{40}

第二章 漂移的双生子

已经不存在的电影。他大声描述自己所见，期望借由某个字、任何一个字诱使记忆重现。

　　他们会端水下来给他，他便对着浑浊的水面端详自己的脸，仔细审视五官的轮廓与形状，试图拼凑自己的形象；他细数身上的瘀青、擦伤与发白的旧疤痕，推断每处伤口可能的起因；他审视使大衣变得暗沉的污渍，审视衬衫、长裤、鞋子，寻找能泄露内情的污点、制造商名称，什么都好；他甚至审视吊床上方的天花板，那有如罗夏克墨渍测验图案的木纹。这些时候，烙刻在木板里的那个奇怪的记号始终近逼在眼前。他也会审视那个记号，但它始终是个未解的暗号。

　　翌日，他在恼怒气愤中醒来，对自己的被动烦躁不已。够了，不能只是闲坐着感觉不舒服或徒劳无功地搜寻残缺不全的记忆，因为在这船上每过一分钟，就让他更接近一个无法揣测的命运，也更远离他希望能保留的生活。尽管无比虚弱，还是得开始寻找逃脱

手写批注：

*那个丹麦小兔的网站上有很多新发现的S符号。来自一些相隔超级远的地方。谁都能捏造。

现在学校放映厅的外墙侧面也涂了一个。是你吗？或弄我？

提我。

你意思是不是你画的？——— 对，就是这个意思。 嗯……有很多人看过石的书……

放映方明晚放映《山塔那》。最后一刻才改片单是巧合？告诉我是巧合。
很可能是。但我们绝对不应该去。
现在你就算杀我我也不去。

试图认清/定义自我：借外在证据得出内在结论，但由内而外拼凑自我则较为困难（据布兰德医生说）。

布兰德是谁？
我住院时帮我最多的人。
你何时住院的？
冬天。
穆迪的事，我其实没有处理得很好。

我们不都一样……

一切 不都是记忆吗？
记得提醒我告诉你我失踪那天的事。
现在就说啊。
说来话长，空间也不够写。

※普莱费尔密码（Playfair Cipher）！一种古典加密法，制造一连串成对的字母（例如注解末最后那些名字的缩写 OH、HU、BW……）这种密码必须找到作为"解码金钥"的英文关键字，才能译解！

与章名"漂移的双生子"有关？

双子座 Gemini。译解出来是"Looper agent。" 忒修斯之船

所以她在警警告他小心 Looper（卢珀）Agent（经纪人/特务）？

说不通，石就是卢珀。

那是你的假设。

我，还有其他数以千计的人。

你们全都犯了同样的错，真好骗呵。

的办法。他把大衣留在舱房[2]，爬上梯子攀登到艉楼。

　　天色阴霾，大海平静，从右舷吹来一阵轻快的微风，船身也以正侧风角度轻快地破浪前进。船尾传来一名水手用木槌敲击木板的声音。S. 探头望向甲板，数了数船员——还是十九人，不包括大漩涡。有几个船员发现他在看他们，但毫无反应，又转身干自己的活儿。当他下到主甲板从他们当中走过，众人依然一副漠不关心、视若无睹的样子，只有一人例外——是一个双眼凹陷、眉头紧锁的中年男子，宽阔苍白的额头顶上只有几绺细长的头发点缀。他正用一块磨石在磨甲板，见 S. 走得太靠近他清理的甲板区，喉咙里发出咕哝的抱怨声。

遇到过了……周书为当年在那里的那些里明在他好了一般。

普莱费尔……play!!! 见左方栏

而注解通常也是诠解。但此处例外。因为那些人全都不存在。

[2] 有个观察力平平的评论家普莱费尔指出，大衣在石察卡的多本书中都扮演重要角色，因此他主张那必定有某种重大的隐喻意义。（依我浅见，大衣多半就只是大衣，功用就是为穿衣者保暖。）这种卖弄学问的胡说八道让石察卡火冒三丈，假如提出的人又是对他作品严加抨击的评论者，以及／或是坚持不肯正大光明行事的政治人物，他尤其愤慨。其中最恶劣的攻击者包括海尔曼（Oskar Heilemann）、乌勒（Herbert Uhler）、沃金斯（Bolingbroke Wadkins）、奥森（Helmer Aasen）、贡萨尔维斯（Martin Gonçalves）与杨布拉德（Sydney Youngblood）。

第二章　漂移的双生子

虽然有风，但甲板层上凝聚了一群没洗澡的男人的体味（S.本身的贡献也不小），空气依然沉闷。每当有某个船员伸手拿起颈间的哨子塞进嘴唇中间，他都会别过头去。一个失去记忆的男人最不需要的就是可怕的新记忆。

发现自己看似可以<u>自由走动</u>，S.便放心大胆地走到主甲板的尾端（现在两条腿比较稳了）。上方的后甲板上，大漩涡正在转着船舵。尽管明知会听见模棱两可得让人生气的答案，S.还是很想拿更多问题炮轰他，但终究还是忍了下来，转而走向后甲板底下的舱门。他猜这里应该是海图室，也可能是船长室，如果有船长的话。他试着旋转门把，竟然没锁。他左右张望了一下，没有人采取行动或大喊或吹哨制止他，于是他<u>开了门</u>。

这间舱房比他在艏楼底下所占的空间约莫大上一倍。火红的夕阳光束从右舷舷窗射入，简朴无华的舱室浸润其中，但里面的空气依然潮湿沉滞。唯一的家具是一张摇摇晃晃的木桌，八成有上百年历史了。桌

手写批注（左下）：
你连上石察卡是在这之前或这↑
不记得了，大概差不多同
　一个时候吧。

据我所知：也差不多是你那次出海航行前后的事吧。

手写批注（右侧）：
以一个被赶出校园的人来说，你行动似乎挺自由的。

校园很大+我善于低调行事+必要时我会用一些技巧。

比如，夜蒸气地道？

很奇怪，高中的毕业纪念册从头到尾把我给遗漏了。你该不会是一天到晚逃课的学生吧？不是，我去上课了，只是从来没人想记录我的存在。我只是在"行政"上被列为出席。（好吧，其实有张照片的背景里有我：背对镜头，只看见一团模糊的刺猬短发，非常石察卡的风格。）被大家给遗漏。

你觉得困扰吗？
一旦我认识到自己不受注意，刻意保持低调的感觉就更有趣了。

忒修斯之船

参见《山塔那进行曲》中的破损地图/罗盘。上有一个布满铜绿的六分仪和一张已发霉泛黑到无法辨读的航海图。即使这艘船上真有任何航海指挥行动，也不是在这个房间里进行的。

他站在门口，正要踏出舱外，甲板上忽然哨声大作（说真的，听起来好像一群受惊吓的家燕），接着有一名水手从通往较低层甲板的舱口冒出头来——S.从栏杆旁往下一瞥，猜测下方有两层甲板，再往下则是最底层的甲板与货舱。那个水手肯定有五十岁了，一顶蓝色水手冬帽歪歪斜斜地戴在头上，长了一对招风耳，鼻翼宽阔，圆圆的眼睛分得很开，眼里带着一抹惊惶。然而，那人拖着身子慢慢地移向中央甲板，仿佛疲惫至极，反而掩饰了他脸上狂乱的神情。他暴露在外的脖子和双手的皮肤上似乎有一些浅淡的蓝黑斑点——颜色可能比刚出现的瘀伤深一些。来到主桅前，他颤巍巍地举起一只手，将哨子塞进嘴里，吹出微弱无力的一个尖音。这时，另一人立刻爬下桅索梯，从同一个舱口钻进船身内。招风耳水手则顺着桅索梯爬上高处，消失在丛林般的船帆与绳索之间。

我现在在听一只鸟唱歌……可是鸟住在图书馆外面，唱了一整夜。

是仿声鸟对吗？
我进波州大以后，每年春天都会听它。

听起来像期末考试周的我。
听起来像现在的我。
最近都没时间睡觉。
在医院浪费了两个月，得奋起直追。不能输给穆迪。

小心点儿，你不是还在复原吗？

我要把工作做完才会复原。

也许现在的我也是一样。

据我观察，你是在做我们的工作，却{44}可能在逃避你自己的。

我一直在想：拿这个学位真的是为了自己吗？还是为了我爸妈？

好问题。但问的不是时候。都已经快拿到了……

第二章　漂移的双生子

好个奇特的仪式：反其道而行的换岗，由筋疲力尽的人取代精力较旺盛的人。[3] S. 实在想不通；很可能只要一阵强风就会把那个年纪的疲惫男人吹下索具。他发现自己走过甲板时不停地抬头往上看，总觉得随时会有一具沉重的躯体掉下来砸中自己。

（夜里的哨声减少了，这期间万籁俱寂，静得像座坟场。一大群水手被困在波涛之上，理应会有喝酒、玩音乐、跳舞等消遣，在这儿却毫无类似活动的迹象。）S. 走过甲板，一面小心观察周遭的环境，却没有想出比刚在这艘船上醒来那一刻更可行的脱逃计划。他看着一个水手提着一罐煤油重新装满桅顶灯，并以燧石打火再次将灯点亮。这名水手身材瘦小，像个小男孩，甚至有点儿像女人，齐肩的深色头发框着一张窄长而

看第一遍的时候我没漏了这句。

---

[3] 在书信往返中，石察卡经常向我抱怨他有多疲惫，还会一一细数自己生理上的失调不适。（例如：慢性耳疾让他无法听到频率介于二七一〇至二七六〇赫兹之间的声音。）虽然在面对债主、国家的镇压机关、秘密行动，以及那些可能剥削他的作品、名声与身份的人时，他为了占得先机显然也自损不少，但他作品的多产与写作的活力确实证明了他拥有不同凡响的精力与毅力。

精确到很怪异。

那么，这又是给谁的信息？
这里我完全解不出任何暗语，
你呢？如果和第二章的暗语毫无关联，怎会出现在这里？
难道这属于另一个暗语？或者根本在讲另外一回事？

这段让我想到我住的地方。我好像一眨眼变成了40岁的人。（当时我那个超棒室友是这么说的。）
我可以说一直都是这样。
那有点儿悲哀。
我以前也这么想，现在却觉得：人生下来就是某种样子，长大后可以自己决定要花多少力气去对抗/改变它们。
我并不介意落单。
你肯定是介意的，否则你不会和我在这里写字。（而且你也可能不会那么气伊尔莎。）
不管怎样，我还是会生气。

又或者柯想借此误导其他人？随意安插的细节看似有意义，其实不然？

忒修斯之船

阴沉的脸。另一个水手背靠船舷而坐，正在将一根细细的木条削成哨子，浓密杂乱的淡黄色头发在风中强烈地颤晃。S.暗暗祈祷，希望那个哨子不是给他戴的。就在他不寒而栗之际，两名水手交换了一个会心且颇有兴味的眼神。S.连忙避开他二人。

最后，S.拿了没吃完的船用口粮和剩下的水爬上艄楼，坐在前桅边凝视眼前的星空，寻找熟悉的星座。他无法确知船的位置（他知道自己并不精通星象学），但即便只有一丁点儿信息也聊胜于无。如今他最渴望的是能看见某样熟悉的东西，某样能让他与他失去记忆、失去身份、失去自我以前肯定熟识的世界产生联系的东西，无论这联系是多么细微。

那边：天鹰座。那边：天鹅座。那边：双子座。他把饼干放进水里泡上一会儿，稍软之后再用牙齿去咬，好不容易啃下几小片，又得再泡。

当他重新抬头望天，星星仿佛移了位，虽然仍辨识得出星座，形状却已不同。组成老鹰翼尖的星星已经在空中散开，让鹰处于不完整状态，不断地摔入

（嘴巴被缝合→吹哨/被迫进入标准化/有限的沟通模式）

还好这只是你写给自己的笔记，否则我会说你虚伪。

这段话让我感触很深。感觉上我生命中的一切都改变得太快了。

我住院时也有同样感觉。
你有没有找到你："熟悉的东西"？

就是你手中这本。
他们竟然没叫你休息一阵子别工作。我有啊。
我休息时只读这本书。没用太多大脑。我上大学、认识穆迪之前就爱着这本书，休养时又回到那种单纯的心情。

这时你可以问：你有哪些改变？ 你有哪些改变？
嗯，你知道的：人际关系、失团、学校（仍在学，又{46}即将毕业），但也包括我配。我不再对自以为感兴趣的事物感兴趣。我不再想要一直以来自以为想要的东西。
我的情绪也是：暴躁得不得了。所有人和所有事随时都可能让我暴跳如雷。

第二章　漂移的双生子

黑暗中。天鹅的脖子像被拧断，弯垂下来。双生子也脱离了彼此。可是星座不可能不顾原先的排列，径自漂移到新位置，不是吗？这一定是因为精神深受刺激，身体又疲累脱水所招来的幻象。又或者是眼疾，只是他忘了？他闭上眼睛，试着摇晃脑袋让自己清醒些——不过只是轻轻地摇，以免再度引发恶心。

当他重新睁开眼，竟然再也认不出任何一个星座了。头顶上星星满天，他必须自己去连接成新的形状，密密麻麻的光点已不再依照数千年来人类所描画的形状排列。他紧紧盯着群星看。它们在眨眼、在颤动，而且他敢发誓，真的看见它们在漂移——就如同有人能看到时钟的分针移动。他是个没有过去的人，航行在一片陌异的大海上，而置身的世界里，苍穹的群星又纷纷奔逸四散。[4] 他用力咀嚼着最后一口饼干，然后

---

[4] 在一封写于一九四二年、盖有瑞士巴塞尔邮戳的信中，石察卡描述自己刚做的一个梦，梦境与此现象十分类似。这封信已经不在我手中，但我可以凭记忆引述相关内容："万一星座不再维持原状会怎么样呢？"他问道，"难道不会让人小心谨慎地观察四周环境？难道不会引发惊恐？"

{47}

> 我看了萨鲁斯此自白录音的抄本。他为何要特别声明是自己翻译的（暗示船上的翻译员菲洛梅娜·柯岱拉是虚构的）？我们知道她是存在的，也知道她和石察卡合作过呀。
>
> 也许，除非序言和所有注解都属于另一个（忒修斯之船）更严重的伪造……
> 你不是真的这么以为吧。
> 我想，这个"菲洛梅娜·柯岱拉"就是我们一直在讨论的 F. X. 柯岱拉。！！！

硬吞。啜了口水，经由喉头处的一团硬物咽下去。头重重地埋进双手，深呼吸，准备进入一个他不可能理解的世界。

索拉。是人名吧，他心想。这是截至目前，他从大漩涡，从无论哪个人那儿所得到的唯一有用的信息。人名。男人或女人？此人属于他隐匿不明的昔日人生，或是现在这个？*

> 若是阅读的时候把索拉视为柯的替身，这会变成一本截然不同的书。

（真有趣啊，他发觉自己已经将这两者视为个别独立。）

有可能会是这个人生中的谁呢？醉酒的水手？他在港口附近擦身而过的满面怒容的男子？酒保？费力调整歪斜招牌时泫然欲泣的旅馆老板娘？绝对不是。也许是随身带着一本厚书的标致女子？这是个令人欣然的解答，只是除了他所感受到的如电光火石般短暂的熟悉感之外，可能性又有多大？这样一个女人怎么可能和目前环绕在他身旁的这群可怕的船员有所关联？

> 如此一来，哪一个结局是真的就非常重要了。
> 我们不是都必须这么做吗？抽离以前的自己，才能成为我们想成为的人，对吧？
> 但你可以说那是一连串的改变，而不是一个中断。摒弃一些关于自己是谁的想法，获取另一些新想法……但我们还是持续的。
> 那么你摒弃了些什么？
> 本来很需要父母了解我，但早就放弃了。也抛开了我本来就不该有的内疚感。还有再也没必要把自己想成是有史以来心理最健康的人。

忽然间一阵倦意袭来，他决定退回到底下舱房的吊床上，同时告诉自己，好好睡一觉，醒来或许便能

> 昨晚没锁门被室友念了一顿。我跟她说我很累，工作太多，一时没注意，就算了吧。她回我一句："你？不可能！"狗屁。
> ??? 不懂。
> 我又把这种事当{48}小心翼翼。
> 这个嘛，没错，可能也得摒弃掉。别人可能记得帮我毁了这条路，但目前还没结果。

> 但没有任何关于学校/事业/石察卡的事？
> 没有，这些一直是持续着的。——关于往学术界发展的想法呢？

第二章　漂移的双生子

———————

回到一个比较理智的世界。他站起来伸伸懒腰,当目光越过左舷望向远方,忽然注意到黑暗中有另一种不同的光线在闪动。是两点亮光。不是星星,不是:这些光有着油灯那种较为温暖的黄橙色调,而且几乎就在吃水线的高度。两点亮光,一致地移动着:是另一艘船。一艘双桅船。<u>但该如何引起注意?该如何吸引那艘船靠近,然后求救?</u>

　　S.灵机一动。他下到主甲板,行动时尽可能利索而又不引人注意。(即使在这里,在这艘船上,投射在他身上的目光依然如浪潮般涌来随即退去。他理应庆幸自己有这样的天赋,但他内心到底怎么想却不明确。)他一把抓起那名年轻水手留在桶盖上的煤油罐和燧石,随后又爬回艉楼。

　　他看了看船尾,确定水手们并未对他多加留意之后,也不理会已悄悄潜入夜风中的寒意,脱下衬衫,除了一只袖子之外,整件浸到煤油中。他一只手抓着干衣袖的袖口,另一只手摩擦燧石打出火花。衬衫着火时轰的一声,火光一闪,一阵风起,随着他画

———————

> 你看，我发现资料提及有艘葡萄牙船在1619年遇难。国王派人传话给船长说船上的乘客其实就是："恶人索布雷罗"。并下令立刻将他吊死。尸体被丢入大海。船被烧毁不久后沉没。这被视为索布雷罗确实曾在船上的证明。对了，这件事发生在亚速尔群岛。

> 你是在开玩笑吧，还是在哪找到的？

> 马德拉的航海历史博物馆有一流的数据库。

> 这么说索布雷罗真有其人……

> 而且和石察卡一样是意有权势的人。

> 但我们不知道为什么，也不知道他是不是（据说）写了

联系失败

> 《弓箭手故事集》的索布雷罗。

> 对，我们是不知道，但我想应该是。而且我认为有可能是他的。我无法证明，但我也说过：我不是学者。

> 但你带着兴趣向世人挖掘出有关石察卡的真相，那么至少得假装自己是。我必须非常注意自己说的是否属实。资料来源也要小心求证等等。要是一个不留神，我就完了。

忒修斯之船

圈旋转，在墨黑的夜里烧出一个光环。他扯开喉咙大喊——一面旋转火把一面喊叫一面旋转一面喊叫；声音当然传不到另一艘船上，但他就是无法自制，内心的所有恐惧与沮丧与愤怒也都一并点燃了。他回头瞥见整船的沉默水手都在主甲板前端看着他，但他不管，照样喊叫挥转，他需要把信号送出去，让另一艘船上机警而勇敢的人看到，因为这也许是他仅存的机会，能够与自己从前必定生活过的那个充满理智与秩序的世界重新取得联系。当他感觉到被抓住，便顺势转身将火把高高抛出，在水上划出一道弧线，火焰噼里啪啦、急速乱颤，接着消失在碎浪中，只发出细不可闻的嘶的一声，立刻被风吹散于无形。

两个水手将他压倒在甲板上，一个是睡眼惺忪、长着招风耳的那个，另一个则四肢瘦长、脸色煞白，掉落在额前的油腻黑发频频随着激烈的动作乱舞。两人把他的脖子扭得很不舒服。他听到几声短促的哨音，片刻过后，大漩涡的声音冷冷地划空而过：笨蛋。你这北疯会害我们暴露行迹。此人单调而刺耳的声音竟

> 这让我想起，我还在等你解释为什么约的女生在咖啡馆见，却放我鸽子。

> 我道过歉了，又何必再解释？ 米

> ※我（在外面这个真实世界的同胞）称之为："沟通"。
> 好吧，原因很复杂，其中一个：害怕。显然是因为我太可怕太凶恶。
> 不是因为你，或者应该说不是只有因为你。我保证：只要我能
> 理出头绪，马上向你解释。

第二章 漂移的双生子

> 最好快一点。两个月后我要去纽约了。

传达出如此的轻蔑和不屑，一时令 S. 惊愕不已，也压抑了自己急切渴望被救离这一船怪人的冲动。制伏他的那两名沉默的水手便利用这个停顿，将他丢下艏楼舱口。

> 我还以为你不想要那份工作。
> 我是不想，但我跟他们说我会去。我可不能毫无计划困在原地。不准你为此批评我。

S. 在慌乱中短暂抓到一截绳梯，减缓了坠速，摔得没那么痛。大漩涡透过舱口瞪着他，说道：**你啥都不懂，是不？** 在他阴暗模糊的头后面，上百个针尖般的天体小点摇摇荡荡滑过夜空。

> 外表 VS. 现实
> 就跟我一样：打刚以为了解他，故事就变了。

"我当然不懂！" S. 高喊，"这一切都没道理！"

舱门砰的一声关上，留下他独自在黑暗中。

当他张开双臂，拖着脚步缓缓走向吊床，思绪登时回到那个看书的年轻女子。他遭受攻击时她说了什么？她没有惊声尖叫，没有高喊求救。没有：她很冷静地应对，任由正在与自己交谈的男人被一个面目可憎还留有刀疤的无赖以毒气攻击并掳走。假如她真是索拉，没让她给迷上的话（不管这句话是什么意思），他的下场应该会好得多。

> 也就好像你以为和某人处了一种深刻长远的关系，后来发现其实不然。有时还是通过 E-mail 知道的，真的很糟糕。假如 E-mail 是春假期间从圣卢卡斯南寄来的，那就三倍糟糕。
> 真冷酷。

夜里，在睡梦中冷得发抖的 S. 被舱门打开的声音

> 重点是：在某个时间点相信某人或许没错……但他们可能会改变。
> 而且这期间内，他们肯定是从可以信赖漂移到不能信赖。只是等你察觉对方漂离了多远，已经太迟了。

{51}

> 寺珀，我其实一点儿也不了解你。
> 所以，我永远无从得知你是否正在改变，或者已经改变了。
> 你对我还是有了解的，对吧？曾有一段时间人们是凭靠书信往返来认识的。
> 据我观察：现在已不是那种时代。
> 现在当然是。

忒修斯之船

吵醒片刻，有样东西被丢下来。他将身子侧倾到吊床外捡起来。是一件衬衫，摸起来像是和水手们的衣服相同的粗厚布料。尽管衣服发出恶臭，尽管担心有臭虫，尽管自尊受伤，尽管一想到自己越来越像这群人就害怕，他还是穿上了。他觉得冷，又想睡觉，此时此刻这些才是最重要的现实。

天亮后，他会发现这件衣服其实和其他水手的一模一样：凌乱的补丁布片缝合在一起，布满针脚和色泽深浅不一的污渍，还储存了各种令人难以忍受的呛鼻气味。[5] 他不停搔抓后肩胛骨、整个胸口还有脖子，感觉好像已经有虫子在咬他了。

大漩涡轰然打开舱门，将两根手指放在嘴里吹出一声尖锐的哨音将他唤醒。**快漆来，大日头**，他说话时带着一种短促尖锐的愉快声调。**我们快接近你底船**

---

[5] 这个细节可能取材于巴伐利亚一个名叫芬夫荷赞的村庄里，每逢圣灰星期三都要表演的一出传统儿童剧，剧中主角被迫穿着 Belastunghemd，意即"重担之衣"。这出奇特的戏剧起源不详。

{52}

手写批注：

我修的课就是一件重担
尤其是文学课。伊尔莎总是说不清楚她要我们做什么，有时甚至连她自己都搞不清楚状况。

我认识的伊尔莎就是这样。
你去纽约那天她停课。
她也去了吗？
对，穆迪叫她去的。
你怎么没提？
因为，当我容许自己假装她不存在，通常会比较快乐。
你真的必须克服这一点。
真的，这是个大问题。
不是决定了就能做到。
没错，但你可以下定决心去试试看。而你并没有这么做。

这座城镇不存在，这出戏不存在，"Belastunghemd"这个单词也不存在。

但除此之外，还有什么问题吗？
柯（菲洛梅娜）到底想说什么？
又是一个暗语。一定是。

第二章　漂移的双生子

了，你一定想企看看吧。

　　S. 翻身下吊床，急切地爬上梯子时心里只有一个念头：当大漩涡胡子带着他这群可怕的伙伴袭击另一艘船的船员，[如果他的动作够迅速，多少能让后者少受点儿苦。]

　　他发现水手们并未忙着装子弹或磨刀，而是以不怀好意的眼神望向左舷。他们慢慢接近那艘双桅小船，只见它横斜着滑过水面，未展开的船帆无用地扭绞在一起，昨晚他看见的在桅杆顶上摇曳闪动的灯已然油尽火灭，甲板上空无一人。此时的景象是迷人与恐怖并存：晨曦柔和、蔚蓝的空中风卷流云、小小的白浪羞怯地轻拍山峦，一切都如此美丽而宁静，但 S. 感到这艘小船与船员遭遇了什么不幸，而骇人的景象很快就要铺展在眼前。

　　两船靠近、并列后，六七名水手（包括昨晚抓住他的那两人）纵身跳上小船，身手之矫健让 S. 咋舌；他们将两艘船绑在一起后，在无人的甲板上四散开来。有几人打开舱门，钻进去，然后消失不见。另外有一

> 如同伊迪&赖穆！
> 谁知啊？
>
> 答：伊尔莎·迪克斯&
> 赖特·穆迪。我曾试着
> 警告她：他是个什么
> 样的人。
> 我今天去了他的办公室，只
> 是想看看他长什么样子。(我
> 说我想在秋季班修他的
> 欧洲文学课。)我觉得他
> 让人极度不舒服。
>
> 珍，不管你做什么，千万
> 别让他知道你对石察卡
> 感兴趣。我是认真的。
> 这很重要。同样别让
> 伊尔莎知道。
>
> 放心，我不会的。不过供你参考
> 一下：伊尔莎也在他的办公室。他
> 们似乎，那个……挺友好。
>
> 我知道。那个人绝不会
> 放弃任何一个拥抱逢腴
> 的机会。

> 他拥抱的不是迂腐，
> 那是你的想法。

我在身份乘客名单上发现柯(蒋洛柯娜)的名字——她在1959年11月从纽约市搭船前往圣保罗。据我目前所知,她始终没有回来。

所以你认为从1949年到那时,她人在纽约?

飞天鞋出版社在1960年1月以前有个办公室(因为没付房租被赶)。她始终没有回复,显然已经离开那里了。

几年后她就死了。

没有正式的死亡记录。而且宣称她死亡的那个人所提供的照片中,墓碑上没看见她的名字。只是有人告诉他说那是她的墓。

那么:你认为她活得更久?

有可能。天啊啊。如果她还活着呢?

嗯……那就已经100多岁了……

我知道你觉得这很疯狂。

我才不会说"疯狂"。这个你懂的。

猴子作为S.的再一次出现。

↓ 下一个分身?
啥?分身?

又或许只是石在抗拒"这个=那个"的简单象征,或许想在书中呈现比较复杂的身份概念……

忒修斯之船

个水手是身材瘦小的小伙子,缝合的嘴唇始终噘着,不过若是在正常情况下,他应该算是清秀俊美,能让少女们心中的小鹿乱撞;他漫不经心地用脚尖轻轻踢了踢一堆黑色碎屑,但随即倒抽一口冷气,因为发觉那是一堆烧焦的骨头,而且已然裂开,还被刮除了骨髓。其他动物?或是他的船员?

招风耳和另一个水手(此人有水桶肚,两条腿却细得滑稽,横七竖八的花白胡子不禁让他想到开花的扫帚)一同进入主甲板尾端的舱房。他们的哨子几乎是立刻同时大响。当两人再次出现在甲板上,招风耳抱着一个年纪很小的男子,瘦巴巴的身上穿着褴褛肮脏的粗布衣,身躯静定不动,但尚未僵硬。而在圆胖的大胡子水手怀里的,是一个小婴儿,用脏兮兮的破布包裹着。S.的心倏地往下沉。

直到两名水手来到栏杆旁,S.才发现自己错了:那个婴儿不是婴儿,而是一只又脏又湿的猴子,身上只剩几撮黏着痂皮的毛附着在皮肤上。S.忽然听到耳边响起一个熟悉的沙哑声,吓了一大跳:年轻人应该

{54}

第二章 漂移的双生子

疵掉猴子，哭泣底心在海上不悲久。

"他能活吗？" S. 结巴地问道。

我不系才话过哭泣底心？

"我不在乎。我只需要知道你会不会尽力救他。"（又一个领悟：就算以前接受过任何医疗训练，那本事也没跟着他。他完全不知道能为这个病恹恹的年轻人做什么——如果真能做些什么的话。）

他搞不好还有东西能给。

S. 想迫使他把话说明白，但就在这时候，昏迷不醒的少年抽搐了一下，咳出一片细蒙蒙、如朝阳般粉红的水雾[6]；水手们无动于衷，继续往前走，甚至没有停下来擦脸，他们将他抬进荒废的海图室后关上了门。S. 喉头紧缩，几乎就要潸然泪下。

大漩涡抓住他的颈背，把他整个人往后转，两人的脸几乎相碰。离得这么近，S. 可以看见几根细小扭曲的白毛蜿蜒在那瀑布似的黑胡子当中，可以看见他

---

[6] 细心的读者看到这里会想起《花斑猫》第四部，教士独白里的"瘟疫清晨"那一段。

忒修斯之船

眼睛边缘的分泌物，可以闻到他带有强烈金属味的气息。<u>你最好目睛放亮点，他说，一不小心就耶死</u>。说完他将S.推开，由于力道太猛，S.绊到一团绳索，跌了个狗吃屎，掉到甲板上。有一刻他真怕自己就要掉落船外。

他拉着前桅站起来，大口大口地喘气，激动得血脉偾张。他看着大漩涡走下主甲板，(水手们正在那儿把小船船舱内没有标示的木条箱搬上船，再装到底下去。)那里面装着什么呢？当然不是吃的，<u>否则那个挨饿的年轻水手在情急之下，就会撬开箱子了</u>。

另一艘船被搬空以后，一阵哨声齐发，随后小船便被割断绳索随波逐流。水手们跳上桅楼，重新回到工作岗位。船帆调整到容易受风的角度后，船便重新乘风破浪、快速前进。当那艘幽灵船越漂越远，海浪推着它转了个直角后露出船尾板。上面没有船名。

这段时间，生病的猴子在甲板上到处打转，评估这个新家，然后拖着身子慢慢钻进主桅索具间安顿下来。[S.看着一个水手把一块咸猪肉高举到猴子面前，

埃里克，我一直很纳闷，为什么你似乎不像我这么害怕？
我的确害怕。感觉不出来。
呃，因为我们不一样。
对，我以前没死过。

大，我不知道这件事是否能代表什么，但穆迪的办公室里有几个打开的箱子。我试着想看里面有什么，但伊尔莎移动身子挡住我的视线——虽然她只是微微动了一下，但肯定是故意的。

你觉得他们以为你在刺探？或只是好奇？

好奇。我很确定。我不过是个大学生，对吧？哪有可能在找什么？

活该牛排怎么掉？←
裹林清的那份。

超赞，但我现在又吃起泡面和花生酱果酱吐司。

你要知道你快30了，饮食习惯也该改改了。

我得把钱用在工作上，而且饥饿感能让人保持敏锐。

> 珍，这是你的新纪录。118个留言。每次交换书平均写35个。
> 我倒是好奇1/4个留言长什么样子。

第二章　漂移的双生子

不禁着恼地暗自纳闷那是不是自己今天的配给。

> 话说回来，"后悔"的定义不也算是"匹配不和"？我是说，不见得只有受折磨的艺术家（或学者）才能体会到这一点。

他搞不好还有东西能给。整天下来，S. 晕眩蹒跚地在船上走来走去（只是这晕眩是因为饥渴、疲倦、惊吓或恐惧，不得而知），这句话始终在耳边挥之不去。有什么能给？这些人想从他身上得到什么？

> 那么猴子是 S. 的伙伴还是对手？或是两者皆然……我觉得这样很有趣。但是也很黑暗，形同和另一个版本的自我不和……参见石对于艺术 vs. 商业的论述：两者都是从人人榨取而来，但原因不同，目的也不同。

除了海图室的人员进出较频繁之外，大伙儿依旧若无其事地各忙各的。他们会盘绳、扯帆、调整风帆角度，像蜘蛛一样灵活地攀援而上桅楼，也会缝纫、用磨石磨甲板、刮船底、敲榔头、吹哨。根据 S. 粗略的估计，每隔三小时左右，便有一个疲惫不已、面容呆滞的水手费劲地从舱口爬上主甲板，吹响哨子，取代另一名水手（有时在甲板上，有时在绳索间，有时在舵轮前），替换下来的人随即从舱门钻进 S. 从未见过的船舱最深处，消失了。三个钟头过后，那个水手会再上来吹响哨子，重新加入工作行列。S. 在观察过全部船员换班之后，察觉到他们再次出现时下颚边的瘀青似乎更加明显。如果他没听错，好像整艘船到处都隐约传出痛苦的声音。

> 当你专心致力于某件事，难道不会舍弃一部分自我吗？
> 当然会，但不认为艺术也会有某些回报。商业则只是榨取（无论对方声称会有什么反馈）。这是《外勒的矿坑》书中的一大主题，其实也几乎可说是石察卡所有作品的重要主题。
> 那么爱呢？该把爱摆到哪里？
> 我猜想"爱"也是书中探讨的重要问题之一。我敢说对菲洛梅娜·柯岱拉而言确实如此。

> 他们的体力逐渐所耗弱。
> P.42 提到的黑曜石，布拉格和慕尼黑也少一些。
> 真是怪了。看来那些档案室真的得开始加强保安工作。牛津&巴黎的石察卡档案室各有一个。瑞典与普萨拉的（2013）不见了。秘鲁利马的不确定。
> 现在巴黎说他们的不见了。你应该不会认为德·阿·永·斯寄来的黑曜石就是巴黎档案室的吧？
> 我不认为他会那么做。

忒修斯之船

S.感到心烦意乱。一方面觉得应该继续心怀感激，因为没有人要求他做任何在船底深处进行的事，他应该心满意足，继续对船员所受的酷刑视而不见。另一方面，这项秘密工作必然和他从城里被掳走，受这些人掌控的原因有关。必然有关。至于两者不相关的可能性（也就是这两个谜之间或许并行不悖），S.宁可不去考虑。一个人能应付的秘密也就这么多，尤其是当他深陷其中的时候。

那天夜里，S.离开自己的舱房，决心去搜集有关较低层甲板的情报。顶着大光头的水手在海图室外面站岗，当S.力图表现出镇静且无不良动机的模样走下主舱门，他并无明显反应。第二层甲板上的水手也一样，见S.从身旁经过继续往下走，也还是自顾自地抛光、结绳、修补。到了第三层，他左右各看一眼，一个人影也没有，于是准备再往最底层的甲板走下去。兴奋与忧惧之情让他的胃收缩紧绷，这时头上突然一阵剧痛，眼冒金星。他大喊出声的同时，被人扯住头发拉回到第三层甲板，接着又被强行扛在肩头带上露

无知 vs. 知识
冷漠 vs. 共鸣

你怎么成为这么优秀的学者，研究者，这么会查资料？

我大二修过一门图书馆学，是我最喜欢的课之一。

最底层甲板？
不会被看见 →
代表隐私、秘密、危险。
乘客无法接触到船上的真实世界。

那你最喜欢哪一堂课？
请见本书"插曲"。

{58}

第二章　漂移的双生子

———————

天甲板。他被重重一摔，下巴先落地撞到木板。水手们聚集在他周围，被月光照亮的脸上充满扭曲厌恶的表情。)你说得对这段很像《山塔那》里面的逃跑情节。

S.低低咒骂了一声，返回自己的舱房。

几天过去了。每当他想要再次试图偷溜到下甲板，疼痛的下巴就会提醒他最好想点儿别的。

傍晚时分。太阳宛如地平线上的一团火球。四面八方的风一直淡然地吹卷着，此时忽然合并成一股强劲的东南风，推送着船轻快地继续它的神秘旅程。S.留意到船员们哨声的音调与形式起了变化；有什么事即将发生，就要产生某种变化了。有只昆虫嗡嗡飞掠过他眼前，消失在偌大船帆背后的天空里。蜜蜂？在海上？

在船尾的甲板上，大漩涡正要伸手去开海图室的门，忽然从桅杆瞭望台传来的一个特殊哨声吸引了他的注意。S.仔细观察他：只见那大块头歪着头，从右舷栏杆望出去，接着解下腰间的望远镜，拉开来扫视天际。他高声说了句话，一阵风吹来压过他的声音，

———————

> 蜜蜂的学名都是"APIS"开头，代表：阿匹斯？
>
> 阿匹斯不是石察卡的可能人选，他的抄录官秘书提……虽然没有证据证明确有此人。如果那是石察卡，那么他的身份之谜并没有解开，只是转移到一个同样诡莫如深的人身上。

> 说到德雅尔丹，你们在纽约碰面之后，有他的任何消息吗？
> 我打了电话、写了E-mail、寄了信……现在感觉好丧气。
> 可是在纽约的照片拍卖会上，他似乎很信任你不是吗？
> 是啊，但他也有所保留。也许我应该直接到巴黎找他。寒林给我的钱够用。

忒修斯之船

埃里克·胡希，国际冒险人士！

> 其他几个段落似乎也有同样的暗示。

让S. 没能听到，但S. 几乎可以肯定他的唇形是在说**看到陆地啦**。然后他啪地将望远镜缩短（有那么一刹那缠到他乱糟糟的胡子），塞回原处，走了进去。

> 见德雅尔丹的研究（1979）。石在预言自己的失踪吗？
> 惶恐（埋怨自己）：石察卡书中反复出现的主题。

[被救的年轻水手还活着吗？如今又受到什么样的对待？水手们到底期望他给些什么？] S. 暗想，假如自己更勇敢些，就会更积极地去探查，因为他知道了解这名年轻人的命运必定多少能帮助他知悉自己的命运。何况，他不也应该为这可怜的孩子负点儿责任吗？至少应该**试着**帮他一点儿忙不是吗？然而，S. 秉持本能地尽量远离死亡（或者濒死），因为他自己的死期也有可能不远了。

> 这位先生，你应该明白你也是这样吧？
> 我还是不明白谁会想要石察卡的命。

他从右舷眺望出去，但就算有陆地，光凭肉眼也看不见。船似乎并未调整路线，S. 心想：如果有陆地，那里会是他们的目的地，会是他面对某种未知但八成不是什么愉快的命运的地方吗？或者他们打算从旁经过，继续这趟神秘的旅程？即使他们有此打算，即使他们经过陆地时的距离可以靠游泳抵达，还是有一个不容忽视的问题可能影响S. 的全盘逃脱计划：他不知

> 有许多可能：苏联、美国政府、主张硬拼到底的纳粹人士、一些巴尔干的派系……但我认为布沙特特别希望他死。
> 珍，还有S组织也想要石察卡的命（哲学家麦金内的版本）。
> 我真的不敢相信。这个人就这么闯了"S"这个名字，彻底改变了它象征的意义。

第二章　漂移的双生子

道自己是否精通水性，又或者到底会不会游泳。[他隐约觉得很久以前应该和水有某种关联——而且也想起了旧城区的那些声音，真希望它们没有沉默下来，但他还是犹豫不决，不敢确定能驱使自己游到岸上，而不会如石沉大海。]

　　大漩涡在海图室待了五或十分钟才出来，脚步沉重地走过甲板，还一度暂停下来，皱起眉头瞪着一圈胡乱盘起的绳子。当他重新抬起头，正好与S.四目相对，S.当下就知道这个大块头正要到舺楼来找他谈话。那人接近的时候，他仍旧感觉到五脏六腑因恐惧而纠结成团，除此之外还有一种更急迫的不安，因为他总忍不住会想起那个年轻人咳出的血沫水雾，以及此刻大块头身上肯定带着的传染病菌。)他很确定，这船上总有样东西会杀了他，只是不知道是什么罢了。

　　但就在此时，瞭望台上的尖锐哨声倾泻而下，使得大块头中途停下脚步。他朝西边天空望去，在接下来的太短的时间内发生了太多事情，S.实在无法全部注意到，事后也很难追忆起事发的先后顺序。夕阳已

{61}

※见下页上方

手写批注：

对于自身能力的恐惧／怀疑

我想我们每个人都会怀疑自己吧。昨晚有份文学论文要写（叶芝的诗），结果我完全僵住了。盯着空白屏幕，脑子里只想到好怀念以前的生活……当时我还没发觉我必须为此做决定。接着又想：我到底在做些什么，又是为了什么？我真的为此做过任何重大决定吗？活到目前为止的人生真的是真的属于我？

我倒是意外，叶芝的论文的确很难写，你最后怎么搞定的？

没写。我选了石黑伊米迪奥·阿尔维斯的飞天鞋。

迟交没关系吗？我根本没问教授。

珍，这样不好。

是不好，但〈飞天鞋〉很好看啊。而且我越来越厌倦去做别人叫我做的事。

老实说我也懂，但你一定要克服这点，你一定得毕业。你已经投注太多心力了。

不愿尝试新事物的人都会拿这个当理由。

← 不对，拿这个当理由才能让你在两个月后拿到学位。

大接上页，1918全球大流感时期，石察卡在哪里？或许那段话是在指涉这个？不确定。有个自称是石察卡的人在某个默默无闻的西班牙诗人死去后，为他写了篇悼文……暗示曾在巴塞罗那见过病中的诗人。

真有趣。我们全家去过巴塞罗那旅行。
S. 游荡的旧城区让我 想起那里。

说到巴塞罗那……竟然没人对西班牙小说家加西亚·费拉拉多加谈论。我觉得他是个可能性颇高的人选。

——谁都不想倒戈投靠法西斯的人——
大家似乎都在挑选配想要的石察卡。

正是，我们都想自认为客观……看下一页上面
⊛ 我第一次读到这一幕后噩梦连连。接着第二年夏天，本来要和叔叔航行到温哥华，我却在最后一刻临阵退缩。他气坏了，说他那么相信我，我却让他失望。

你向他解释过吗？说你只是害怕？

没有。他不是能了解这种事的人。我的家人都一样。
那个孩子要是在这里，我一定给他一个拥抱。
那个孩子要是在这里，他一定不会让你拥抱。

忒修斯之船

经转为紫红，渲染了整个西方的天空。空气顿时温热得令人不舒服，沉滞得有如热带地区。[一团黝黑不祥的带状暴雨云从东南方朝他们急速奔来，原本不见踪影，转眼间便以惊人的速度来势汹汹地飞旋而至。]⊛ 风势倍增，随后再倍增，在索具间穿梭呼啸。海上激起的浪花弯成弧状溅在甲板上。猴子往下跳到甲板，趁某水手砰地关上舱门前，及时飞奔进去。海浪横斜地击打船身，使得船只剧烈摇晃。水手们以前所未见的急迫、快速与敏捷，在索具间与甲板上行动着，有人收帆，有人将甲板上方与下方的装备收妥，这期间哨声始终在他们之间穿流不息，偶尔顺风而来，偶尔夹匿入风中。

压得低低的厚实云团舒展开来，让整片天空提早变黑。云层间屡屡爆出闪光观测仪似的电光，越来越频繁，到最后几乎是连续不断。急促的风声逐渐高涨。S. 知道回到下方的舱房关上舱门会比较安全，但暴风雨造成的混乱或许正提供了一个以后再也不会有的逃跑机会。这个念头一针见血，使得他阴霾的心立见

第二章　漂移的双生子

清明。

　　船骑乘在高高的浪头上，瞬间往前暴跌入浪凹处，舯楼整个淹没在绿得怪异的海水与泡沫中。S.往下爬到主甲板，紧紧攀住梯子的手指因用力过度而发白，而且全身湿透，冷到几乎无法承受，然后缩在船舷边躲避强风。海浪横向冲撞而来，一大片看似坚硬的海水步步逼近，中途仿佛还停下来扩张声势，最后以超自然的力量崩裂开来，甲板上泛滥成灾。

　　S.隐隐约约意识到哨声的音调与形式又起了新变化，接着在船员们一阵仓促的行动过后，他眨了眨灼痛的眼睛，看见阴暗的天空冒出一簇簇成排的泡沫状银白云脚，随后云脚慢慢拉长，像钟乳石般往下延伸，最后变成一个个翻腾的、看似被撞凹的水漏斗——水龙卷呈直线落下，直接砸向船只。他永远无法想象竟有这种画面：当漏斗的尖端一碰到海面，四周的水与泡沫旋即爆发。这是个恐怖的奇迹景象，奇迹般的恐怖画面。S.可以确定在如此密集的力量展现下，绝不可能也不会留下任何活口。S.半愕然半入迷地看着可

> 亲爱的艾瑞克，我有初稿，说了一阵。要找身边值得信赖的人，进一步陷入种种过程，不足以成为现在。

> 这依然不代表他就是石察卡。

> 我就知道这件事可没这么单纯。但还是没你想的那么严重。即使你是无心的，但是依照我们的交情，你对我说谎我绝不放过你。

忒修斯之船

能<u>即将湮灭他本身、水手们和船等一切事物</u>的声势滚滚而来。此时的风仿佛带着暗蓝与电气，隆隆的低回中夹杂着震耳欲聋的尖啸。[7]S.已湿得像只落汤鸡，全身麻木无力，不停颤抖，但他就是不容许自己转移视线。一团龙卷风以女芭蕾舞者的精准与优雅往下伸探，触及水面，引发一阵模糊的轰隆的冲击声，随后又来一团，接着又一团，声音越来越大，破坏力也越来越显著。这时他看见大漩涡浑身湿透，一只眼的上方有道伤口正流着血，步伐笨重地朝他走来，手指指点点，似乎在发号施令，但<u>声音淹没在暴风雨中</u>。S.仰头透过索具望向有如噩梦的天空，看见自己的下场：墨黑的水龙卷剧烈转动、急速行进，有如骷骨的三角形尖端从天空朝船上直插而下。时间放慢了下来，让他得以闪过一个念头，一个关于颜色与形体的奇怪、无语的联想：水龙卷与那个年轻女子杯中饮料的联想。紧

---

[7] 关于这段情节，石察卡可能取材于海盗科瓦鲁维亚斯的《龟岛日记》中可怕的暴风雨（尽管有些受蒙骗的读者怒吼抗议，但此书已一再被证实是虚构）。若是如此，石察卡必然是在嘲笑那些竟然愚蠢到相信他与这个虚构海盗是同一人的人。→ 又是海盗？这似乎是石察卡与萨洛（柯）之间常开的玩笑，说不定他们正在嘲笑读者呢。

（左栏手写批注）

萨默斯比：湮灭于大海 解释一下？

萨默斯比临死前在客轮船舱里录下一段自白，说他是石察卡，但由埃斯壮协助完成第一本书，很难听得清楚，因为噪音太大，但内容相当详细。这录音带是我追踪到的（被萨的律师的女儿收藏在她的阁楼），可是穆迪想要，伊尔莎就偷走给了他。

你确实有理由生气。你何不抢先穆迪一步，自行发表？

需要有录音才行。光靠自白内容的抄本不具可信度，而且我也不确定是不是完全相信萨默斯比的说法。感觉太简单了。《请才请才》

可以让我看看抄本吗？你能信任我吗？

（右下手写批注）

我不认为石会这么做。他有幽{64}默感，但不会在一本严肃的书中开玩笑打乱节奏。→ 那么有可能是萨洛自己写的注解，让玩笑持续，就等于让他继续活着。

第二章　漂移的双生子

接着便崩陷入一个奇特的劫数：耳朵受到压力的痛击，头上的空间被漆黑填满，四肢变得松软，已然由衷地准备赴死。

　　他可能有也可能没有尖叫，后来也记不得了，只记得一声轰然爆裂的巨响，主桅瞬间消失，[在甲板上炸开来，化为千万碎块细片，深深嵌入肌肤。]在这混乱的局面中，他留意到另一组不同的声音，是尖锐的吱嘎声与噼啪声，接着后桅往左舷倾倒，撞凹了船舷，破碎的船帆与绳索从上方落下，不断打在他们身上，而在这一切的一切发生之际，S. 听到脑海响起两个字，那声音不是他、不是大漩涡、不是旧城区那些幽灵声音——这个比较有力也比较深沉，这是自古以来的自保之声，从永眠中受到冲击而惊醒，呼唤着他：游吧。

　　船高高耸立在冒着乳白色泡沫的浪尖上，紧接着一切都失重，随后崩陷入浪谷底，S. 任由撞击力将他往上托、往上托，托入那片翻搅得令人目眩的泡沫与绳索与碎片与尖叫中，他自己则是漂浮着、漂浮着，直到怒海波澜漫涌过来。他摔得不轻。表面张力有如大

喂，我可是**很希望**{65}他是石察卡。

不，你没有。
因为穆迪有录音带，而你没有。

（手写批注）

这句你都可圈可点。

谁知道？
我从15岁开始就在这本书里写东西了。

注意：萨默斯比在一次大战期间遭榴霰弹所伤。

这一段曾经让你看不下去吗？
曾经。不过有时候也可能非常刺激。

你为什么怀疑萨默斯比的身份？
我一直在思考他的风格。他的小说十分简单明了，情节平铺直叙，用词简练。若主张石察卡的《夜栅栏》或《山塔那进行曲》读起来像萨默斯比的作品，我可以理解，但是《三联镜》？《华盛顿与格林》《飞天鞋》？《科里奥利》？

这不就像是莎士比亚的身份争议？以不同风格来创作真有这么难吗？

> "诞生"→再一次重新塑造自我
> 但,这是另一个**独立**的自我
> 或是**持续**从前的自我？

忒修斯之船

这是个好问题。
直到第十章之前,很难看出石察卡是否对此表达了立场……

现在看来……即使如此,也得看是哪一个版本的第十章。

我在想,如果她早知道自己手中握有那几页稿子,会怎么做？

她知道她有,只是不想知道上面写了些什么。

头棍的重击,把他体内的空气全挤压出来,扭转他的脖子,让他的四肢松软无力,随后 S. 以一种梦幻而怪异的解离状态,<u>感觉自己往下诞生到一片咸咸的、充满泡沫的漆黑中</u>,海水不断拉扯他、旋转他、扭曲他,让他嘴里、鼻子里和喉咙里满是咸味,直到那个古老的声音再次呼喊——游吧！——而 S. 的某条反射神经也起了反应,也许是脚踢了一下,或者是 S. 本以为已粉碎的手臂拨了一下,接着再踢几下,（拼了命地快速而不规则地踢,尽管在水里速度会减半,）方向感顿时变得敏锐——没错,他正往水面上升——踢几下再划几下,他终于冲入空气中狠狠吸上一大口。[一转眼他又被卷回波涛底下,但很快便重新浮上来,又踢又划,到了某一刻手脚的动作开始协调；游过汹涌浪涛时,他找到了节奏,偶尔会被拉下水,但总能立刻再次呼吸到空气,这一切不断地重复,直到那个声音告诉他：**停、看**。他看见了陆地突出的部分,沿岸有火光,一座山丘顶上有个钠气灯照亮的圆顶。想必有两英里远,或是三英里、四英里,总之远得让他觉得根本不可能

{ 66 }

第二章　漂移的双生子

> 所以人都会逃避改变，直到再也没有别的路可以选择。

> 在过渡／改变／重塑中遭遇危险。

游得过去，但他仍让自己朝灯光前进，划呀划呀，有时还趁机借风浪之力推他一把。有一刹那他不禁好奇：自己和船的残骸距离多远？有没有任何生还的水手正搭着小艇在追他？但他就是没办法回头看，他不要回头看，他只能又划又踢地，以不断增强的意志力驱使身体朝港口的灯光游去，并努力让他的头挺伸于海浪之上。

> 与萨默斯比自白录音带的最后一句雷同（只是他说"我的"而不是"他的"）。为什么？？不过这并未使他的自白增加说服力，因为《忒修斯》已经出版，任何人都能拿来引述。

> 是暗语？传达给另一人的信息？

> 不管原因为何，从录音带听起来，他似乎知道上了甲板就会死。他知道这段自白将会是他的遗言。

（1）从水里浮出水面；
（2）星体亏蚀或受到遮蔽后再次出现。

第三章

S.的复现

珍，你该不是想说S.是个星体吧？

不知道，我又没见过他。

(((罐头笑声)))

你只是觉得很有趣，因此想起了她"珍"。 某种程度上的情书。

  S.整个人趴在一道防波堤下方，被海水呛得直咳嗽，尖锐的岩石深深刺入他的皮肤。海浪不停地在他身旁汩汩流淌，涌来退去，但这些小浪对他而言只是抽象的感觉，有如幽灵般的动作抚掠过他的肌肤；他已经麻木到再也感受不到任何寒意。每当海浪打过来，他就抱着身子猛打战。此时他身上只剩一件不像样的裤子，本已破旧不堪，再加上海水的重量，仿佛随时可能被撕裂。(大衣呢？留在舱房里了，连同那张也不知道还能看清些什么的又湿又破碎的纸头。)他们给的那件脏兮兮的水手服呢？八成是被翻腾的海水给剥掉了，虽然他并不记得有这么回事。所以说：这条可怜

S.第二次浮出水面

我一直想到那张纸。我们知道那上面有S.符号。除此之外呢？这个重要吗？

大多数人认为那张纸只是剧情中的"麦高芬"。

很好，这是我最新的爱用词。希区柯克提出的电影用语，对吧？保证剧情发展和观影兴趣的某个元素，起初看似关键，渐渐被沉浸于电影的观众所遗忘，而它到底是什么，也不再重要了……

{69}

忒修斯之船

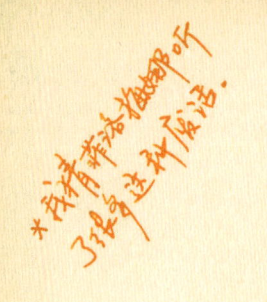

的裤子是他唯一的财产,是他与一段失窃的过去唯一的联系。[1]

等到肺部清空,呼吸也回复到不再只是痛苦的喘息,他缓缓地从一堆滑溜溜的海藻中站起来,振作起精神。他小心地踩稳脚步转过身去,搜寻水面上有无船、水手、小艇或汽艇或任何追捕的迹象;放眼望去,却只见港口模糊的水面上一条条细微的碎浪轻轻波动着,街灯与火光渲染了淡淡雾色,数英里外一大片浓雾犹如帷幕遮住了天际。船或许安然度过了暴风雨,也或许已沉入海底。但他怀疑即便亲眼目睹了船被吸入深海之中,即便确认了二十个人和一只猴子的尸体漂散在海上,他的后半辈子仍会不时焦虑地转头往后瞄。不过,就目前看来,他是自由了。精疲力竭、饥寒交迫,而且不知道上岸之处是否友善。但毕竟是自由了,他绝对不会再让那群残忍成性的人找到他。

---

[1] 参见石察卡《广场》中的人物弗兰兹尔:一个一文不名的孤独男子,就在海马基特广场发生那场臭名昭著的大屠杀前五、六天,他被目睹从密歇根湖中现身,那算是他第一次在芝加哥暴露行迹。

---

*我觉得葬为猴都可以了,但是这种废话。

珍,你知道吗?关于你说的这点,我现在渐渐想通了。(也许我花了太多时间和你在一起。)

你并没有花时间和我在一起。

就快了,我发誓。现在不能慢下来。

为什么和我见面会让你慢下来?我是在帮你。你要是看不出来,我应该直接走人。

我只是需要时间罢了。★

弗兰兹尔和S.在抗议时的表现非常不同,石察卡回收旧作的情节,以不同的手法重新加以运用,因此以"忒修斯"作为他的生涯作品总回顾,也呈现出故事的写法可以有何不同。

也许还有他的生活可以有何不同?

牵强。

是10天,不是5、6天。
柯到底有没有努力去注意细节?

↓

也许是个信号, {70}
暗指注解5&6?

弗兰兹尔没有暴露行迹——
他溜进去了。那才是整件事的重点。

不过,你看注解中的"算"字。

> 不过这一章也让我想到弗拉季米尔·石察卡。这个开头，加上结尾的一幕……会不会他跳桥没死，后来变成石察卡？这段情节可能是他把这件事写出来甚至是"披露"的方式。
>
> 或者：只是巧合。或者（更有可能）：真正的石察卡想让人以为他是某种幽灵。

第三章　S.的复现

> 或者：石在作弄那些执着于想知道他是谁的人。
>
> 怪的是弗拉季米尔·石察卡竟然也是可能人选。他不过就是一个名字、一个谣言。

他差一点儿就淹死了，这点他知道。在离岸四分之一英里处，他感到体力不支，海浪打来，高高盖过他的头，当时他很确定自己再也游不动了。他被一波急浪卷入后跟着旋转，接着开始被拖回较深处。求生的声音也许还在督促着他继续游，但他已被脑中的一波波思绪给压倒了，他心想干脆就此放弃挣扎应该也不坏，不要再替这些微弱、绝望的努力加把劲儿了，就乘着海浪的势头回到海里，就此湮灭于无形。[2] 他意识到自己心里同时怀着两个完全矛盾的冲动，于是停顿了一下，就在这时灵光一现，冒出了相当清晰的第三个念头：<u>只要他能休息、养精蓄锐，就能厘清这两个态度中哪一个更忠于自己，也就能够选择该怎么做而不只是去做而已。</u>这点对如今脚下踩着坚实土地的

> 他姓石察卡，而且有人（只有个人）暗示他可能曾经想当作家。如此而已。
>
> 还是找不到任何关于他的线索，丝毫毫没有。我那么擅长挖掘资料欸！
>
> 你的确是，而且厉害得吓人！
>
> ——让我觉得你也曾经是这样……（你愿意的话可以谈谈。）
>
> 说"谈谈"有点儿奇怪。
>
> 是啊，没错。（你选择完全是在逃避。）
>
> 对，我曾经是这个样子，最后熬过去了——而且永远不会再重蹈覆辙。

---

[2] 如果石察卡还活着，为我做最后的翻译校订，可能会对我在此选择"湮灭"二字提出异议。他原句的直译是"不存在"，我认为这种说法很荒谬。一个人怎么可能不存在？如果有这么一个人，他就存在。（当然，身为哲学家，并且不知为何成为石察卡热门人选的格思里·麦金内必定能针对这类议题写出厚厚几大本书。但我的结论是，单纯的存在远比去苦苦探究一个人是什么、是谁或甚至是否存在要好得多了。）

> 柯岱拉在这个注解中提出他自己的人生哲学，非常重要。
>
> 不过，他/她的口气很真诚。也许这是在直接告诉石察卡：
>
> 好好<u>真实地</u>活着！
>
> 这种"忠告"实在是老生常谈。

忒修斯之船

他而言，好像很奇怪，在当时却似乎是最重要的考量。

当他接下来再划一下，[手在水里碰到一样漂浮物，是一个硕大的金属球，表面布满长钉正好可以当握把，他紧紧攀附住它，]随着金属球在持续往他身上撞击的海浪中载浮载沉，他也因此得以休息喘气，并领悟到自己其实完全有可能游完最后四分之一英里，把自己从水里拖向安全、能活命的地方——又或是想要成为能游完的人，反正都一样。他发现自己想到酒吧那个女人，而且忽然间出乎意外地极度渴望能再见到她，只为了把他对自己所下的这番结论告诉她。[3]

这时，他想起了那闪现的关联：水龙卷与她的饮料。他的内心深处传来一个信息：她是认得他的。索拉？表面看来很荒谬，但在表面下的某处却是真实的，当他推离港口的水雷，那个真相驱使他游到了岸上。

这是个小城，水边矗立着一座大型砖厂，建筑物的每一侧各绵延数百米，俯临一个码头和一片网状分

---

[3] 典型的石察卡式悲剧：顿悟来得太迟，来不及与人分享。评论家托雷莫里诺与霍尔特都对这个主题有大幅论述，不过毫无值得一提的洞见。

讽刺：毁灭的器物成了救星。

S. 听起来有些孤单，甚至是绝望。

你知道莱巴里克吗？那个自称在厂里结识瓦茨拉夫·石察卡的人？他说石疯狂爱上一个同在那里工作的女孩，因为被她拒绝才从桥上跳下。

她证实过吗？

没有人知道她是谁（或她是否存在）。莱不记得她的名字。

[拜托，他起码也要捏造个名字吧？]

→ 我知道。以一个关于石察卡的假论述而言，他这个不怎么高明。

又是一些不存在的"评论家"。先标记起来，有可能是暗号吗？

尚无任何收获。你呢？

难道这个注解是有意误导？

※ 全都没有明确死因，全都死在水里，口袋里也都有一张不察卡的书页（只是书不同）。德雅尔丹对这些极感兴趣，认为可能与石与布珍有关。这论点，显然与《感條斯》的《插曲》相符。

第三章 S.的复现

> 万一这游戏仍持续着呢？
> 我认为这从来不是一下游戏。

布的狭长防波堤。工厂的规模与基础设施的延伸范围，若是在马赛或敖德萨或波士顿等大的港口都市不会引人注目，但在这样一个小城镇却显得极不协调。

> 书中极少出现具体地理位置，这是第一次。

此时，他上方的码头回响着骚乱的声音：叫喊、嘘声与威胁，重重地跺脚与粗棍敲打木板的声音，通过扩音器带领着喊口号的声音。最常响起也喊得最大声的口号是：说出他们的下落。说出他们的下落。他对冲突事件当然是一无所知，却下意识地支持示威群众，支持那些失去亲人的人。他也一样。他失去了所有人，包括他自己。

> 今早读了 中站台有几人 喜欢的亮 读到这个越来越奇怪了。

空气中带着秋意，比当天稍早在船上时要凉得多，变化过于极端，S.一时还以为自己游过了好几个纬度的距离。当然了，这个想法太荒唐；这甚至可能是个征兆，显示他的心智有些错乱，显示在冷水中的长游已经对他造成严重危害，也显示他有可能忽然昏厥后离开人世，到头来只是一个因船难漂流到某座奇怪的城市下方、被卡在码头底下的无名死尸。他已经不能

> 这个冬天真是冻死人。
> 没完没了。
> 波拉德州＝冬之城？
> 的确很像。

圣托里尼男 请详述。

1936年5月，圣托里尼。无名尸，没有指纹，没有财物，只有一身衣服和从《布拉克森{73}霍尔姆》书中撕下的一页。希腊政府始终否认此事，但是有相关文献，甚至还有一张尸体的照片（当然，很模糊）。据说世界各地还有15~20起类似命案，全都没有可辨识的指纹。⊗见上方

> ✲ 你给她了吗?
>
> 我跟她没带要时间整理,但很快就得给她,这是我的工作。
>
> 把你的名字从名单上删掉。
>
> 当然了。公平起见,我也会印一份给你(不客气)。现在你愿意承认曾经对伊尔莎有意思吗?
>
> 你都已经这么认定了。所以我想的没错。
>
> 对,你想的没差。这会令你困扰吗?当然不会。知道你的确能与人互动,倒觉得有点儿放心。今天伊尔莎来了图书馆,好像没认出来我。这很奇怪,因为她每星期会在课堂上看见我两次。
>
> 她只会注意那些对她的研究有帮助的人。
>
> 你们俩之间有发什么事,对吧?
>
> 是啊,她偷了我的薛默斯希尼录音带,给了穆迪。而且当他唆使全系的人和我反目,她没有站在我这边。不过也没什么大不了。
>
> 喔,好吧……总之:她说穆迪想要一份今年进过图书馆右寨秋档案室的人的名单,须他担心档案的"完整性"。(在此插入埃里克的嘲讽笑声。)✲

再浪费时间等待身体恢复并累积体力,他必须要动,必须要采取行动。首先:找一套干爽的衣服。本能告诉他应该避开其他人,毕竟那些水手可能本来就打算带他到这里来,(要是对他们的意图有些许了解就好了,哪怕只是一点点!)但理智告诉他,他需要帮助。

他强迫自己离开海藻堆,先试探性地在尖刺又晃动不稳的石头和牡蛎壳上走了几步,脚底要是没被割伤还真是奇迹。接着从防波堤底下冒出头来,吸了一大口空气进入急躁的肺部,然后才慢慢爬上十米长的石坡,朝骚动现场走去。来到顶端后,他弯下腰,两手撑着膝盖喘气,同时观察眼前的情势。

长形工厂有三面环绕着宽阔平坦的柏油路段,S. 现身在厂区一个阴暗安静的角落,还不到示威群众的外缘。那儿聚集了数百人,有人对空挥舞着拳头,有人挥动点燃的火炬,也有人挥举牌示:

札帕迪三人在哪里?

小韦沃达盗取了工作和群众

> _Vevoda_, 捷克语的"公爵":暗示某个被公认为具有力量的人。

第三章　S.的复现

你对我们的朋友做了什么？

韦沃达，你让你父亲死不瞑目　　世家（比较：布沙家族）

工厂主管们：为恶棍效力，与恶棍无异

　　工厂墙上漆着"韦沃达兵工厂"几个简单清晰的黑色大字。[4] 有好几队身穿深褐色风衣的彪形大汉在周围组成一道防线，那些人身上散发着一种明显的暴力潜能——甚至可能是一种暴力嗜好。　　完全照抄自《广场》(p.88)

　　S.虽然很冷，还是得小心地靠近，因此他紧闭起打战的双颚，两手环抱住自己的身子，一会儿蹲伏一会儿起身地往前移动，一面审视局面。工厂外观较老旧那半边的入口附近，群众最为密集。人群中央有一个临时搭起、略显歪斜的台子，上面并肩站着一对男女，很显然他们是这场活动的领导人。他们轮流通过扩音

---

[4] 凡是认为那个教育程度不高的年轻工人瓦茨拉夫·石察卡就是这个石察卡的人，无疑会指出瓦茨拉夫年纪轻轻便从查理大桥跳水自杀之前，在一家军火工厂工作。但在此奉劝他们最好别忘记消息来源并不一致。(有人声称瓦茨拉夫的东家诺瓦切克专门制造女鞋，也有人同样信誓旦旦地说那是一家制造铅笔的公司。)

对这个注解毫无头绪，也许第三章的暗语不止一个？

或者都是菲洛（柯）
拿来误导人的。

这是真的吗？
你是说消息来源不一致这点吗？没错。公司几乎是立刻倒闭，所以只是粗略的记录。

她又为什么要提到这模棱两可之处？假如是军火工厂，那么S./石察卡，以及韦沃达/布沙之间便有明确的联系。她为何不强调那一点？还有，为什么她在这里好像很排斥"石=瓦茨拉夫"的说法？她在序里写的不是这样啊。

你说得对，似乎前后不一。

忒修斯之船

器对群众演说，力劝众人要忍耐、自制，两人的嗓子都已因为使用过度而沙哑。他们的身子移动时，肩膀会互相碰触，如此亲密之举在这样的场合中颇令人惊讶且意外。两人似乎都很懂得掌控愤怒、激动的群众，即使面对大群集结、数量惊人的破坏罢工者（这些人的厚重外套底下几乎肯定藏着武器），也显得游刃有余。若非这一男一女在台上展现冷静的领导魅力，S.猜想在工厂前的这场活动早已酿成血腥的冲突。

安装在屋顶的探照灯扫射过建筑物周边，戏剧性地照在警卫身上，随即又让他们陷入洞穴般的大片黑影中，一次又一次。尽管有大批工人聚集在码头上，工厂仍然全力运作，为防偷窥与投掷而封钉了木板的窗子后面，白炽灯亮晃晃的，一整排沿着工厂竖立的巨大烟囱也冒出烟与余烬。

前排抗议群众与警卫之间离得很近。警卫们双臂交叉抱在胸前，一步也不退让，但也还没有逼退之举——虽然只要一根手指戳刺或口水喷溅，就可能触发蜷缩在他们内心的暴力。常识告诉他：静静地离开

{ 76 }

有趣，他们之间的爱意立刻显露无遗（即使是在如此奇怪的情况下）。

你始终没看懂我的暗示，我一直在等你说点儿什么。

我看懂了，只是不知道该说什么。

这句你可画线？

不知道，肯定是某个时间点真的很喜欢这句话。

回头看看你自己写下的铅笔字评注，是不是很好玩儿？这里头好象剪贴了所有年轻时候的你。（奇怪的是你竟然离他们那么遥远了。）

我不觉得我离他们很遥远。他们全都是我，我只是不记得他们的每一点每一滴了。

我会保持距离，离那个对自己人唯命是从的小女孩越远越好。

珍，这也是 你+我 的剪贴簿。

我知道，感觉在这里写的一切都会成为我的永恒记录。好吧，不是永恒，但只要书还在，记录就在。

我绝不会让 这本书离手。

你每天都让它离手，有时还离开两三次！ *那不算。*

第三章　S.的复现

眼前这个群情激愤的现场。悄悄绕过边缘，溜进安静的市街，给自己找几件干爽衣物，找个地方睡觉，找点儿吃的。也许找间便宜的寄宿屋，休息一下，好让世界开始重新恢复正常。挨过这一夜，然后或许找到纸笔，写下对自己所知道与猜想的一切，尽管这些信息连一张纸也填不满。接下来，也许接下来，就可以开始拼凑出你是谁了。

> 而且是经常。
>
> 书写成为身份诶键（后面有呼应）。

他开始绕着码头的边缘走，与示威群众保持安全距离，始终隐身在最阴暗处。他注意到有几十个一脸漠然的警察眼睛盯着整场活动，不时交头接耳，但完全没有出面维持现场秩序。他本可以去找他们求助，但直觉要他离他们远一点儿。**目睛放亮点**。他从他们身旁走过时没有引起注意。

两个黑影从示威群众中脱离，挥着手朝他走来。**过来**，其中一人说，声音穿破震天价响的抗议声。S.自知跑不过他们，他的肌肉沉重而疲惫，也还觉得喘，每次浅浅的呼吸都有咸咸的烧灼感，每次用力一咳也仍会咳出大海的水气。他重重地叹一口气后照做了。

> 有些人所持的论点是：德国无政府主义者黄尔巴哈=石察卡。他们还说从第三章看得出来他逃问欧洲之前，卷入了海马蕃特广场爆炸案，死于1940年。
>
> 他死于1940年……那么后最后几章书是谁写的？
>
> 一般说法：那些都是作者死后才出版的。
>
> 我不相信，像这样菲洛不可能爱上他。
>
> ——你是说因为他很可能是同性恋？
>
> 这也不无可能……
>
> 如果不是感觉到石察卡有某种情感上的回馈，她不可能做这么。你不能自以为完全了解菲洛梅娜·柯岱拉这个人，你只是看过她写的东西（而且篇幅不多）。你知道你刚刚说写了什么吧？

忒修斯之船

> 有个德国的杂志记者（好像叫赫普纳?）在1937年追踪到费尔巴哈，声称他住在海德堡附近，由于几个因为海马基特广场事件而推崇他的无政府主义团体资助。文章一出，纳粹就去逼他，他逃走了，最后到了都柏林，死在那里。
>
> 暨亡?
>
> 对——他病了（也许已是末期），但死因是坠落。
>
> 话说我发现一张费尔巴哈的照片！他看起来一点儿也不像这段情节中描述的年轻葬佛，倒是他身边那个年轻人很像。
>
> 那很可能是霍斯特·维克斯勒：费尔巴哈的"秘书"（据杂志文章所说）。
>
> S.不知如何故对他们表现出忠诚。
>
> 这是你不肯相信直觉的原因吗?

> 结果看来赫普纳的文章和韦巴里克的访谈都出现在布沙公司旗下的杂志上。

反正总得找个人碰碰运气，比起警察，示威者似乎是更有利的赌注。

他们在距离外围群众大约五十步的地方碰面。其中一个男人看起来将近四十岁，发际线很高，额头布满深刻的皱纹，浅红褐色的胡子修剪得整整齐齐，虽然表情严肃，S.却一眼就感觉出他的性格要柔和得多。另一个人可能年轻十岁，满头乱糟糟的波浪黑发，脸颊上有很深的痘疤，留得太长的胡须显得参差不齐；唇上的八字胡末端犹如一对张开的翅膀，下巴则垂留着山羊胡。此人炯炯的目光仿佛发自内心最深处，而他脸上那痛苦、胆怯的表情则让S.感到不知所措。他是不是太快相信人了？S.对这些同样在寻找失踪亲友的人有一种同病相怜的亲切感，但他们对他也有相同的感觉吗？难道他好不容易爬着游出大海，结果在陆地上所做的第一个决定就犯了致命的错误？

正当这些念头越来越急迫地想要打通S.半冻结休眠状态的思绪时，较年轻的那个人忽然一个箭步上来，抓住他的双臂反扣到背上。S.顿时感觉肩膀和脖子一

埃蹊 LOOK：这几个字旁边都有记号，就像注1的"算"，注6也有，这些字的声母都是S。注1里的"五六天"，可能是指注5&6？

"S.的复现" → S.浮上水面？研究一下这些记号字"底下"的字？

第三章 S.的复现

我查了注5和6被标记的5音字，"底下"的字分别是：
爱普是布沙是霍维 →
爱普 = 布沙 = 霍维？

爱普集团是荷兰武器制造商，目前仍存在。不知道他们和布沙有关系。(既然菲洛还特别写过些暗语给石，不想必也不知道。)

霍维是不是费尔巴哈的秘书：霍斯特·维克斯勒？这么说来……石察卡当时是真的有危险。

参见1912年加来罢工/屠杀事件，石居然是刻意把这段情节和加来事件相提并论，丝毫不掩饰。

一阵刺痛，不由自主地大喊出声。

"你是谁？"年长的问道，"叫什么名字？"

S.回答得有些迟疑。"听说是……"

年轻的打断他的话头。"他叫什么都无所谓，重要的是他在替谁干活儿。"他手上更加使劲，让S.再次痛得发抖。"说，你在替谁干活儿？"

"谁也没有。"S.说。据他目前所知，这是实话。

"只是出来游泳？"年长的问道。

"我本来在一艘船上……"

年轻的笑了一声，短而尖，很刺耳。"我不是说了吗？"他对同伴说道，"我就知道韦沃达会试着从海上偷运更多侦探进来。"接着转而对S.说："你们其他人呢？"

"我没有什么其他人。"S.回答。⁵

一切都回归到加来事件：石察卡企图揭发布沙，而布沙加以反击。

---

5 说来或许有趣，根据历史记载，最为评论家所爱的作者可能人选（尽管其中有不少迷思）普遍都未婚或没有小孩。（就我知道，似是只有麦金内、贝洛、阿莫什、于瓦里和蒂亚戈·加西亚·费拉拉例外。）就好像阅读大众不分文化，都有同样俗不可耐的想法：人若不切断与配偶、孩子和亲密友人的关系，就不可能创作出如此紧凑、完整（而且确实庄严）的作品（以及过着同样精彩的人生）。我不得不在此强调，我绝对强烈摒弃这种不健又过时的观点。

"麦金内 = 石察卡"的理论又找到支持者了。
有个团体在里斯本的石察卡研讨会上敲锣打鼓，很大一群79人，听说资金也非常雄厚。哪来的？

→ 只需要一个钱太多的赞助者就行了。
赛林？那他们为何要给我钱？我从来不支持"麦=石"的说法。

忒修斯之船

———

"你的船呢？"年长者问道。

"遇上暴风雨损毁了，可能已经沉入大海。"

"活该。"年轻的说，"谁叫你们替韦沃达这种人做事，该死的佣工。"

年长的望向辽阔的海水。"我没看到海上有船。"

"有过一场暴风雨。"S. 解释道，"我们被一道水龙卷打个正着。"

"今天天气很好。"

"从南方来的暴风雨。"S. 说，"没有影响到陆地。我游了很长的距离，好几英里远。"

他的审问者互相交换一个眼神，同时暗自评估彼此对 S. 的说辞相信多少。

"你好像不太关心你船上的伙伴。"年长的说。

"佣工只在乎一件事。"年轻的嘲讽道。

"又或者他在跟我们拖延时间，好让伙伴们上岸后四散开来。"

"我没有……我没有什么伙伴。"S. 说。

"看起来是现在没有了吧。"

———

> 你应该找点借口问教授(+伊尔莎)解释你为何不见人影。
>
> 无所谓。反正再也不会有人给我机会了。
>
> 纪律委员会那边希望也不大。这你很清楚，他们比较相信伊尔莎，不会相信我。
>
> 我会写封信去。
>
> 他们铁定不会相信你。你说得对，我只是希望能做点什么。

第三章　S.的复现

(("从来都没有。" S. 告诉他们。他可以感觉到自己逐渐失去耐心，声调也开始拉高。"我是被人下药劫持的。我不知道为什么，也不知道他们是谁或是为什么要找上我。他们会给我东西吃，但是不多。碰上暴风雨，我才抓住机会逃离。我游水渡海来到这里，而且我好冷。"))

这两名工厂员工彼此对望。S. 看得出来他们第一次有了疑虑。年长的难为情地搔搔光头，仿佛在向 S. 证明他确实在思考。"他看起来的确很惨。"年长的打量他之后说道，"他骨瘦如柴。他们为何要雇用这样一个侦探？"

"因为我们想不到他们会这么做。"年轻的说，"他们会利用我们的仁慈。对韦沃达这种人而言，仁慈就跟煤矿或锌矿一样，也是值得开发的资源。"

群众突然大声呐喊起来，声音更响亮也更愤怒。年轻的激动地四下环顾，抓着 S. 的手依然没有松懈。

"札帕迪三人是谁？" S. 问道，"他们出了什么事？"

"别假装不知道。"年轻的说。

> 有记录在案：费尔巴哈的秘书霍维曾搭船从柏林前往利物浦，就在费延兴被杀的前一周。
>
> **有没有霍维在利物浦的资料？**
>
> 没。他消失在水上的某处，和萨默斯比一样。→珍，有件事不样：霍维活下来了。
>
> 哈！我好爱这句！
>
> 参见第八章。

{ 81 }

忒修斯之船

"我们应该带他去见司坦法。"年长的说。

"我不会放开他的。"

"我没有说要放开,我只是说我们带他去。"

"你可以走路了吗?"年轻的问S.,却不等他回答,便将这个俘虏扭转过身往前推。碎玻璃片在灯光下闪闪发光,S.很担心自己赤裸的脚。此时的他饿得胃疼,还得抵抗凛冽的寒意;他可以感觉到思绪因寒冷而变得迟钝,肾上腺素也被寒冷压抑了。他对自己的内心、自己的身体默默地放声大喊:**醒过来!保持警觉!**

年长那人斜靠过来,说道:"我刚才没听到你的名字。"

"我叫S——。"年轻的一手抵在他两侧肩胛骨中间,推着他前进。"你呢?"

"欧斯崔罗。我朋友叫菲佛。"

菲佛对于自己的名字被泄露颇为气恼,又用力推了S.一把,害他差点儿摔倒。"抱歉。"他说,但不怎么有诚意。

他们三人绕过外围群众从旁边走向台子,周边有

{82}

左侧手写批注:

又一个有趣的名字。
伊尔莎在她的鸟类隐喻文章提到过,意思是瑞典语的"merlin"(一种猛禽,不是魔法师梅林)。

你离不开伊尔莎。
你离不开雅各布。
抱歉,我脸红了。

大老实说……我之前可能有点误导了你。

什么时候?

当我告诉你:我没有跟伊尔莎提起石察卡的事。

那你到底跟她说了什么?

只是说我看了英语系网站,发现她在研究石。我说我喜欢他的书,仅此而已。(我还是不觉得她发觉了我就是在图书馆和她谈过话的人。)

她可不是傻瓜,你为何要跟她说这个?

不知道是紧张毕不了业,想让她喜欢我吧。也许这样她就会放我一马。⇒

第三章　S. 的复现

　　几个示威者停下来,以狐疑的眼神注视他。S. 对他们视若无睹。他知道他们每个人都在捏造一套说辞,解释这个陌生人为何出现在此,越能恣意谩骂越好,而他别无选择只能由着他们。他转头去看藏身在暗处的警察,他们还是一副漫不经心的模样。当他的视线扫掠过工厂,留意到屋顶上有个穿褐色风衣的侦探正在转动探照灯。不过他凝视得太久,竟得到令人震惊的回应。穿褐色大衣的人似乎与他的目光对个正着,甚至好像碰了一下软呢帽的边缘朝他点了点头。S. 登时觉得心口揪了一下。<u>他也许看错了,一定是看错了,但万一他真的是他们当中的一员呢?</u>

　　不会的,他告诉自己。荒唐。只是一个完全不能信赖的心智生出了更多荒唐的想法。屋顶上那个人离得太远,他根本不可能看得清如此细微的动作。何况光线昏暗,空气中弥漫着海边的薄雾与火把的烟雾。还有:倘若 S. 果真是侦探,或是与他们同伙,屋顶上的人为何要冒着让他曝光的危险对他点头呢?

　　他们靠近台子后,欧斯崔罗对着拿扩音器的男子

{83}

> 石的政治倾向一直很明确,
> 为何会在此写下疑虑呢?
> ① S. 不纯粹是石的另一个自
> 　我,而且/或者
> ② 这样的怀疑让故事更
> 　精彩。

> 我想我现在明白了……
> 会不会是他觉得要为埃斯
> 壮的遭遇负责?

> 所以这和愧疚有关?那么第
> 四、第五章有一大部分也是。

> → ① 你要是想毕业,就去上课、写论文。
> ② 你应该明白她(然后是穆迪)迟早会猜到我们
> 　之间有关系。
>
> 我们之间有关系吗?
> 那请问到底是什么关系?
> 不明显吗?　　对,不明显。
>
> 珍,我喜欢你。
> 即使你对我一无所知……
>
> 我认识书页空白处的你。
> 我知道你很认真想自己要
> 什么及为什么。有些人一辈子都
> 没这么认真想过。我知道你
> 能正面迎接挑战,漂亮取
> 胜。我还知道,已经很久没人
> 像你这么努力想了解我。

忒修斯之船

挥手呼喊。那名女子已不在他身旁；S.扫视人群，发现她正在其中移动，抬头挺胸地朝一小群愤怒的示威者走去，他们似乎与三名褐衣人起了格外激烈的冲突。群众自动为她让路。众人对她的尊敬显而易见，但显然也都希望她能控制场面，别让冲突对立的势能转化成动能。[6]

他在菲佛的用力拉扯下猛然停住脚步。司坦法从台上下来加入他们，细细端详S.，手电筒在他脸上闪现出许多光与影。他在这伙人当中年纪最大，看起来也最沧桑。[他将花白的金色头发往后梳得油亮，脸颊与眼窝布满长长的凹陷波状皱纹，唇上的小胡子也已需要修剪，更让他备显疲态。至于突出于脸上的鹰钩鼻，无论是大小或是展现出来的威严都很惊人。] 司坦

---

[6] 第一个以数学原理详细阐述动能作用的人，当然就是贾士帕-塞沙·科里奥利。石察卡可算是经常在作品中对诸多科学先驱的努力表达理解与钦佩之意。其中有几位较鲜为人知者让石察卡尤为敬佩，例如沃尔夫冈·史帕兹伯格、山缪尔·奎恩-科利尔与萨霍塔里欧·德拉·卡杜塔。仔细读过《科里奥利》第五卷的读者会发现，在该书的情节发展中，他们每一个人的思维脉络都清晰可见。

※ 司坦法一定是小说版的埃斯壮（那个懂书作家）。我一直觉得就是他，外貌特征都吻合。(只是埃斯壮对自己的小胡子是出了名的自负，绝不会让它流露一丝疲态。)

✓ 证据2："司坦法"是瑞典名（埃斯壮是瑞典人）；3."蔻波"=法语"乌鸦"（狄虹是法国人）；"欧斯雀罗"=西班牙语"蚝鹬"（加西亚·费拉拉）；"菲佛"=德语"矶鹞"（索巴哈？他的秘书窪维？）

伊尔莎这么写过：S.在书中的盟友全都以鸟命名。

也许还不只如此——那些名字/人物所代表的也是石察卡的盟友。

或者是石借此散播不实线索，把大家推测可能是他的主要人选都牵扯进来。

关于他的名作《观察黑鸟的13种方法》？对,有没有你以前写过的论文可以借我看？

※ 柯写错名字了，是贾斯帕-古斯塔夫。

又是3个捏造的名字……也许和第二章藏暗语的"菁莱费尔密码"一样？

我试过以各类文字当作解码金钥，都行不通。(我想一定是和"复现"有{84}关的字吧？) 我会继续努力,但只能再试一下下了。还有一篇美国诗人华莱士·史蒂文斯的论文要交。

第三章　S.的复现

法拍拍自己的喉咙；他把扩音器留在台上，除了必要的话之外，他不会多说什么。

欧斯崔罗负责发言。他向司坦法解释他和菲佛是在哪里又是如何发现此人，S.如何自称从一艘沉船游上岸后——只是可能，菲佛插嘴道——无意中进入示威队伍，以及S.如何否认与韦沃达有任何关联，却又无法对自己真正的意图提出说法。司坦法伸手从台上拖过来一只破旧的小手提包。S.察觉当司坦法解开搭扣打开手提包时，欧斯崔罗与菲佛交换了一个狐疑的眼神。司坦法从提包中取出一件皱巴巴且沾有污渍的衬衫递给S.。衬衫的味道并不好闻，似乎已经被汗水浸了好几天，但是S.毫不犹豫地接过来，穿到身上扣起扣子，很高兴能有个东西将肌肤与寒冷隔离开来。接着出现的是一件穿旧了的灰色廉价西装外套，气味同样让人很不舒服，但勉强好一些。司坦法随后指了指穿在自己身上的裤子，布料和西装外套一样，意思是说：这些是他仅有的衣服。S.向他道谢。

"这味道还请见谅，"司坦法沙哑着嗓子说，"我们

> 如同水手们的情形：
> 穿上借来的衣服
> →采纳某种身份？

> 如果这世上还有一件事是我能做好的，那就是有耐心、不制造麻烦。
>
> 你对我真的很有耐心，感激不尽。
>
> 忒修斯之船

他肯定是个悲伤的人 T_T
参见埃斯壮的作品《安卡斯维克王子》(王子因为让庶民冻死而遭放逐)。像这样的同理心在石的作品中很罕见。

S. 被群体接纳：见德雅尔丹的研究(1898)。

他的研究写了些什么？

推论石隶属于一个致力于政治变革(与/或颠覆权势)的作家团体，或许有几位可能人选也是其中成员。

德雅尔丹似乎很偏好埃斯壮这个人选。

但对于埃斯壮就是石察卡，或只是与他关系密切，德雅尔丹却支吾其词。

已经在这里很久了。"他摇摇头像在扫除蜘蛛网，然后清清喉咙往身后的地上吐了口痰。"伙伴们，"他对欧斯崔罗和菲佛说，"你们不能让一个人冻死，不管他是谁或不是谁。"

欧斯崔罗喃喃地说了声抱歉。菲佛也松开手，然后腼腆地脱下自己的外套交给 S.。菲佛身材高大，外套穿在 S. 身上垂到小腿肚。没人有多余的鞋子，但 S. 不介意，他的脚不痛，只是感觉好像不属于自己罢了。

司坦法仔细打量 S.。当他张嘴正要说话，都还没出声就先猛咳一阵。缓过气来以后，他打直脊背、挺起胸膛，拿一条使用已久的手帕擦擦嘴。"好啦，S.，"他口气平静地说，"那么你是谁呢？"

S. 顿了一下，想起别人给他的忠告，不只是大漩涡，还有旧城区酒吧里的年轻女子。索拉吗？说实话会是个好主意吗？可以如此相信一个不认识的人吗？✡

他整理了一下对他们确知的事实：这是一群失去亲友的人。司坦法竭尽己力领导众人对抗一个力量强大许多的对手。他的同志，那个女人，此刻正在广场

✡ 珍！我今天收到德雅尔丹寄来的包裹！有一大堆文件 ——── 和一块黑曜石。看我夹在书里的绿色便笺。

{ 86 }

黑曜石不是应该在档案室里吗？
Hello，冷水。你已经 ──→ 嗯，应当保持"学术超然"
泼到我头上了。　　　　的人是你吧。

> ※ 我不太懂德卡根母写给你的便笺想说些什么。
> 好像不太说得通。

第三章　S. 的复现

> 我不知道。他老了，但思绪依然敏锐……也许母语是法语的他，英语比我记忆中还要差。

另一头的大门边，恳请众人以平和的方式保持警戒。至于屋顶上探照灯后面穿褐色风衣的侦探：他（有可能是出于想象）的点头示意竟让已经冻僵的 S. 打了个冷战。

当然了，关于他自己，他还是几乎一无所知。

所以：除了本能，他还能依赖什么？

"我不知道我是谁。" S. 回答。

> 这个我不信。我是说……你还是可以依赖配对道德、是非的基本判断。这感觉 S. 是有的；只是他凭这份感觉做出的决定却不一定正确。
>
> 还有，人虽然明知某件事是对的，却还是可以选择不去做。

司坦法扬起一边眉毛。"意思是？"

"我得了失忆症。"

菲佛噼里啪啦说了一串话表示怀疑，但见司坦法举起一只手，便立刻安静下来。

> 这位先生，听起来你心里有些例子可举。 是的。是什么？

※ S. 详细地说出他对自己确知的事实，不过并不多，当中他还省略了几个细节：关于那艘船与水手们一些超现实的特点他只字未提，因为不想被当成疯子。他也未曾提及酒吧里的女子，但自己也不明所以。

> Hello?
>
> 我知道你看到了。我在这本书的任何一页画了一个点，你都会发现。
> 比如，P.319。
>
> 没错。所以你的例子是？

"不可思议的故事，"司坦法说，"但如果你是说你并没有和韦沃达……"——有几次他不得不停下来清喉咙——"或是那群侦探……"

> 关于 我们 的事，这很明显吧？
>
> 说出来有这么难吗？如果不想说，一开始又何必提起？
>
> 我是真的想说，只是有点儿心慌。

{ 87 }

> 你昨晚没来拿书。没事吧？
>
> 雅各布打电话来，很突然。我错乱了。其实主要还是一种复杂的感觉，这种事我也遇过不少了。
>
> 你当初和他进展到哪里？
>
> 你在打探什么吗？？？我可不想陷入另一个复杂处境了。
>
> 这一段取自「广场」故事中的细节

"是的，我说的就是这个意思。" S. 说。而且我希望这并非不真实的话，他同时心中暗想，而穿在新衣服底下的身子不停发抖。

"你知道的就是这些？" 欧斯崔罗问道，"再没有其他了？"

S. 回想起先前一路上碰见的两只猴子，还有旧城区那只发出嘶嘶怒声的猫。"动物好像不太喜欢我。"他沉吟道。不是太有用的信息，但他也只说得出这个。

示威活动彻夜持续着，S. 便一直待在欧斯崔罗和菲佛身边。远处钟楼敲响十二点、一点、两点。S. 的两名向导在人群中四处走动，向劳工伙伴们拍背、表达同情。菲佛企图刺激昏昏欲睡的警察采取行动——有三个人不见了！很可能是死了！你们怎么不尽点儿责任调查一下呢？——但警察挥手驱赶他，不予理会；见他仍执意逗留，其中一人便从腰带抽出警棍拍打自己的大腿威胁示警。从褐衣人身旁经过时，菲佛也出言辱骂。欧斯崔罗从口袋底部掏出几颗已发黏长毛的

第三章　S.的复现

甘草糖，他们三人就靠这个充饥。

　　蔻波，司坦法在台上的同伴，刚从附近的印刷厂拿到才印好、热腾腾且气味宜人的宣传单正在分发，他们和她简单交谈片刻。她的头发乌黑，肤色白皙，但被冻得泛红。说话时，一道探照灯光从她身上扫过，当强光照亮她的五官时——尖窄鼻、微微突出一块的下巴——S.特别注意到她的眼睛：其中一只眼比另一只眼略低，两眼的不协调并不明显，却令人印象深刻，而且眼角满是鱼尾纹，不过那双眼睛开阔而警觉，深色虹膜不断在他们三人与群众间快速溜转，一面留意、监控着越来越热烈的抗议行动中爆发的小插曲。她或许不是古典意义上的美人，但对他却不乏吸引力，全身还散发着一种魅力，S.只能想到以能干来形容。(这个女人眼观四面、耳听八方，能够一眼便解读现状、手势、长相、来龙去脉，并立刻将这些信息组装成条理分明的叙述。)

　　将S.上下打量一番之后，她简洁明快地点了个头，打断正在解释这名访客为何出现在此的欧斯崔罗。"知

※ 而且她和雅玛杭特·狄虹长得一模一样。你有没有看过她和建筑师安东尼奥·高迪在桂尔公园的合影？

对，这段描写的一定是狄虹。好玩的是，大家关心的多半是司坦法和埃斯壮的关系。

不好玩，我倒觉得有点儿可怜。说真的，你们需要多些女性朋友一起来研究这件事。

→ 很好，这是我新的最爱用词。

同学，你的"最爱"变得有点快。

蔻波是所有人当中最像鸟的。※

→ 石受狄虹吸引？
菲洛梅娜读到这段肯定很高兴。

→ 这段也很像狄虹，这正是考古学者会做的事，对吧？只不过研究的是遗址+文物，不是活生生的人。

还有：所有关于高山族群和洞穴的描写也都符合。

忒修斯之船

道得够多了，"她说着伸出手和 S. 握手，并对他说，"欢迎，请尽量不要挡路，不要制造什么麻烦。"态度虽然唐突，却无不和善的感觉。

三人继续走着，欧斯崔罗与菲佛兴奋地谈论蔻波，语气近乎崇拜。她出身于 B 城当地某个历史最悠久的家族，虽不是富裕之家，却以诚信与学养而广受尊敬。尽管码头上充斥着源源不绝的喧哗吵闹声，暴力冲突可能一触即发，欧斯崔罗却说，只要她在场就不会发生惨剧；凡是与这座城镇有深层渊源的人，绝不可能让她陷入受伤的危险。

"尤其是韦沃达，"菲佛说，"他已经看上她好多年了。"听他的口气尖锐而不屑，S. 不禁好奇菲佛自己是否同样如此。

[欧斯崔罗接着说道，韦沃达兵工厂已有数代都是 B 城最大的企业主。最初只是一家小企业，专门制造传统海军武器，如大炮与炮弹、葡萄弹与榴霰弹等，自从五年前创始人的曾孙爱德华·韦沃达四世去世，由儿子接手公司后，至今规模竟成长了三倍。爱德华五

旧谷仓起火时我在家。我从窗口看着它燃烧。

那和我们没有关系。这你不会知道。

你说得对，但我们能做的也只是小心。

我们可以停止这一切。你才可以。

非常类似布沙家族兵工王国的扩张过程。纵火事件可直接联系到埃梅斯·布沙的童年。

《忒修斯》出版后，怎么没人大肆渲染此事？

难说。可能是因为石在《万卜勒》写了一个以布沙为原型的恶人角色，大家早就听腻了这家伙有多坏。又或许只是因为布沙掌握了太多媒体，没人拿他有办法。

第三章　S.的复现

世小时候谁也不觉得他会有什么出息（含着金汤匙出世、对待仆人与家庭教师粗暴无礼，唯一受瞩目的一次就是涉嫌参与一连串神秘的纵火事件），但他很快便开始顺利地从欧洲大陆取得火力更强大的兵器的订单。这个小韦沃达扩了几次厂，也雇用更多劳工，B城居民发现他们已期盼起另一番新荣景。

> 今天在又角羚咖啡看见穆迪+伊尔莎，我本来在读石黑的《花斑猫》，以防万一，就先收起来了，不想引起注意。）
>
> 同学，不必每次看到他们在一起就告诉我。

　　三人经过周边的示威群众后，S.更清楚地看到建筑本身。在结构较老旧的部分，砖块受天气、盐分与烟的磨损而变黑，还有百年来不断洒落的海鸥粪；较新的部分比较干净明亮，尽头的巨大附属建筑更好像是几天前才砌好砖墙。这栋厂房本身便述说着主人的野心与工业界的进步。

　　"后来发生了什么事？" S.边走边问道，"哪里出了毛病？"

　　他们说转变是从去年开始的，小韦沃达增建了厂房，新厂虽然和其他厂区相连，却以上锁的栅门和厚重的铁门隔开，<u>除了韦沃达最高层的管理干部之外，谁都不许进入</u>，也都不知道里面在制造些什么，就连

> *埃里克，你看！很赞的研究新发现！荷兰武器商爱普的第一任董事长不姓爱普，而是一个叫爱××·普林森的人，之前替布沙工作过。他在加来工厂罢工期间也是管理层的一员。
>
> 怎么都没人注意到这个？
>
> 他毕竟不是高层人士，只是在生还者的口述史中稍微被提起。

{91}

忒修斯之船

B城市长也不例外。而且他没有雇用当地居民，新厂的工人全是从遥远的地方趁夜搭船抵达的；工厂正式工人几乎从未见过这些新员工，他们的生活起居似乎全都局限于新厂之内。前来新厂载货的船只会在夜里到达，而且会降下旗帜并将船名板遮盖或涂黑。于是疑虑出现了，并且日渐加深，但为免造成员工与市民困扰，他们并未重视这些反应，甚至予以忽略。然而，有关韦沃达可能在新厂内制造什么，以及可能卖给谁的传闻越来越怪异也越来越奸邪。人们一度兴奋地高谈阔论、多方揣测，很快就变成只偶尔从嘴角泄露出只言半语，之后又变成嚅动双唇窃窃私语，再之后则是在交头接耳之余还不时鬼祟惶恐地往旁边偷瞄。

几星期前，有三个名叫札帕迪、奥布拉多维奇和勒迪尔加的工人，在市区最隐秘的酒馆里最隐秘的角落，告诉司坦法和蔻波说他们找到潜入新厂的方法，并说当夜晚些时候便会偷偷入侵。你们为什么要告诉我们？司坦法紧张地问，因为管理层最近才严厉斥责他和札帕迪不该到处分发小册子，鼓动工人们组建工

手写批注：

我很好奇：为什么S.就只是S.？没有全名？
我大学时写了一篇论文，列出关于S.的名字的十来个理论。
可以给我看吗？
不行，太丢人了。肤浅、幼稚、自以为是。总之你能想像大学生的程度就是那样。
喂。Hello？我就站在这里欸（算是）。
抱歉，珍，我老是忘记。（这是称赞你的意思。）

这里开始是不是变得有点超现实？这些工人始终没有被具体描述过，就目前所知，他们说不定是《查理与巧克力工厂》里面的小矮人。

据我所知，3个名字都和鸟类无关。
你那篇黑鸟的论文写得如何？
还在努力中。我打算在论文里"夹带私货"，暗示伊尔莎那篇关于石察卡书中鸟类的文章过于简化、狗屁不通。
不要，这么做太可恶了。
我知道，可是光想想就觉得很好玩儿啊啊。

第三章　S.的复现

———

会。总得有人知道，札帕迪说，以防发生什么意外，而你们两个是我们信得过的人。他们三人穿上外套走出去以后，司坦法和蔻波待在酒馆里等候，直等到酒馆打烊了，他们又到外面等，天亮之后，一宿没睡又担惊受怕的他们去了工厂打卡上工。

就在几天前，司坦法终于鼓起勇气去找管理层（少数几个爱德华五世的童年挚友，和一些留着老气胡子、操着奇怪口音的外国人）询问这几个人的下落。他得到的回答是这三人不满意自己的酬劳，已经辞掉工厂的差事，到海外寻找更高薪的工作。

司坦法聚集了其他工人，呼吁罢工抗议。他对众人说，最不可思议的是工厂竟然会扯这种无耻的谎言，[甚至丝毫不肯伤脑筋编一套可信的说辞]以前我可以**感觉到他们的傲慢，他如此说，此外还有嫌恶，以及小气和投机，但从来没有轻蔑。而如今有些不同了。**工厂面对罢工所采取的措施，是在门上挂锁并在工厂四周派驻褐衣侦探。双方就这样一直僵持到现在，大部分工人的微薄积蓄都已用罄。欧斯崔罗告诉S.，大

{93}

※你写这句话是什么意思？
就是……有本书让我父母为之沉迷，但不是这一本。凡是对那本书有不同感觉的人，他们往往连交谈都不肯。
遇到对石察卡不是那么疯狂痴迷的人，你又有多少话能聊？
这不一样啊，我爱这本书，但我知道他是虚构的。比起经过数百年努力而产生的谎言，这又会糟到哪里去？※

见流动工人传教士的"资本主义史"演讲，《万卜勒》（第16章）。
对他而言，那段演讲几乎就像结束的开始。
对，可以说万卜勒先生并非盲目崇拜者。
这时你通常会说："珍，真不敢相信你已经看过———！"

是啊，但已经不稀奇了。——
现在我只会认定你已经读破石察卡所有的书了。

忒修斯之船

伙儿越来越绝望,而绝望是件可怕的事,甚至比工人失踪所引起的愤慨更危险。

S. 心有疑问。这场示威活动有可能达到什么目的?韦沃达绝不会承认自己做了错事,对吧?韦沃达又有何动机让这些起了疑心又不好惹的工人回来工作?何不干脆把旧厂也全部换上那些神秘的外国人?["他知道这么做的话,城里的人不会善罢甘休。"欧斯崔罗说,"他不会的,这里也是他的家。"**这是多么空洞得可怕的信任基础,S. 暗忖,但并未多言。**]

不远处,又有一起新的冲突造成群众骚动,菲佛费力地往前钻向冲突现场,必要时很有技巧地推搡几下开出一条路来,让 S. 和欧斯崔罗跟随他前进。有一名穿着连体工作服的白发男子正在痛斥一对侦探,还对空挥舞着一柄沉重的扳手。他的恐吓声音粗哑,措辞拘谨,俨然属于老一辈的人。("是札帕迪的叔叔。"欧斯崔罗冲着 S. 的耳边大喊。)那两名侦探闭口不语,下巴绷得紧紧的,S. 有些纳闷他们到底听不听得懂这<u>有权力的人不会去倾听1?解</u>
(也不想去试)。

{94} 石察卡创作中的重要主题
之一,每本书里随处可见。
也是我应付学校行政部
门的一大重点。

一种过时的道德感?
S. 并不相信。(他也不该
相信,毕竟人们为了脱离
什么都做得出来,甚至
还会更过分。

你真的这么认为?

你觉得每个人都会这样?

多多少少。

你呢?我呢?

也许是。以后就知道了。

好吧,结果你和我都是这样。

我们只是做自己必须做的。

第三章　S.的复现

人在骂什么；他们身形高大，下巴长而突出，眼眸深邃难测，显然与这座港口的居民分属不同血统。菲佛一面嘟囔着一面左推右挤来到最前线，两手牢牢按住札帕迪叔叔的肩膀，将他往后拉离警卫。老人扭着身子挣脱后，又冲回五大三粗的褐衣人面前继续叫骂。这时候，S.十分小心地待在侦探的视线外。否则若又来个点头、眨眼或任何熟识之举，他该如何向菲佛与欧斯崔罗解释？又该如何向自己解释？

　　他眼看其中一个侦探搭在短棍上的手握了又放、放了又握。**就快开始了，他心想，这是燎原前夕的星星之火。**那个粗壮的侦探仿佛听见他的心声似的，竟忽然朝他的方向转身。S.连忙掉过头去，假装注视着远处的高台。应该走开才对，他知道，应该对友人低声说点儿什么，然后消失在人群中。而他也正打算这么做的时候，蓦然在示威群众中认出一张熟悉的脸——(是一个女人，步伐平稳地游移在人群间的空隙，当她朝着示威群众外围悄然移动时，几乎没有引起任何人的注意。)姿态挺拔。在一个拥挤的空间保持着优

右上方批注（黑色）：
现在朋友们都极力忽视我，室友都不回家了。而我发现我一点儿都不在乎。背叛我的人都去死吧。这么说好了：希望你们好好享受那没志气、没惊喜又肤浅的下半辈子。

橙色批注：
深呼吸，对他们这么气愤并无好处。
对于所有出卖S.组织的人，石察卡也是同样气愤。

绿色批注：
瞧瞧，他的下场
(也瞧瞧柯的下场)。

右侧中部（黑色）：
参见《广场》，
P.63, 101, 119
(对于同一手势的三种不同观点)。

紫色批注：
这给了我做开窗不幸暗语的灵感！

右下（黑色）：
→很好，其实我不是在意他送她东西，只是图书馆的档案室丢了那么多……

左下（绿色）：
看到这段，我想起穆迪&伊尔莎又去又角玲了。
再说一次：你可以不用告诉我了，我已经知道他们在一起。
对，但有件事：她戴的项链{95}上面好像有一块黑曜石。
WTF!! 你确定??
不是100%，但要是看见她戴来上课，我会告诉你。

右下（橙色）：
我正在处理。我想查清楚，我敢说主任也想查。这里是持妹收藏品档案，不是该死的珠宝店。
你说"该死的"实在太可爱了。
你说"WTF"才可爱吧。

忒修斯之船

雅独立。是酒吧里的那名年轻女子。是她。绝不可能是巧合：她之所以现身于此，正是因为她和他有关系。她既然现身于此，她就是索拉。

无论如何，这是他一开始的想法；但盯着她看得越久，便越觉得有怀疑的理由。她的长辫子不见了，如今是一头浓密的卷发参差不齐地披在肩上。脸蛋显得圆了些、丰润了些，也老了些，他心想，好像短短几个星期就老了五岁。她穿的外套也和在场其他女人一样：旧得露出了线头，灰暗得有如煤炭，而且松垮无形。真的会是她吗？这里是不同的城市，而这个女人是工厂女工，不是豪华邮轮的常客。但话说回来，她也和警卫一样觑了他一眼，那表情，（几乎细不可察地睁大双眼？上唇微微一皱？）难道不是隐约透露出她认识他吗？那流连的目光难道不是暗示着她对他略有所知？是他们初次邂逅时她所隐瞒的某项重要信息？这是他遇见的那名女子没错，他可以确切地感觉到，正如听见旧城区的那些声音一样。

移动，S. 告诉自己，因为她正快步走开，逐渐接

[左侧手写批注：]
→ 我那一次看到 S 也没有老得这么多。
时间以不同速度流逝（船 vs. 陆地）

[爱] =

别想跟我装不是。
可能有其他解读方式……
拜托，这是一种疯狂的爱恋。你懂那种感觉吧？
当然懂，只是从来没有好结果。
[新闻快报] 如果你始终不肯露脸，就绝对不会有好结果。

[右下手写批注：]
埃里克，现在你还是真心觉得这样值得吗？
我有必要来这里，也没办法。或许原因变了。
我会这么做，只是因为我有必要来图书馆，但我同时又被禁止来这里。

{ 96 }

第三章　S.的复现

———

近人潮尽头，远离码头朝市中心而去。他抓住欧斯崔罗的手肘。"谢谢你们的帮助，"他说，"但我得走了。"

"可是……"

S.用手指着说："那个女人，我认识她。又或者她认识我。她叫索拉。"

欧斯崔罗摇摇头。"她叫莎乐美，是工厂的员工，刚来不久……"

莎乐美？那也许是她在这座城里的名字，有可能，但他愿意拿从前那个已被遗忘的自己所拥有的一切来打赌，他们说的是同一个女人。"我在另一个城市见过她，就是前不久的事。"

"我不太相信。"

"我会回来的。"S.说着便要走开，"如果可以的话，我会的。"

欧斯崔罗的脸因怀疑而紧绷起来：他们相信了他，而如今他却要逃离？

S.转身离开时菲佛刚好回来；他喊了一声小心，接着还有一句S.没听清楚，因为他已经深入人群五步，

———

> 我发现你又没来拿书……
> 别问了。我没义务向你或任何人解释我的事。
> 抱歉，只是想说我很担心。
> 不用，我很好。
> 这不是最迷人的你。
> 不，这是最困惑、混乱、愤怒的我，大概也最像我自己。一夕之间，"珍的改造计划"完全破碎。

十步、二十步，用两只手肘挤出空间，引来其他人的叫嚷、怒骂，甚至还被一只手臂挥中喉咙。他失去了那个女人的踪影，短暂地，好几次，而每次都让他不由得陷入一阵惊慌，直到再次发现她才定下心来。有只鞋重重地踩在他其中一只赤脚上（原来这双脚并没有 S. 想象的那么麻木），但他顾不得疼痛仍继续往前走。不能把她跟丢了，即使她并不是她。[7]

她非得是她不可。

女子穿过那一列警察，引来几道斜睨的目光和一两个手势，不过关注并未持续，随后她便走进一条弯曲的街道消失不见。她没有奔跑，却走得快速。S. 体内的肾上腺素沸腾，让他得以用一双饱受折磨的脚，忍受着肌肉的僵硬疼痛、胸口的紧绷气闷，小跑步随

---

[7] 此处让我想起麦金内的强劲哲学对手，美国人奥菲厄斯·克莱梅岑·韦恩对于身份认同所提出的理论。据韦恩的说法（我认为他的作品颇具说服力），S. 可以说是苦于身份视差的问题：只有从 S. 的观点来看，索拉的身份才会变化不定；若以这个世界的客观经验而论，她其实就是她，她也是她，她还是她（从前一直如此，将来也会一直如此）。

这里的 S. 根本火力全开追求爱情。

他并不知道这是不是爱。他没有那么想。

他不必那么想，只要有感觉（+行动）。他确实知道这事有点紧急。

一点也没错。他急着要找到那个可能知道他是谁的人。

这不就是一种看待爱的方式吗？柯是这么认为的。

（看下面注7）

第三章　S.的复现

后追去，S.就这样进入了往上爬升的城区迷宫。

　　商店的灯熄了，餐厅关门了，街上行人寥寥可数，高楼层的窗户全都拉上了窗帘。看来，没有到码头去的人都安全无虞地安坐家中。就连海鸥也安安静静、一动不动地栖息在远离港口的屋顶边缘与檐板上。静谧的街头也和工厂前的纷乱场面一样弥漫着紧张的气氛。空寂中回响着索拉鞋底踩在碎石路面断续的拍击声，带领着他穿梭前进，这儿左转，那儿右转，接着再左转。他有接近一些吗？感觉上一定有，可是他现在所能掌握到她的行迹也只有回响的跫然足音。一阵薄雾漫过，缭绕在寒冰似的街灯灯光中，更令人难辨方向。他还注意到空气中有个单调的声音，一个顽固且反复的低音，在她脚步的震荡声底下持续地隆隆作响。他的脚底被小石子刺伤，肋边感到一阵灼热的剧痛。越接近声音来源，低鸣声越是清晰。呼吸变得困难；感觉空气出奇的潮湿，还有热金属的味道。他浅促的呼吸，（听在脑子里竟如此响亮！）几乎不足以支撑他继续走下去，但无论如何：绝不能把她跟丢。

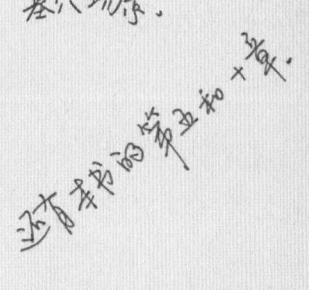

※※ 我在校园某处画了一个这个记号。
看你找不找得到。

忒修斯之船

———

还在等你回答……

唉，你不能这样啦，
尤其是在斯坦德希
大楼。我会背黑锅的。

她有事情要告诉他，有事情要披露，这点他有十足的把握。她是在引领着他，而不是回避他。她希望他能跟上。

可是你已经被开除学籍了。
你又不存在！

又转了个弯，接着再转弯，之后她的跑步声消失了，被低声嗡鸣所吞没——那个声音，震晃着他的牙齿、他的气管、他的胸腔、他的脏腑。他停下来闭上眼睛，倾听她的去向，却只听见那嗡鸣声，而那辛辣的金属味已经无处不在，甚至连舌尖都尝得到，当他睁眼一看，发现沿着整条街都是同一栋建筑。**中央电力**。这几个字底下有一个涂料已褪色的：

警察或许不会在意
这些抽象的小细节。

真有意思，你竟然还能进
这栋楼。

进来不是难事，待在里
面不被发现挺难。

S

大片蒸气凝结在他头顶上，霸凌着薄雾。
她到哪儿去了？

说说吧，上次聊到……
你失踪那天发生了什么事？

他向前移动，停下来。侧耳倾听。仿佛听到她的动静，随后又没了声音。再往前两步。他感觉到左手边的小巷内有响动。暗处有两个男人，身形高大，还传出窸窸窣窣的声音，紧接着传来金属扣环的啪嗒声。

我没办法在这里说那件
事。夹在书中了。

你曾经和父母谈过吗？
关于你最近的情况？

怎么谈？这状况我自己也才刚刚发觉……
总之没法跟他们聊这种事。况且现在这时
候要他们共处一室？自求多福吧。

可能吧，但我依然不会去
做。你懂吧？你和你爸妈
也没有任何互动。

分别和他们谈，也许会容易一点。

对，我懂。

第三章　S.的复现

S.应该继续找人，这种见不得人或不管是什么样的勾当都与他无关，与她无关，与此刻正在发生的冲突无关，但他仍定在原地看着他们，看到扣环就扣在其中一人刚刚穿好的连体工作服上。另一人穿着一件暗褐色风衣，肩上还披挂着另一件相同的外衣。只见他小心翼翼地将一个纸包裹交给穿工作服的人，S.知道——是立刻而且是百分百确定——包裹里面装的是炸弹。

这时候，火光一闪，穿风衣的男人点燃香烟，就在那瞬间S.看到他粗野刚硬的五官特征，证实了他的怀疑。是侦探。S.就站在空旷处，站在马路中央路灯洒下来的骨白色光线底下凝视他们，而他们也直直回望着他。

穿大衣的男人唇角往后一拉，露出微笑。
穿工作服那人或许眨了眼，也或许没有。

要小心行事，S.暗想，你其实什么都还没弄清楚。不知道他们是谁，也真的不知道他们在做些什么。因此S.只是简单点了个头，继续朝原本前进的方向匆匆而去。索拉一定还在附近，他只需要再重新找到她的

> 这会是很棒的电影画面，一整个儿毛骨悚然。(有想改拍《感修斯》吗？)
>
> 自从《山塔那进行曲》改拍电影发生那件事之后，好莱坞就对石的作品保持距离了。李诺·冯塔纳(制片人)在回忆录里提到过，听说曾给有个印度导演有意拍摄，但后来没了下文。

> 很可能是因为1个月前他人不见了。←
>
> 不能就这么认定两件事有关系。

忒修斯之船

———

脚步声。

身后，他听见那两人的其中之一从巷子出来，转身往水边方向走。尽管发电厂仍持续发出那无情且该死的嗡鸣，他还是听得见钉靴声和纸张的沙沙声，也能想象穿工作服的男人将那个死亡包裹稳稳揣在怀里，前往码头去递送。就在这一刻，S. 听见从工厂噪音的浓浓迷雾深处冒出一些低声的呢喃，就像旧城区的那些声音，类似的喧嚷，但声母不同，节奏也不同。

S. 继续往反方向走。这不关他的事，他这么告诉自己。完全无关，无论韦沃达工厂里发生什么事都与他无关。他丝毫不亏欠这里任何人，也不亏欠据他目前所知这世上的任何人，更甭提这些呢喃声来源之处的任何人。没错。现在再也没有比找出自己是谁更重要的事。他踏出赤脚一步一步往前走，两手深深插在借来的外套的口袋里，一往直前，不要想，只要听，全神贯注地听她。她可能就在几条街外。他没有想，只是努力地听。

没有想。

———

> 她离得很近，却无法捉摸。（索拉是作者的灵感缪斯？参见第九章。）
>
> 她也可能是柯的替身。或许他们之间有一种作家/缪斯的关系，也才因此坠入情网。
>
> 你还是认定他们两人相恋。
>
> 是的。我觉得唯有这样，第十章才说得通。
>
> 两个版本的第十章都是。

{ 102 }

第三章　S.的复现

努力听。

他停下脚步，告诉自己这是为了能听得更清楚，但他马上就知道这是谎话。

接着他向后转身，约略猜测前往码头最近的路线，便全速冲过粗糙的碎石路面。他没有问自己疲惫至极的身体能否负荷得了，只是一个劲儿地跑，听凭地心引力将他往山下拉，因为他必须去码头找到司坦法与其他人提出警告，帮助他们及时阻止这场可怕的大屠杀。他的身体状况可以晚一点儿再来担心。不过在他奔跑之际折磨着他身体的诸多痛楚之中，最剧烈难忍的莫过于知道自己放走了索拉，让她凭空消失在一个反复无常、充满未解之谜的世界。他放走了她，他跑开了。

一辆自行车侧倒在码头上，就在较外围的人群外面，与那排晃来晃去、烦躁不安、频打呵欠的警察之间隔着高高堆栈的木栈板、钢板、以及长短不一、用金属条绑在一起的管子。自行车的主人，一个十一岁

> 典型的爱 vs. 责任。
> 埃里克，你或许会认为石察卡这个人太黑暗、太尖锐，不会写这种主题，但我不在乎。
>
> 或许是另一个可能：
> 自我 vs. 群体
> 你真的很顽固，难道你是故意惹我发火？
>
> 或许是另一个可能：
> 两者皆是　[..]
>
> 我记得这句本来没有画线。
>
> 想必是有的，不过谁知道我当时在想什么？
>
> 我很确定没有……这样子让我有点儿紧张。
>
> 叙述脱离了S.，以全知角度直接对读者诉说。
>
> 我喜欢 —— 能从S.的脑袋里跳脱出来休息一下，很好啊。
>
> 而且读起来会觉得：外界还有一些更大更大的力量。

忒修斯之船

的小孩儿，正穿梭在人群中寻找父亲，手里还抓着一个牛皮纸袋，里面装的意式香肠、啤酒芝士抹酱和隔夜的面包，是母亲让他送来给父亲补充体力用的。自行车前轮在离岸风的吹拂下缓缓转动，车把上挂着一个铁丝网篮，是父亲多年前自己做的，如今已是锈迹斑斑。

注意看网篮。不要去注意那个穿工作服的人有没有从人群中冒出来，把另一个牛皮纸袋放进网篮，然后重新混入一片乱糟糟的现场，从此人间蒸发。他是谁不重要，无论如何他的动作是那么低调、那么干净利落，你也不可能留意到他，就像码头上的其他人一样，人谁也没有留意到，即便是几天前就知道这项计划的侦探也不例外。

尽可能把你的目光停留在网篮上，即使当 S. 气喘吁吁呛咳不止，脚下拖着血迹来到码头，奋力挤向台子，因为司坦法和其他同伴正在那儿一面商议一面分吃一个碰伤的苹果；即使这时候也不要转移目光。重要的不是他们五人如何分散到群众当中，在码头上拼

第三章　S.的复现

命地四处找一个穿连体工作服的侦探。重要的其实是虽然你想透过书页叫唤他们、呼喊他们，把他们的注意力引到自行车网篮里的炸弹，你，当然，办不到。

要注意到一点，尽管有一些表面看似胡乱堆放在码头的木头与金属，大致上能保护警察，不被混装在炸弹里的尖锐金属碎片所伤，但炸弹距离警察那么近，一旦爆炸难免会引发惊慌。即使引爆后，也不要将视线从网篮移开，因为炸弹碎片将会四散纷飞，胡乱射在这群劳工，这群叫嚣乱窜、挥舞拳头却毫无力量的乌合之众身上。（不过炸弹不大、制作粗陋，因此侦探将会全数安然逃过而不受波及，而且爆炸起因也会比较容易被锁定在某个不满现状的劳工——很可能是无政府主义者或共产主义人士，总之你也知道那些人是什么样子——而不是受雇于全世界扩张最快的武器制造商的职业密探。）

再提醒一次：眼睛要盯着网篮——如果你坚持要睁开双眼的话。

你不会想看到 S. 像个破布娃娃似的被爆破的威力

这正是在加来发生的事。

忒修斯之船

炸飞。这具躯体能承受多少惩罚呢？你或许会好奇。**何况他还有那么多事要做！**你不会想看到他在如此长得令人沮丧的时间里一脸呆滞——即使你注意到了他身体毫发无伤。你也不会想看到他的脸恢复清醒，并确信是自己在发电厂外犹豫不决，才使得那人能及时抵达码头置放炸弹后消失无踪。你更不会想在刚刚被炸的码头上扫视、搜寻那个十一岁男孩，这点是最最确定的。

当 S. 全身瘫软、面无表情、眼神空洞的时候，并未失去知觉，只是好像灵魂出窍一般，虽然听得见受伤与垂死的哭喊声、惊慌的尖叫声、警枪朝混乱中随意射击的断续枪声、警棍挥打在肩膀与背部与颧骨与脑袋的声音、警马在码头上转来转去的嗒嗒蹄声与嘶鸣声，但所有声音都显得遥远、扩散开来，退到外围形成一个光环，环绕着正在他眼里上演的鲜活景象。

⊛ 这景象是：同样的码头，只是比较狭窄，也没有伸出海面那么远；同样的韦沃达工厂，但没有新厂，

这是石察卡本人的现身说法，偷偷对读者眨眼睛暗示吗？（S. 还有很多个章节要"走"！！）

也许这句话并没有俏皮的意思。也许石只是在告诉我们（或柯），"他自己"写这段的时候 <u>精疲力竭</u>。

⊛ 埃兹尔·格里姆肖（那个把《忒修斯》撕掉的评论家）特别痛恨这一幕。说它"蔑视读者的欲望"，偏离了当下的情节。

石察卡利用这段情节讲述了民族拉夫的故事，或许是改写他的经历。

对，读起来和前后剧情很不搭，但一定是刻意写的。但……这意味着了工人瓦茨拉夫·石察卡就是写书的"石察卡"？

不一定，但无论石察卡到底是谁，他肯定和民很亲近。

知名作家与工厂小伙子很亲近？不太可能。—— 有何不可？

但石察可能听说了他的故事，想表达某种共鸣。

（也许民在布拉格跳桥自尽当天，石也在那里？）

无论实情如何，我觉得石不像是"抛出假线索"嘲弄人。—— 举双手赞同。

第三章　S.的复现

只有一栋外观简单、新砌成的方形砖造建筑，砖块间的灰浆还在月光下闪着崭新的亮光；相似的紧张气氛，却是一种比较平静而私密的张力，不是介于劳工与警察与侦探之间，而是介于两个人之间，就两个人，一对少男少女，刚发育成人的身形修长，仿佛两人的身子都各自不断拉长，延伸向希望无限的未来。他们在交谈，男孩朝女孩斜倾上身，女孩却后退半步与他保持距离，这让 S. 感到惊讶，因为此类场景的重点不就是两个人——两个肉体、两个灵魂——结合在一起吗？在他那充满模糊枪声与呻吟哀号的声音光环里面，(码头上的女孩摇了摇头，又摇了摇头，再度摇了摇头，（好坚持！）将一束纸张推塞进对方怀里，此时轮到男孩愕然倒退半步。她蓦地转身离开现场，挺直脊背、扭腰摆臀并发出不屑的笑声走回市街之中。)男孩独自在月光下，轻轻踢着从一块木板冒出头来的钉子，然后纵向折起那叠纸塞进外套里面。他沿着码头走向一堆渔网，蹲跪下来，拿出小刀割下系在网上的铅锤。尽管混乱的声音如雷贯耳，S. 依然能听到男孩将铅锤

手写批注：

有肢体上的亲密接触吗？

不多，但有一点。我在想：这当中有丝毫真心吗？她会不会只是在利用我？

不是只有这些可能性……或许她喜欢你，但珍迪对她的事业更有帮助。又或许她也是那种根本不知道自己在做什么，却还是照做不误的人，结果留下满目疮痍。

你不是那样的人吧？

但愿不是。

↑至少她当面拒绝他了，不是写 E-mail，也不是在浪费他三年多的生命之后。

能和某人在一起三年多不是比较好吗？我觉得跟伊尔莎好像才刚开始就一塌糊涂了。

维持3年久？

难说。我们共用办公室，工作到很晚，聊那些书聊得很开心，有种吸引力……她说的。我们说好春假一起去慕尼黑，到石察卡档案室工作并拜访她家人。结果什么都没有。喔……还有，我的萨默斯比录音带不翼而飞。

忒修斯之船

———————

一个一个又一个丢进外套与长裤口袋时，轻轻发出的剥剥声。男孩步伐沉重地回到栏杆边的位置，未来就在这个位置展现在他眼前。他一条腿晃过栏杆，接着只需移动重心，将全身重量交给空气。他身子一歪。下方，海浪漠然地涌动轻拍——

——这时候他听到一些话语，是一些刺耳又绝望的声音，他无法归纳整理出意义。他纳闷着，有哪种人会听到不是人声的人声——

——紧接着有人拉扯他的胳膊，S.的胳膊，拉呀拉呀，原来是司坦法。他的衬衫沾着蒙蒙血迹，一侧的脸颊、一边的八字胡尾翼染了一抹鲜红，一边拉一边说：我们现在得走了！可以的话赶快起来！S.照做了，重重倚在司坦法肩上，蹒跚摇晃地走进错综复杂的巷道间。他听到他们后面有蔻波粗重的呼吸声，有趣的是，她的呼吸声竟令他如此着迷，活着的声音是何等诱人啊！他便聆听着这个声音，一面继续穿梭逃

———————

{ 108 }

左侧手写批注（橙色）：

珍：德雅尔丹周日去世了，讣闻/计闻刊在 labalise.fr 网站上。又是坠楼。他/他们说得对，德是自杀的。但是……真的吗？事情越来越恐怖了。

我对他了解不深……但我认为这和薛默斯比之死一样，绝对不是自杀。

（橙色）： 我现在才知道德曾经是穆迪的论文指导教授。

我应该说过他们不和，不确定是出了什么问题，但我敢说不是德雅尔丹的错。

（橙色）： 我很惊讶你竟然没有早一点试着和他联络。

真希望我有。我觉得他不会把我当回事——我太年轻，没有博士学位，没有了不起的成绩，又跟穆迪有牵连。

（橙色）： 可是这个领域里有其他人把你当回事，对吧？

我怀疑，就连穆迪也是。

（橙色）： 就算有人把你当回事，也不代表你知道他们的想法，更不代表你认为那是自己应得的。何况先前我没把握可以100%相信德。

右下角（橙色）： ↗ 这我倒不意外。

第三章　S.的复现

———————

亡于城南区，经过一栋又一栋的建筑，而各栋间的差异几乎都是微乎其微的。当他们来到一处倾圮的马厩废墟停下休息，里头弥漫的干草尘屑呛得每个人非得先咳个几声才能吐出只字半语。

黑暗中响起一个短促、尖锐的哨音。司坦法吹了自己的哨子回应，欧斯崔罗和菲佛随后出现在弯曲变形的门框里。菲佛几乎整个人靠在朋友身上，一只耳朵用一条布满黑渍的手帕捂着。休息了一会儿，又喘了一会儿之后，[司坦法下了一道S.没能听得很清楚的指令，他们五人便一体行动，迅速而隐秘地穿过城里被遗忘的角落，一处已没落数十年的工厂遗迹，晃晃荡荡地爬上一条不甚陡的斜坡，来到一间破屋。屋前窗户暗黑，屋顶长满苔藓，像是随时可能崩塌。]司坦法伸手到窗台的花箱里拿出一把钥匙。大门晃开的时候，也因为铰链松动而摇晃不稳。

今晚，这是他们的家。

明天呢？明天的事谁说得准？

———————

{109}

> 喂，书还在，我猜你是走了。
> 我正在一个陌生人的书中空白处自言自语。好极了。

> 你要平安，埃里克。

↓
> 珍，我很高兴你还继续看。

> 不然我还能做什么？

> 我要去巴黎参加德的葬礼。寒林连夜送来一张额度很高的信用卡，要让我付机票、饭店费。

> 埃里克，到此为止吧。你不知道现在究竟什么情况。无论是德雅你爹，或是寒林。

> 对，但是亲自去一趟是找出答案的最佳方法。

> 你听着：我知道我们认识不是很熟，但我真的真的很担心。别去。

> 你有论文要写，有计划要执行，有课要上，先搁下这个吧，等我回来会有很多新消息。

> 这主意，我一点儿也不喜欢。

埃里克，巴黎！！！有何进展？？？
　　你得告诉我。

太多了，还在试着整理思绪。

先告诉我你很好，然后一个一个说。

我没事。

重点：认识德雅尔丹的人<u>没有一个</u>认为他是自杀。
　　告诉你：他是从多马特饭店的阳台坠楼的。

天啊，和埃斯杜坠楼的房间是同一个？

不确定。

第四章

特务 X

S. 被一阵铅笔书写的沙沙声吵醒。他睁开眼睛，看见司坦法一副倦容、衣衫凌乱地坐在餐桌旁，面前摆着一本纸簿，指节粗大变形的手指间则握着一截铅笔。他好像没有睡觉。然而尽管脑袋下垂、眼皮沉重，却仍是奋笔疾书，每一句末的句点听起来就像咚咚的鼓声。他脸上还留有干掉的血渍，似乎是在开始工作前，只用毛巾随便抹了一下。

屋里的其他人看起来几乎是同样精疲力竭。蔻波靠在橱柜旁捧着缺角的茶杯啜饮，看着司坦法。受伤的耳朵已包扎妥当的菲佛，坐在前窗边的椅子上，颤抖的手拿着一根烟在抽，并透过窗板的漩涡雕饰凝视

> 要有这么简单就好了。我的史蒂文斯论文毫无进展。

> 后来叶芝那篇怎么样了？

> 她给我不及格，还说"就耳朵时交，顶多也只有60分"。我真的很讨厌她。我跟摸谈过，没用。

> 哪个教授？福克斯？他很难搞……

> 对。王八蛋²。他要我"拥抱0分，自在随缘"。

> 好有禅意啊。如果你是负责打0分的人，当然轻松……

> 史蒂文斯的论文一定得交。那些该死的句子偏偏抓不出。对这一切我实在厌烦透顶。

> 不管你有没有灵感，硬挤也要挤出来。

> 你不在的时候，我根本无法专心。很不可思议吧？因为你在的时候我也没见过你。:)

> 不会吧啊。我飞去时旁边有个空位，一直在想你应该坐在那里。

> 下次想和哪个女孩去巴黎，就该开口邀请她。

> 伊尔莎去了吗？你怎会这么问？

> 因为周都是第一个和我较代她的课。刚好和你离开的时间完全一样。

> 她去了？

> 结果你都没提到她。

> ……你想得没错。
>
> 我想你应该没有在用餐时分享我们的发现吧……
>
> 嗯，但寨林的人就找到我了，不是吗？或许我在里斯本发表的论文比我以为的要好。
>
> 忒修斯之船

外面的街道。

是蔻波发现 S. 醒了。见他坐起身来，便又倒了一杯茶端去给他。"谢谢。"他开口说道，打破了笼罩在屋里的阴沉。茶的颜色很深，喝起来辛辣、带有焦油味，甚至有点儿油腻；口感陌生，但是温热。S. 十分感激。

附近的石灶上有一堆折叠整齐的衣服：一件白色工作衫，领口与腋下处有些发黄；褪色的蓝色哔叽裤；还有一双棉袜，其中一只的脚后跟破了个洞，旁边摆了一双穿得很旧的劳动靴。"那是给你穿的，"蔻波对他说，"楼上再也找不到更好的了。札帕迪不太在乎外表。"

袜子和皮靴被火烘得暖暖的，感觉就像最顶级的奢侈品。靴子有点儿大，但 S. 将原来那件破烂长裤撕成布条，包扎被割得伤痕累累的脚底后，穿起来正好合脚。今天要走很多路，还有明天、再明天——不管多久，他都要搜遍整座城镇找到索拉。昨晚发生在码头的事很可怕，没错，肇事者应该被揪出来负责，可是他必须将它抛到脑后，将哀痛留给那些认识死者的人，那些在这座城里生活工作的人，那些将在这座城

> 我吃过以来最棒的早餐：三份美式咖啡、巧克力牛角包+一张巴西来的明信片。
>
> 葬礼第二天，我和一群研究石察卡的学者共进晚餐。每个人都很神秘。德雅尔丹有个学生在葬礼上和我握手，偷偷塞给我了一张写了地址的纸条。餐厅在巴黎的拉丁区，很狭小，没有店名，从街上看来很阴暗，不像在营业。也许因为我们有少人，加上几个话不多但穿着高级、不像学术界人士的人，有种小圈圈核心的味道……大家聊到要延续德的工作以及他秉持道德研究学问的努力、分享研究成果等等。
>
> 受邀共进晚餐，你惊讶吗？
>
> 当然。其实看得出来有人不希望我在场。我听见他小声提起穆迪，但我的法语不怎么样，很难听出个究竟。
>
> 你要是认识法语流利的人就好了。可是他们为什么邀请你？你又不在德的核心圈子，似乎连外围也沾不上边儿。

{ 112 }

第四章　特务 X

里继续过日子的人。至于他本身：他的任务是找到这个女人。莎乐美。索拉。不管她叫什么名字。他已经丢下她一次，以后不会再重蹈覆辙。他清清喉咙，恢复声音。"我要走了。"他说。

最好不要。

"你要离开？"蔻波问道。

"我很感谢你们的帮助，也为你们痛失亲友感到难过。可是我该走了。"

"当然。"司坦法说道，手却仍写个不停。"你得找出自己是谁，这是个不值得羡慕的艰难任务。"

"是啊，一点儿也没错。"

司坦法停下笔，抬头看他。"先别急着走。欧斯崔罗出去察看状况了，等到了解你将面临什么样的形势以后再说吧。"[1]他的口气并非不友善，但非常严肃，甚至冷峻。

埃里克，我知道你觉得巴黎之行并不危险，但他们一定是在那里发现你/我们的。

"这里需要他。"蔻波说完，转而对 S. 说，"只有你看别自欺欺人了，很可能是在那之前。

---

[1] "该来的总会来。"石察卡经常说。在他写给我的第一封信，还有紧随着的许多信中，他都写过——其实，在我们合作的许多年里，他都写到过它。

珍，看到这句，我想起必须请你帮忙看看我去纽约参加拍卖会时点的笔记。我好像漏掉了什么。或许有助于弄清楚那个经纪人在为谁竞标哈瓦那的照片。

这点我们不知道，我想德雅尔丹也不知道。如果他的学生有人知道，也没说出来。

章名叫"特务X"，注1似乎暗指下一个"紧随着的"什么东西？
我们要找的暗语藏在哪儿？解码金钥是"特务X"？
　　　　　和X有关的字？

⊗ 葬礼上有一些人对我说，知道我曾和穆迪共事，很替我难过。
看来移迪种了不少恶果。

不过我无意间听到其中一两个人对伊尔莎说了完全相反的话：
她好幸运，能跟随这个领域的佼佼者学习……
还说新书将会改变一切……诸如此类。

也许他们只是想向她探口风，打听他的书。

我讨厌这样，我讨厌大家都不能心口如一。

[俚]较众会吧，大部分时间。

我从来没有口是心非，我只是会避免说一些心里话。

你和爸妈进展如何？
关于找工作的事？

我跟他们说我会去，所以还好，忙着应付他们，有些文件工作都还没搞定。

就跟你一样？
(是你自己说的喔！)

怎么说？

不说谎，但也不和盘托出。

忒修斯之船

到携带炸弹的侦探，没有你做证，我们就什么都没了。"

"就算有他做证，我们恐怕还是什么都没有。"菲佛喃喃地说。

"也许吧。"蔻波说，"但必须让大家听到他的说辞，得让所有人知道韦沃达是什么样的人。"⊗

司坦法啪的一声放下铅笔，将身子往后一推，两手搭在膝盖上，上身往前倾，仔细端详 S.。S. 突然感到胆怯，有如面对父亲的小孩儿，不确定自己即将得到的是赏还是罚、是智慧之言还是警告。

"告诉我，"司坦法说，"你会坚持你的说辞吗？"[2]

"是的，"S. 回答，"我跟你们说过的，就是我真正看见的。"他小心地选择用词，并未自称已主动提出了所有可能的细节。关于侦探似乎认识他，这点可以保

---

[2] "每位作家都得是百分之百、无时无刻地当自己作品的后盾。"石察卡在给奥托·葛兰的一封信中写道，"作家应该勇敢避免坦承编辑、读者，或者（但愿不会有的）制片大佬所提出的一切挑战具有任何价值。"他还表示："经此一事，在下清楚了解到只有作者本身能明白作品的真意，还有作品需以什么样的手法讲述。"这位瑞典导演并未照约定烧掉此信，而是选择将它刊登在杂志上，以至于赢得了石察卡一生的仇视。

查一下出处。杂志上写的很接近原信内容：
第1、3句是直接引述，第2句信中没有。
你可以查一下档案{114}里的信件原件吗？
原件也没有。所以这句肯定是柯加进去的，很可能是暗语。
勇敢 → 敢的部首"攵"→ 特务X，带有"X"形的字藏了暗语。

第四章 特务 X

密,至少直到他得知对方的来意为止。但老实说,他并不想知道,他只想从这出悲剧、这场冲突、这种威胁中收手,继续找寻索拉。

S.走向正用食指上下抚摸绷带边缘的菲佛,说:"当我去追那个女孩儿的时候,你在我后面大喊,要我小心。接着你又说了一句,我没听清楚。你说了什么?"

菲佛耸耸肩。"我只是说你不知道谁是你的朋友,这点对你来说应该很明显。我不认为你真的认识莎乐美。对我,对我和欧斯崔罗两人来说,你看起来就像是想找借口逃走。"

"可是我回来了。"

"是啊,"菲佛说,"还带来一个不可思议的故事,而且时间紧迫到来不及改变结局。"

蔻波打断他。"菲佛,如果这个人打算放置炸弹,然后还置身于炸弹附近,那么他如果不是愚蠢至极,就是为了韦沃达的利益而自杀的狂热分子,我指的是纯粹为了韦沃达个人的金钱利益。我确信他两者都不是。"她转身向S.说道:"不过还是有一点:你为什么

左侧批注(紫色,竖排):
挨罗克,但愿这不会发生在我们身上。要有信心,请你一定要有信心。

左侧批注(绿色,★标):
翻译:你宁可冒着失去石头的风险,因为和我见面让你太焦虑。

左下批注(紫色):
不是这样。

左下批注(橙色):
真见鬼,荒谬到家。这一切太不值得了。

右侧批注(绿色,★标):
德雅尔丹有个学生把我拉到一旁,说他知道德曾寄给某人一块黑曜石。他问是不是我。

右侧批注(紫色):
希望你跟他说不是。

右侧批注(绿色):
我说东西不在我这里,严格来说不算撒谎。你有没有找到机会仔细看?

右侧批注(橙色):
有,我觉得石头上的蚀刻看起来像鸟的抽象图样。

右侧批注(紫色):
我也这么想。

右侧批注(橙色):
我要把东西还给你,让它离开我的住处。那石头让我很紧张。要是有人以为我偷了文物,我会被开除的。反正我也不想留着,完全不想和伊丽莎拥有任何一样的东西。

右侧批注(紫色):
好,把石头和书一起寄给我就好。

右侧批注(橙色):
开什么玩笑?不可能,要是寄丢了我会自责。我要亲手交给你。说个时间地点,我们碰面。

右下批注(绿色):
没时间,请把德寄给我的文件全部重看一遍,总觉得漏了什么重要的东西。

忒修斯之船

觉得你认识那女孩儿?"

"我遇见过她,又或许是某个和她几乎一模一样的人,就在我被掳上船的那座城里,我现在的记忆就是从那个地方开始的。"他述说了酒吧里发生的事,提到索拉说她正搭乘一艘名为"帝王"号的邮轮在旅行。屋里的人谁也没听过这个船名。

"那座城离这里近吗?"司坦法问道,眼睛仍低垂着。

"应该不近。我们航行好几个星期了。"

"莎乐美在六个月前来到工厂工作,"蔻波说,"我跟她不太熟。她很内向,不怎么和人来往,好像是背井离乡。平常话不多,但一开口就有浓重的南方口音。"她问菲佛和司坦法是否有同感,两人都说是。"我要说的重点是,"蔻波接着说,"一个每周工作六天、不和人来往的贫穷工厂女工,不太可能会在某个北方城镇的水边酒吧里接受仰慕者献殷勤、向陌生人搭讪。至少在过去六个月内不可能,而且我敢打赌在那之前也没有过。"

交换留言不算是认识彼此最有效率的方法,这你明白吧?若想继续保持神秘,发短信也行。

没手机。我尽量让生活停留在"模拟"时代。

这位先生,很高兴你终于有手机了。

签约的使用协议我一个字也看不懂。最好要习惯。

类似案例:珍妮佛·洛佩德

我一点儿也不觉得你离群索居。

以前从来不会……但最近是不想碰到雅各布,不想和朋友出去,再也不喜欢,不想交新朋友……反正很快就要离开学校,做这些太累了。

你真是铁了心要走。

我需要想清楚自己是什么人,在校园里办不到,在家也不行。有时候我觉得接下那个鬼工作是值得的,那就有借口去纽约了。(+也能负担那边的生活费。)

① 我真的找伊尔莎谈了一下，有点后悔。
然后呢？
我认定是穆迪派她去巴黎的，所以有点夸大地说配找到赞助人什么的。
所以你跟她说了赛林的事。
对，这么做恐怕是错了，我知道。但她的反应也让我好奇她是不是自愿去的。

第四章 特务X

"我一直觉得她在替管理层当眼线。"菲佛说，"我们部门已经很久很久没有雇用新人，结果她咻的一声就出现了，说是做什么文书工作，依我看以前从来不必做那些事。"

她有没有戴她的"穆迪石"？
我没看见。
她在玩两面手法。至于是什么的两面，还不知道。
说不定还有第三面（如果赛林也赞助她）。那顿晚餐会不会和赛林有关？

"每个人在你眼里都是管理层的眼线。"蔻波说。

"也许我是对的。"菲佛说，"你不认为多一个心眼儿比较好吗？尤其是现在？"

你有没有问别人？
说这件事似乎不是好主意。当时我想算其他人关于赛林，

"我是这么认为，"蔻波说，"但我也很重视我的直觉，我认为人一旦开始怀疑自己的直觉，那就非常危险了。³（少了直觉，这个世界会变得枯燥乏味、发展迟缓，连改变也变得不可能。"）狗屁。我再也不相信我的直觉了……说真的，直觉不也是我们被教导出来的吗？所以说，改变不只是可能，而是无法避免的。你再也不能把直觉当作依据了。

这番讨论似乎只是这两人长期战斗中的一场小冲突，虽然 S. 觉得不要加入是比较明智的做法，却又控

也许……在有人教导你"现在所想的就是直觉"之前的想法，那是直觉。

威？

即便如此，又有什么用？两者你要怎么去分辨？

妄？

---

3 此话其实出自海明威本人写给石察卡的一封信。他说看完《山系》后有种直觉，断定他和石察卡无论身为"创作家或普通人"，都会很"契合"。这回石察卡依然毫无回应。他对于这个曾流亡古巴的美国人狂妄大肆地表达有关创作、生活与人类的高论，一点儿也不关心。但我不禁想问，倘若那位男性大作家愿意赏阅此书，会不会因为石察卡让异性角色说出他说过的话而心生不悦？

我爱这一段。从我所说的所有线索来判断，海明威是个憎恶女人————的蠢货。无论石察卡是谁，都比他强多了！
但有人认为石在某些段落的口吻很像海明威……
还认为要是他愿意的话，那种风格也可以是他写作的方式之一。

> 看这个：
>
> 根据记录，1624年在斯德哥尔摩监狱有一个"索布雷罗建筑师"。
>
> 你的意思是他和葡萄牙船上那个索布雷罗是同一人（=写书的那个），而且被吊死、抛入大海后存活下来（或是以某种方法死而复生），结果几年后又再次在瑞典被捕？
>
> 听你的口气好像觉得不可能。

忒修斯之船

制不住自己。"身为一个除了直觉一无所有的人，请容我直说这恐怕也不是一种理想的状况，这是……"

但他话还没说完，菲佛忽然跳起来，拔开门闩打开门。欧斯崔罗匆匆走进来，竖起的外套衣领遮住了脸，水手冬帽拉得低低的。他喘着气，把一份报纸丢到桌上，司坦法看了大吃一惊，把嘴里的茶都给喷出来了。这名长者脸上掠过一丝气恼，但随即被一种仿佛糅合着惶惑、哀伤与恐惧的神情所取代。欧斯崔罗不发一语，一屁股重重坐到火炉边满布灰尘的地上，双手抱头。S. 与其他人靠拢到桌旁，只见头版上半页一连串斗大的标题触目惊心。

> 改写海马基特广场事件后的报纸标题

海滨喋血

撒旦恶行：警方遭炸弹袭击

五十八人死于暴动余波

> 改写加来事件后的标题

杀人主谋在我们当中

无政府主义者煽动群众；受外国特务策动？

第四章　特务 X

"五十八人，"蔻波深吸一口气，"五十八人哪。"

"韦沃达去死吧。"菲佛说。

司坦法嘟哝一声，啪地翻开报纸露出下半页的报道。没有人出声，但 S. 能感觉到当他们各自读着报上对前一晚事件的描述时，沉默的气氛逐渐扩散。报道将所有责任都怪到示威者头上，怪到他们头上——也就是躲在这积满灰尘的屋里，喝着一个死人的茶的这五个人，其中一个甚至还穿着死者的靴子。[4]

这是一种沉重、颓丧的沉默，周遭的空气仿佛也和他们的面容、胸膛、四肢一样瘀青肿胀。文字中插入了三张脸部素描，其中两张刻画入微、细节精准而致命，绝对是司坦法与蔻波的画像。第三张肖像的五官则没有那么清晰明确，似是承认有其他变动的可能性，但是那张脸的下巴线条透露的邪恶感却是毋庸置疑。脸部素描底下的说明文字指明他们是这场流血事

---

[4] 石察卡很喜欢从早期的作品中撷取中央核心意象，重新运用于当下正在写的书里。细心的读者会记得在《飞天鞋》中，当子爵的军队俘虏了伊米迪奥，也夺走了他原本拥有的鞋子，并强迫他穿上"一个死人的靴子"下田工作。

> ※ 我喜欢看我们以前写的东西，把以前的想法记录下来真酷。
>
> 只要没说出太丢脸的话就好。
>
> 这样说吧：如果你真的认为过去的你全都是现在的你的一部分，又怎会觉得你说的话丢脸呢？（毕竟都是当时的真心话。）
>
> 因为有些事就是那么地让人难为情啊。

> 取？话说这一章的注解内容似乎比较合理。
>
> 还是有一些愚蠢的谬误……但没错，我看得出来柯越来越努力传达正确的信息。但为何有此改变？
>
> 或许是这一章的暗语容易藏，让她能自由写出更有用的注解。
>
> 或者这当中还有其他暗语…… ※

忒修斯之船

件的罪魁祸首：嗜血的无政府主义者：司坦法、蔻波与特务"X"。报道内文中推测还有其他几名劳工（包括欧斯崔罗与菲佛先生）也是这致命三人组的同谋，当局正在全力追缉以便立刻进行侦讯。谁若能提供嫌犯下落的可靠消息，便可获得奖金。

很长一段时间内，屋里唯一的声响来自欧斯崔罗，他恐慌的呼吸声转为啜泣。稍后，司坦法又嘟哝了一声，把身子往后仰靠，让椅子以两只脚倾斜平衡。"你这张画像实在不怎么好看，特务 X。"司坦法对 S. 说，"之前你也许不是我们的伙伴，但现在是了，不管你乐不乐意。"

说也奇怪，尽管恐惧感在腹中纠结咬噬，S. 却有一种类似于如释重负，甚至是欣喜若狂的感觉：至少现在他知道自己不是侦探，不是韦沃达手下的人。他啜饮一口茶，让自己无须立刻做出反应，只可惜茶已经冷了。这时他忽然想到如果他是韦沃达的眼线，这倒是个有利的情势：他成了养在敌人巢里的牛鹂鸟。不过比较简单也最可能接近事实的状况是：如今他成

[页边手写笔记：]

[橙色字，页顶] 好吧……埃里克，我修过变态心理学，我知道这有点猜疑妄想的味道，但我发誓有人翻过我的信件。你若要寄东西给我，就寄到又角落咖啡。经理是我朋友。

[绿色字，中上] 能信得过吗？你要谨慎考虑。

[橙色字，右侧竖写] 绝对可以。

[绿色字，左侧]
你到底住在哪里？
铁道南边一个小地方，房租便宜。你呢？
杰斐逊公寓，就在校园边上。上课或进市区都可以走路就到。

昨晚有人闯进大楼，听说信箱区去了一些包裹。

~~寄给你的吗？~~
我猜你应该不会知道。
没错，但我没在等什么信。

巴黎那顿晚餐席间，那些穿着体面的人好像有一个对我们说过这句话（但不能确定，因为他当然是说法语）。在座的人肯定一听就知道出自书中。

[橙色字，底部] 这还是不一定代表你能信任他们
— 仅凭他们能引述石察卡的作品。

第四章　特务 X

了通缉犯，将受到追捕，寻找索拉的事转眼间变得更艰难且危险许多，也许甚至是不可能了。

（"他们展开行动了，"欧斯崔罗呆呆地盯着炉火，口气单调得令人不安。"他们正在挨家挨户地搜。"）

欧斯崔罗恢复镇定后解释道，眼下的形势是：出城的所有道路都被封锁，火车站充斥着与警方携手合作的侦探，港口也已无限期关闭，没有船只进出——不过就在下令前不久，有一艘没有挂旗、看似外国设计的大船在破晓前靠岸，在一组侦探的严密监视下，很快地从韦沃达新厂装上一船货，然后驶入寒冷的晨雾中。而就在返回藏身处前，欧斯崔罗看见警察集合在中央车站，准备开始地毯式搜查谋害人命的无政府主义者。此外，警方还发放印有他们五人面孔的传单，有些贴在商店橱窗，有些贴在路灯杆上，群众的手里和口袋里也都有，而且就欧斯崔罗看来，没有人对这场大屠杀的官方说法表现出怀疑。从来不是很喜欢韦沃达的普通市民们在示威活动期间支持了工

> 伊尔莎为了图书馆档案室的进出记录写了E-mail来。
>
> 她写E-mail给你？
> 她怎么知道你的名字？
>
> 她发送给我老板（特种收藏品管理处主任），他再转发给我。恐怕不能再拖多久了。记录上会满满都是我的名字……即使她不记得我的长相，也会认出我的名字。
>
> 埃里克，现在我知道一件事了：那份工作是我最不想要的东西。
>
> 所以：如释重负，欣喜若狂？是啊。不过现在又有新的、不同的烦恼。

忒修斯之船

人，但那份同情心起了变化：他们的城市顿时变成充满敌意又不安全的地方。就连其他示威者也接受这个说法，不管是出于受骗、自身利益的考量或纯粹是害怕，总之全都顺从地统一了立场。单凭警方与报纸的说辞，司坦法诸人就被贴上了"敌人"、"炸弹客"、"颠覆生活与生产力的威胁者"等无法消除的标签。5

"真是疯了，"菲佛说，"一颗炸弹爆炸，结果所有人都失去理智。"

（"恐惧的力量很强大，"司坦法说，"就连强悍的人也会屈服。"）

"怎么有人写得出那种报道？**明知道炸弹是密探放的**。"欧斯崔罗说。

"那是我们这么以为，"菲佛说出他的想法，"那是S.跟我们说的。"

司坦法哼了一声。"绝对不是我们的人，不然我会

---

5 让工人运动的核心人物流亡在外，向来是既得利益者惯用的策<u>略</u>之钥。在《万卜勒的矿坑》一书中，流动工人传道士的冗长演说就包含了石察卡对此手法毫不留情的控诉。

左侧手写（蓝）：
昨晚好像听到屋里有人，不是室友。我要搬走了。不会打电话，不然会让他们发现你。

左侧手写（红）：
珍：我不在乎。打给我。

下方手写（蓝）：
天啊，接在注解的"X"字后面的字词，会拼出：
P.114 避免　　P.117 本人　　大肆
P.119 中央　　P.122 之钥　　P.124 遭窃
P.131 可能　　P.135 包　　　P.159 消失
P.160 我　　　P.166 令人失望

下方手写（黑）：
"略"肯定是个有"X"的字。

下方手写（红）：
你说得对。再看一次注1："紧随着的"。所以可能是接在有"X"字后面的字或词组？

下方手写（蓝/黑）：
可怜的萨洛格妞姐。
可怜的他们俩。

下方手写（黑）：
当时已经死了。

下方手写（红）：
她相信他还活着。是真的，真的相信，所以对她而言是真的。

下方手写（蓝）：
→石察卡的包＝S.的手提包？

第四章 特务 X

知道。"

"看下一页。"欧斯崔罗说,"他们也指控我们秘密破坏港口,为的是妨碍韦沃达的生意。"

"荒谬。再说一遍:要是这样我会知道。"

["不管怎么说,"S.说道,"港口**确实**遭到破坏。总之,是有个水雷没错,我游过来的时候撞见了。"] 第十章

司坦法直瞪着他看,这个消息显然让他感到麻烦。"一定是本来就有了,"他语气坚定地说,"不是我们放的。"但 S.听出他声音中带着怀疑,再仔细瞧瞧蔻波,发现她也听出来了。他们究竟知道些什么?[这场活动会不会根本还没有被他们真正掌握,就已经变了调?疑虑弥漫在札帕迪的破屋里,压得四周的空气沉甸甸的。疑虑造成地基倾斜,梁柱发出不堪负荷的哀号,窗户也被挤压变形。]

他们商量着接下来有哪些选择,虽然又少又贫乏,却反而使得计划过程简单许多。他们要从南边的森林偷溜出城,徒步越过海岸山脉,前往一个偏僻小港 G

(旁注) 也许是(他们)发现石的经纪人卢珀脱离组织的时候?

和S组织做比较?他们是在何时,又是为什么产生怀疑的?

石在这里写得夸张了些。正是这段让我觉得他在写S组织。——对他而言这是最重要的。

※埃斯壮+狄虹？ 很接近，再猜一次。
　　　　　　　就告诉我吧！！！ 司坦法+蔻波。哈，有意思。
　　　　　我是说真的。那一天他们在布拉格，两人名字旁边潦
　　　　　草写了捷克文的"吕访客"。忒修斯之船
　　　　而你觉得是瓦茨拉夫，所————以你认定他跳桥后没死。
　　　　我知道很不可思议，但是没错，———我相信。

城。司坦法推测他们应该可以在那里搭船，之后再随机应变。这段路会走很久，光是到达山顶的小路就要走五六天，下山走到 G 城恐怕又要三天。这条路来往的人不多，数百年前曾经热闹过，但已风光不再，公路与铁路已将人群带往其他方向。不过，<u>蔻波小时候曾和父亲在这些丘陵地带探险</u>。她父亲是个箍桶匠，内在却有考古学家的灵魂。传说有一个早已绝迹的高山族群 K 族，挖了一片广大而复杂的洞穴，里面满是石壁画与其他历史遗迹，令他深感兴趣。"我们从来没发现过什么，"她告诉他们，"可是我好喜欢我们在山上探险的那段时光。不知道那些路我还记得多少。"

狄虹的父亲是考古学家，她的少女时期是在挖掘现场度过的。

考古学家带女儿去上班，比"品牌宣传副总"酷多了。

最后父女俩成了竞争对手。他气她自立门户又在多尔多涅省发现了洞穴。

后来有和好吗？

恐怕没有时间——他不到一年就死了，在埃及挖掘时被蜘蛛咬死。是那种"木乃伊诅咒"之死。

"知道一点儿总比一无所知的好。"司坦法说道。不太看得出来他是以亲密友人的身份替她把话说完，还只是单纯就自己的意见插话（这也是以亲密友人的身份）。蔻波很快地点了个头并与他对望一眼，从这个平静无声的反应，<u>S. 推断他们俩确实是恋人</u>，而且已彼此承诺要共同面对这些危险。

欧斯崔罗夫妇却不可同日而语。当这群逃亡者收

想象这是瓦茨拉夫在看着埃斯壮+狄虹，说得通。

刚刚在德雅尔丹给我的那堆文件里发现一样东西：饭店登记簿中某一页的照片（布拉格的沃利耶里饭店，1910/10/30）。

{124}

瓦茨拉夫跳桥那天。想不想猜猜上面有谁的名字？※※

→ *真可惜沃利耶里被拆了，在这里完全感受不到过去。那么你能感受到未来吗？*

> 猜猜谁在第二天加入了他们？
> 菲佛+欧斯崔罗？对了。那么……菲佛=费尔巴哈？
> ……他正和"秘书"在旅行。是的。
> 这么说……欧斯崔罗又是谁？西班牙名，
> 所以：加西亚·费拉拉？
> 这是我的猜测。

第四章 特务 X

拾行李时，欧斯崔罗的妻子出现在门口，带来满满一袋干酪、糕点与果干，还有几只空罐让他们能在路上装山涧水喝。她无言地递过这些东西，脸上明显流露出鄙视。也许看到丈夫要离开自己和孩子们出外逃亡，她也很伤心，但这份伤心远远不及她的不认同与愤怒。对其他每个人她都轻蔑地斜觑一眼——唯独在蔻波身上停留稍久，(显然是怀疑她利用美色让自己的丈夫失去了理智。)当她悄悄走回街上，还故意用大家都听得到的声音对欧斯崔罗说："不用急着回来。"欧斯崔罗深受打击，而其他人见他沮丧落寞，也一样不好受。有大半晌的时间，他们都陷入一种安静、哀伤的倦怠状态，直到司坦法拍着手说没时间再浪费在懊悔或伤感或诸如此类的奢侈情绪上了。现在最重要的是保命、逃走，然后在安全的距离之外，让全世界明白这场大屠杀[6]、札帕迪三人的失踪、新厂的地下作业，以及天晓

> 我很惊讶柯对这段描述没有话要说。

---

[6] 加来事件之后，当局宣称制造炸弹的炸药是在布沙工厂处遭窃的。此话倒是有几分真实。有个间谍渗入了劳工阵营怂恿一些工人去偷炸药，再从他们手中偷回来。因为循迹会追查到劳工身上，布沙的手下就能肆无忌惮地作恶，也不怕布沙的计划曝光。

> 处？

> 你在巴黎和伊尔莎联络了吗？
> 拜托，没有。
> 我们几乎对彼此视而不见。
> 是谁无视谁视而不见？
> 我们彼此都视而不见。

忒修斯之船

得还有哪些事情，全是韦沃达在幕后一手操控的。

S. 认同地点点头。他的失忆倒成了一桩幸事：他不知道自己与他人有任何关系，也因此没有让他害怕会断绝的关系，没有断绝后需要修补的关系，没有失去后会令他伤心的关系。多幸运啊，能够不受这类事情影响，能够完全不知道任何人可能因为失去他所感受的痛。

能够当一个根据遗失的草稿而改写的自我。

当他的注意力重新回到当下，其他每个人都有所期待地望着他。或许因为他一直在喃喃自语。在船上独处很容易养成这种习惯。

"怎么样？"司坦法问道，"你要加入我们吗？"

"死了五十八个人。"蔻波说，"你一定很愤慨。"

他是，他是很愤慨。但他无法放弃寻找索拉，不想再冒险拖延任何一点时间。

"这么想吧。"司坦法用充满威严的口吻说，"就算你不愤慨，就算你不在乎我们或我们的工作或我们失踪的朋友或韦沃达这个越来越壮大的弊害，就算对

（左侧橙色手写批注） 才得看笔握在谁手上。

（左侧黑色手写批注）
《忒修斯》故事设定的基本问题：改写会让我们变得不同吗？或只是成为修正中的产物？
离群索居会让你变得有点儿奇怪。
我？
"你"是指每个人（你超敏感……）
对，我是很敏感。今年冬天有时满脑子都在想：我感觉好不对劲、好不像自己，是不是在某个时刻忽然变成了自己一直害怕变成的人。
一直？或是从你和叔叔开船出海之后？
不知道，记忆也会自己改写。
你是说我们改写记忆。
都是吧：就我记忆所及，我总是自豪于能够冷静自持，但忽然间却不行了。

（右下橙色手写批注）
埃里克，我想我撑不下去了。
你可以的。或许只是用你不熟悉的方式
呼吸。

第四章 特务 X

你来说最重要的事，唯一重要的事，就是找出你是谁。我只想跟你说：要是被送上绞刑台，谁也不可能调查出什么结果来。而绞刑，绝对是此刻在这屋里的所有人都要面对的风险，这点你应该要知道。"

一片悄然。屋里似乎有什么陷得更深了些，压得木板吱嘎作响。

"我加入。"S. 说。司坦法说得对，目前最重要的是完好地离开这座城。要脱离他们，以后随时都可以。

"你确定？"蔻波问。

"我什么都不确定，"S. 说，"但我会跟你们走。"

于是，他们用所有能找到的袋子（司坦法的手提包、札帕迪衣橱里两只发霉的软背包、欧斯崔罗的妻子拿来的粗麻袋）装满食物、毛毯与其他旅途用品后，便展开了逃亡计划。他们不可能再浪费时间等待夜幕的掩护。这条荒凉街道上的建筑物内，会有眼睛在留意他们吗？几乎肯定是有的。不过只要分批出去，不疾不徐、谨慎低调，或许能避免招惹疑心。

欧斯崔罗坐到窗边，透过窗板缝隙观察街上。看

旁注：

※ 我一直在想：如果所有的石察卡可能人选都在一处，为何瓦茨拉夫也和他们同在一处？

而且就算他和他们在一起，他们又为何让他待着？他只是个沮丧的工厂小伙子啊。

如果莱巴里克可信，据他所说，瓦跳桥时手里拿着他的书稿。

所以如果埃斯壮或狄虹看见他跳落，可能也看到13纸张纷飞。

或甚至在他手中/口袋里发现一些湿透的纸页……

如果他们救他上岸呢？或是其他人救他时他们就在旁边？为他感到难过，带他回饭店擦干身子、休息、进食……

饭店登记簿写"与访客"，但你这样推论实在很牵强。

这是直觉。
[蔻波说过：沒有直觉，这个世界会变得枯燥乏味、发展迟缓……"）

忒修斯之船

着他，S. 觉得这个画面有点儿奇怪，好像忽略了某个应该注意的细节，但欧斯崔罗随即打出**没有危险**的手势，其他人便率先将菲佛送入外面的危险世界并祝他好运。菲佛踏出门槛后迅速随手关上门。他不是直接朝山区走去，而是更深入城里前往西区的一处空地，那里实际上已经成了邻近社区的垃圾场，堆满废弃的建材、垃圾与各式各样的可燃物。[当他把口袋里那罐煤油泼洒上去再点燃火柴，这些东西就会燃烧起来。等到冒烟起火、警笛大作，水槽车辘辘地赶到现场，其他人就会离开屋子，]经由不同路线爬上城镇外围的蜿蜒街道。他们约好了在城南边界第一座青绿山丘后侧山谷里一片独有的白橡树林会合。

≠下坠

几分钟过去了。警笛没有响，没有人出声。背包的背带深深嵌入 S. 的肩膀。这屋里好像有种似曾相识的感觉，他先前就注意到了，但是什么？又为什么？

"不应该这么久的。"欧斯崔罗说，"说不定他被抓了，你们觉不觉得他被抓了？"

"我们知道的又不比你多。"司坦法厉声说道，语

> 珍，放火会不会是为了消遣？
>
> 这位先生，你说得简单。可没有人在你附近放火。
>
> 埃斯壮有一本童书作品《白橡树》。

第四章　特务 X

气尖锐得反常。

　　沉默再度笼罩。欧斯崔罗似乎平静下来了，S. 看着他努力保持镇定，想把自己变成一个无所畏惧的人，一个为了活命勇敢地做自己该做的事的人，一个能够接受失去家人与直到昨夜之前人生中所拥有的一切的人，一个昂首阔步为同伴们做贡献而不是成为负累的人。S. 看得出他还在努力地做到这一点。

　　这时候，远处传来叫喊声。

　　还有烟味。

　　接着是警笛声。

　　然后欧斯崔罗给出了信号，司坦法则抓住蔻波不甚热情地拥抱一下，便独自步入街头，此时虽是正午，但因云层很厚，仍和破晓时同样阴霾。欧斯崔罗从窗板狭缝间看着司坦法，S. 也俯身越过坐着的欧斯崔罗往外看。只见那个年长的男人一举一动丝毫没有失去原来的冷静，也尽可能表现出手中提包并不是特别重的样子（尽管不具有百分之百的说服力），也许只是装了一些法律文件和一双换洗的袜子，而不是如实际上

> 唉，福克斯教授和伊尔莎
> 再次让我拥抱0分。
> 你这门课要是挂掉会
> 怎样？还能毕业吗？
> 不太清楚。
> 怎么可能不清楚？
> 因为我不清楚其他任何
> 一门课会不会过。

> 作者始终没说里面有（或没有）什么。
> 这引人揣测司坦法（=埃斯壮？）究竟在图谋什么。
> 故事中或故事之外都有同样的问题……

忒修斯之船

几乎就要被上山后的保命食粮给塞爆。他们一路目送他，直到身影越来越小，看不见为止。

（那个感觉又来了：好像把什么给忽略了。是什么呢？）似乎隐约与一段积存在大脑某个封闭区域的回忆有关。这里有个重要的东西，有个他应该认得的东西，但没有时间坐下来细想了，蔻波已经抓着他的手推他走向门边（他们会一起走，因为他对城里不熟），踏入灰沉沉的昼光中，外面微风吹卷，树叶、纸张与其他碎屑飞旋飘荡于巷内林立的建筑正面上空。此刻，在任何注视的目光中，他们就是一对男女伴侣，或许正要出门去买一些日用品，或是匆匆穿越烟雾弥漫的街道，到车站赶搭火车前往远方的首都，度过一个浪漫的周末。S.转头回望札帕迪的房子（他也不知道为什么，也许只是无心之举，想看看透过百叶窗板能否见到欧斯崔罗的身影甚至他眨动的眼睛），现在毫不费力地便看见了一直牵引着他注意力的细节。就是百叶窗板。说得精确一点儿，应该是刻在每片窗板上的漩涡图饰。左边，是那熟悉的图形；右边，则是它的镜像图案。

{ 130 }

> 这让我想到在我住处附近发生的一切。
> （如果那里还不是征的世界，不久后应该就是了。）

> 把石寨卡档案室里所有东西都读过/看过了后，我也开始有这种感觉。而且不只是这间图书馆的档案室，是所有的。
> **欢迎来到我的世界。**

> 石+狄虹曾经是一对吗？（查一下）
> 菲洛不认为，或至少她也不想这么认为。（看她在注了写的。）

> 但也许他们假装是情侣？
> **又或许他们是柏拉图式的——但几乎就像是一对情侣？**

> 我不觉得有此可能。
> 埃里克，你说呢？
> **我现在不觉得了。**

> ⊠珍,不敢相信我会给你(或是没有与我为敌的任何人)这个建议,但你有没有想过读研究生?你是个好读者,而且天生擅长查资料。

> 爸妈会气到火冒三丈。

>> 不表示你不能去做,只是恐怕要忙着顾只了。他们

> 埃罗克,咖啡馆布告栏上那个S是你画的吗?

>> 是,我想跟你打个招呼。

> 真贴心,但我一开始吓死了,还以为是伊尔莎或谁在恶搞我。

第四章 特务X

蔻波将他的手握得更紧。"正视前方,"她轻声说,"放轻松,假装我们是情侣。"[7]

> 你真的准备好要尝试这个了吗?
>> 还没,但我会的。

他照着她的话做,或至少试着去做了。他不太确定一对情侣该表现出什么样子。

"你有注意到房子的窗板吗?"他问她。

"没有,没特别留意。"

"上面有个图案,一个S的华丽字体。"

"我真不敢相信,"她说,"我们连命都快保不住了,你还会注意到建筑细节。"

> 说真的,去看看那个丹麦人的网站。发现S记号的地方太不可思议了。
>
> 我的直觉:所有看似老旧的记号都是现代仿造的。
>
> 连洞穴里的也是?你以为有人会为了玩什么石察卡游戏,就涂鸦损毁考古遗址?
>
> 你比我更高估多数人对艺术的尊重。

"我以前看见过,在好几个地方。不知怎地总觉得眼熟。"

"当然,可能只是某种传统,又或是城里某个窗板师傅喜欢用的图案。你四下看看,很可能到处都有。"

> 在单门刚刚挖出的洞穴里有一个S,看看照片吧。有些模糊但别跟我说你没看见……
>
> (对了,查到这里离菲洛梅娜长大的地方很近。我很厉害吧?)
>
>> 你确实是。⊠

---

[7] 读者们,且推定这可能是因为共同面临一个巨大困境,而造就出同志情谊与互助关系。石察卡向来很不耐烦那些一见到异性角色互瞟一眼(牵手自是不在话下)就以为会展开一段旷世情缘的人。他完全不打算让S.成为司坦法的感情竞争者。

> 这

> 菲洛写这注解会不会意见太多了点?

> 不管狄虹和石察卡之间有何关系,她铁定都很忌妒。

> 而且他们之间一定有关系(从《彩绘窑》的题材得知)。

> 还有两人在布拉格……

> FYI:双关语不是你的强项。

> 所以:他们就在埃斯壮的眼皮底下(此处语带双关)搞外遇?

忒修斯之船

可是他发现不是到处都有。他和蔻波走过十来条街，惊慌与灭火的声音逐渐远离，烟味也变淡了，也可以说变得较不**真实**，如今只是一个氛围细节。虽然不是每栋建筑都有窗板，但大多数都有，却没有一间有 S 符号。

"我觉得它有某种特殊意义。"S. 对她说。

"你希望它有什么意义，它就有什么意义。"她愤愤地说。

当他们越接近马路、人行道与屋舍的尽头，走起路来也不一样了。她拉着他的手前后晃动，十分快活；现在他们是一对情侣，正要前往一片青葱翠绿、秋天野花还守着最后一点儿绚烂的山坡，享受傍晚的野餐。

"请恕我冒昧，"让乡间的宁静涤荡心灵之后，S. 说道，"你和司坦法……"他顿了一下，斟酌用词。"是情侣吗？"

"你怎么会这么问？"

"好奇。"

"这个嘛，"她回答，"没有正式公开。不过没错，我

{ 132 }

旁注：

S. 命案真的很被吸引注注了（只是他还没真正意识到）。
（他们之间肯定有所忆，以同片空里蛋白+为余看得出来。）

但他不想暗箭伤害司坦法。尽管他对配一无所知，显然还保有一点荣誉感。

某种程度上吧。

我觉得他从头到尾还都是可敬的，只是越来越暴烈、绝望。

所以雅各布劈腿吗？
不知道细节 + 不想知道，但我的朋友们一直想告诉我。

第四章　特务 X

——

们是，这让我们周围一些心胸比较狭窄的人十分震惊。"

"欧斯崔罗的妻子吗？"

"你注意到了？我确信她把一切都怪在我头上。好像在说我用某种恣意妄为的情欲魔法让我身边的所有男人都中了邪，显然还会在拥挤的地方引爆炸药。"

"无稽之谈。"

"可不是嘛，"她说，"我的忠诚，我的心，没错，还有我的身体都与司坦法同在。与他同在，也与我们此刻正在奋斗的目标同在。"

此时警笛声已十分微弱，近乎抽象的存在，他们两人不约而同下意识地回头去看西区。最前面的建筑上方火焰高涨，一道浓密的黑烟盘旋直入云霄。

"你认为火势蔓延开来了吗？"她问道。

"难说。"

"那会很可怕，"她一时忘了保持不惊不扰的态度，"火势要是蔓延，会有人受伤。"

S. 点点头。可是，火会燃烧，他暗想。那是自然之道，它不会受我们控制。

手写批注：

（顶部）还不是一样可怕？这里我待不下去了。但又没地方可去。

你爸妈喜欢雅各布吗？
喜欢，他和我们一起过感恩节+圣诞节。只要他愿意，他这个人是真的很讨喜。我们常要来点这个。

这句你真的不回应？打算就这样放过机会？
我不擅长打情骂俏。

可不是如此……讲到最后都会变得很肉麻，至少我是这样。

就假设你很擅长吧。这样比较好玩。太肉麻我会告诉你（还会写很大，免得你没看到）。

我曾经漏看你写的东西吗？
没有……但空间渐渐被填满了……写到某程度就会变得很难找。

那你能不能别把书弄成这样？

那场火离旅馆真的很近，我们全都出去停车场看。我想远离大家，于是独自呆着。那里还有谁能让我信任？

珍，幸好你安全脱险。报警了吗？既然你回来了，有没有请他们多留意你们那栋楼？他们说"闹事故频发"，已经在注意了。没有用。

他们阻止不了这些人。
我们不知道"这些人"是谁，我们不知道这些人真的存在。你这么说只是不希望我担心，你其实也不相信吧。可能只是穆迪花钱找几个朋党青年去闹事吓唬你。

（上面↑）

※ 巴黎那顿晚餐，气氛一度很怪：有人说德雅尔丹是鳏夫（法语"veuf"对吧？我确定听到了）。接着有一两个人狠狠瞪了他一眼，他立刻闭嘴，一脸羞愧地狂冒汗。

真奇怪。反正他们夫妻俩都死了，说这个又何妨？

改写《万卜勒》书中大陪审团团长的台词（P.299），为激进的石察卡发声。

暗示狄虹的年纪比石察卡大。

可能只是故事的一个细节，不见得来自石的"真实人生"。

但这是相当明确的数字，我觉得是在说他自己。也可以就此排除埃斯壮·费尔巴哈甚至萨默斯比＝石察卡的可能性。他们年纪都比狄虹大。

但这只是你的大胆猜测吧。

S.很孤单，他信任的人不多。

你竟然开始和他有了共鸣，我好震惊。

没有回应？

喔，这是挖苦，我听懂了。

埃里克，有时我觉得你真实是个机器人。

忒修斯之船

["就因为这样，韦沃达这种人总会占上风，你知道吧。"蔻波搓搓鼻子说，"会赢过我们这种人。因为我们相信人很重要，也受制于这个信念。如果对你来说改变世界才是最重要的，那就很容易按你的意志去改变世界，容易太多了。"] 她的音量与声调双双往上扬，她也意识到了，连忙稳定自己的情绪；(转眼间，她又只是个普通女人，正与一名年纪轻轻的男子结伴同行，男伴约莫二十六岁，) 那身样式不搭又不合身的衣服或许会引人侧目，但长相却不容易让人留下印象。

"韦沃达到底是谁？" S. 问道，"你对他了解多少？好像没有人预料到他竟会……"

"嘘，"她说，"暂时别再说他了，最好等我们走远 ※ 了以后。"接下来的几分钟，他们俩都默不作声。[倒不是沉默本身让 S. 感到不自在，他孤单一人待在船上的时间也够久了，只是觉得如此接近一个人，尤其是能信得过的人，不应该浪费掉互动的机会。]

"你和司坦法在一起很久了吗？" S. 问道。问题很笨拙，也问得结结巴巴，但至少是句话，他也对她说

{ 134 }

第四章　特务 X

出口了。

她正要回答却猛然打住，因为前面有扇门开了，一个医生，或者至少是个高大瘦削、戴着帽子、穿着西装与背心，颈间挂着听诊器，手里提着一只黑色医务包的男人走上街来，捂着手帕在咳嗽。S.能理解蔻波的谨慎：不管说什么都最好不要被偷听到。他或许看起来像医生，但谁知道他的包里装了什么？谁又知道他效忠于谁？医生经过他们身旁时微微举帽致意。[8] 从他刚刚出来的那栋屋子楼上的一扇窗户里，传出幼儿极度不舒服的大声啼哭。S.看到蔻波先是迅速扫视四周，才决定再次开口。而这回她的口气变得比较轻松，措辞也不那么简短了。

"我们已经认识好久了，"她说道，"我之前在工厂待了十年——我竟然会说'之前'，感觉好怪——我进去的时候他已经在那里了。当然，我很仰慕他，尤

---

[8] 在二十世纪三四十年代的许多廉价小说中（也包括石察卡"可能人选"、美国小说家维克托·马丁·萨默斯比所写的几本），医生出诊提的医务包大概都装有某些邪恶物件，像武器、炸弹、分解的尸体、遭窃的国家机密等等。我怀疑石察卡是刻意模仿那种作品的笔法。

> 又一个神秘的包。
> 我完全能想象这样的电影画面。逐渐接近的男子似乎带有威胁，他们开始焦躁不安，男子经过，看了一下，没事发生。但你还是对他有点好奇：他会回来吗？

忒修斯之船

其是他和札帕迪开始准备组建工会以后。他能言善道，想象力也很丰富，十分看重荣誉与公平。我们是在那些人失踪后才成为恋人的。或许觉得一切都变得更紧急了，因此更有必要建立关系，同样也需要慰藉。"

他们的脚步声安静了些，因为已经离开最南边街道满是泥土与碎石的路面，穿入一片绿油油的长草地。风依然强劲，草叶尖端被吹得前后摇摆，看起来与其说宁静平和，倒不如说带有威胁的意味。也可能只是恐惧感袭上 S. 的心头。他暗自纳闷：在他遗忘的那段生活里，他曾经被追捕过吗？被绑架？被监禁？如今在这么短的时间内三者都体验到，感觉好奇怪，又奇怪又令人不安，肯定是这样才让他神经紧张。

"一定很难受吧，在这种时候身边完全没有关系紧密的人。"蔻波说。

"也可以说比较简单，" S. 说，"因为你只需要担心自己。"

"可是你在找那个女孩儿，在找莎乐美。你看不

我猜你这句是在今天写的。

不是，更早以前了。但住院时又读到这句话，非常自豪：我年轻时就这么聪明啊！

现在呢？
老实说吗？要是没有（和你的）"纸上关系"，不知道我会怎么样。（我想也是。）

所以我们见面吧。
这次交换书，你变换了何种方式写了"我们见面吧"。

嗯，因为我想见你。

人和人之间的关系会回过头反咬你一口。

我想知道那个记号是哪儿来的。
我也是。

第四章　特务 X

出任何关联吗？我是说你在寻找她，也对她有熟悉的感觉，这两者之间有任何关联吗？你没有感觉到什么吗？"她露出苦笑。对她而言，这些纯粹是答案已经明摆着的问题。

S.抗拒着，不想相信答案这么简单、这么普通。"我感觉到有种关联。至于有可能是什么关联，或者是否真有关联存在，对我来说是个谜。"

这时候草地已经落在身后，他们进入了森林。等到完全隐藏于城里的目光，蔻波旋即放开他的手，边走边让自己的手臂自由摆荡。说实话，S.觉得很失望；之前纯粹只是假装，他也没有过其他念头，但就是很喜欢握着她手的感觉，喜欢身边有个人的安心，尽管两人之间没有丝毫浪漫的情愫。他往长裤上擦擦汗湿的手心，带着（他希望是）泰然的表情，和她继续往前爬上第一座山丘，而接下来还有许多座要翻越。林子里没有什么小径，不过林木也没有浓密到会妨碍前进速度。他们的脚踩过从半秃的椴树、橡树与千金榆上掉落的褐色与橙色枯叶，发出沙沙声，不时还有多

我真希望S.快点清醒。

如果S.真的是S.就好了，那S.就不会是这样，你我也就不用应付这水早就抽身的。

或许她也觉得应该这么做，却还是决定留下，决定相信他。最后才能得到这么好的结果。

珍，也许事情不像我们想的那么糟……菲洛找到了属于自己的位置，总之是某个位置，怎样都好。

> 比如：麦金内和他的版本的"S组织"（麦也很爱到处撒钱……）
> 珍，我是听从自己的直觉来推测，你不是一直要我这么做吗？
> 如果会让你受到伤害就不行。

忒修斯之船

疑又敏感的松鼠与花栗鼠从面前横窜过去。他们经过一棵银桦树，惊动了一排栖息在树上的寒鸦疾飞升空；当鸟群在他们头顶上绕着平滑的弧线飞转，又有另一群加入，接着又一群、再一群，众鸟齐声聒噪鸣叫的同时，午后淡淡的天空仿佛一张羊皮纸，被鸟儿画上、抹去再重新画上它们的飞行曲线。S.与蔻波停下脚步，不由得看呆了。

> 原来……"寒林"是法语的"金丝雀"。
> 我知道。我一开始就查过了，但那只是一个名称，他们想叫什么名字都行。

这时候，司坦法就在前方不远处，盘腿坐在一棵白橡树下，手提包放在腿上。

> 他是小说版的埃斯壮：如果葫芦是想从字里行间暗传信息给石察卡，那她肯定不认为埃斯壮就是石。她明知埃已经死去多年。

其他人都来到橡树林约定处会合后，司坦法询问了关于他们走的路线、路上看到和听到什么、有没有可能被识破、监视、跟踪。所幸众人吐露的经过并无波折。欧斯崔罗承认，原本选择的路线能顺便看一眼

> 你说得对。可是萨默斯比活到1951年。因此倘若"石察卡"是埃与萨的合体，还是能行得通。
> 但想想萨的自白录音带：他说这么做的风险他承担不起。听他的口气似乎希望这个决

放学后离开学校的孩子，但后来仍决定放弃，因为这定能获得赞赏，S.便随口夸了他一句，但其他人毫无

> 他是石察卡，但第一本书有埃帮忙。如果一直都是他们两人合作，何不直说？而如果萨想独揽功劳，又何必提起埃斯壮？

表示。菲佛一度也遇上麻烦，因为受伤的耳朵又开始

> 身体的疾病=精神的疾病
> ——我以前倒没想过这点..

> 所以那段自白若非100%真实，就是100%不真实。
> 我只是不知道萨为何要撒一半的谎。
> 他知道自己就要死了，埃斯壮也死去多年，那又何必多此一举

{ 138 }

> 今晚学校放映
> 不远，你当然不在。

> 希区柯克的电影常用。
> 一定要好好映他的"夺魂索"

> 而且，如果你还是对萨的文风有所怀疑，就应该把这两人都排除。也就是说，接下来拿这个花臣出来讨论，会让自己丢脸。

第四章　特务 X

大量渗血，但还好他马上躲进一条巷子，用干净的手帕清理了一下。唯一看见他的是一个意识不太清醒的醉汉，正忙着摆弄一架从垃圾堆捡来、风箱破裂的六角手风琴，想弹出点儿声音来。

> 参见《山系》书中的疯琴师"扎拉特"

司坦法点点头，说这已经是他们所能期望最干净利落的逃亡了。菲佛语带苦涩地主动表示，他只遗憾没能把那场调虎离山的大火搞到十倍大，烧光一两条街，甚或整个西区。S.看着他们每一个人为了接受这个难堪的事实而天人交战：他们的家园城镇背弃了他们，而且是一受挑拨就背弃，未免太轻而易举。也许只有菲佛，愤怒似乎向来最溢于言表的菲佛，已经放弃回家与和解的希望，而其他人仍然认为能够拨乱反正、安全回家，让韦沃达为自己的所作所为付出代价。S.觉得这份乐观恐怕是误判，他们谁也无法再把这座城镇称为家了。

> 很难面对折配矣的事实。

> 家不再是安全的地方。我一直在研究室小睡（除了图书馆，哪儿都觉得不安全）。

他们希望趁着染有秋意的天空变黑之前再推进几英里路，但越往前走林木越浓密，前进速度十分缓慢；蔻波记忆中的小径有时会自动出现，但多年来从未有

忒修斯之船

体型大过狐狸的动物走过,他们不是费力穿过荆棘丛和倒落的树木,便是绕一大圈寻找较容易走的路径,浪费了不少时间。

天黑了,升起的是一弯新月,月光太微弱无法照亮他们的路。疲惫再度袭来,原本往上爬时便已鲜少交谈的几人,早在太阳下山前便悄然无声了。因此当司坦法提议休息,大伙儿都一致欣然同意。菲佛负责捡柴生火,"小小的就好。"蔻波建议道。众人便坐下来伸伸酸痛的腿,分食面包与干酪。这期间花了几分钟谋划对策,但其实没什么好计划的:走就对了。攀越山岭后下行至G城,然后再到水边。

"刚才你问到韦沃达,"蔻波对S.说,"你想知道什么?"

"我想知道为何没有人料想到他这么危险。"S.回答。

"谁都不太了解他,"蔻波说,"就连我们这些本地长大的人也一样。他没有和我们一起上学,不曾和我们一起玩耍,也几乎很少离开他的家族位于北区一座山上的产业范围。后来又被送出国读大学,没有人知

> 在埃斯廷那本《白象树》中,狐狸是向导和造径者。

> 或许指的是布沙的儿子?我们知道布沙有一个儿子吗?

> 不知道,但当苏联解体+克里姆林宫的许多文件公开时,有一份1957年的文件是关于"企业家族B"的移转管理(见德雅尔丹1986年的文章)。听说时任美国总统艾森豪威尔的档案室也有一份类似文件。

> → 双方都在关心布沙的后续情况,很有意思啊。

第四章 特务 X

道去哪里，一直到他父亲生病才回来。他确实很积极地经营事业（毕竟我们都晓得工厂主管从来不会亲自做任何重要决定），但又很少现身。就算难得来一趟工厂，也是坐在车里拉上车窗窗帘。"

"为什么让三个人失踪？"S.问道，"为什么要炸一群他自己的员工？"

"是前员工。"菲佛提醒道，"我们所有人都被他炒鱿鱼了。"

S.点点头。"更重要的是，新厂里面在制造什么？"

"同样重要的是，"司坦法说，"他把产品卖给谁？还有会在什么时候、在哪里派上用场？"

然而讨论并不如 S. 预期的热烈。很奇怪，好像对话是在梦中或回忆里进行，问题一提出后便悠然飘走。也许只是因为过去二十四小时所发生的事，因为冲突、死亡、绝望的奔逃，以及突然间再也无法逆转的流亡，让他们全都惊魂未定。司坦法一手揽住蔻波的肩膀将她拉近，菲佛拿着一根树枝紧张地猛戳地面，欧斯崔罗盘着腿、手肘撑在膝盖上，头埋入掌心里，静坐不

（旁注）

因欧斯崔罗=小说版的加西亚·费拉拉。费拉拉是出了名的情绪化和忧郁。毕加索在蓝色时期为他画了一幅肖像，后来看了觉得太悲伤就销毁了。（见J.洛伦斯的著作《加西亚·费拉拉的诸多面孔》。）

最后那几年，费拉拉肯定是一团糟，他有太多灰心丧志的理由。

珍，我认为不是我们所想的那些理由。

但不管怎么说，理由都非常充分。

忒修斯之船

动。S. 提醒自己要保持警觉，要尽可能观察一切，寻找任何与过去的事件、过去的情绪、过去的自己有关的事物，只是思绪不断飘向索拉，想着她会在哪里，他是否还有机会再找到她。随着黑夜渐深，他们五人盯着火看的时间也更长了，目光随着灰烬飞舞旋转，融入上方的黑暗中，一面细听木柴噼噼啪啪的爆裂声。

他们睡了。蔻波与司坦法蜷缩拥抱在同一条毯子下，S. 与另外两个大男人则各自摊成大字形。他们轮流守夜，倾听着生命力旺盛、到了秋天仍活蹦乱跳的蟋蟀叽叽叫，远方的猫头鹰啼鸣，同行伙伴们的鼾声与梦呓，还有森林里无数兽类窸窣走在看不见的树叶上，自顾自地忙着。S. 接替欧斯崔罗，当两人默默交班时，S. 拍拍他的背。S. 失去的只是索拉的下落，这或许令他痛苦，但相较于欧斯崔罗放弃的（家人、家庭，以及曾一度为他定义自我、如今却已不复存在的谋生方式），却是不值一提。欧斯崔罗点了个头，迅速

{ 142 }

还嫌一旁的S.不够孤单吗……
珍，在我出发前，我们……见个面吧。
为什么是现在？
不知道，想必跟我要离开有关。
那为什么不易在去巴黎之前？
不知道，也许我太执着，认定这是我自己的工作，得由我来做。到某个时间点（我也是刚刚才发现），我才觉得这其实是我们的计划。感觉上，两人在一起（真正的在一起）变得比较重要。
幸幸福很重要。
当你一走了之实在很伤人。

→ 我从没说过我很会处理这种事，我唯一擅长的就是待在自己的小世界（有时甚至连这他也做不好）。直接告诉我时间地点吧。
学校放映厅，周六晚8点30分放希区柯克的《美人计》，后排中间，我会早点去占位子。   我会去的。

第四章　特务 X

转身走开，没入黑暗之中。

第二天，山林里阳光普照。早上，蔻波在火上煮咖啡，他们分吃了欧斯崔罗那满怀怨怼的妻子做的鹿肉蔓越莓派，十分美味。大家都显得轻松了些，尤其是司坦法，虽然还是严肃又讲求效率，他却拿最后几块派饼屑引诱一只松貂靠近他们的扎营处，安静但显然兴味盎然地看着好奇的小动物一站接一站快速地蹦跳前进。当小貂愤怒地对 S. 龇牙咧嘴、吱吱大叫，所有人甚至还同声一笑。菲佛指出，现在他们知道 S. 所说的关于自己的事，至少有一件是真的。

十点左右，他们在一条潺潺溪水旁的空地将水壶重新装满，顺便坐下来看着老鹰在头顶上盘旋，享受片刻的悠哉。不过时间不长，他们知道不能逗留。他们越过一连串林木稀疏的小山，走得比前一天快多了。依 S. 估计，中午以前应该走了有十多里路，虽然中间还休息了几次让司坦法喘口气，把痰给咳干净。来到一片野生苹果林后，他们停下来用午餐。覆满地衣的

你现在还会想参加派对吗？
→ 总觉得那些故事高高在上，文学究气。↑

松貂是《白橡树》的主角之一，我小时候好喜欢这系列的故事，你也是吗？

S. 和这些动物是怎么回事？它们好像能在他身上感受到一般人不能（或不会）感受到的东西。

关于巴黎那家 Deux Martres 饭店 (Hôtel des Deux Martres)，埃斯壮选楼的地方……原以为"马特"=法语：martyr——殉道者，但真实是：martre——貂。（还要再去查，毕竟高中法语课不会特别教到貂。）

也许……这就是埃斯壮选择那里的原因。

忒修斯之船

———

果树枝丫仍结满季节末的苹果，S.笨手笨脚地爬上其中一棵果树，并冒险爬到几根较结实的枝干上，很快便找到二十来个已经成熟，又没有被鸟或松鼠或昆虫咬过的苹果。他把苹果丢下来，再由菲佛分装到各人的袋子里。

下一座山比较陡，表面岩石磊磊、十分险峻，一路爬升途中的景象也起了微妙的变化。银枞开始挤入落叶林当中，突出的岩石周围的灌木丛长得更密了，S.可以感觉到空气变得稀薄，肺也运作得比较吃力。瞥了司坦法一眼之后，他发现这个年长者也很辛苦，却还是不屈不挠地维持速度。与城镇的距离好像突然变得很遥远，这让人既松了口气也感到忧郁：的确是远离了麻烦，但也同样远离了原本的生活。S.每走一步就离索拉更远了。

当天晚上围绕在营火旁，虽然全身疲惫酸痛，梦想着还要几个星期才能吃到的热餐，大伙儿还是坐着聊天。["我一直在想，"菲佛深思道，"报社的人知不知道自己刊登的都是谎话？]而且，更糟的是，刊登起来

比较报纸对加来大屠杀以及布沙奖猴子事件的报道/掩盖。

供参考：珍，我不是将两者等同视之……
毕竟一个是悲剧，另个是……
只是抒发我的观察心得……

喔……你在担心我对你的看法。 应该是吧。

第四章　特务 X

———————

好像全然没有疑问，不需要考虑其他任何可能性。好像事情只可能是这样。"不过其他人虽然点着头喃喃称是，却不再像前一晚那么兴致勃勃地讨论这类话题，反而开始轮流说起故事来，连菲佛也加入了这悠闲的节奏。

他告诉他们有关他奶奶的故事，她曾经在一户有钱人家里帮佣，听说她的鬼魂会在那个屋子出没。"她怎么也不离开，"他说，"每当以为她走了，杯盘又会开始往墙上砸。"司坦法讲了一个他北方故乡的传说：沙尔恩是一种会偷吃家禽的嗜血怪兽，但几乎没有人见过它的庐山真面目。等到牲口都吃光了，它就把目标转向农家女儿，还把她们的骨头堆得整整齐齐，让父母亲可以找到。农民们又气愤又害怕，便成群结队地出发去一座积雪的松林里猎杀怪兽。他们辛辛苦苦找了好几个星期都徒劳无功。有一天晚上，森林里忽然寒流来袭，这群又饥又渴又怕冻死的男人，挤成一团缩在一个结冰的洞穴里。他们听到后方的黑暗中传来一阵窸窣声，突然间……

———————

> [沙尔恩]《三联镜》第二部中企业家的姓氏。
>
> 这是我读过石黑卡写得最糟的书。大家都骂《飞天鞋》，但那本还比《三联镜》好十倍。至少里面还有爱情故事。
>
> 我同意，书中3个部分根本联不出一个谜团（没打算用双关语）。
>
> 啊，三联，我懂了。你指的是……剧情不连（联）贯？天啊，劝你还是别不务正业。
>
> 《三联镜》也有一堆伪哲学的狗屁，尤其是第一部。如果那是石想尝试的风格，幸好他早早放弃了。
>
> 这部分麦金内肯定插了一手。→

忒修斯之船

……司坦法掩住嘴发出一声尖叫……

……S. 吓得跳起来，血液中的肾上腺素急速飙升，原本坐在一截圆木上的蔻波差点儿跌下来，而菲佛和欧斯崔罗也尖声惊叫，但菲佛随即咳了一声想掩饰。

当众人斥骂司坦法时，他一面咯咯发笑，一面拍手。"这个呀，"他说，"正是营火的用处。分享故事。火焰与叙述的故事之间有一种灵性的关联。"

S. 点点头。他凭直觉就明白了司坦法的论点：创造故事是为了帮助我们将一个混乱的世界具体化，为了操纵权力的不均，为了接受我们无法控制自然、控制其他人、控制自己的事实。[9] 可是当你没有自己的故事时又该怎么办？ S. 最想说的——对这些人，没错，但更想对自己说的——是索拉的故事，而他对这个故事可以说一无所知。只有两个场景：一个在旧城区的酒吧，另一个在B城，而且无从得知这两个场景是在故事开端、中间还是结尾。

---

[9] 此话完全阐述出石察卡写作理论与实践的核心。在他早期寄给我的一封信中，曾几乎一字不差地出现过。

> **但是对照：后续剧情中蓝黑色那个东西对热的反应方式，前后矛盾？不在暗示"创造与毁灭"之间的关系比我们想象的更密切吗？**
>
> 也许他只是想说：每个地方的人都喜欢围在火边讲故事，而且很可能自古以来就是这样。想想狄虹在洞穴里发现的那幅画……
>
> 菲洛梅娜为何要提起他来信的内容？这不是背叛了他的信任吗？我想这也是个暗语。可是和前几个注解的"X"字模式不符。
>
> **也许她只是忍不住想证明他们有多亲密。**
>
> 或许是她试着去相信你想得没错。好让你心安。

第四章 特务 X

菲佛递出一小瓶颜色深暗、带有香草味的利口酒让大伙儿传着喝，这是他从札帕迪家的厨房偷出来的。S.觉得酒喝到胃里暖暖的很舒服，而坐在火边听同伴说故事也很舒服。四个灵魂，这世上最了解他的四个人，如果不算索拉的话——反正索拉不在，也不能算。

他知道她可能永远不会在这里，但他希望，（怀疑？相信？有信心？）她将来会。

接下来很快地又陆续说了几个故事。欧斯崔罗讲述他小时候听来的，关于不听话的小孩儿会有何下场的告诫故事：到了夜里，他们会被无情的流动贩子直接从床上抓走，塞进篮子里，漂过海峡运到阿拉伯市集去，卖给专门诱拐小孩儿的吹笛人。然后这些孩子一辈子只要听到音乐就得从篮子里冒出来，再听令钻回去，只是为了取悦某个**帕夏**或其他人。欧斯崔罗本身对于用这种方式恐吓小孩儿深感愤怒，不管他的孩子有多不乖，他都不会跟他们说这个故事。但 S. 看得出来欧斯崔罗讲故事时整个人都活了过来，很高兴看到其他人听得聚精会神，而当他沉迷其中，也暂时忘

{ 147 }

> 我对自己说出口的话也很挑剔，所以很难加入对话。

毕竟大家交谈时不会喜欢过长的沉默。

你曾经豁出去，想说什么就说出来吗？

忒修斯之船

比如那次在英语课的庆祝活动上？那个嘛，结果并不理想。

没有人能在憔悴+愤怒的时候说出对的话。

却了悲伤。

欧斯崔罗的故事让司坦法想起在他长大的村子里，也有一个导正孩子的告诫故事。没有那么可怕，但还是令人心惊：你要是不乖，某天早上醒来就会发现自己身在"冬之城"，那是一个冰天雪地的严寒之地，而且你永远孤身一人。当然，其他的坏小孩儿也在那里，你可以看到他们，很模糊，好像眼珠子前结了一层冰，

有如地狱。

但S.好像不太感到困扰。

我想他是太累了。

可是谁也无法和其他人互动。不能说话、不能玩耍，只能孤零零地挨冻活着，没有爸妈、兄弟姐妹、朋友、宠物，没有任何人。

接下来轮到蔻波，她告诉他们更多关于高山K族人消失的文化，这个与世隔绝的族群在地底下的活动和地面上一样多。（"大家都说我父亲傻，花那么多时间找他们。几乎再也没有人相信K族确实存在过。我

与《彩绘密》有项关联。

你这真是个大胆的推测。

喂，我当时才16岁。发现这些关联很刺激的，毕竟以前都没想到去注意。

想他有时候可能也会疑惑，但即使如此，他也掩饰得很成功。）我很喜欢和他一起上山来，一想到我们俩将能证明这族人的确存在，也很开心。他们住在这一带——传闻中对于这一点说得很清楚，你们知道

你现在还会跟爸妈见面吗？

几年没见了。

你们聊过吗？

有亲戚去世时，偶尔一起过圣诞节的时候也会，就这样。

很悲惨。可以理解，但很悲惨。

其实还好，人生就是这样。

话泼……档案室去入登记簿，伊尔莎催得很紧。昨天两封E-mail，今天又两封，最后一封还抄送给主任。明天恐怕就得交出去，最迟星期一。

你真的不能把你的名字销掉？删除记录？

没办法。只能跟伊尔莎拖。 我必须进入档案室工作，希望她不会告诉主任。虽不是最佳方案，但只要再隐瞒一个月左右就好，对吧？ **然后呢？** *然后我就走人了。*

那我呢？ *我们之间没有书面记录。（当然，除了这里！）就算他们认为你牵涉在内，也无法证明。*

我指的不是这个。

第四章　特务 X

吧——他们就住在如今 G 城四周的马蹄形山区，只是很可能一直都待在海拔较高处。他们会猎食，水则来自山洞与地下泉水。他们有一大片错综复杂的洞穴，用来举行宗教仪式，此外也能躲避寒冬。"

　　蔻波继续说着，S. 感到很不可思议，<u>她最早留给他的那种简洁明快的印象，此刻竟杳然无踪。</u>

故事讲述"转换"了作者/讲述者，以及读者/听者的关系。

　　"不过关于那些洞穴最有趣的是，"她说道，"K 族人对于事件的记录非常执着，洞穴的墙面布满了图画，可能甚至还有文字，来描述他们所知道或相信的一切。曾经发生在他们身上或他们当中的一切重要事情，说不定也包括他们灭族的原因。"

　　"如果那些洞穴那么隐秘，"菲佛问道，"怎会有人知道里面有什么？"

　　"这是故事，"蔻波对他说，"每个故事都至少有一点儿真实性。每个故事都其来有自。"

这个故事也一样：《忒修斯之船》是不是石的隐藏版自传？书中很多元素来自他过往的作品……

　　"你们知道吗，"司坦法说，"在我的成长过程中听说过 K 族，也可能是类似他们的族群。是我父亲念给我听的一本书里提到的。"

他似乎知道这将是他的最后一本书。

但是为什么？他觉得老了、累了吗？写完这本之后就没有什么好说的？他认为布许的人盯上他了吗？

他终于准备让菲洛梅娜见到他的真面目/相/坦承他爱她了吗？否则为何邀请她去哈瓦那？

为了把最后一章的稿子交给她。 *（见下页上）→*

> 这实在不太像他的做法。我敢说他是拿书当借口。或许如果不这么做，他没法确定她会来。也或许他需要给自己一个这么做的借口。
> 评论家格里姆肯说那只是因为懒惰&自我。有人说《忒修斯》根本不是石写的书，而是一部模仿或致敬 忒修斯之船 之作。 → 同人小说。

从没想过这个可能性。但没错，大多数人认为是柯写的。当然，这些都是相信柯真的存在的人。

蔻波面露惊讶。"书里写到的？"

"一本很厚、很旧、积满灰尘的书，在我家族里传了好几代。打开书的时候，从房间另一头都闻得到书页的霉味，不过里面的故事都非常精彩。书名叫什么来着？太久没想到它了。"他伸手向菲佛拿过酒瓶，啜了一口，让酒在嘴里漱绕一圈后吞下去。"《弓箭手故事集》。"他微笑着说，很满意自己的记性。"好像是一个水手写的，是希腊人？波斯人？不记得了。"

我一直深爱这气味。
↓
我也是，深爱南区书架那无比浓烈的气味。
图书馆老是因为这样被抱怨。

S. 蓦地感到脊背发凉，但与此时，在这十月底的夜里扫过的冷风无关。"索布雷罗，"他喃喃说道，"葡萄牙人。"

"你知道这本书？"司坦法问道，"我从来没遇见任何一个听过这本书的人。"

珍，我发现一件事：德雅尔丹每年都会列出他的藏书清单。前三年的清单他都放进包裹寄给了我。《L'ESSE.》这本书列在前两年的清单上，但去年的清单唯一少了的就是这一本。

"我见过某个人在看，"S. 说，"就在我清醒过来的那座城里，是索拉，也是莎乐美。是她。"

"荒谬，"菲佛说，"胡说八道。"

"你在开玩笑吧？"蔻波问道，"因为那……"

"……很奇怪，"司坦法说，"非常、非常奇怪。"

L'ESSE 法语读音就像"S"
……和索布雷罗有关？

也许？也许德是想告诉我书被偷了。我们在纽约的时候，他经常提到失窃的事。也许他在试探别人的反应。

如果他有索布雷罗那本书，是从哪里得到的？

{ 150 }

也许他寄来的文件里有线索，正在重看一遍。

书来自西涅。无法证明，但一定是。

第四章　特务 X

"的确，"S.承认，"但事实如此。"他停顿下来略加思索。"那本书还在你们家族的手上吗？"

"没有，"司坦法说，"被偷了。美好的事物多半会有此下场。"

艺术品也是如此，但还有：青春、人生、地位、隐私、心爱的人、机会、自由表达、信念、尊重和名誉。

那天晚上的梦：高脚杯中深色酒形成的一道细柱；从天空直冲而下的一道蓝黑色水龙卷；一条漩涡状的黑莓糖霜滚在刚出炉的糕点边上；一根修长的女性食指按着嘴唇；那根手指平息不了滔滔不绝的窃窃私语。

我猜你写这句的那天很不顺。就在我住院之前写的，时间非常近，大概一小时前吧。

珍，今晚到处找不到书，紧张死了，以为你换地方放没告诉我。

还是老地方，同时间。第一眼就是没看到，肯定是睡眠不足，脑子不太清楚。

我也是……做噩梦。

到了第二天早上他们才察觉被跟踪。一大早，太阳还饱含水气，草叶上也还覆着一层薄霜，他们便已出发。正爬上一片陡峭的高山森林草坡时，司坦法忽然转向来时的方向。"那边。"他指着一缕在微蓝尘雾中几乎看不清的轻烟说。起烟处在一座较矮的小丘背后，离他们第一晚的扎营地点不远。他只说了"那边"两个字，S.立刻感到五脏六腑揪紧起来。(相信有人在追踪你是一回事，知道是另一回事，而知道这些人已逐

我还在想注12，那个信息似乎比其他的更明白。我猜她是不希望他漏看……但我很惊讶她当时一回到巴西就搬家了。(难道她想出办法留言给他？或者她放弃了？)

我就是这么做了。大白痴。

珍，如果他们想伤害你的家人，早就动手了。

奇怪，竟无迹象显示她曾在1957-1964年期间住过伦索伊斯。

{ 151 }

别忘了《忒修斯》是在她离开纽约前10年出版的。我们知道她以为我猜的"新S"追踪她离开。或许她会刻意避开伦索伊斯，为了提防他们发现了信息(或是来找她)。我是说……就像我既然和爸妈不亲，起码不会把一群杀手引到他们身边啊。

渐逼近又是另一回事。)

发现第一缕烟后,他们也随即看到更远处还有两个起烟点:一个在左边,比较靠近内陆,另一个在右边,沿着崎岖的海岸。"这或许是好迹象,"司坦法说,"他们也许不是在跟踪我们,只是在搜山而已。"随后只要可能,他们便避开草地,寻找树木掩护。不再生火,不再乱丢苹果核,避开泥泞的地面与任何会留下脚印的地方。

菲佛说出心里的疑问:到达山顶小路还要多久?一天半?两天?与其这么战战兢兢地移动,干脆以最快的速度前进不是比较好吗?说不定可以一路到G城都让敌人追不到呢?

大家全都有疑问:<u>那些人究竟是谁</u>?警察?侦探?受到义愤填膺的报纸报道所刺激而出马的保安队?佣兵杀手?从首都派来的亲王部队?

"我们得加快脚步。"司坦法说。

过了一会儿,S.回头看见一座山脊上有动静,距离比那几处烟柱又近了几英里。是一个骑着暗色马匹

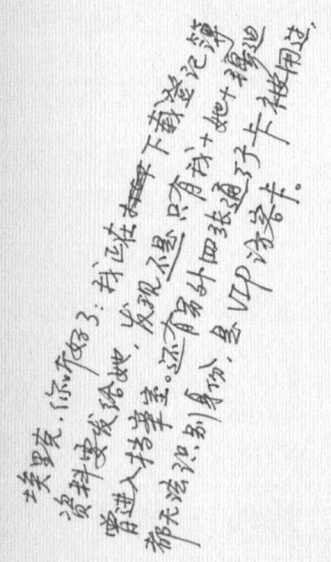

> 菲洛回巴西时很小心。
> 直到新费拉镇发出她的死亡
> 通知之前,都没有她的下落。

> 埃里克. (你所写的了. 书证在十四年下载登记簿
> 资料库安全纪录, 发现无误, 只有我十我+揭地
> 曾进入档案室, 运席外因3张通37卡被用过
> 都未泡汉. 别有用心 全VIP没签卡.)

> 和穆迪/伊尔莎
> 同时进入的吗?

> 有两个是, 两个不是.
> 所以没错. 穆和伊都带3
> 人进来. 但其他人是自行进入.

第四章 特务 X

的人，先来探路的。"他们有马。"他指了过去。

"我们的动作还得再加快。"司坦法说。

菲佛径自设定新步调，冲到蔻波前面带领众人来到草地边缘，然后直接爬上一段满是岩屑碎石的陡坡；原本可能沿着小山表面切过盘山路之处，如今也会尽可能地直线移动。到达山顶后，蔻波指出他们正处于一条地质分界线上：一路往上爬都是花岗岩，接下来要经过的则是石灰岩。也就是说在他们即将进入的地区，会有许多地下河流蜿蜒穿过多孔岩层。亦即传闻中 K 族的活动领域。

"忘了你的高山族群吧，"菲佛说，"他们是个传说，是个故事。"

"就算他们的确是真的，"欧斯崔罗说，"我们再不快点儿，可能就会跟他们一样死得彻底了。"

但如此费力的步行对司坦法的体能耗损极大，此刻他呼吸浅促、汗流浃背，脸也涨成了深红色。他们暂停下来让他休息，他便靠在 S. 身上，双眼紧闭，一面点头，好像在自言自语，接着拍拍 S. 的肩膀表达谢

{ 153 }

> 珍，幸好当时我们没有在书上写出一切。你有没有想过到了某个时候，我们可能需要把书解决掉？我不会这么做，绝对不会。

> 如果不知道要对付的人是谁，我们也无法保护自己。真的会是新S组织吗？布沙或麦金纳的某种分支？

> 我们还不能确知是否**真的**在对付任何人，除了穆迪+伊尔莎。

> 那你告诉我：那个穿西装的人是谁？放火的人是谁？闯入我住处的人是谁。

> 我不知道。我只知道我们绝对不能惊慌。

> 司坦法是怎么回事？我们始终没查出他为何那么虚弱／病恹恹的。

> 他就是埃斯壮，1931年左右。

> 奇怪，新费拉镇竟然没有葬洛的死亡证明。

> 可是有坟墓——记者看到了，还拍了照。

> 也许她以为他们会追踪到她，也许她逃脱（再度？）捏造自己的死亡。

> 这实在太……牵强了。

意后，重新跋涉下坡，前往下一条溪流，到了那儿也该再装水了。

S. 和蔻波彼此心照不宣地交换一个眼神：司坦法还没有准备好继续上路，他虽然努力地让呼吸听起来顺畅轻松，却仍是费力得令人不忍。但又能怎么办呢？司坦法或许正在与自己的肺、与海拔高度打一场没有胜算的仗，但 S. 猜想直到倒地不起、再也无法凭自己的力量行动之前，他是不会放弃的。到了那个地步，他也会挥手赶其他人继续走，坚持独自去面对侦探与任何受雇于韦沃达的人。

他们在一小时后来到溪边，司坦法已是气喘吁吁，上气不接下气，只见他重重跌坐在岸边一块平坦的大石头上，握着手提包把手的指节都发白了。接着他忽然连声咳了起来，蔻波在他背上抚摩画圈，其他三人则赶紧装水。S. 登时才发觉自己有多渴，立刻拿起自己的水壶猛灌一大口。

他马上吐了出来。那水有股怪味，一种金属的臭味，让他的舌头先是刺刺麻麻的，随即转为刺痛。他

指涉埃斯壮因病而前往巴黎一事？

今天头痛欲裂，很晕。珍，放慢步调，休息一下，睡一觉。

你也没有休息。

嗯，显然我比你强。

大中央车站的包里有什么？有什么东西这么重要，她竟然说配让他失望了？

倘若那么重要，当初他为什么交到她手上？

第四章 特务 X

———————

嗅了嗅，空气中似乎也有类似的臭味。他转头想问问其他人有没有发现，却看见欧斯崔罗和菲佛正蹙眉盯着水罐看，好像容器出了什么问题，而蔻波则对空不停地皱鼻子，试图推断气味从哪个方向来。[不是令人难以忍受，不是臭气冲天，但就是**有味道**，一股纷乱呛鼻的气味，似乎混杂着电线短路、肉类腐烂、退潮与电击的味道，而且一旦察觉便再也无法忽视。]

然而追踪者肯定越来越接近了，他们别无选择，只能拼命往前、涉水过溪、爬过下一个山头，这也是到达山顶前的十来个山头之一。爬得越高，那股味道越浓，S.开始感觉鼻腔灼热，鼻涕流个不停。他抹了把脸，擦擦泪汪汪的眼睛。他与司坦法并肩而行，一手揽着这位长者的肩膀，当他步伐放慢便轻轻推他一下，来到一个坡度特别陡又难以踩稳脚步的路段时，甚至抓住他的手将他往上拉。头顶上有数十只秃鹫在蓝天里绕着不规则的椭圆曲线飞翔。

S.与司坦法爬到小山顶后，看见其他人正在另一片广大草地的边缘等他们，这片草地比较偏黄褐色，

> 关于加来工厂发生大屠杀前散发臭味的一些记述（参见维迪尔的口述经过）。

忒修斯之船

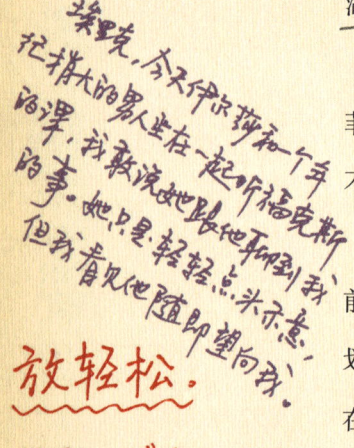

也长了比较多而杂的灌木，地面上可能覆盖着由周围松树所分解形成的半腐殖质。离他们目前站立处至少还要走十分钟的草原中央，<u>有一潭颜色深暗的山中小湖，很像地上的一滴墨渍</u>。

其他人也都一副凄惨样。蔻波用手帕掩住口鼻，菲佛弯着腰大口大口地喘气，欧斯崔罗则是一脸惊慌不安。S.顺着他的视线回望他们来时的方向。

(主路上有几十个穿褐色风衣的侦探，正骑马快速前进，已经追上一大段惊人的距离。)他们的行动整齐划一，从上方俯看，有如一只可怕的褐背猎食动物正在悄然追捕它的下一餐。S.看不见侧翼分队，却知道肯定也离得不远了。他先后与蔻波、司坦法互望一眼，司坦法紧闭起双眼点了点头。他知道，没有时间休息了，现在不行。走，要快。

这片草原让S.感到不安。原以为铺满松林半腐殖质的地面，不料竟是一层枯死的草和细细长长、仿佛患了黄疸似的矮灌木。而小湖呢？一阵强风从上而下刮扫过草原，水面应该会泛起涟漪，然而看起来还是

[左侧手写批注：]

书中第一次出现暗色东西与墨水的联结。

莱里克，今天伊凯莎和一个年纪挺大的男人坐在一起，听福克斯的课。我敢说她跟他聊到我的事。她只是轻轻点头示意，但我看见他随即望向我。

放轻松。

很可能只是另一个教授来旁听，他们可能只是大致往你的方向看。你想想：真正危险的人不会跑去听福克斯的课，还坐在所有人面前。

我知道你说的也许没错，但我现在是草木皆兵。

第四章 特务 X

平坦无波,倒像是上了一层亚光黑漆。他们又走了半小时才到达,半小时里都是眯着眼、不停咳嗽、频频拭泪,到了以后才发现根本就不是湖,而是地下一个凹凹凸凸的洞,或者应该说是十个重叠的洞;在这荒山野岭的地底下炸出的这些洞,大致以双重梅花形组成一个恶臭、焦黑的大裂口,深约八到十米。此地的味道浓烈难忍,司坦法和欧斯崔罗两人不断地干呕。他们不能在此逗留,却也还不能离开。

"这到底是什么东西造成的?"菲佛随口问道,没有特定针对谁,也没有得到回应。

S. 走到坑洞旁。洞壁十分光滑,布满细细的裂缝纹理,仿佛土石经过了可怕的高温烧烤。洞口边缘有某种黑且油腻的液态物质,还溢出来覆盖在周围丛生的枯草上。在某些地方,可能因为阳光照射的角度特殊,这种物质散发出釉面般的靛蓝光彩。S. 用靴尖划过这东西,在枯草上留下一道深色黏稠状的污痕,但恶臭并未因此加剧;不管空气中的臭味是什么,总之是来自坑洞的内部。他抬头一瞥,看见蔻波把手帕折

忒修斯之船

成倒三角形绑在脸上蒙住口鼻，用食指划过那黏滑物，举起来仔细研究，接着蹲下来在地上将手指抹干净，又凝神端详坑洞深处。她向 S. 招招手，指了过去。他只能看到她的眼睛，充满血丝，却透露出一种更犀利的智慧。<u>他心想，他二人若能合力领导，定有方法将这伙人带到安全的地方——哪怕现在看起来这种机会微乎其微。</u>

> 我完全可以想象石察卡与狄虹在埃斯壮病倒后有这种感觉。

"我们得继续走。" S. 说。

她的声音被布蒙住，不太清楚。"你要来看看这个。"

S. 往坑里瞧，第一眼留意到的是一块焦黑的骨头，而接下来看到的则是无数块焦黑的骨头。坑底散落着许许多多烧焦的残骸，多数是哺乳动物与鸟类。他仰望天空，秃鹫还在不停、不停地绕圈，但并未缩小圆圈的范围，只是飞在较外围，避开了中央的藏骸所。简直就像有一道屏障从坑洞高耸入天，将它们隔离在外。

> 又是意味不明的鸟类细节描述
>
> 但注意：这些鸟令人不舒服却没有使情况恶化。它们受到吸引，却仍保持距离。（大概就是判断力很强吧）
>
> 感觉灵敏的秃鹫。

但他显然忽略了她要他看的东西，因为她拉拉他的手臂说："不是，你看。"手又指了一下，这回他才注

> 下一篇论文和这一段一样难解。要写我痛恨的英国诗人艾略特作品《荒原》。
>
> 你恨他？我想我们得分手了。
>
> 那你也得先约我出去才行。

第四章 特务 X

意到平滑的壁面有几处破裂，嵌在其中的是：有蜂窝纹路的方形金属。

"那是我们工厂用的一种外壳。"她说。

爆破地点，他们在这里测试武器。是韦沃达做的。[10]

"这是哪一种武器造成的？"他问道，但她摇摇头说毫无概念。

其他人在喊他们了：司坦法与欧斯崔罗已经振作精神准备出发，而他们也都必须继续往上爬，爬向更清新的空气以及仅存的一丝逃跑机会。他们匆匆穿越旷野后，开始攀登下一座山。这次 S. 依然殿后，替司坦法打气，也在必要时助他一臂之力。谁也没有多说话，直到欧斯崔罗问道：一两个星期前的某个暴风雨夜，有没有人看见山上闪过几道带紫色的亮光？他当时觉得很像闪电，因此并未多想，可是到码头上示威

---

[10] 石察卡深信他的死仇布沙因为某次实验出错，无意中得到一种可怕的强力武器。于布沙和他的企业合伙人而言是难得一遇的佳运，于其他人却是霉运。直至今日，这项武器似乎尚未派上用场，但石察卡经常担心可能就快了。等着瞧，自然会知道。（但也可能不会。）读者们，万一有一天我忽然无故消失，多半与此注解脱不了关系。

故

> 她是这么相信的。
> 她确信无疑。

> 你认为我们应该100%相信这个吗？

> 里面有个"X"字线索，因此注解可能只是为了安插暗号而硬凑的一堆字。

> 但其他部分（至少其中一部分）有可能是真的吧？我们知道她当时很害怕，或许她确实试着想在这里埋下事实真相。

时，曾向菲佛提到过那个颜色很特别。

"我记得，"菲佛说，"还有打雷。距离那么远，实在不可能那么低沉又那么大声。可是真的很像雷声，所以我想：是打雷。"

"这么说这就是他在新厂制造的东西。"欧斯崔罗说。

"只知道这是他在里面制造的东西之一，"蔻波说，"可是却连这个是什么都不知道。"

"我们知道它会爆炸，"菲佛说，"知道它可以在荒郊野外弄出大洞来。也知道它闻起来像魔鬼的屁眼。"[11]

"我们还知道札帕迪是为了这个死的。"司坦法说道，声音有些沙哑，本想再说下去，却又被一阵咳嗽压了下去。不过他们明白他想表达什么：他的心痛、愤怒、哀伤——总之是属于个人，而非政治的一切感觉。司坦法挺过去了，挥手示意同伴们继续走，但每个人的内心一如此处的空气般沉闷，谁都不想离开。

11　在某一封信中，石察卡为菲佛在此的用语向我道歉。"我知道你的感觉比我细腻，"他写道，"但那个角色非得说出那句台词不可。"我再三向他强调无须请求宽恕。"我可能比你想象的还强固。"我回答道。

第四章 特务 X

S.蹲下来，让这个精疲力竭的人撑靠在背上，并一再催促欧斯崔罗与菲佛先到前面去探勘接下来要经过的地区，选一条路，好好想个对策。他们照做了，但却是在蔻波点头默许之后。

即使当司坦法能重新上路，还是走二十步就得停下来弯腰休息。他挥挥手要 S. 和蔻波继续前进，而且这回的手势更为激烈，充满了沮丧与对自己的不齿。他是个有傲气的人。他们不会丢下他不管。

等他们三人走到草原最尽头，欧斯崔罗与菲佛已经爬上下一个山头又返回此处，并至少等了十分钟。他们谁都不愿提起司坦法拖累大家的事，但 S. 看得出他们始终密切注意着后头的追兵。他们也看到了 S. 稍早前留意到的景象——一队侦探从正后方快速进逼——现在侧翼的分队也逐渐向中央靠拢。追捕行动如虎添翼。照这个速度下去，S. 猜想他们还不到山顶小路就会被追上，恐怕就是明天下午的事了。除非可以找到地方藏身，否则只有两个选择：一是投降，二是正面迎战。而他们五人当中只有一把火器，就是司

> 所以如果有人能游出去抢救跳桥的瓦茨拉荚夫……
>
> **你一下子跳得太远了，不过这样的故事倒是精彩……**
>
> 如果不精细跳跃思考，我想我们很难接近石察卡身份的真相核心。

> 埃斯壮在乌普萨拉大学加入了游泳俱乐部，以体力、耐力着称。（见阿尔姆斯泰特的《埃斯壮的一生》，1962年）

> 看看阿尔姆斯泰特对埃斯壮之死的说法（p.381）："他的酷会人十分困惑，因为听闻他虽然生病却依然精神奕奕，而且可望在春天前返回工作岗位……讣闻写道：从床头桌上的一张纸看来，他仍"神智清醒"：纸面最顶端写了**莫利纽克斯**医生（Molyneux）的全名，底下则根据她名字母写出了数所重组字。看过那张纸的警探说，埃斯壮似乎至少用了七种不同的语言。"

> **你的重点是？？**

> 埃斯壮只懂瑞典语、英语和基础法语（p.26）。

> **你是说那张纸上的字是石写的？**
> 他懂很多语言。
> **很多人都懂多国语言，比如菲洛就是。**

> 但石察卡捡抹看到写下这些东西，他在《科里奥利》接近尾声的地方走认狂用重组字。

忒修斯之船

———

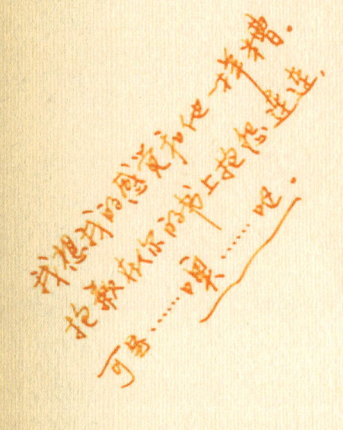

坦法始终塞在腰间的一把老旧手枪，战斗结果实在不难想见。

两小时后，到了一面陡峭石灰岩壁底下的一片平坦草地，行进再次中止，因为司坦法咳血了，而且这次血深得接近紫色，看起来触目惊心。同样地：在这片长满枯萎野花的荒地上每等一秒，侦探队便又接近了约十米。至少他们的行踪不是一览无遗；他们走的是一条羊肠小道，蜿蜒在两面悬崖峭壁的下方，但有一边是个突出的岩架，陡直地深入深不见底的峡谷。除非打算原路折回，浪费更多时间，否则就得爬上去。

司坦法仰望攀爬处，闭上双眼，呼哧呼哧地喘息，接着又咳了一阵，啐出一口痰。他知道其他人在想什么。"去吧，"他说，"爬到崖顶去找个可以藏身的地方。要小心避开他们的视线。"

"我留在这里陪你。"蔻波说。

司坦法摇摇头。"应该留下够强壮的人，万一我爬不动，还可以扛我上去。光是有心是不够的。"

她凝视着他，目不转睛，持续凝视着，过了大半

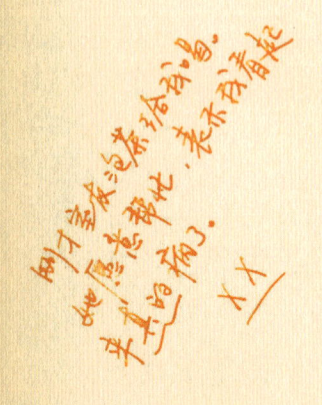

第四章　特务 X

响才终于点头。S.知道她不肯相信这是事实，但它就是。

司坦法转向 S.问道："你会留下吗？"

"当然。"S.说。

"那好，你们其他人就走吧。"

蔻波举起手来像要说什么，却没有出声。(S.注意到她的指尖起了水疱，表皮裂开、肉色殷红殷红的。)不管那油油黑黑的东西是什么，用手去触碰显然不是好主意。他忽然闻到一股臭味，和那个黑潭有点儿像，便低头看自己的靴子。只见拖划过黏滑物的靴尖皮革好像烧坏了，也像是溶解了。

他和司坦法默默看着其他三人一面寻找攀抓点与立足点，一面费力地爬上岩壁，最后翻身上到岩架顶端。两个男人消失不见，蔻波则回头探身俯视他们，直到司坦法叫她别再浪费时间，该死！赶快去做点儿有用的事。

"上去的时候，我来拿行李。"S.说。*S.扛起责任。*

司坦法边咳嗽边将手提包交给他。

"好重。"S.说着把行李搁到地上。

> 对狄虹
> 这段和我们所知的任何细节有关联吗？
>
> 据我所知没有，也许只是隐喻。
>
> 狄虹的小说里有个人物替小婴儿热奶瓶的时候烫伤手指。石的《华盛顿与格林》也有个人物在工厂内切断了所有手指。
>
> 我不知道从这些能推论出什么。
>
> 我也不知道，只是想指出这一点。

如果埃斯壮救了跳桥的瓦茨拉夫……
试想：假如我认为是自己把布沙的人引到
埃塑楼的拿马持饭店，他会作何感想？ → 他恐怕永远
不会原谅自己。

忒修斯之船

司坦法还是没有主动透露提包里装了什么。"你还真是倒霉,"他说道,"被海浪冲上 B 城,然后又碰上我们。"

事实确是如此。S. 原本有可能在一个平静的城市上岸,有可能被某一家人救回他们宽敞、温暖的家中,而且女主人做派饼的手艺无人能比,而男主人还可以高薪雇用 S.,让他在户外工作,呼吸新鲜空气,靠劳动力赚取公道的酬劳。他也可能游到某个度假城市的海滩,在灿烂的阳光下,在来自世界各地、川流不息的游客群中,展开一段悠哉生活,以水彩风景画家的身份谋生。他也可能被一艘经过的渔船从水里钓上来,然后平静、勤奋地过日子;捕捞大海丰富的渔产之余,也会和同伴在甲板上、在港城里一起畅饮威士忌、狂欢作乐。他还可能被滔天巨浪冲到一个气候温和、贝壳遍地的岸上,索拉正敞开双臂在那儿等着带他前往(一栋位于海岸峭壁上、占地广阔的别墅;别墅外有大片葡萄园,一路延伸到视野尽头,甚至更远处,葡萄也已成熟,准备酿酒欢庆秋宴。)但结果却是:这样。

左侧页边手写批注:

> 指第一、第八章的
> 童年感官记忆?

> 我超喜欢这个字。
> 你曾经这样吗?因为读起来
> 的感觉而爱上某个字?

> 以前会吧,在我还把阅读
> 当消遣的时候。现在的话……
> 这是太奢侈的享受了(其实
> 自从我来到滨州大就
> 无暇享受了)。

> 除了住院期间。是。

> 希望你很快能再回到那时候。
> 当然。住院那部分除外。

右下方手写批注:

> 这段,嗯……

> 是啊,很酷的写作手法。我认为用意在于:
> 让 S. 在 {164} 不知不觉中产生预感。

> 为第九章的情节埋伏笔。 **完全正确。**

第四章　特务X

混乱、血腥、千钧一发的逃亡,以及等在正前方的清算。"没错,"S.说,"但实际发生的情况就是这样,这才是真实的。"索拉的出现也在他这个版本的人生之中,而他终于相信她身系的谜比他想象的还要多。如今问题不再是她是否认识他,而是怎么认识,又认识多深,问题也不再是他们对彼此是否重要,而是为什么重要。当然了,除非这一切都不是真的,除非他梦中的那些影像并非记忆片断,而是因为内心亟欲创造出一个自我而出现散乱、半成形的墨像,不可尽信。

他俩陷入静默,S.感到庆幸。司坦法最好还是保存气力,不要浪费在闲话上。他们同时看着一只旋木雀顺着螺旋线盘桓飞绕上一棵白杨树的枝干。"从鸟的身上,可以找到许多慰藉与力量。"司坦法沉思道。当他突如其来的一阵剧烈咳嗽声把旋木雀吓得飞走之后,两人只能看着微颤的枝叶在月色般的岩石上投下黑影。

"准备好了吗?"S.问道。

"我们走吧。"司坦法说。

S.双手交握推了司坦法一把,让他攀上第一个抓

> 布拉格那家沃利耶里饭店,原如 Volíery,直译为 "鸟舍"。
>
> 我一直觉得奇怪:如果需要使用暗号代称,选一些不具有共同主题或组织原则的名称不是比较安全吗?
>
> 埃里克,他们是作家,不是间谍。
>
> 那是就目前所知。

$$$ 前几天收到裘林一张好大的支票。$$$

可以去了。　去巴西？你是说真的吧？要是这样就太棒了。
　　　　　　要是我能一起去，那又更棒。

忒修斯之船

珍，你不能去。
你有论文、考试，你要毕业。

除非我说叫它去死吧。
我不会替你买机票，
我无权这么做。

握点，那是一道沿着石壁纵向裂开的长长缝隙。

　　司坦法使劲把身子往上拉，两只手肘抖个不停；他脚尖不断探索着踩踏点，最后还是 S. 抓着他的右脚踝，拉向岩壁一个小小的隆起处，刚好能让他站稳。

　　就在这时候，蔻波再次将头探出岩架俯视他们。她上气不接下气，几乎难掩满脸的兴奋，S. 立刻感觉到爬在上面的长者又重新有了活力。"找到了，"她说，"找到一个洞穴了。"[12]

我知道你说得对，只是不想承认。你要是去了，一定要随时告诉我最新消息。能不能通过你克服对 E-mail 的反感？你不能让我宜等。

我真是丢脸丢大了，我坐下来开始和后排一个女生说话，结果不是你。怎么回事？你人呢？

这个可以讨论——总会想出办法的。我们在放映厅见，1点30分，放映《影子军队》。

你在哪里？

珍，你没事吧？？？

（如我始终没有你的电话／E-mail 可以通知你。）

真的非常非常……对不起，我生病了，发烧、呕吐，什么我都吃不下，很惨，睡了36个小时。

[12] 许多知名作家与编辑都笑称石察卡"一定住在某个洞穴中"，调侃他需要的独居与隐私。那些性格外向的印刷业人士最令人气愤又失望的是，他们未能明白世界上与石察卡同感的人其实多得多。（我还察觉到在人类出现以来，洞穴——包括我的出生地伦索伊斯上方群山间的洞穴——一直为有需要者提供可靠的庇护所。）

如今我已错过了你，你下去又上来了。

这行注解有两个"X"字，内容也有几分真实性：她确实来自巴西的伦索伊斯，那里有一堆人叫 XXXX·沙布雷加斯·柯岱拉……奇怪的是这里提到的洞穴直到前几年才被发现

看她这样你想感到作索伊斯，其实也想吃啊，任谁都不叫她去来，但许我还是……

也许当地人{166}知道，但除此之外就无人知晓了。（有趣的类似例子：在狄虹的洞穴被"发现"以前，石就知道了。还是巧合？）

最又

[23号回来]

第五章

> 所以这个章名就是书名,没别的意思。整本书的章名能不能稍微统一一下?这要求过分吗?

往下,脱身

> 好个章名。谢啦,柯岱拉。

> 你说得对,原文中没有。所以想必是菲洛梅娜配的,对吧?方阵里肯定有暗号。问题是这一章的章名到底重不重要。

> 我的笔记写着:《戒修斯》的原稿本没有P.184的数字方阵(& 我在波州大或其他石察卡档案室都没发现书后有附录)。你能再查证一下吗?

　　洞穴的战略位置再完美不过了。[1] 从他们爬上来的石灰岩壁再沿一道石坡往上近一百米、往东近两百米处,紧邻着一条小溪,正下方则是一片灌木丛生的草坡,可眺望他们来时经过的北侧山群,视野辽阔。好运气还不只如此:有一块卵形大圆石刚好挡在洞口前,可作为放哨的掩护,也让洞口从溪边小径上看起来,就像一道宽阔而弯曲的岩缝——蛇类的栖息处,或许

> 你不在的时候,我来玩玩我们还没搞懂的暗语。

> 我何必写呢?你又不可能很快答复。

> 我猜我已经到了要通过写字来寻求慰藉的地步……即使只是在自言自语。我该为自己担心吗?

> 可恶啊,珍,你恐怕应该要担心了。

[1] 读者应该能明显看出本章到处都有《彩绘窟》的影子;此书不仅是石察卡最成功也最受好评的作品之一,而且展现了他文风的演变。最主要的是,他变得更有条不紊、一丝不苟。他在连同书稿一起寄来给我的信中写道,新的写作手法带给他"无数启发——每一页、每一行、每一字——让我觉得好像有一只无形的手在牵引我,在告诉我和我的故事该往哪儿去。"

> 谎话,这里提到的信根本不存在,柯直到数年后才开始与石合作。为何写这种谎言?
> 没头绪,这也是她最受质疑的一个注解。你要不要修正下这个想法?

> 总之她说的话都一样不真实。
> 你懂我的意思。
> 你多半已经发现这里藏了什么暗语,只是在耍我吧。

{167}

> 珍，你是何时在这里画线的？
> 我没有。
> 会不会也是你忘了？手上的事情太多。

忒修斯之船

> 我很确定我没有。
> ⊠必须换个地方放书。⊠

也能容纳小鼠类，但绝不可能让一个成人消失其中。

[他们五人当中，就算有谁担心因此受困于一个没有出口的密闭空间，也不会说出口。]

除了限制他们的选择之外别无选择。
哈。暗喻长大成人？

S. 立刻认定洞穴是蔻波发现的，想必是她对K族人的认识引导着她，让她对这一带具有较细腻的直觉。结果不是，是菲佛，而他只是信步远离小径想找个隐蔽的地方解决内急。当他摆好不雅的姿势停顿不动后，便发现一只在附近静静吃草的雄臆羚；臆羚忽然停止吃草，抬起头来看他（**我发誓它真的在看我**，菲佛坚称），然后蹦跳了几步到岩石堆那边去，并开始用角去抵。菲佛光是看到那个开口便觉得值得一探究竟。

再次指涉埃斯壮的作品：在《海达与熊王》中，臆羚发现了密径。

我小时候很喜欢海达。有一年万圣节我还想扮成她。我妈想不出怎么做帽子，就说服我改当床单鬼。
ಠ_ಠ

里面的空气潮湿，蝙蝠粪便的腐败水果味浓烈扑鼻。天光已转淡，洞内空间随之变暗，只有从外面射入的一弯微弱紫光。他们都同意不点灯，就坐在洞穴的幽暗中，尽可能少说话并压低声音。

[司坦法仰卧在冰凉的岩石上，头枕着蔻波的大腿，两人分食她背囊里的食物。她只使用未受伤的那只手。欧斯崔罗也躺下来，一只前臂遮住眼睛和额头。菲佛

> 伊尔莎在那篇关于鸟类隐喻的文章初稿中写到了蝙蝠。我只好告诉她蝙蝠是哺乳动物，不是鸟类。

{ 168 }

> 而她偷走你的录音带作为报复。还真是个大好人。

第五章 往下，脱身

和S.吃着一块发臭的干酪，一面小声地说一旦成功逃脱后要发起革命，要组织一支游击队去突袭B城，占领工厂、街道与市长官邸，要彻底扫除那不道德、物质主义至上的腐败现象，还要让那些背叛他们的人知道自己犯了多大的错。S.听得心有戚戚，他确实感受到一股想要报复、想要拨乱反正的拉扯力道，但说真的：他们也不过就是五个被困在山洞里的人。倘若被发现，到了明天的这个时候，他们可能已经被关进牢里或是挂在绳端晃荡了。此时此刻计划革命，顶多就像妄想一样。

S.想谈论的是《弓箭手故事集》——尽管这也没有任何实质作用。可是当司坦法喝了点儿水、小睡片刻，恢复顺畅呼吸后，他试着挑起话题，寇波却摇摇头：**现在不要**。于是，他们尽量省着吃剩下的食粮、喝剩下的干净的水，然后等着睡觉，等着世界打出下一张牌：侦探会经过吗？或者他们五人醒来时，将会面对一群穿褐色风衣的人握着上膛的枪支瞄准他们？他们再度轮班站岗，S.排第一个。司坦法坚持轮第五个，

> 这段可能是石在速写S组织的一场聚会——一群作家思考着如何可能改变世界。
>
> 所以在她的有埃斯壮、费尔巴哈及加西亚·费拉拉。
>
> 第5人是谁？S.又代表了谁？
> 萨默斯比 (Summersby)？又或许S象征着整体：一个包含他们所有人的集合体。
>
> 听起来有道理，但与其他部分不符：
> —— 集合体没有情绪.
> —— 集合体不会孤单.
> —— 集合体不会试图找出自己在世界上的位置.
>
> 石察卡是作家，他会虚构情节，不一定每个细节都直接取自真实生活。
>
> 昨晚梦见有人进了我家，看了我所有的石察卡笔记，还能听见翻纸的沙沙声。感觉超级真实。早上走进客厅，有点W.为会看到东西被翻箱倒柜。
>
> 这些年来我一直在做类似的梦。
>
> 睡得一点儿都不安稳。我真的很想知道你的消息。埃里克，你在那里有什么发现？

> 有件事我想不通：费尔巴哈和埃斯壮年龄相近，也比其他人年长许多……但此莱佛(=费尔巴哈)似乎比司坦法年轻多了。既然其他那么多细节都维持不变，为何要改变这层关系？

> 今晚请继续收听琼妮佛·海瓦德的沉思独白™——

忒修斯之船　　　**第八章**！！

真希望你在……

> 莫名喜欢这个拟声词。→
> 你真是不可思议啊，琼。
> ·Blah
>   blah
>   blah……?
>   S.失败?

他承认自己需要睡眠，但若不能尽一份力就太该死了。

山洞的阴暗凹处传来看不见的水滴滴答答掉入细流与水坑中的回音，没想到这规律的节奏倒成了好事，很快便将五人催眠入睡。漆黑长夜中，S.一度猛然惊醒，[清楚地意识到自己把司坦法的手提包留在了岩壁底下，然而在他还没能决定该如何弥补过失之前，那如同时间本身规律而不间断的水滴声，又哄着（心跳怦然、羞愧感冻结的）他昏昏睡去。]

> 终于完成诗人艾略特的论文。
> 写了有关《水迎之死》那部分（虽然还是不太确定我读懂了没），但愿没写得太烂。
> 打算在佛蒙特的必要时间去交作业。

| 呵，慈悲的水呀！| 参见："在水边开始/结束"。

蔻波动作粗鲁地将他摇醒，那双深色的眼眸流露出狂乱、惊慌，皮肤经过晨曦微光的涤濯更显苍白。

"司坦法不见了，"她对他说，"他不见了。他为什么要离开？"

"是我的错。"他太困了，无法阻止自己开口。[他昨夜想起的时候本来可以叫醒司坦法，要他别担心，说只要等到能安全出去，他会马上冲下去拿回手提包。]

他的大拇指开始抽痛，但他决定不予理会。好像以此当作赎罪的起点倒也恰当。

> 见哈贝尔1977年的文章：
> 弗洛伊德理论的诠释
> ——这是S.为了除去他
> 竞争蔻波的对手，所采取
> 的消极反抗方式。

羞愧或悔恨 → 需要赎罪。

> 我不认为这是石察卡的用意。
> 我也是。哈贝尔是心理治疗师：每件事都会从那个角度去看，大家顶多把他视为业余爱好者。

第五章　往下，脱身

蔻波满脸困惑地看着他。

菲佛也站在旁边，揉着眼睛，一面漫不经心地搔抓胯下。"他大概只是出去……"

"不是，"S.说道，"他去拿他的手提包了。"他接着解释自己如何让司坦法失望，如何让他们大家失望，手提包如何被遗留在石灰岩壁底下，而韦沃达的人不可能没看到。不管有多危险，他都应该想办法趁夜去取回提包才对。

蔻波的脸因鄙夷而扭曲。她咒骂了一句，没有针对谁却也针对了所有人，没有针对什么却也针对了一切。然后踩着重重的步伐走向洞口。

"别出去，"菲佛提醒道，"得等到……"

"别命令我。"她厉声回答，但仍是小心翼翼；她躲到岩石堆后面，凝神观察外面的险恶山林。几乎就在同一时间，她倒吸一口气，低呼一声**不要**。S.与菲佛连忙凑到她身边。

他们看到的是：不到一英里外，就在石灰岩壁下方长着草的岩架上，冒出了司坦法花白的头。他四周

{ 171 }

> 若是如此，那些特务必然不知道石察卡的真实身份，否则也会杀了他。

石察卡会不会是意外把特务引到埃斯壮身边？如果埃卓上那张纸的字母重组是石写的，那么他一定是在饭店（或者不久以前）给了埃斯壮。也许他不够小心。

> 在我想象中，这就是艾柯虹得知石察卡害埃斯壮被杀时的反应。

而且这必定彻底毁掉了她&石之间产生任何浪漫情愫的机会，也可能使得S组织完全瓦解。她怎能原谅他？

如果她和你的父母一样，那就不会原谅。但也许她不一样。

忒修斯之船

环绕着至少三十个身穿侦探褐色风衣的男人，其中大多数都已下马。马匹喷着鼻息吃草，十分悠然自得。眼前的景象并无激烈之举，让 S. 颇感惊讶：司坦法没有被绑起来，没有被戴上手铐，也没有遭到辱骂；他正与三四个看似带头的人说话，手提包似乎不在他手上，但也不在侦探手上。司坦法站得笔直，无论姿态或举动都没有一丝畏惧或沮丧。有一刻，S. 不禁怀疑司坦法是否倒戈了，但随即摒除这个想法，倘若他们当中真有出卖耶稣的犹大，也不会是司坦法。他在谈判吗？若是的话，用什么筹码去谈？他除了自身之外，一无所有。

"他在拖延时间，"蔻波说，"好让我们逃走。"

接下来一阵静默，大伙儿都在反刍这句话。

S. 走回原本司坦法和蔻波睡觉的地方，手枪仍端放在她的背囊上。司坦法或许打算牺牲自己，否则就是知道不得不这么做。

S. 环顾了洞穴一周。"欧斯崔罗呢？"他问道。

在另外两人回答之前，司坦法正在演出的画面有

不过埃里克，你的确有逞童较轻的天分。

你也不遑多让。

我不会言不由衷。

档案室登记簿今天送到伊尔莎那里去了。主任逼我的。准备迎接冲击吧，她一定会察觉我是谁。

我真的好希望你在。

……对一个愁眉苦脸，内心戏太多的男孩来说，这确实很有智慧……

智慧的话语。

你好狠，我当时才16岁。

我真的……抱歉，不知道你当时的心境。

这句话让我想到德雅尔丹，或许他也在做类似的事——试着帮助我抢先做好准备。

但为什么是这？也有他自己的学生啊。

也许他担心自己被某个学生出卖了，但又不晓得是哪一个……至少他知道我不会和穆迪联手。

我要走他。完成这个理由还不够多。

也许他觉得在纽约那时候已经把我摸透。我也许是个会胡思乱想又神经质的人，但十分真诚，就像我跟你说过的：

> 类似加西亚·费拉拉在西班牙内战时的经历：1936年底之前与共和政府并肩作战，后来因妻子儿女受威胁而倒戈，出卖狄狁来换取他/他们的安全。

第五章　往下，脱身　从此每个人都恨他。

———— 而他从此不再提笔。

至少再也没有出过书，大家也都不读他以前的书了。他既失宠，书又停印。

> 了改变：其中一名侦探往上一指，其他人的头也顺势往上扭转。片刻过后，S. 才发觉那侦探指的不是洞口，而是靠西边一点儿，他们前一天傍晚爬上来的岩壁。S. 听见一阵倒抽气的声音，可能是他自己发出的。那儿有个人朝侦探挥动手臂大声喊叫，正是欧斯崔罗。
>
> "我想回去，"他高喊道，"我就回来了。"他背转向那群侦探，跪在岩壁顶端，一只脚晃来晃去寻找下去的第一个踩踏点。

然后他就上吊了。天啊。

他恐怕真的没有。从第四、五章看起来，石与狄狁关系匪浅。

（"白痴，"菲佛说，"那个没骨气的白痴。"）

假如欧斯崔罗＝加西亚·费拉拉，那么石察卡本人似乎也没有这里的菲佛更有同情心。

"我的家人，"欧斯崔罗的脚前后晃动，一面喊着，"我的家人。"

一记枪声响起。欧斯崔罗仿佛傀儡般扭曲抽动，脸上现出古怪的惊讶之色，同时摔落岩架。他消失在 S. 的视线外时，两只手臂张得开开的，没有试着去抓岩石表面或在空中乱转，因为他已经死了。他的身体撞击地面的声音细微而无足轻重，被这片辽阔的景象，被山峦、土地、天空给吞没了。

合作者 → 傀儡

有想法："合作者"有正反两面的含意——政治上（不好）/艺术上（好）

这是理所当然。侦探是猎人，他们五人是猎物。

> ※珍再度写给杰克：
> 不要认定瓦茨拉夫就是石察卡，或甚至是他把桥毁坏。
> 常要证据。

忒修斯之船

他们都只是在人类最古老、最简单、最真实的故事里扮演自己的角色。

下方草原上，司坦法对一名骑马的侦探大声吼叫，愤怒地指手画脚。

"救不了他。"蔻波轻声说。她也许是悄声劝着司坦法别激动，接受欧斯崔罗死去的事实并试图自救，但在 S. 听来却像是在说他们自己此时置身于洞穴的处境：如今他们根本无法为司坦法做什么。他只能靠他自己，这想必也是他希望的。

> 也许柴斯杜其故意暴露自己，因为不想让其他的 S 成员陷入险境。

S. 感觉到自己思绪变慢、受惊过度，也感觉到自己的反应变得迟钝。他不是在随机应变，试着想出解救司坦法的妙方，也不是在冷静地策划离开山洞的万全之计。他发现自己在做的是：[呆呆地、消极地、毫无英雄气概地注视着高原上的人——他仿佛置身事外地看到了自己这么做，像是灵魂出了窍。他领悟到了，不管出现在旧城区之前的他是谁，总之不会是士兵或间谍或革命分子或杀手之类的人。他从前是，现在也还是个软弱的人，完全无力应付这种情况。]

> 这段与《弓箭手故事集》相符：永恒的故事不断循环、重新杜撰。
> 何不写信给信仰革誓学生，问问他是否搞过这本书？
> 很冒险，等于是亮出我们的底牌。
>
> 珍写给杰克的笔记 1：※
> 瓦茨拉夫跳桥时，手里拿的会不会是布拉克事件你姐妹？他们救起了稿子，推出K的名字出版。（瓦茨拉夫、石察卡）※
> （他可能还活着，也可能死了。）
> （纸张泡水不会毁了吗？）
> （也许很多页都毁了，而他们填入或重建了内容——就像菲洛梅娜处理书第十章的方式？或许只毁了一些。他们顺利用这些内容开头，另外写一本全新的书？）
> （也许稿子都毁了，但瓦茨拉夫没死，他们帮他重新架构他的故事？）
> （什么都有可能。）
> 唉，埃里克，你要是在就好了，我就可以把这些想法丢给你，而不是一个人在这里碎碎念……
>
> **跟你不在比较好。**

> S. 只是一个人……从水里爬出来，最后卷入一场巨大而危险的事件。
>
> 笔记之 2：（大胆）假设瓦茨拉夫自杀未遂，再（同样大胆地）假设埃斯杜救了他吧——照顾他，那么瓦茨拉夫必定是 S 组织的一员。否则他怎会让他们用他的名字？
>
> 同样可能：他们救他出水、带他回饭店（"写访客"），而他还是死了，最后他们决定用一个死人的名字（或是稍加变化）作为集体的掩护。

{ 174 }

第五章 往下，脱身

他看着一个穿暗褐色风衣的人将司坦法的两手反折到背后铐上手铐；看着那个侦探和他的另一名同伴各拉住司坦法一边的手臂，泰然地带他走过空地，但很奇怪，不是走向马匹而是反方向；看着司坦法（终于！）双脚、身体变得僵硬，开始抗拒；看着那两名侦探平静地将他带到深谷边缘一把往下推；看着他身旁的蔻波握拳捂住嘴巴以免尖叫出声；看着那两名侦探转身往回走向其他队员，他们<u>面无表情，就好像刚才只是把一条不能吃的鱼丢回水里罢了。</u>

这回连撞击声都没有了。司坦法的死安静得那么绝对，简直就要把人逼疯了。

菲佛的尖锐嗓音把他从恍惚中惊醒。"放声大叫吧，"菲佛对蔻波说，"他们知道我们在这里。"他指向外面，手指顺着他们从岩壁顶端来到山洞的路线画过来，可以看见一条点状黑线。当然没道理，地面上怎么可能自行出现一条黑线？S.正要出言反驳，便感觉到脚趾像火烧一般，逼得他不得不正视。他检视自己的靴子，发现大拇指处的鞋底已经不见了，周围也变

就像我爸常说的："这只是公事公办。"

我痛恨这句话。好像这样就能宽恕你可能做出的任何有问题的事。

忒修斯之船

———

得黑黑黏黏，正如行走时这双靴子踏过的每根草叶。

蔻波看着他，又仔细端详自己化脓的手指，不发一语。

菲佛已经把欧斯崔罗的提灯拿在手里。"但愿这山洞能通往其他地方。"

"我留下了足迹。"S.可以听到自己声音里有种快哭出来的声调，让他感到很厌恶。

"无所谓，"菲佛说，"欧斯崔罗也替他们引了一半的路。他们马上就会找到山洞了，我们走吧。"

但蔻波似乎毫无准备动身的意思，甚至像根本没有意识到这两个男人之间的对话。她愣愣地望着峡谷的远方一只正扶摇而上的秃鹫。

S.碰碰她的肩膀，本以为她会拍开他的手，但她没有，只是很用力地呼吸。"我们得走了，"S.轻轻说，"我们三个人。"

起初她没有看他，只顾看着秃鹫鼓动翅膀、摇摇晃晃。听到山间传来更多的枪声轰鸣子弹咻咻，她也没有惊跳或甚至眨眼：草坡上的那群人毫无理由地对

> 如果石冢卡知道了关于加西亚·费拉拉/麦金内的真相，不知道这一章的情节会有何不同。

第五章　往下，脱身

着空中的秃鹫胡乱射击。直到 S. 拉起她完好的那只手，喊她的名字，她才转身。

她没有说：你想他可不可能……

S. 没有回答：不，但我希望我能这么想。

她望着他的眼神空洞得毫无防备，仿佛想请他见证她眼中的虚无，让他明白她内在丢失了些什么，而且恐怕永远找不回来了。

菲佛激动地挥转手腕，以手势召唤快点快点快点，然后带领他们跟跑走入山的深处，那片阒黑的未知。

外面，秃鹫仍盘旋着，尽管受到扫射，还有一颗子弹把它的尾羽边缘烧焦了，它却不惊不扰，一圈又一圈地飞绕，一会儿往这边、一会儿往那边倾斜，遇到寒冷的下沉气流便拍动翅膀，倾斜、拍翅、盘旋，一再地、不断地反复。至于它是勇敢或无知或纯粹只是别无选择，我们也只能臆测了。

山洞里的那些岩壁啊！若是能有系统地慢慢加以研究，能小心地走过这片黑暗，将高山族人的叙述完

{ 177 }

忒修斯之船

整地拼凑起来，该会发现这是个多么丰富的故事。那些炭灰色的浅淡污迹就从距离洞口近百米处开始：人、兽与武器的简单意象，单一的视觉符号捕捉了这些古老生活中的片刻。沿着通道再往里走，左弯右拐几次之后，出现了关于打猎、仪式、生与死的连续记述，其中人的面孔五官清晰可辨，色彩也扩增到涵盖白色、蓝色与锈红色。这是古人起步迈入现代的详实范例，通过故事与图像来呈现，值得后人无止境的崇仰、仔细研究、敬畏赞叹。但是这三名逃犯没有时间做这类奢侈之举，他们涉过一条淙淙溪流（S.穿着鞋底破了一处的靴子在水里拖行，希望沁凉的溪水能缓解痛楚），挤过一条狭窄的通道，匆匆穿越一大群排列如管风琴音管、左右对称得诡异的钟乳石。紧接着，通道开向一个巨大的半月形露天剧场，有一块高起的石板作为祭坛，周围三百六十度的墙上布满五花八门的图像，宛如万花筒（即使只是借由一个奔跑者手中提灯的晃动光线仓促一瞥，也能轻易看出图像中包含了创世的神话：空中鸟形神大战地上狼形神的史诗叙述。

> 个人身份浮现
>
> 我不懂的是：成长过程中，你被告知我们美国最注重个人，凡事都基于个人主义，你想成为什么样的人都可以，诸如此类。但也只能到此为止。出了校门，你就得回去当个乖乘女，找到适合的工作，融入大家，遵守规矩，这一切真让我难受……

↓

《彩绘震》也出现过同样的生成物。

珍，我能体会你的感觉，但这样讲太过简化了。并不是你不能做自己……只是让你的个人意愿在不知不觉中变得普通一点，事情会比较简单。我们面对现实吧：没有商标的普通商品几乎都更有利润。

"如果我要死，绝对会死在沙滩上。"
（《飞天鞋》英文版 p.377）

※ 他一辈子都在确保自己的存在不为人知，他不会轻易放弃的。
所以对他而言，过秘密人生比她重要。很好。

第五章　往下，脱身

想想他（很可能）被卷入的事：劳工暴动、揭发丑闻、间谍活动、杀人事件……要做出这个决定并不容易。把她拉进那样的生活，他觉得对她不公平。

所有图像都互相纠结缠绕，最后俯冲、摔落、爆裂开来，在祭坛正上方形成一幅和谐雍容的画面：一个类似人的形象头顶羽冠、长着狐尾，金鸡独立于针尖似的山巅之上，四下只有垂直陡降的峭壁与天空，当然是十分危险的姿势，但那人物的脸上不见恐惧、忧虑，只有一派祥和）。[2]

他应该让她自己做选择。

然而来到这个厅室时，S.、蔻波和菲佛全都停了下来。有那么一刻，尽管可以听见身后的通道已响起第一阵沙哑的叫喊，但细细观赏这壮观景象竟似乎比保命的急迫性更重要。父亲告诉蔻波有关于这些秘密洞穴的一切都是真的；她从小便渴望看见的一切就在这里，环绕着她，环绕着他们，环绕着这三个已腾不出时间，也知道自己永远不会再来到此地的人。

这样描述"生死"带给人的影响，倒还不错。从没这样想过。很酷。

可以看到、可以见证、可以得知古老故事的这一

错失的机会 正是《忒修斯》整本书的重点所在，不是吗？
对，这是全力投身于爱与激烈变革的代价。

[2] 已故的法国考古学家雅玛杭特·狄虹是个颇享盛名的"专家"，因为石察卡的《彩绘窟》有不少灵感撷取自她的经验。然而只要细读该作品便会发现，书中"彩绘窟"里的细节没有一个是专属于"她那些"多尔多涅省的洞穴。曾在儿时见过伦索伊斯诸多洞穴的我，也可以不费吹灰之力就为作者提供同样丰富而多样化的细节。

或是：错失了找出他和菲洛梅娜可能有什么结果的机会。

从这个注解来看，菲洛梅娜越丰越尖酸刻薄。
她必定把狄虹视为情敌。
可是S.和代表狄虹的蔻波始终没有在一起……
所以，如果《忒修斯》{179}是石的隐藏版自传，
没理由认为石与狄虹曾经在一起呀。

就算有过，狄虹死于1937年。石有9年时间可以找下她。如果他爱菲洛，这段时间他都在想些什么？？？※

忒修斯之船

刻,短暂得折磨人,S.也只能在这一刹那听见急促地窃窃私语的古老声音在空中、在岩石里,又或许只是在他双耳之间回响。接下来,他们(S.、蔻波和菲佛)每一个人若不是嘴里嘟哝或是点头、吐气,就是从喉咙底发出认命的叹息,然后才离开这个庄严之地,全力奔向通往地底更深处的甬道。

((假如 S. 有时间端详这些壁画,细看每个人物、每个细节、每个阴刻的曲线,会发现那个蛇一样的奇怪图案吗?[3] 他不太相信有此可能,只是他永远无法知道。))

我也不太相信。

他们唯一的策略:继续移动,尽可能让侦探队的声音离得越远越好,也继续怀抱希望,但愿洞穴能让

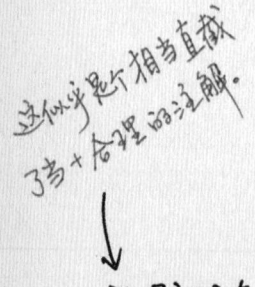

---

[3] 至今数十年来,亦即自从 S 符号出现在《布拉克森霍尔姆的奇迹》的初版扉页之后,据报也有其他地点发现过相同的符号(其中有许多相隔遥远,而且/或者说法矛盾)。这些符号可能是为了向石察卡致意(这个可能性最大),或者是恶作剧,或者纯属巧合,也或者是超乎我理解力的奇幻事件。对此话题我无法提出任何意见,只能证明一点:石察卡从未显示出任何他知道有此事的迹象。

这似乎是个相当直截了当+合理的注解。
↓
让我好奇她在隐藏什么?

第五章　往下，脱身

他们重新诞生于世界的另一个角落，而不是回到原来的起点。

他们听得见猎人们的踩脚声与叫喊声，在后面、在上面，透过多孔岩石，四面八方无所不在。S.试着记下他们经过的岩石结构：有一块露岩很像一张留着法老长须的脸；有十根石笋像保龄球瓶一样排列，仿佛人工制成、经过修正的大地杰作；还有地面上的一洼水坑，从中冒出一块又长又尖的石头，宛如一把湖中剑。他试着记下他们先后转过的弯和走过的岔路，左、左、中间、右、中间、最左等等。他也会留意菲佛的灯光照亮的墙面，找寻一些有助于确认方向的图像。即使在接受了自己脑中的地图已混乱得一塌糊涂的事实后，他还是会注视壁画。

图画布满了整片洞穴，S.觉得把它们拼凑起来便是K族的完整故事，他们似乎十分执着于记录自己的经验。过了圆形剧场以后，壁画依然继续呈现着，密集、鲜活且风格迥异，出自许多人之手，一幕幕呈现出他们的家庭生活、统治管理、与其他部族间的小冲

！！ 显示历史由时间/行动所构成。"自我"也一样吗？

"我们 vs. 他们"
→ S. vs. 韦沃达/侦探
你 vs. 穆迪/伊尔莎
S组织 vs. 布沙/特务
我 vs. 雅各布
⇒ 我们 vs. 我们自己

你 vs. 你的文用；
我 vs. 我的
S组织 vs. 新S组织
我们 vs. 穆迪 vs. 伊尔莎（我们+他们+他们？）
+新S……也就是我们 vs. 他们了。形势非常不利。

忒修斯之船

突，而其他部族的人脸上都没有画五官。在每一串画面中，K族人都受到鸟或狼形神的守护，有时在主情节的上方，有时在边缘，有时就在人群之中。S.越深入山中，壁画就显得越现代，色调更鲜明、图案构思更细腻、人与物的表现手法也更写实。这不禁让S.陷入深思：在日照表面每发生一桩重大事件，K族画师就得更深入黑暗中去记录。这算是惊人的讽刺，或是恰恰相反，其实是关于记录历史的一种颠扑不破的真理？

现在可能入夜了，只是S.与另外两人无法得知；他们已离开生物周期的世界。S.吹了一声口哨，召唤同伴停下来喝口水，并用仅剩的些许食粮的四分之一补充体力。S.查看自己的脚：大脚趾已发黑并发出焦肉味，指甲底下渗出了脓，第二与第三趾的表皮也开始变黑，还感到一股奇怪而剧烈的灼热刺痛，痛得让人咬牙切齿、无法喘息。蔻波站得远远的，独自躲在灯光最边缘处。她用完好的手吃东西，另一只手的大拇指则深深按在其他几根表皮开始腐蚀的手指指尖上，

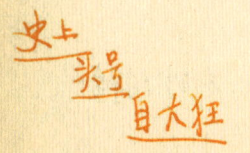

旁注（左侧）：

"创作艺术必须沦落入黑暗中。"
——格思里·麦金内

这他当然懂了。
他也不时提到艺术需要单一视点。（与他配的哲学理论完全矛盾，他认为单一视点就定义而言是不可能的……）

全都因为《海镜》那个大败笔（主要得归咎于他写的那部分）。
那些评论肯定让他火冒三丈。

史上
头号
自大狂

史上。最会。记恨。的人。——不，布沙才是。

> 我在想,埃斯壮之死可能对狄虹促成了什么改变……事后不久她去了西班牙,整个人变得冷酷无情(+发了疯似的创作),直到死去。她什么事都插上一脚:选举权、劳工权利、酝酿中的战争(她还加入一支共和政府派的民兵组织,当间谍+参与战斗)/在法国南部管理几处考古挖掘现场/在上述活动期间,还同时写论文+文章+一本 令人赞叹的大部头小说。(如果你还没看过《这一切我都给你》,值得一读。

第五章　往下,脱身

> 埃里克,我现在在看了,虽然不应该,课程进度已远远落后。

食指、中指、无名指、食指、中指、无名指……有如某种私密的痛苦仪式。菲佛摇着头低声对 S. 说:"她不在了,她人在这里,可是已经不在了。"

> 痛苦必然是一种个人体验。
> 如果身边有对的人就不是。

"她还坚持着,"S. 也小声回答,"我们能尽力做的,她也都做了。"

"你别装没看见。她不在了。事实就是如此。你爱一个人,然后失去,然后死掉。就算你命还在,心也死了。想想欧斯崔罗:失去老婆孩子就承受不住了。他失去了勇气,现在换她了。她已经不是今天早上的她,以后再也不是了。"

> 这不是不言自明的真理吗?好比"人不能两次踏入同一条河流"?

"我们都一样。"S. 嘴上这么说,内心却承认这一点。他踽踽独行于这个人世岂不更好?完全不用担心有人会想他、会期盼他归来、会因他的死悲伤。不亏欠任何人,无须对任何人负责,不受任何人依赖。说真的,他活着的任务很简单:只要活得够久,能够查出你是谁就好了。但他转念一想到索拉,不由得纳闷:[他找她真的只是因为她可能知道一些他的事吗?难道不也因为受到她或是她的神秘气质所吸引?]他这是对

> 疑问:我们是出于私利而追求关系吗?

{ 183 }

忒修斯之船

身份的追寻，还是某种失传已久的追求行为？追求什么呢？爱？就是"爱"这么平凡的东西？

倘若真的找到她了，会怎么样？

在他对面的墙上，S.注意到有个不同之处，那是一组看起来像数字系统的符号。这大概是某一类账目，安插在两个人物当中的空间里，那两人看着符号的目光都像是在看着什么实物。

页	行	字
∴▽-13	11-2	☉-6
✕-4	ⵐ-8	▽-3
☉11-62	ⵉ-5	8-9
11-2	11✕-24	∴-1
∴-1	✕-4	∴∴-11
11ⵐ-28	∴8-19	↔-7

S.惊觉到菲佛还在低声跟他说话。"最重要的是，"菲佛说，"枪在她手里。"

"我不会试图拿走她的枪。你要是想这么做，我也会阻止你。"S.说。

菲佛站起身来，拿起手提灯说："我们得走了，这

（手写批注）

是啊。
醒醒吧，名察卡。

懂了，应该早一点想明白的。
· 看卡章汪1："无效启发……
　　　　页……行……字。"
· 看你手上那本《彩绘鸟》。

会等十年回家

她等了超过十年。她安排了计划，也做到了。不可思议。

而她自始至终一直认为自身陷极大的危险。

记得吗？埃里克，你曾经认为这与爱无关。

第五章　往下，脱身

———————

不会永远亮着。"

现在壁面看起来又不一样了：线条与色彩和 S. 之前看到的同样精确，但图像已不再那么密集。也许参与的人少了，愿意进山洞走这么远作画的人变少了。不过叙事也有改变，部落似乎分裂成两个派系。其中一群人物画得细心，线条柔和优美；另一群则显得急就章、色彩浓淡不均、笔法粗糙，也少了许多细节。如今这两群人各自狩猎，在某种部落聚会上一次又一次冲突对抗。片刻过后，S.察觉到另一个更细微的差别：如今鸟或狼神已极少出现，即便出现，也是高高置身于人类活动的上方，画得很小，示意距离遥远。

另外两个人也注意到这些了吗？他很怀疑。菲佛急着前进，每到岔路也由他选择路径。蔻波则面如冰霜、全神贯注，带着幸存者的坚定决心一步跨过一步。

他们继续往下方深处走去。听起来猎人们好像更接近了，但无法确定。壁上的图像越来越稀疏，所有

———————

> 我今天到了教室才知道是老师史期中考试。被挂科了。

> 又是我们 vs. 他们

忒修斯之船

的人物都少了细节，只用匆匆几笔画成，全出于一人之手。现在只剩单一的故事情节了：部落分裂，夺权互斗。S.想象着一个孤单的画家，族里最后一个有兴趣继续在洞穴里记事的人，独自爬入地底深处，画出一个他肯定知道在数百年间，甚至永远也不会有人看到的故事。

在他们快速通过一条又低又长的通道时，菲佛忽然大叫一声，手里的提灯随即旋飞开来，只见一个发亮的小球体在凹凸不平的石面上蹦跳并发出哐啷声。S.赶紧上前，发现菲佛边骂边抓住自己的右脚踝。S.轻轻将菲佛的手拨开，拉起裤管、脱掉袜子，检查伤势。蔻波默默地拾回提灯，为他们掌灯照明。S.轻轻地碰触、揉捏，但哪怕只是微微一碰，菲佛也会皱脸、用力吸气或是大喊出声。没有流血，没有见骨，这样至少还算幸运。如今的关键应该只在于菲佛的忍痛能耐了。

"休息一会儿吧。"S.对他说。

菲佛翻了个白眼，呻吟一声，长长吐出一口气。

{ 186 }

参照 S.组织中所有的死亡 & 绑架事件。
注意，是"源始的" S.组织。
（难以追踪掌控！）

所以不察卡儿孚是孤军奋斗。（何时？1937年？在贾拉拉叛变或狄虹被杀之后？）

你会觉得这让他更有动机去向菲洛梅娜表白——找个盟友、伙伴。

也许他找她去哈瓦那就是为了这个。

9年后才找她。我没这根本是狗屁。

他不是孤军奋斗。还有萨默斯比（或许……也还有其他我们目前不知道的人）。

身体的伤害 → 精神的伤害。孺子可教。

[..]

※ 珍，再看这里：
我翻阅费拉拉的书信收藏，发现一封来自"V. 旁"，1937/10/30："惊闻佛罗里达事件，C不该带我们的友人去那里，你也不该让我们的友人留下。

→ 保密必须彻底，否则功亏一篑。"
所以转过头避开镜头的很可能就是石察卡。
如此一来：萨默斯比就不是石察卡，而狄虹或加西亚·费拉拉也都不是。
我很惊讶费拉拉没有烧毁那封信。

第五章　往下，脱身

"你知不知道你在……"他猛然闭嘴，因为听到几个猎人的声音隆隆地响彻山洞，听起来很清晰很接近。他伸出食指往上指。他们就在正上方。

S. 搂着菲佛的一只手臂扶他起身。蔻波也钻过他的另一侧腋下，让他的手臂揽住她的肩膀。她似乎清醒些了，好像这个新危机唤醒了她的注意力，或者至少再次让她的注意力转向了外界。

她开始找到自己，并坚持下去。

菲佛单脚站立着，像鹳一样，然后试探着将另一只脚慢慢伸向地面。这时头顶上一记枪响，三人都吓了一大跳。菲佛一个不稳，重心落在伤脚上，痛得忍不住哀号一声。

就像狄虹在南斯拉夫那样。
你有没有看过一张合照，她和海明威、美国小说家帕索斯、加西亚·费拉拉、狄虹和一个很明显转过头避开镜头的人？

他们立刻安静下来。透过岩石传来大笑的声音，较远处，领队者大声质问哪个浑蛋没看到目标就在密闭空间乱开枪。尽管隔着层层石灰岩，他口气里的不屑仍清晰可闻。接着：更多说话声、更多脚步声。猎捕行动重新展开。

佛罗里达饭店的照片，有，1937年10月。
对。所以转头那个人是谁？会是石察卡吗？
看看坐在窗边被切掉一半那个人。维克斯勒？
许多石察卡的可能人选出现在同一处，而且当时那里是战区。

菲佛在 S. 和蔻波的撑扶下，可怜兮兮地走了几步，便停下来摇摇头，同时握紧拳头，抬起头盯着上

※ 珍，这个你一定喜欢：有传闻说（大多认为出自帕索斯）某天晚上在马德里，(也{187}许就是拍照那一晚？）海明威对狄虹袭臀，结果挨了她一拳。

狄虹的日记里完全没提到。　这个嘛，也许只是个虚构的精彩故事。

忒修斯之船

> 菲佛受伤：费尔巴哈有类似情况吗？
> 20世纪30年代初期痛风严重，行走困难。所以也许有。

面低低的石头，用尽全身力气克制自己不要发出沮丧的怒吼。

"我来背你。" S. 说。他不想，但他会。

"你不能。" 菲佛说。

"我们可以。" S. 说。然后他意识到：他是那种不太想冒自己的生命危险提供类似帮助的人，但他愿意。这番领悟的力道（也许还有其重要性）令他震惊。

> 他怎么书认识维克斯勒呢？
> 菲佛不可能是维克斯勒的替身。维克斯勒不是原始S组织的一员。

蔻波说："没错，这样会拖慢我们的速度。不过我们并不知道要去哪里，不知道还有多远，也不知道该怎么去。"

> 我喜欢这句：他表然发现自己对象自己想象的那么善良。

菲佛举起搁在她肩头的手臂，她试图把手抓回来，但他挣脱开来，举得高高的让她抓不到。"也就是说，"他说，"你们会从几乎没有逃脱的机会变成什么呢？一点机会也没有了。"他摇摇头。"别管我了，走吧。"

"不行，"蔻波说，"我们不需要再多一个殉难者。"

"司坦法就这么做了。"

"不能因为这样你也跟着做。"

一时无语。

> 如果他是呢？
> 也许就因为他和费尔巴哈的关系？

第五章　往下，脱身

S.心想：<u>菲佛想要和司坦法一样牺牲自己，为了她。他一直爱着她。</u>他担心会被他们剥夺大好机会，让他无法以自己想要的方式、以他自许的身份死去。

"你听着，"S.对他说，"我很想逃跑，想得要命，可我们是一体的。"

菲佛露出苦笑。"你比她诚实。"他说，"那么我也老实说吧：我从一开始就没相信过你。"

"但你现在相信了。"蔻波提示地说。

菲佛上上下下打量着S.。"我只希望你能想办法让自己发挥作用。"

S.点点头，颇有同感。他怀着好意，但有任何帮助吗？先是没能及时追到放炸弹的人，其次又把司坦法的手提包遗留在后，接着还在前往洞穴时留下足迹。对这些人而言，他若非诅咒，还会是什么？韦沃达对于他自己想象出来的这个特务X，何惧之有？

"没时间了，"菲佛说道，"让同舟共济这种无聊的废话见鬼去吧。"

"这不是无聊的废话。"蔻波说。

> 说不通。费尔巴哈几乎确定是同性恋。（又或许他的性向更为善变？）

> 也许石察卡所谓的"爱"有不同的含义：如同S.+蔻波以及石察卡+狄虹）之间的关系。在合适的时机，友谊可能更进一步，只是这种时机从未出现。

> 你认为石+菲洛之间就是这样？

> 我认为这种情况本来就经常发生。

> S.是在此刻开始走上较黑暗的路吗？或者是在岛上的时候？

{ 189 }

忒修斯之船

"比无聊废话还糟。"菲佛说,"就是一堆马粪,过时了,没用了。所以,我留在这里,或者我也可以在黑暗中随便到处爬,说不定会碰上一辆矿车,或是地下的一扇神奇的大门,或是这类的奇迹。"

蔻波把枪交给他。"让他们吃点苦头。"她说。

"我会的,"菲佛说,"而且我会乐在其中。"

"试着再走走看。"S.说,"再试一试吧。"

小心谨慎的一步,引来可怜又愤怒的一声惨叫。

"走吧。"菲佛说,"拿着那该死的提灯就走吧。"

但S.没有走,还没有。他在看菲佛倚靠处右边的墙面。是一幅画,黑色的画。数十个双足狼人,视觉上十分简化,只有耳朵、牙齿和长着尾巴的线条身躯。狼人正扑向……什么?S.说不准。一个污点、一条往下拖的痕迹。画若能完成,画家若能在遭受攻击前把自己画进去,那应该会是一个人像。

而这个,这最后的血腥场面,很可能将是他们在墙上所看到的最后一幅画。对此S.有十足的把握。

这也将是菲佛最后看到的东西,一个句点,因为

石察卡:奇幻/科幻小说之祖?

其实你不是第一个这么说的(想想《花斑猫》、《夜栅栏》,甚至是《科里奥利》)。如果你认为萨默斯比就是石,那么他和这些类型的作品就有相当直接的关联。

今晚有人从图书馆跟着我回家。我觉得甩掉他了,但他可能还在外面徘徊。

第五章 往下，脱身

S.和蔻波留下他在黑暗之中。至少在侦探将灯光照射在他身上，让他不得不在类似的场面中扮演自己的角色之前，这将是他最后所见。

<u>原本五人，如今只剩两个了。两人提着一盏灯，爬过弯弯曲曲、越来越陡降的通道。</u>有一度路径突然终止，他们必须做出抉择：往回走，或是低身钻过地下一个潮湿的冲蚀洞，希望能在下方的暗室安全落地。有一道水流从洞的一侧滴入幽暗中。S.发现自己对于水竟能如此轻而易举地找到安身之所，有些恼怒。

他用灯照亮较低处的甬道，然后起身退离洞口。洞确实很窄，但不会将他卡住。"你会担心我们太深入地下了吗？" S.问道。他心里狐疑：他们会不会已不再是为了躲避侦探队，而是打算把自己埋得越深越好，不想让韦沃达的人称心如意地找到他们的尸体？

"我当然担心。"蔻波说。

S.将背囊丢下洞口，然后爬下去，幸好落地时不算太狼狈。蔻波抓住潮湿石块的手打滑了，整个人以

数字递减：和船上一样。

学校地道的事我根本就是在撒谎。当时不确定能不能相信你。

~~王王~~你还撒了别的什么谎？说过的你都知道了。

既然如此，那我现在感觉好多了。无论如何：你应该给我一份你的地图，以防万一。这样对我们俩都好。

<u>别让其他任何人看见。</u>

忒修斯之船

怪异的姿势往下坠,但被他接住了,紧紧地抱在怀里。她比他想象中轻得多。[4] 刹那间,他不禁怀疑她是否真实存在。

他正要放下她时,忽然发现旁边的墙上有个记号,掩在蒙蒙流水与黑影下略显模糊:

S

只有约十厘米高,而且画得简单潦草,一点儿也不精细、对称或具有美感,但它就在那儿,是黑色的。

"你可以把我放下了。"蔻波对他说。

他喃喃说了声抱歉,指着墙上的记号问:"你看到那个了吗?"他需要印证。不可能是他想象出来的吧?

"看到了,"她说,"那又怎样?"

"我无论到哪里都会看到这个。"他说,"真是……"他思索着适当的字眼,第一个想到的是令人惊慌。"你以前看过吗?"

---

[4] 尽管蔻波多才多艺、性格坚毅,却似乎缺乏一定程度的庄重。

埃里克,您最好是真真实实。我已经开始有些崩溃了,如果你不是我以为的你,我真的会疯掉。

好啦,柯黛拉,我们知道啦。

第五章　往下，脱身

"也许看过。"她说，"我也不知道。"

"想一想。"

"看起来很眼熟，我也只能这么说。"

"这很重要，我觉得它跟我多少有点儿关系。"

"边走边想吧。"她拍拍提灯说，"快没时间了。"

靴子重重踩在岩石上。发现猎物的喊声，错不了。一阵乱糟糟的男人声音，十分兴奋，有欢呼、有嘲弄，甚至还有类似狗吠的声音。

这时"砰"的一声，一把老旧手枪的哀鸣。紧接着一连串"嗒嗒嗒"恶狠狠的回击——六颗子弹？十颗？二十颗？——同声齐发。

这些声音，如海浪滚滚而来，无法阻挡。而他们两人，势单力孤的两人，则准备好迎接大浪的卷起、崩落与之后的黑暗。

接着还是黑暗。

咣当。

忒修斯之船

────

低语声。这里清楚了些，没有被那许多岩石所覆盖，但还是模糊。痛苦的声调，愤怒的节奏，反复无常的恐惧律动。

他二人盲目地摸索着湿滑的岩壁前进。

"我就在这里。"他说。
"我也是。"她说。

"把你没受伤的那只手给我。"他说。

她照做了。

现在可以更清楚地听到说话声。他们听到侦探发现提灯后丢到一旁的咣当撞击声。他们听到一个中低音的喊声和众人齐声回应的轰鸣声。

喧嚷声越来越大。S.正想说点儿什么，蔻波突然松开他的手。

"怎么了？"他问道。

"空气。"她嗅了嗅，"不一样了。"

他深吸一口气，却只闻到潮湿、岩石与时间的

────

{ 194 }

第五章　往下，脱身

味道。

"有盐味儿。"她说。

他心想没错，他也闻到了，但也立刻联想到他在船上那个发臭的小舱房。

"我看见你了。"她说。[这句之前没有画线。我知道，刚画上的。]

他以为她是在做比喻，但当他回看她时，也能在黑暗中看见她的轮廓。光线很微弱，但不是完全没有。

他们顺着岩壁绕过一个 S 形弯道，喧嚷声更响了，那些声音在他们身后越来越尖、越响，也愈加清晰。而他每次一回头，也能更清楚地看到她。

"别再看我了。"她说，"没时间了。"[菲洛梅娜和石察卡没有足够的时间。]

就在这时：正前方有光。灰灰暗暗的光，宛如暴风雨中的暮色，但那是光，而且就在前面，他们以脚下的凹凸地面所允许的最快速度往前直奔。[时间]

轰隆隆，哗啦啦。是浪潮，是海洋。从水边开始也将在此结束，而在此结束后也将重新开始。[还有开始与结束之间的许许多多。][啊 爱⇒就是全心注视眼前的爱吗，忘却了急迫的革命需求。]

他们站在边缘，俯望底下很深、很深处的海浪。

{ 195 }　[要是能发信息给你就好了……]

[左侧手写笔记]

我大学最开心的时光,就是和室友格里夫在考试周前一天开车到旧金山。他想去看一场棒球赛,于是我们发了疯地开了一整夜,早上抵达,看完球赛,马上掉头又狂开了一整夜的车,刚好赶上周一早上的考试。那种感觉真好。可以大声说不,我们不要读书,我们忒修斯之船要来一趟荒谬且没意义的旅行。最后考试依然拿高分,就像证明了自己在学业上是狠角色。

总之,我想告诉你的是:我把这件事告诉父亲,以为他会赞赏,因为他是个超级棒球迷。我太过期待他的反应(一开始会跟格里夫去,恐怕也是为了这个原因)。结果我告诉他以后,气氛顿时一阵死寂,然后他说:"好吧,埃里克,这次你又做了一件不负责任的事,将他人置于不必要的危险境地。"

我记得我就站在他面前,心想:"是吗?他究竟得每件事都提醒我想到叔叔吗?"

天啊,好替你难过。

遇到这种事,你会告诉自己一切都会过去、没关系什么的。但是永远都做不到。

[正文]

斜斜的雨打湿了他们的脸、衣服和脚。风像一支冰冷的钉耙耙过他们的皮肤。从山洞口到海平面的崖面上,有一条锯齿状的斜线一路往下,每一阶都滑溜得充满致命的危险。或许曾经是阶梯,但经过数百年的风、盐分与雨水的侵蚀,几乎已荡然无存。没有办法安全地走下去。想试的话无异于跳崖,就这么简单。★

"那个符号,"她说,"司坦法的手提包上也有。"

这没道理。如果他和司坦法有关联,这位长者怎会不认识他?其他人又怎会一个也不认识他?

他们背后的阴暗通道里充斥着激动狂热的声音。真真实实的人声淹没了呢喃低语——是真真实实的带着枪的人。一声低沉的号令让嘈杂声安静下来;同一个声音喊道站在原地别动!另一个声音告诉他们前方无路了,又有一个声音说该死的赤化分子之类的。S. 和蔻波看不见这些人,对方只是在漆黑无光的山洞里交织的黑影,但他们听见了十来个击锤发出咔嗒声,因此知道有十来支枪管瞄准着自己。

蔻波用完好无伤的那只手与 S. 十指相扣,让他回

{ 196 }

[右下手写]

可是石察卡不是共产主义者吧?

不是。他也不是社会主义者、无政府主义者或任何主义者。但如果有足够多的人认为你是某种人,那你就真的成了那种人,即便事实不是如此。

第五章　往下，脱身

想起他们一起走过市区的情景——没错，当时他们只是佯装成情侣，没错，当时他们已经开始逃亡，但他喜欢那种感觉。几乎还不到一星期以前的事，却已恍如隔世：较单纯、较安全、心智较正常的另一世。[5]

好甜蜜啊，其中一个声音说。

奇怪。过去这几个星期以来，就算是下意识，他也一直以为倘若不久就要和某人一起面对死亡，那个人将会是索拉。这个念头，对这个念头的笃定，让他热血翻涌。应该是这样才对。如今他是怎么和蔻波走到这一步的？事实明摆在眼前，无可否认，已经发生，却又像一个令人无比困惑的谜。

"用力蹬出去，"蔻波对他说，"能跳多远就跳多远。"

你或许以为他们会低声倒数、协调动作，以便确认两人同时行动，可是没有，不需要。他一感觉到她

---

[5] 我整理译文时也经常身兼编辑。当初我强烈建议石察卡删除这一段，因为读起来太感性，我相信这并非他的本意。但他坚持保留，我虽然略有不甘，还是尊重他的意愿。

忒修斯之船

的手在他手中扭动,转瞬间他们已转身跃出。S.用伤脚使劲往外蹬,顿时全身都发出痛苦的哀号,但这或许不是坏事,多亏有这番剧痛加上劲风和冻僵了他脸庞的寒雨,才让他一时忘了脚下的空空荡荡与来自黑暗中的枪击。

有那么一瞬间,一切都静止下来,一段记忆,抑或只是他所认为的记忆,在他的脑海浮现。新年前夕夜里软木塞到处喷飞。房间充满了人,充满了面孔与身体,气氛热烈。壁炉里生了火。感觉到自己是……嗯,是某个人。

他们在下坠。子弹就从他们头顶上呼啸而过。他感觉到她往外歪斜,便将她拉正并紧紧抓住;他们在下坠。他们是同志,是盟友,他们是S.仅知的唯一一个团体的最后两名成员,他们在下坠,下坠,下坠。

他已听不见那些声音,耳里灌满了风。

他有飞翔的感觉吗?哪怕只是一眨眼的工夫?没有。这是下坠,不可能弄错。他们两人正在一起往下坠,碰触到水面时,那双重冲击的连续砰砰两声,在

旁注(左侧上):
阿默注意到这了:又是一个更改石察卡手稿之处。
原文:"他们在下坠,下坠,一起下坠。"

旁注(左侧下):
他们都以鸟名命名,但终究只是人。
石察卡也是。

第五章　往下，脱身

———————

他听来就跟码头上的炸弹声一样响。

脱身之道就是往下，往下。

在洞穴中往下钻，在空中往下坠，在水中往下沉，沉落几个温跃层到达谁也看不见的海底深处，在那儿有一群黑等鳍叉尾带鱼受到 S. 的惊吓后四散开来，迅速游入暗处，而他的下降也逐渐变慢、变慢、变慢。

他吐出一口气，是他压缩在肺叶内的最后一口气，然后跟着气泡往上升。

出了水面以后，他吸气、咳嗽、再吸气。觉得有些晕眩，头内的压力大得可怕。他在水里打转，寻找蔻波，但不见她的踪影。

在他的右手边：山峦斜边延伸入海，突出一条长长窄窄的山尾，围在另一侧的小海湾似乎很安全。很远、很远上方的洞口处——他们竟然从那么高的地方坠落吗？——一群褐衣人摆出射击姿势，子弹咻咻地如雨点般落在他四周。S. 深吸了口气后潜入水中，划了十来下到另一边去。他浮上来，环顾水面。没有她，

忒修斯之船

———

他不会游向岬角。他不会。

潜水、划水、浮升。水面上依然只有他。

潜水、划水、浮升。

这时候他开始担忧。她也该浮上来换气了。

潜水、划水、浮升,他还能像这样撑多久?根据平均律法则,迟早会有一颗炽热的子弹射穿他的头骨,在此之前他还能在这儿待多久?

潜水、划水、浮升。

她在哪里?

再来一次,这回在他破水而出之前穿过了一片红色云状物,然后便感觉到她随着波浪涌动着撞到他身上。((她弯着身,脸朝下,黑发呈扇形散开,背上有三个小黑洞。他们跳下时她被射中了,射中三枪,而他却侥幸地毫发无伤,进出半空中。))

她死的时候也许还握着他的手。

他没有将她翻身,因为不想看到她皮开肉绽,不想看到她死去的脸。就在更多子弹天女散花似的落下时,他吸入一大口气潜入水里,潜水、划水、踢水,

———

{ 200 }

> 想受人敬佩可不像他想的那么简单。

> 你觉得朱火虹遇害时,石察卡在场吗?
> ↓
> 难说,不过如果加西亚-费拉拉是石,这一段倒是非常合理。

第五章　往下，脱身

因为已经决定要绕过那个岬角，脱离射击范围，爬上一块岩石或一片卵石滩，总之就是找个安全的地方让他可以撤退、休息，又或许痛哭一场，然后好好想想接下来到底该怎么办。

[最近他已经两次游水逃命了（也可能更多次，他当然不会知道）。他开始自觉像个海中生物。很想问问旧城区的那些声音：什么开始？什么结束？但那些声音只会说，不会听。]

大部分时间他都在水底下游着，直到绕过岬角进入风平浪静的小海湾。当他停下来目测距离，断定自己肯定也死了，因为眼前的景物简直太不可思议了。

海湾里停了一艘船，就是载他来此的那艘，就是在他落海时已被一道水龙卷打得四分五裂的那艘三桅船。它就在那里，已修补好漂浮在水上，在这么短的时间里，不知是怎么办到的。当然了，修补得有些怪异：船身用大小不一的木板碎片拼凑组装，看起来更加破烂，三支桅杆的高度比例似乎变得不一样，船首

> 有时候……我很忌妒那些研究石的书却没有卷入这一切的人。也许没有解开什么大谜团，却找到一些小真相，那也不是坏事，对吧？牺牲较少，有更多时间单纯地和书、和自己、和另一个人相处……我一开始真的是打算这么做的。
>
> 珍希望这是你回来以后看到的第一个留言。
>
> ↓
>
> 我希望你回来。

忒修斯之船

斜桅也变得更加粗短坚固。但即使有丝毫怀疑这可能不是同一艘船，疑虑也迅速破除了；当大鱼竿的铁钩勾住他的衣服将他拉近，他立刻听到那个魁梧的大胡子水手充满气音的声音说道：看喔，我们钓到一条吭用底丑八怪鱼吗？倒了八辈子霉啦，金系。甲板上排列着大概二十张没有笑容的脸孔俯看着他（在 S. 被咸水刺得疼痛模糊的眼中，他们的嘴巴就像一条水平的黑线），旁边还有只猴子在升降索上摇晃摆荡，吱吱地尖叫。

欢迎啊，大日头，大漩涡说。赶快丧来吧。

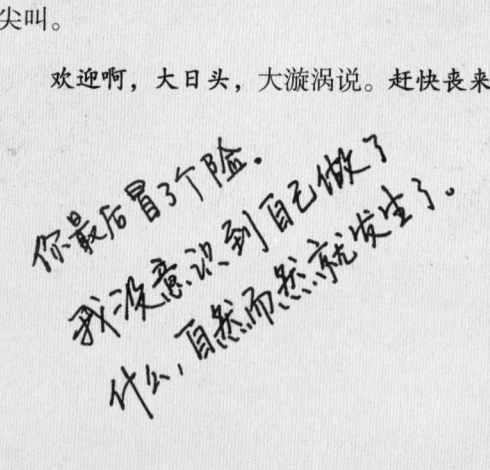

> 你最后冒了个险。
> 我没意识到自己做了
> 什么，自然而然就发生了。

{ 202 }

[手写蓝字] 埃里克，我看了你夹在书中的信……

[手写蓝字] ~~我真的~~ ~~我希望~~ ~~未来是~~

[手写蓝字] 好吧，我不知道该怎么回应。很遗憾，真的很遗憾。

[手写蓝字] 埃里克？

[手写橙字] 你说23号回来。人呢？

第六章

[手写橙字] 现在24了……你还是没来拿书。

[手写绿字] 飞机晚点，当时必须在迈阿密过夜，再转两班飞机回来，还没回家，需要补个觉。（但是就往前看吧。）

沉睡的狗

[手写黑字右] 为何用这个章名？狗只是细枝末节，而且也不是真的熟睡。

[手写黑字右] 得把章名想成是这一章的解密根据，不过我还没想出该怎么解。

[手写蓝字右] 我也还没。

舱房差不多还是 S. 离开时的老样子。吊床、臭味、发霉的密闭空间。还有那个 S 形符号，刻在舱壁上像恳求也像诅咒。不过，其他几块舱壁板已经换新，连同几块地板木片和通往舱口的几级阶梯也是。新的（或者应该说新近被拿来废物利用的）木板并未配合旧木板的脏污程度，从金黄到酒红到栗褐到咖啡色都有，五颜六色，让人看了头晕。或许正因为如此，才觉得舱房大小略有改变，也觉得这空间有个什么东西让人心慌不已。

[手写黑字右] 毫无头绪 我要是菲洛，就会想打破原有的模式。暗语必须够明白，好让 S 能发现，但当然了，最好也难到让任何人猜出来（或甚至注意到）。

[手写蓝字右] 他不停地改变，而改变会让人迷失。

[手写黑字右] 对，的确如此。

S. 缩在吊床里，虽已穿上干的粗布衣和他不知为何仍在的旧大衣，还盖了一条厚羊毛毯，却仍浑身发抖。毯子闻起来好像最近盖过死掉的东西。

忒修斯之船

———

颤抖的情形想必从水里就已开始；他被拉上船时就感觉到了，那时侦探的枪还在砰砰响，只是因为风大距离又远而威力大减。待船起锚、风满帆时，他在甲板上受冷风一吹感觉更强烈。由于颤抖得太厉害，只好叫两名哑水手（脸色苍白、刘海油腻的那个，以及发色淡黄、在削哨子的那个）抬着他穿过甲板，爬上艉楼阶梯，再帮助他从舱口钻下舱房。

从那时起，他就忍不住一再回想前一周在陆地上的所有恐怖经历。蔻波背上的弹孔，水中的那片红云。那干净利落的一推让司坦法跌入深谷。欧斯崔罗在岩壁上被精准地射落。漆黑中的枪声夺走菲佛的性命。他们也只不过想知道三名失踪者的下落，但情势却从此急转直下。他的四个朋友死了，和其他六十一个劳工伙伴一样。[如今，工厂里剩下的工人将会明白如何才能在 B 城存活下去，而他们也会尽力而为：不多言、不多看、不多问。服从上意。]

S. 知道：韦沃达这个强敌已经拥有迅速倍增的力量，S. 这辈子都无法企及。他有一群胆小听话的工人，

旁注（左上）： 如今船已成了避难所，比起其他地方，这里威胁比较小。

旁注（左下）： 再次指涉流动工人佈教士的布道。(流工教士 = 一个理想憧憬，代表全心努力去追求有原则的人生，) 这不正是蒋洛梅娜的写照？石察卡与他的著作就是她的全部人生。

同理，和他一样。→ 只有对他的书 + 他的政治观点。他对待她若有任{204}何原则可言，那就是"绝不回报给爱〈你的人〉"。

旁注（右）： 但石察卡的态度还不够①贬低了。

旁注（右下）： 不是这么简单。从《忒修斯》可以看出他很矛盾。

> 这点,也同样令我困扰,尤其现在又见到了她本人。
> 她**太**努力投入了。
> 我不想由我来告诉她这点,她还是相当凶悍。

第六章 沉睡的狗

有一家对他言听计从的报社,有一支冷酷无情的侦察队,而且没有太强烈的良知、道德感或拿捏处罚轻重的认知。可是他想要什么呢?不可能只为了求得区域性武器贸易的投资机会吧?是为了某种难解的愤恨,某种私怨?是纯粹为了权力本身?什么样的人会做出这些事来?他夜里又怎能安寝?

造成这许多痛苦的目的何在?这一切所为何来?

没有理由,S.如此断定。[1] 还没有。除非他能告诉世人(即使不是全世界,至少也得是一小部分人)韦沃达做了什么以及他能做出什么,否则这一切牺牲都是一文不值。他对此人或许认识不深,但他见识过那些逆叛者、杀戮和爆破的现场,以及韦沃达为了保护

> 你来波州大就是为了让穆迪当指导教授?
> Yup.虽然本科导师劝我找指导教授不要只看名气,说这种人可能教得很烂,不然就是太忙,或甚至更糟。我听进去了吗?当然没有。
> 你不是头一个。我随时都会向我妹妹提供建议,她老当成耳边风。她明年要进波州大,尽管她已申请到三所常春藤盟校!只因为男友申请到这里的棒球奖学金。她放弃大好机会真是个笨蛋。
> 说不定她很高兴听到这种话。
> 我只是不希望她和我犯同样的错。→

> 你这么想吗?← 她对麦金内还真是不依不挠啊。

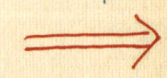

[1] 要想排除苏格兰哲学家格思里·麦金内是石察卡的可能性,只需要一个论点,那就是石察卡或许和我们所有人一样,经历过无数绝望的时刻,却绝不可能被误认为虚无主义者;在他**全部**作品中的每一页,都表达出他热切甚至苦闷地追求(与支持)生命中的价值。反观麦金内的多重人格论,其实只是以看似华丽的表象掩饰最黯淡的虚无主义。读者们,请细想:如果在人格认同上毫不坚定,那么谁又会重视任何事物的价值呢——无论是人或原则或任何事情的价值。然而,一年又一年又一年又一年都过去了,却没有一个人指出麦金内这番哲理的空洞本质。

> 重复出现:虚无论者/虚无主义。
> 还有:1年+1年+1年+1年
> (4倍?数字4代表什么呢?)

> 她看起来和你很像。
>> 她比较高，比较瘦，发质比较好。她让我恶心。

也许吧，不过你比较漂亮。

你不必这么说，我不需要比较漂亮。（这弦外之音让人有点生气，老实说……）

珍，我没有弦外之音，只是说出心里话而已。

忒修斯之船

自己重视的一切会做到何等程度。1)

有一个问题他无人可说。大漩涡与那群遭毁容的水手绝不可能列入考虑。尽管他们在海湾里救了他，他还是不信任他们，还是暗暗担心他们对他的企图。假如 S. 再也无法踏上陆地，再也无法活着离开这条船，又有谁能当他的听众呢？他的话还能激励谁去采取正义行动呢？那群一闪即逝的银白飞鱼吗？风吗？月亮吗？已与他形同陌路的星星吗？

他将毯子裹得更紧些，尽可能忽略它的恶臭。他在晃动不稳的网床上扭来扭去，从仰卧翻成半趴卧，眨了眨可能噙着泪水的眼睛，呆呆凝视着舱壁与甲板的接缝。这时，阴暗的褶缝中有一道小裂痕吸引了他的目光：是一颗弯曲的钉子，锈迹斑斑，躺在凹槽里，可能是被扫进去的，也可能是在海浪的剧烈颠簸中掉进去的。

S. 将穿着袜子的两只脚垂放到地板上，弯身捡起钉子放在手中把玩。他在舱壁顶端边缘的一块新木板上画了一条直线（可以说是数字 *1*，也像英文字母 *I*)，测试钉子的锋利度。然后慢慢地，费劲地，开始在船

所以说你一直在写学位论文？

还没开始写，光是前期研究就花了好长好长的时间。然后……你也知道，就发生了其他事情。

本来想写什么？

你打算解开整个石察卡之谜吗？

是啊，事后想想，野心太大了，最好写个范围小一点、明确一点的题目，然后拿到博士继续人生下一步，找到教职，然后做研究/发表更多论文。不过呢，现在说这个已无意义。

第六章　沉睡的狗

身上刻写自己的故事。

我游离开了船，他写道。我以为船毁了。我发现自己来到一道防波堤底下，不停咳出海水。我听见上面有示威的喧闹声。

写到这儿手忽然抽筋，扭曲成爪。他轻轻甩了甩，并以另一只手按摩一下，才感觉到筋开始松开。他一边按摩一边往后退，重新检视自己写的东西。

出现在墙板上的字却和他想的不一样。

> 我游离开了船，

墙上的字如此写道。

> 我很渴望毁了这艘船。
>
> 我发现自己来到一座拱门下，不停咒骂参议员。
>
> 我可以伤害上面那些喧闹的魔鬼吗？[2]

奇怪了。他想必还有些惊魂未定吧。

他将不合意的字画线删除，并在上方的窄小空间用

---

[2] 此处或许是在影射一八六六年一部作者不详的小说 Les Démons en Haut（《高处的魔鬼》），该书毫不留情地批判当代的巴黎中产阶级。虽然此书并不广为人知（其实，几乎是一出版便遭禁），但可想而知，石察卡感觉自己与这位作者志同道合。

> 这本书不存在
> ——（不意外）。

> 墙上的字说不定藏了暗语。你不觉得吗？要么是第六章暗语的一部分，要么全不相干。

> 同意，石与虫这个段落绝非偶然。有些人把书中的一切都视为与他身份有关的线索，而他确实很喜欢玩弄那些人。有点像披头士的约翰，到处与些乱七八糟的东西，嘲弄那些相信"保罗已死"的群众。

> ？保罗已死？（不敢置信）

> 会不会……墙上的字并不是什么暗语或玩笑，而是在认真探讨"尝试"这件事？尝试说个故事或表达一种感觉，却始终词不达意？

> 你想消磨时间的话可以找找相关资料。没什么意义，但挺好玩儿的。

忒修斯之船

歪七扭八的字体加以订正，继续写下去，依顺时钟方向绕着船首的弯曲弧度写。然后停下来，后退一步，重读。

更奇怪了。这回要订正的字更多，他的手也再度弯曲僵硬。他又往后退一步，差点因为踩到地板上一块硬饼干而滑倒。想必是他忙着刻字的时候有人丢下来的。他坐下来，啃起饼干，顺便让手休息，也为自己的心智、这艘船、这个世界的奇异现象暗自惊叹。

过了一会儿，他想起放在大衣里的那张纸，不知道上面有没有一丁点儿线索。他伸手去掏口袋，却只掏出黏在内侧接缝处一些脆弱的小纸团。他挑出其中一团，试图摊开，却一碰即碎。他又抠出一些来，试了一次又一次，结果都一样。最后他闭上眼睛，叹了口气。即便里面有答案，如今也没了。[3]

他走上甲板时，暴风雨已经过去，但强风仍持续

---

[3] 注意：德国无政府主义者赖因霍尔德·费尔巴哈逃离纳粹后住在都柏林的希吉路六十四号，他在此住处的浴室里滑倒过世后，亲信霍斯特·维克斯勒被问到是否认为费尔巴哈就是石察卡。"即便他内心里有答案，那些答案也没了。"维克斯勒对《星期日独立报》如是说。

左侧蓝色笔记：
收到学生会副主席的 E-mail。我被指控抄袭。明天下午得去见他和一群委员。

红色笔记：
我真的很抱歉，早知道根本不该把那个给你。你用多少？

红色笔记：
你可以跟我说，快点。

红色笔记：
珍，拜托你，一结束就来找我。我会在放映厅最后一排，假装在看电影，不管放的什么片。

绿色笔记：
维克斯勒从一开始就参与了S组织。他是里头唯一不是作家的。不知道会不会很辛苦。

绿色笔记（箭头指向正文被框出部分）：
很想看看都柏林那份手稿，不管写了多少。

橙色笔记：
这么说来——维克斯勒是费的亲信，两人之间是那种"不能公开的恋人关系"。但只……有这样吗？他写东西吗？

橙色笔记：
20世纪30年代为无政府主义小刊物写过一些来自西班牙的报道。费的日记里提到：维在都柏林时正在写一本小说，但始终没出版，也许一直没有完成？

> *你有史以来做过最棒的工作是什么？预备——请回答！

> 在波州大的第一个学期，我在天文馆工作。(被穆迪骗了，我本来要当助教，却没了下文。他知道我需要钱。)没什么意思，行政工作烦琐，但我很喜欢。想看天文演示就去看，还学会使用那些设备。只是得开始积累教学资历。你呢？

第六章 沉睡的狗

> 就是现在的工作！我好爱图书馆，好爱喜欢图书馆的人，而且这是我擅长的。排名第二的工作同样很棒：女子夏令营辅导员——工艺组。(还代班当射箭组辅导员。所以**我是行了弓箭手***而且我有很多故事！)

不断，天空也仍覆盖着厚厚乌云，看不出是什么时间。空气带着强烈的清新气息，呼吸起来很舒服，不过还是得裹着臭毯子御寒。有这臭味也不错，他暗想，可以提醒他死亡是多么无情地紧跟在每个人身后。

> 珍，我想那本书在穆迪手上。在他家里。肯定是。

他发现大漩涡在船尾的甲板上掌舵，正在搔抓已明显长得更浓密也更花白的胡子。S. 走向船尾时，其他水手的态度与先前大同小异：漠然之中略带一丝愤恨。<u>他是个绊脚石，不属于他们，他们很勉强地容忍他的存在。</u>对此他有些惊讶；从水里被拉上来的时候，他觉得他们不少人脸上都流露出些许兴味。也许是他在他们郁郁寡欢的脸上想象出了欢迎的表情。

> S. 仍是局外人。

*<u>水手们不慌不忙地干活，零星的哨声也起落得不甚急迫。</u>同样令 S. 惊讶的是许多船员看起来似乎比他记忆中更要双眼无神、倦怠乏力、头发斑白且弯腰驼背。[甲板上的人好像也变少了，他数了数：只有十五名船员。]没看到那个脸色阴沉的人，此外虽然记不清还有哪些人，总之是有些熟悉面孔不见了。真没想到在短短时间内耗损这么多人力，而大漩涡竟然没有补充新成员。

> 数字渐渐减……一开始19名水手（=石察卡写的19本书）。为什么要倒数？他在暗指某种艺术的死亡宿命吗？(例如，他一生只写得出这么多本书？)

> 会不会船员代表的是 S 组织 的成员，而非石察卡的书？而且人数越来越少？

> 珍，我开始怀疑那个丹麦人研究S记号的网站也许还是有点帮助。

> 会不会涉及到的作家远比我们知道的还多？会不会以前的(现在的?) S 组织规模更大得多，而这艘船只是象征石的派系？

忒修斯之船

他爬上船尾甲板时,船刚好跌入浪底,陡然地自行转向下风处,他好不容易才紧抓住梯子。大漩涡起初不置一词,只是看了他一眼,后来有一坨鸟粪从空中落下,泼溅在他一边的宽厚肩膀上,这才打破沉默。他拿起一条看起来油腻腻的破布随便擦了擦。

他嘶哑的声音如今更加空洞。你有问题,对吧?

"你们是怎么找到我的?"

系你记己游过来的。

"可是你们怎么会在那里?你们怎么会刚好知道该去那里?说到这个,这艘船怎么可能还存在?"[4]

系你想太多了,阳光。

S.闭嘴寻思,却很难有条理地思考。他此时置身的整片海上场景(不单是舱房,还有甲板、桅杆、海面、天空、他的视线、他的心思)都有几分失真。"如

---

[4] 此处,石察卡可能再次取材于海盗科瓦鲁维亚斯那本虚构的《龟岛日记》。据日记所载(我必须再次指出,这些日记显然是伪造的),法国的三桅帆船"鼬鼠号"于一六四七年在加勒比海的马提尼克岛附近撞到礁石后沉没,却又在一六八三年被人发现,像耶稣的门徒拉撒路一样死而复生,在秘鲁外海轻快地航行。

> 一直在想第三章的暗语,还有维克斯勒去了都柏林之后失踪。发现1940年6月有个"H.维克斯勒"进入荷兰(鹿特丹)。
>
> 那时德军已经占领那里了。
>
> 正是。那么多些人想出来,他却自投罗网。没有记录显示他离开或死在那里。

> 我真的真的很希望科民鲁维亚斯是确有其人。
>
> 石和啡洛好像也都这么希望,这个传说让他们玩儿得不亦乐乎。
>
> (你查过那艘船吗?)

{210}

第六章　沉睡的狗

果你们是特地去那里救我,"他说,"那么我可以断定你们无意伤害我。如果不是,如果纯粹只是我运气好,那我就不敢这么说了。"

大漩涡一面用脏兮兮的指甲剔牙,一面说道,我呒特地做啥,我几系开船。

"我猜你在等我表达感激之意吧。"

留喷你的感激吧,呒苏要。

"告诉我,"S. 说,"我上船几天了?我是说这次。"

你记己叨道。

"这不是实话。"也不可能是实话。因为 S. 认为自己上船还不到二十四小时,可是还在舱房时,他感觉到大拇指的灼痛难耐已舒缓成微微刺痛,便脱下袜子检查。他想着蔻波的手,想着这几日来经由他的神经突触传输的尖锐疼痛,本以为会看到腐烂的皮肉和趾甲(至少是大拇指的)甚至骨头外露,不料,他看到的竟是一只健康完好的脚,前三只脚指头已长出粉红色的新皮,从第三指到大拇指根附近还有一条斜线清楚地分隔出愈合的部位。同一只脚的其他部分,皮比

> 当然看过,船当然不存在。
>
> 《龟岛日记》也当然完全没有提到这个。真有趣!
> 莎洛如此严肃看待石察卡和他的作品,也认真为他传递信息,保护他的安全,但捏造起故事倒是玩儿得很痛快。麻

忒修斯之船

较粗，也显得稍微黑一点儿，但并无损伤。

"我的脚……"S.正要解释。

随便你咋想，大漩涡说，脸上似乎闪过一抹类似打趣的神情。

S.听到背后有一波哨音从船员群中推移而过，声音很细微，只是船帆与海水澎湃激昂的交响曲中一段不明显的复调旋律，但S.依然转过头去看。他看到后舱门吱嘎一声打开，从船肚里（那是底层甲板的秘密空间，这点S.很确定）冒出一个水手。S.不晓得这为何吸引了其他船员的注意。另一名水手从索具间爬下来，准备进入船舱做自己分内的工作，与从前的换班并无不同。但当从船底上来的水手吃力地走向船尾，爬上船尾甲板的阶梯，再爬升进入后桅索具间时，S.仔细看了他的脸。

他是从幽灵船上被救过来的年轻人。看起来状况还是不太好，但有些不同：当初刚上船时的惨白脸色与衰弱抽搐的身子已不复见，如今似乎被太阳磨炼得强健精瘦，可是却又和其他船员一样肤色泛青且伤痕累累。他留着稀疏的胡子，遮不住脸颊上半愈合的斑

{ 212 }

随便你怎么想，你自己选择
要粗信的……就像每个人对
于名种事可能有这种的想法……

还有菲洛梅娜对于
各种事看的想法。
这都我对你的想法。
我对你也是。

找走想，这是不是无法
避免的？
↓
如果人们对自己的事
情有所保留的话，
是的。

第六章　沉睡的狗

斑伤口，头上的毛发笔直地竖起，硬得像扫帚枝似的。他那副精疲力竭的模样宛如失败的极地探险家，靠着人力拖行，向死亡或更惨的境地跋涉。

"看来，"S.说道，"他的确还能挤出力气。"

系啊，他在底下可快活啦。

"他在那下面做什么？"

大漩涡伸出脏兮兮的手把S.的嘴唇捏起来。力道也不算轻。你小管闲系。

当晚，他感觉整条船在规律的重击下晃动，还听到许多中低男音齐声哼吟。他放下钉子，爬上甲板察看。高高的天空上，薄云轻掩着半弦月，鬼气森森。空气温暖了些，风也已平息，此时的强度刚好能鼓胀风帆，让这艘畸形古怪的船只继续航向那不管位于何处的目的地。尽管天气状况良好，甲板上除了掌舵的那个黑影外，空无一人。其他船员必定都在下面。

S.悄悄穿过黑暗来到主舱门，往下爬至第二层甲板，这里有些许黄光闪烁不定，从船尾某间舱房流泻

[手写批注：]

很特别的形容……其实我的意思是很可怕。听起来颇悲惨。

英国探险家很迷这个——受苦的高贵情操。

你好像也是。

高贵不在于受苦，而在于探索。

那些死去的英国人恐怕也时配说过差不多一样的话。

忒修斯之船

而出。S.一度觉得像在看电影。重击声与哼吟声现在变得更响亮、更热烈，也是从那间舱房传出来。S.穿过油腻而不流通的空气，朝灯光与声音走去。

他看到了船员们的背，那么多人挤在狭窄的舱房里，各自只留一点儿能用拳头捶打地板的空间。哼吟声冲着他的方向传入走道，回荡不已，越来越稠密，变得几乎可以触摸。舱房里的气味也飘入走道，是一种混合着腋窝与胯下与灯油、时日久远且根深蒂固的臭味。他继续往前走，非看个究竟不可。

他走到打开的房门投下的黑影中站定，凝视着水手们。他们的背与肩膀同步律动着。看到这所有的身体聚在一起，他才发觉其中有不少看起来很女性化，不是气质像小男孩，而是女性化。当他一知道该倾听的重点后，便听见低沉回荡的哼吟中夹杂着尖细的高音。

接着有一张脸缓缓转向他：是来自幽灵船的年轻水手。他坐在舱房另一端的椅子上，眼皮沉重，眼神茫然。他手里摸弄着一样小东西，试着用手指做某种精细的动作，而哼吟声越来越响、越来越响，高低音

{ 214 }

埃里克，你错过了放映厅的奥迪赛·威尔斯导演主题周。几天前的晚上去看了《公民凯恩》（让我想到布沙），昨晚看了《历劫佳人》。

（你可能会问）我为何去看电影，而不读书、写作？因为我累坏了，不敢相信还有那么多事要做。

<u>还有：放映厅让我比较有安全感。</u>

女性船员：
故此"传统"不专属于男性。

你觉不觉得伊尔莎之所以要更认真、更拼，就是因为你们的领域太男性至上？如果她表现得冷酷无情，也许是因为她不得不这么做。

从没这么想过，她也不曾对我说过类似的话，但有可能。

第六章　沉睡的狗

也逐渐清晰，那是横跨超过十二度音的疯狂之声。[5] 当一波海浪涌来，船身摆荡、提灯摇晃之际，灯火照亮了年轻人手中的一件银色物品。是一根短短的针，后面穿了一截粗黑线。不久，年轻人把头往后一仰，用力将针穿过自己的上唇，缝上线，然后再穿过下唇，哼吟声变成有如一个团体的闭嘴长号，而 S. 就这样陷于其中，被那声音与仪式与怪诞的氛围所惑，看着年轻人在其他人的鼓噪声中，一针接一针地缝起自己的嘴，一针接一针，鲜血顺着下巴流下，染红他的脸和脖子，留下一滴一滴的红点，一针又一针、一针又一针。S. 不会记得看到那最后一针，年轻人用门牙咬断剩下的线之后，砰的一声靠向椅背，下巴鲜血淋漓，

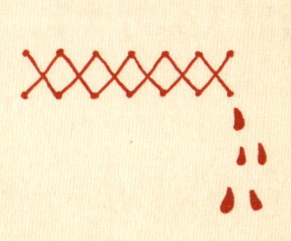

> 拉格纳·鲁默：真有其人？

[5] 此处，石察卡似乎是在转述一篇备受贬抑的评论，评论内容则是关于爱沙尼亚作曲家拉格纳·鲁默（生于一八六四年）与他一九三三年的作品《弦乐与哨子幻想曲》。虽然石察卡的文章相当浅显易懂（只有《科里奥利》一书堪称做了最激进的语言实验），他却非常钦佩那些作品极具挑战性、使得当代正统派人士无法接受的艺术家。鲁默的音乐生涯十分短暂，他原本在家乡塔林担任基层公务员，直到六十出头因为连续几次中风无法再行公职，才开始作曲。据我所知，《幻想曲》是他唯一曾公开演奏的作品。

> 把这名字用10倍快的速度念念看。（喔，对了：没有这个人。）

> 我知道，那是我以前写的批注，我后来查过他了。

> 但我喜欢他的故事，应该说如果有圆满结局会更好。但想到他能有那么一刻听见管弦乐团演奏自己的作品，还是很替他高兴。

> 你好贴心。⟹

> 你在取笑我？

> 不——绝对不是。

忒修斯之船

眼皮快速而不规律地眨动，破烂的衣领也被染红。他不会记得这些，可是他不得不认定自己还一直站在门口看着，因为梦里的景象是那么鲜明。而且在那无数个梦中，也总能听到大漩涡嘶哑的声音和着逐渐转弱的哼吟说：孩子，你现在系传统底一部分了。传统底一部分。

S.在吊床上醒来时，昏沉得仿佛刚从吸完鸦片的混沌中清醒。他发现钉子在他手里，夹在中指与无名指之间，尖头朝外像在防御什么。他感谢自己在无意识中找到了一件武器，也许功用不大，但总好过什么都没有，而且他必须想尽办法离开这艘船。他绝不能容许自己张大了嘴、眼神涣散地坐在那里缝自己的嘴，取悦满舱想要他加入他们行列的怪物。

一道仿佛被利刃切断的阳光框住了上方的舱口，将艏楼甲板木板间的微小缝隙照得亮晃晃的。S.整天都待在自己的舱房里策划逃亡，每当需要保持冷静、整理头绪时，就用钉子在舱壁上刻写。他希望在离开

好极了。石察卡，多谢你创造这些噩梦。

我第一次读完《忒修斯》，有好几个月不敢走进黑暗的房间——就连摸索电灯开关都不敢。很怕会撞见类似的场景。

埃里克，快看我发现什么：斯德哥尔摩的埃斯壮档案库有他旅游日记的扫描和翻译……他21/10/31当天，他人在埃及的亚历山大城（是狄虹考古的地方，我知道），他们俩的恋情不是秘密了。但日记那一页底部说他们和格一麦一齐进晚餐。是指麦金纳吧？有失败？他会不会基于S组织去接近他们。

先说他怎么会知道S组织？再说，他怎么知道他们是他要去接近的人？看起来比较可能是埃斯壮和狄刻意去接近他。

→ *埃里克，我真的希望你找医生看看你的腿。*

我想不会有事的。

→ *不管怎样一定要有人加入，对吧？*

麦金纳、萨米尔斯比、德罗兹多夫、辛格……

当然。我好奇的是石：他会是网罗新成员的人吗？或是由埃斯壮和狄主导？石在组织中扮演什么角色？

第六章　沉睡的狗

前尽可能地将自己的故事都写出来，万一死了也能留下一点儿记录，即使是只有船员可能看到的记录也好。他已经绕着房间转了几圈，环刻在木板上的字如今已布满舱壁高度的一半。他刻得很专心，可以说全神贯注但又不尽然；要是有人打开舱门打算下来抓他，他也随时准备好拿钉子发挥另一个更血腥的用途。

接着暮色降临，舱口四周慢慢转暗，从金黄变成橘红变成深红再变成靛蓝。S.忽然听到甲板上传来激动震颤的哨音，那模式与音色，他第一次在船上时听过。陆地在望，行动的时机到了。

速度，一切都取决于他的速度，他必须抓住那宝贵的利器，攻其不备。爬上阶梯，钉子紧紧夹在指间，走出舱口。迅速扫视天际：没错，陆地，一座城市，就在左侧船首的远处。大漩涡站在甲板中央，正拿着小型望远镜在看，S.跳下主甲板奔跃而过（将那个老是噘着嘴，此时正拿拖把胡乱画圈拖地的小伙子打倒在地），魁梧的大胡子水手还来不及喊他阳光，S.的拳头已经斜刺出去，钉子尖端则瞄准水手那丛杂乱毛发

[橙色批注：] 布穆迪对此毫无所悉，但不可能得知全盘真相。

[蓝色批注：]
还不明显吗？他变了。
一个作家最根本的冲动？（假设不是名或$）但：政治作家可能会将主张看得比表达重要。但再说回来：如何解释《科里奥利》（全书都在试图构建一个凝聚的自我），或甚至像《飞天鞋》这种异想天开的"类"爱情故事？

[紫色批注：] 我刚刚把麦肯内死前写的小说《牛顿的骗局》很快翻了翻。

[黑色批注：] 我从来就懒得去看。感想如何？

[蓝色批注：] 糟透了。他简直毫不掩饰地恶毒抨击他认识的作家，尤其是被他称为空想家和理想主义者的那些人。可能包括石察卡在内。我想他把狄虹、埃斯壮和费拉拉都写进去了。还算有趣，但大部分读起来就像个老人家在发牢骚。

[绿色批注：]
珍，我知道你要明天才会看到，但我还是想说：想到今晚要和你见面，我感到前所未有的兴奋。

{ 217 }

忒修斯之船

后的咽喉根部——S.判定是柔软肌肉的部位。"带我靠岸，"S.说，"带我到那里去，让我走。"

大漩涡笑了起来。(他笑了，这让 S. 更加恼火。他实在经历了太多，太多痛苦、太多不确定、太多损失、太多伤害，他无法忍受不被当一回事。)

"可以的话，我不想伤害你。"S.说，"你要送我上岸，现在，马上。"

咚然要让你上岸，往那边行洗就系为了这个。

此话大出 S. 意料之外。他原本只准备要面对更多威胁。"那么，"他说，"很好。"

你有两个沙钟的习间，要做啥赶快做。然后再搭小船回来。

S. 惊呆了。"我为什么还要回来？"

因为要系不回来，你耶呒命。韦沃达叽道你来了。

不可能。大漩涡怎么会知道韦沃达的事？他们为什么要先在一个地方从侦探手中救出他，之后又在另一个地方把他交给他们？再说连 S. 都不知道自己要去哪里，韦沃达又怎么会知道？

{ 218 }

这位先生，请问你对此次会面有何感想？

好紧张，

她很可能不会相信我。

她答应见你了，表示你至少有一点儿可信度。

她也许只会觉得我是个危险人物。

你确实是啊。

第六章　沉睡的狗

———————

这时S.从困惑中猛然惊醒，甚至听到自己轻呼一声，因为大漩涡的手往外一闪，牢牢抓住他的手腕。这个大块头轻松自如地将S.的手指一根一根掰开，然后将钉子丢出船外。你最好别毁损我们底船，阳光。

S.摇头否认，不，不是，那绝非他的本意。

你要尊重她，要把她咚作记己的一部分。我们系靠她问载的。[6]

高高的帆索间，有猴子的笑声。

船员用艇架粗鲁地将小船卸入海中时，S.就坐在小船尾。他双臂紧抱在胸前，以示反抗。冰冷的脏水在小小的船身内前后波动翻搅，旋绕在他脚边。划桨的是那个削哨人，他已是船员中较年轻、较强壮、看起来较健康的一个，但比起S.上次看到的他，也似乎

———————

[6] 读者们或许有兴趣知道，石察卡使用了一些政治与经济改革理论作为他写作、从事反抗运动与革命精神的基础，而他也会用女性的"她"来指称这些理论，和水手们称呼船只的代名词一样。其实这个代名词的奇特用法有时会造成他与他人沟通上的混淆不清，读者对这点或许并不意外。

> 没提到手坊。

> 对——但写的内容其实是真的。石察卡写给出版社老板卡石特的一封信中，提到："就像在一场盛会中，艺术的完整性并不是一个你可以选择不邀请参与的来宾，她必须是你第一个邀请的，第一个安排入座的，第一个端上食物与酒的，必须由她决定乐队演奏曲目，也必须任她整晚自由挑选舞伴。"

忒修斯之船

苍老得太快了。

水手在平静得出奇的海面上划了几下,大漩涡就这样看着他们远离。"我不会回来了。"S. 高喊。

你耶,大漩涡回答时,空洞的声音已消失在轻拍的桨声后头。**你系一定要回来**。蓦然间,S. 想到了一开始本该就问的问题,便大声喊道:"这是不是和索拉有关?我会见到她吗?"

回答声很微弱,几乎细不可闻,有如一道刮痕划过咸咸的黑夜。<u>**可能耶**,**要系你想要底话**,但也可能是**要系你苏要底话**</u>。这点差异似乎至关重要。

S. 看着削哨人,希望他能澄清点儿什么,但年轻人始终低头专注于手上的工作,也可能只是无视 S. 的惊慌失措。船桨看起来老旧、弯翘又龟裂,他却毫无怨言且极有效率地划着。他们在海面上迅速滑行。

"你们到底在底层甲板做什么?" S. 开口问道,但没有得到回应,缝合的嘴唇间没有发出喃喃低语,没有吹哨,没有手势,什么都没有。

他们在黑暗中划着,船上没有一点儿灯光。前方

左侧手写批注:

而担费拉拉与其说是脱离,不如说是被逐出。

好,重点整理:
谁脱离了5维组织,又在何时?
已知P珞在1926年。

费拉拉在1937或1938年。

维克斯勒在1940年?
还有死去的人:埃斯壮(1930),狄蚊红(1937),萨默斯比(1951)。

麦金内,关于他脱离的时间众说纷纭——德雅尔丹的文件只证实1964年或更晚;萨默斯比则以为早多了(我推测最晚在1951年)。

那么……在哈瓦那的可能会是谁?麦金内、萨默斯比、辛格……维克斯勒也还活着,但绝不可能是他。还有谁?

别忘了:菲洛关于哈瓦那的说法是否完全属实,还有待商榷。

她说的是真话吗?她说是。
她现在没有理由说谎了,对吧?
真希望我们有那张照片……

右侧手写批注:

我在这里再说一遍,(你说过了,我知道,我想再说一遍……)

底部箭头批注:
不对,是1937年(最晚)……麦却会在三十年代早期就脱离了?会不会他连埃斯壮也出卖了?会不会甚至更早??

第六章　沉睡的狗

的城市似乎比 S. 到目前为止造访过的两个城镇都要大，腹地不规则地往后方的平地延伸，整片天空布满耸立的尖塔。就规模而言，这座城没有 S. 想象的那么明亮，反而充满惺忪睡意，像已裹好被褥准备就寝。 <说明：我很确定我也是这样。>

小船被一波中浪顶上浪尖，随即加快速度平稳向前滑行。感觉这些短暂的时刻愉快而美好，让他想起了自己是人类，渺小到可以如此自由自在，而此刻大自然之手更是优雅地、充满了爱地牵引着他。这么一想，哪怕只是一转眼的工夫，也已让他抛开所有的烦恼与恐惧与愤怒与哀伤。"我喜欢这种感觉。"他大声说，既说给星星听也说给划船的人听。划船手停顿了一刹那，却无其他反应，便又重新开始前倾、后拉、打平，前倾、后拉、打平。海燕在他们头上交叉飞翔，但天色昏暗，几乎看不见——只有鸟群啁啾呜咽着飞行觅食的晦暗身影。[7] <说明：♡我也是。>

<旁注：确实有这转，但1958年的版本是初版，也是唯一的版本。>

[7]《忒修斯之船》中有大量的鸟类意象，由此可知石察卡非常热衷于观察鸟禽。他写给我的一封信中提到，他最宝贵的财产中包括了一本 P. T. 罗素著作的《鸟类概论》初版（一八四六年）。他也有后来的版本（一八八六年），但并没有那么热爱，而罗素在其中订正了许多原来的错误。

<手写注：这一章的注解出现很多确切年份，肯定比其他章多。虚无加密法中，有很多二位数字。>

<手写注：所以：58。看其章注1重复出现的词：虚无，找到一个网站在谈论虚无加密法 (Nihilist Cipher)。又是一个以数字加密信息的方法，所以：也许是年份？这章的注解出现几个年份。但需要两个英文关键字当解密金钥。我猜是章名"sleeping（沉睡的）+ dog（狗）"，但行不通。>

<手写注：《碎!》见236页注15。>

<手写注：所以如果是在注解的年份里，也许就是去掉世纪 (19、18、17……)，只用后两个数字？>

> 真不敢相信！伊你莎竟然挂了我那篇艾略特的论文！她本来说迟交扣分的部分不会全算进去，结果还是算进去。我恨死她了！
>
> 珍，去找福克斯帮你打分吧，很多教授会让学生申诉助教打的成绩。
>
> 他只看了论文迟交多久，就说他支持她。我跟他说，他的课挂掉我就不能毕业。他说我应该早点想到的。
>
> 我知道迟交了，可是我真的真的写得很认真，实在不敢相信论文竟然一文都不值。
>
> 放轻松。呼吸。
>
> 我们总会想出办法的。
>
> 你能做什么？英语系的每个人都讨厌你，而且你根本被禁止进校！！
>
> 我可以提醒你好好呼吸。
>
> 看这张照片：1948年武器制造商爱普莱因的董事会。左起第3个人是"泽诺特·克莱因"。猜他长得像谁？
>
> 维克斯勒。
（但比较老+比较胖。）
>
> 那么第八章的人物涅支英会不会代表维？天啊可，S组织究竟有谁是没变节的？

忒修斯之船

船头往右漂移，并非朝着城市的港口，而是朝沿岸不远处的一丛幽暗树林滑去。S. 向划船手点明此事，对方却仍依照原来的路线，S. 也发觉循此路线能避开港口的灯光照射。不一会儿，船底便刮过了浅滩底下的小石子。划船手把桨收入船内，转过头凝神细看，直到有个人影从一排排随风摇曳的枣椰树间窜出来，点燃香烟。划船手于是对 S. 点点头，竖起两根指头。

"知道，两个小时。"S. 对他说，"就听你的。"有一刻他不禁纳闷，(如果他没回来，划船手会在这里等多久。)

寓意？

树林里那个驼背的人自称为欧锡佛。香烟缭绕在他消瘦憔悴的脸庞与戴得低低的**黑色土耳其帽**四周。他穿着款式相衬的**土耳其长袍**与宽松的灰色亚麻长裤，脚底下则是一双薄薄的平底凉鞋。他从肩上的背包里拿出一套折叠整齐的类似服装，丢给 S.。"快点儿，换上。"他喝道，"没有太多时间了。"

"我们要去哪里？" S. 问道。

S. 在整本书中都必须做这件事……

我会穿我的咖啡色夹克。你绝不可能找不到。

第六章 沉睡的狗

欧锡佛伸出食指压在唇上说:"安静,边换衣服边听我说。"他停顿一下,等着 S. 开始扣扣子。

"我们会进入市区,"欧锡佛接着说,"我们会穿过夜市。不要引人注意。"他递给 S. 一双凉鞋,然后踮起脚尖给 S. 戴上一顶黑色土耳其帽,并且压得跟他头上那顶一样低。

"因为有人在监视吗?韦沃达的人?那些侦探?"

欧锡佛哼了一声,从鼻孔喷出烟来。"韦沃达已经好多年不用褐衣人了。现在他有一整个可以混进任何地方的特务组织。[8] 你不会知道他们在或不在。你邻居的孩子和你的孩子玩在一起,他们也可能……"

S. 打断他的话,心下不解。"好多年?"

欧锡佛耸耸肩,摆摆手,挫折感明显可见。"大家都知道。"

"我一直在海上,"S. 说,"就当作我什么都不知道。"

---

[8] 石察卡坚持以不同的字眼区别韦沃达早期的杀手"侦探",以及后来才组成的"特务"(较为精良、但同样心狠手辣)。我们在讨论翻译时曾针对这点争辩过,我觉得这么做只是徒增困扰,只是他这个人一旦决定了就很难动摇。

{223}

※在课堂上跟伊尔莎说话那个人,你后来还见过他吗?

两次。一次在又角落咖啡(他在看外语报纸)。一次在斯坦德希大楼外面的长椅上。我知道他很可能只是个访问学者,但我就是不寒而栗。

他长什么样子?

希腊人?或许是意大利?最引人注意的就是鼻子。尖到吓死人,可以当武器。

你还没脱离通往毕业的轨道吧?
当然。
只是想确定你还跟得上进度。
别一副助教的口吻了。
我就是个助教。
那是以前。

好了,对不起,我太刻薄了。心情不好,大概是血糖太低吧。
没事,你说得对,你说得一点都没错,那已经不再是我的生活了。

这里也没我份。

我很希望那也不再是伊尔莎的生活了。

忒修斯之船

────────

　　欧锡佛的黑眼珠往上一翻，但还是答应了，只不过他们得立刻进城去。S.可以感觉到薄鞋底下的每一颗石头，有一回刚好踩中右脚大拇指根，他发现已经没有不适感，便停下来抬起膝盖，用手摸了摸大拇指根部和一度几乎支解的几根脚趾，都完全恢复正常了。他随即脱下凉鞋，借着窸窣作响的羽状复叶间洒落的月光检查自己的脚。那道斜线仍然看得见，但脚上的两种肤色如今已几乎完全一致。

　　好多年？

　　他想到酒吧里的索拉与码头上的索拉（莎乐美）的长相差异。刚开始出现的皱纹，略带风霜的面容，还有脸部、脖子甚至手指都比之前见到她的时候变胖了些。好多年？但即使在这些画面中他仍注意到某些新元素：一绺凌乱而稀疏的黑发旋绕在橄榄色的脸颊上，有如一道深色水流。让他想起烘烤的香气，许多女人的声音，一根手指按着嘴唇的模样。

　　超前了好几步的欧锡佛透过门牙发出嘘声，挥手催促他。

────────

> 埃斯壮的日记里还有其他可能关于S组织的内容吗？
> 在我看来应该没有（但我是根据着泽）。
> 但你知道南法的佩皮尼昂有间小小的彩虹博物馆吗？
> ——不知道。
> 你法语不错对吧？要不要打个电话，
> 看他们能否告诉我们任何有用的资料，或甚至寄过来？

第六章 沉睡的狗

S. 缓缓往前走。"谁都不肯为我解答，" S. 说，"却又好像每个人都知道我是谁。"

> 供参考："他们" = "她"。
> 只有一个女人负责，而且她很老了。甚至现在已经不对外开放。她不会寄东西来，但她有意帮忙，我到了一张清单，请她留意。

"我们的确知道。"欧锡佛轻蔑地说。

"但我不知道。"

"你是从韦沃达手里逃出来的人。你是他在追捕的人。"

"这个我知道，" S. 说，"可是我是谁？"⁹

"我要修正一下。我们知道现在的你是谁，但并不知道以前的你是谁。"

> 珍：我们对任何人说的任何话都要小心。
> ——不只是穆迪，不只是伊尔莎。
> 我是很小心啊。

"我非得知道不可。" S. 说道。现在这对他而言似乎越来越急迫，也许是因为在不知不觉中又经过一段时间的洗礼，更奇怪的是这次速度好像更快，仿佛是被一道波浪给推了过去。

> 你对麦金内了解多少？

"这跟我无关，"欧锡佛说，"这是你的问题，我这没半提赫这个人（不意外）。重点是 53 + 54。

9 此一差异具有波兰哲学家马里乌斯·米提赫（生于一八五三或一八五四年）作品的特色，根据 T. I. 阿尔特（一七五二至一八四三年）的定义，米提赫提到了"情境自我"与"基本自我"，并主张这两者虽是个人身份的不同概念，却与这两者之间的另外十七个"较次要的自我变异体"同样真实。格思里·麦金内（号称为哲学家，亦号称是石寮卡）却很藐视米提赫的作品，不过话说回来，麦金内只对有利用价值的人展示敬意。

> 不比其他人多：哲学神童，牛津最年轻的教授之一，早期写了些关于经济学领域身份认同的书，后来成了某种哲学名人，常上电视。1969年去世，享年80多岁（心脏病发）。是那种从没碰过什么倒霉事的人，蠢人一个。

> 麦金内的多重人格论听起来狗屁不通。

> 同意。如果没有真实的自我，就没有道德 {225} 责任……那么你完全可以为所欲为。

> 他好像并不是特别激进。
> 刚开始也许吧。后来绝非如此。

忒修斯之船

里没有答案,请不要指望我。"[10]

"所以你对我毫无用处。"

"大错特错。我现在要带你去见反抗军,他们会给你你需要的东西,而我会保你活命。所以说真的,我对你非常有用。"

S. 再次刺探:"告诉我,你认为我需要知道什么。把一切都告诉我。"

"我会的,"欧锡佛说,"只要你脚别停下,嘴巴闭上。"

欧锡佛认为 S. 需要知道的是:

码头爆炸的消息仅限 B 城邻近地区知情,并未远播,虽然有些耳语,却丝毫无损韦沃达的名声,他依然是精明的商贾典范。地处褊狭的 B 城已满足不了他的野心,他在大洋对岸(确切地点不明)重新安顿,

---

[10] 日本作家福泽谕吉一八七二年在庆应义塾大学发表的演说中,讨论到作家的艺术与私人生活之间所存在的这种张力,并强烈主张两者必须完美地分开。我不知道石察卡是否认同他的说法,但我们可以说这种矛盾正是你现在所读的这本书的核心。

[旁注(绿色):] 我有个想法:照顾菲洛梅娜的人其实是某种反抗组织,但无关意识形态,只是出于好心。

[旁注(黑色):] 确实有福泽谕吉这个人。但我始终找不到他说过这些话或曾在那所学校演讲过的证明。

[底部(黑色):] 菲洛梅娜爱编故事的怪癖又来了。我想我应该会喜欢她。

[底部(绿色):] 如果能见面,你会喜欢她的,她也会喜欢你。

[底部(橙色):] 你跟她提起过我?
我说了很多你的事,还说了我们在做什么调查/如何用这本书交换留言,她好喜欢呢,连人便说她有多高兴。
你有没有跟她说我们其实还没见面?这种情况她应该有经验。

{226}

第六章　沉睡的狗

只争取势力最强大的客户，扩大生产的同时也建立了由控股公司与法律拟制所架构的防御堡垒，躲避舆论。他那些戒备严密的工厂（根据欧锡佛的消息来源，目前共有十二间）喂养了一群饥渴的将军、总理、卑劣的独裁者、自命不凡的民族主义分子与苟延残喘的皇室成员，甚至还有地图上多半找不到的地区之领袖。如果韦沃达的工厂没有制造买家需要的东西，他也会安排对方与另一个卖家秘密接洽，为每一份暴力需求与有能力达成的一方进行媒合，并从中牟利。

"他指挥着战争的管弦乐团，聚光灯却始终没有落在他身上。"欧锡佛说，"战鼓已经敲响了，朋友。在五大洲上，有数十起的战事冲突，数百万人正在屏息等待最糟的结果。"

"包括你自己？"S. 问道。

"当然，"欧锡佛说，"对 H 城的侵略展开了。我们说话的这时候，大军正穿越沙漠而来。"

当 S. 问及侵略者是谁，欧锡佛啐了一口，然后说出一个对 S. 毫无意义的名字。"他本是个无名小卒。"

……但你不觉得他那顶帅气时髦的小帽子<u>好可爱</u>吗？

你看了今天的《〈又角羚日报〉》吗？你是说整版都在报道穆迪，还附了一张照片，拍他在办公室假装埋头研究某份罕见又超重要的文件，还用小指指着文中搞不发人深省的一点，照片中"博士候选人兼首席研究助理伊尔塔·迪克斯"就站在他身后，努力露出集惊叹、仰慕与深刻了解于一脸的表情，完全像在演一出做学问的哑剧，不但荒谬，甚至令人作呕！（关于那一度饱受争议，关于知识分子情操的议论？当然，没提到。）不，我没看。

忒修斯之船

———

欧锡佛解释，"直到韦沃达决定让他成为重要人物。"[11]

"但为什么是韦沃达？"S.问道。兵器是兵器，为什么一个人竟能成为当中最关键的枢纽？

欧锡佛面露困惑。"那个武器啊，"他说，"黑藤。你知道的。你是唯一看过的人。"

S.想起山里的尸坑，想起那焦黑的双重梅花形。他想象着一枚炮弹嘭的一声划过夜空，往地面投下十条卷须状的蓝黑色炮火。

"听说它会影响血液，"欧锡佛说，"是真的吗？"

S.记起司坦法咳出那又黑又黏的奇怪液体。"有可能，"他说，"韦沃达现在在卖这个？军队有这种武器了？"

"我们知道的是他的客户很想要，甚至愿意跪下来求售，而这些可都是不肯向任何人低头的人。他越是避不见面，这些人就越急着要和他碰面、讨他欢心、按他开的条件进行交易。"

"侦探还在替他工作吗？"

---

[11] 石察卡不止一次写道，他相信埃梅斯·布沙不仅有能力让无名小卒变成重要人物，也有能力让重要人物变成无名小卒。他是否在这段描述中直接或隐喻地提及布沙，我一直都不清楚，但总能有自己的猜想。

———

> 赛林纳尔会也赞助了穆迪？乱枪打鸟？我上波州大网站查了他的履历。过去10年来，他一直获得喀里多尼亚文学协会提供的"杰出学者补助金"。花了我两分钟找到他们的经费来自麦金纳基金会。
>
> 我怀疑穆迪根本不知道，也可能不在乎。他很可能不需要赞助，（你见过他家吗？）家产？我也不知道。只是他有薪水，肯定还有其他书的一些版税。我想他还有客座演讲的酬劳。（但有一阵子我们会一起去喝酒，几杯黄汤下肚，他就开始抱怨说要付好几笔赡养费。）

> 一大差别：S.**很努力**想找到索拉。他一直受到干扰，但他**知道**自己想找到她。这点与石察卡截然不同，他知道上哪儿去找莎乐，却始终没有选择去做。
>
> 但或许这正是整个重点所在，或许S.就是石察卡**希望**自己成为的人。

第六章 沉睡的狗

> 埃里克，提出这个论点的人竟然是你，我被打击到了！

欧锡佛摇摇头。"不是侦探，是**特务**。手段更高明、冷酷。为他提供这些特务的，包括与他有交易往来的政府的军队和秘密警察、亟欲复仇的保皇党人、政治党派联盟，还有些组成分子不明但杀伤力毋庸置疑的团体。[12] 因为你见过黑藤和它的威力，那些特务认为你可能危害到韦沃达。你因此而出了名——如果你真的算出名的话。你的存在范围其实很狭窄。"

> 埃里克，你觉得菲洛梅娜会不会自觉被困在一个"狭窄的存在范围"？你在开玩笑吧？看看她是什么处境！

"那索拉呢？"S.问道，"你对她知道多少？"

"我不认识什么索拉。"欧锡佛说。

"那么莎乐美呢？她可能用不同的名字。"

"这个我帮不了你。"

> 我是说就个人而言。她一定体会到坠入情网的感觉，但又始终没结果。她很孤单。
>
> 她因为期待落空而感伤，对于石察卡的表现很失望，但她似乎可以理解。

---

[12] 石察卡相信有这种团体存在，其中至少有一个专门在处决被统治阶层视为麻烦的艺术家群体。他自称握有相关文件，能证明此团体（他并不晓得该团体的名称，如果有的话）以伦敦为根据地，早在一八五九年便开始运作。在给我的最后几封信的其中一封里，他声称在无意间得到一封信，据说是阿斯顿·科凯恩爵士写于一六八五年十二月。科凯恩在信中暗示就是这样一个团体谋杀了英国剧作家克里斯托弗·马洛，并以粗暴的恐吓手段迫使莎士比亚退出伦敦戏剧界，回到斯特拉福德故居度过默默无闻（却安全）的晚年。石察卡承认这封信可能是伪造的，但他打算彻查其来源。他可能尚未得到定论，生命便结束了。我一直找不到那封信，甚至找不到任何曾提及此信的文献。

> 科凯恩确有其人（但死于1684年）。
>
> 不过始终没找到证据证明他是这么想的。
>
> 我也毫无所获。
>
> 我随便说说：这个马洛被杀的推论版本有点像S.组织成员之死（死因类似？某种异端邪说？）刀伤而非坠亡，但毕竟还是……
>
> 也有点像索布雷罗之死。

{229}

忒修斯之船

"我不信。你既然知道我的事,就会知道她的事。"

"你想太多了,朋友。想太多是个危险的习惯。"

他们经过最后一棵枣椰树后,费力地穿越一片长在沙地中、高及膝盖的草丛。前方是进城的一个入口:倾圮的石墙在数百年前想必围着一道城门,但如今谁都可以通过。蝉声叽叽喳喳,草叶扫过他们的衣服时发出低低的沙沙声。S.对向导指出城里好像太过安静黑暗了。"城里有多数人觉得随时会受到入侵。"欧锡佛说,"街上到处都是特务和通敌者。对许多人来说,待在屋里是最好的,除非必须冒险外出。"

他眼前是另一座城市,另一个街道弯曲密布的迷宫。处处是充满裂缝与修补痕迹的石头建筑,零星点缀着小窗口,可能装了玻璃,也可能没有。多数住所不是灯光暗淡就是漆黑一片。凡是听得见的说话声都压得很低。各处都有炊烟升起,夹杂着烤羊肉与小茴香的香味。深入市中心后,在街上开始遇到其他行人,这些人的表情要么太小心戒慎,要么太坚决地什么都不看。

{230}

越过一个门槛?
但第七章中也越过了
一个门槛。差异何在?
这个比较容易跨越。

---

*你从来没和伊尔莎上过
馆子?
有几次。我们俩都认为
那只是浪费时间&$$。
她也算是个工作狂。
哇,(你们)竟然会分手。
我太震惊了。
(你们)一定有过很愉快的时光。

好吧,暗示:
我真的很喜欢那家摩洛哥餐馆。

你去过324街那家摩洛哥餐馆吗?
很棒。
我已经不太上餐馆了。
没时间又没钱。

※会不会这些合作者并非亲自参与？会不会一切都通过菲洛姆娜，如此一来就不会有人知道石究竟是谁？

→ 那么她的责任就更大了。很可能意味着她知道所有的S或石——即便不知道哪个是石。

第六章 沉睡的狗

她猜过吗？
没有，她在序里说的是实话。她不在乎他可能是谁——因为她借由他的书和他们的通信认识了他。

"把头低下，"欧锡佛提醒他，"跟我说话。两个男人走在一起一定要交谈，沉默会招惹怀疑。"

我发誓图书馆里有人在注意我。假装在阅读/用功/浏览/复印/寻寻，却在偷偷瞄我。我敢打赌他们和那个穿西装的家伙有关系。没错，我知道这听起来疑心病有多重……

"我应该跟你说什么？" S.问道。

"说一些没意义的话，"欧锡佛说，"或者尽可能没意义。"

但他怎么能够？ S.所知道的关于自己与自己的世界的一切，都是在他跋涉、穿越那个旧城区以来所遭遇的。自从那时起发生的一切都有某些意义，不是吗？他的记忆里并没有生活上的琐碎事务。

"我听说了一个故事，是关于一艘很奇怪的船，那船上……" S.说。

"别说了，"欧锡佛说，"我完全不想听那个。"

‖ 需要划分信息：不知道的话没那么危险。＊

欧锡佛的沉默寡言令人丧气，态度也很粗鲁，但S.仍庆幸有这个向导。市区的格局使人眼花缭乱，街道多半相似得难以分辨，拐了几个弯S.便分不清东西南北了。欧锡佛喋喋不休着无聊的八卦，天南地北扯着乏味的话题，一会儿说些S.不认识的人，一会儿抱

珍：狄虹博物馆有消息吗？
——还没。我打过一次电话。她好像觉得我在给她压力。

{ 231 }

忒修斯之船

怨自己的消化问题，一会儿又评论某种茶的浮动价格与某种酒的催情效果。[13]S.听着听着也感到亲切了。

他们来到一个宽阔的左弯道，再过去是一条更明亮的大街。"夜市到了，"欧锡佛说，"仔细看看那些商品，要表现出你是为了买东西而来的，不过不要逗留，除了我不要和其他人说话，不要打算买任何东西。你可以放慢速度，但不能停下来。不要和任何人四目交接。"转弯时，欧锡佛吸了一口气问道："准备好了吗？"

"我看不出这有什么重要……"

"不重要。"

S.放眼望去，摊位摆设在狭小的街道两旁，行人只剩不到两个男人肩膀宽的空间能通行。虽然大部分摊位都空着，而且人潮稀疏，充满小心谨慎的气氛，

---

[13] 此处石察卡可能在暗示他在麦金内身上看到的怪癖与造作。这位苏格兰人有某些习性众所周知（不过我当然不曾亲眼见证），例如他极爱与人分享他自己大大小小的肠胃问题，喝茶时对于准备程序极其吹毛求疵，往往让同伴十分尴尬；还自诩为情圣卡萨诺瓦再世，深信只要有一瓶一八六六年家燕城堡酒庄的酒，定能赢得任何人的欢心。有个或许不太可信的传闻说，某晚在西班牙的托雷莫利诺斯，他便企图以这瓶名酒向雅玛杭特·狄虹展开攻势，却得到无比冷淡的回应。

看来她的确有第一手消息。这招他曾试着用在狄虹身上，也用在她身上。

埃里克，又角举合咖啡后面有间密室，供聚会等用途。我可以叫瓦妮莎让我们进去。

瓦妮莎是店经理吗？你就那么相信她？

你给我的明信片她就是寄到店里啊，她很帮忙。将我们在里面做什么，可能要忍受一点揶揄，但我不在乎。

她会不会已经猜到我们在做什么？

别紧张。或许有一天这些留言会被谁看到。

第六章　沉睡的狗

却仍有许多摊商在营业。用来照明的灯泡光线昏黄、明灭不定，胡乱地用金属线固定连接。这些铁丝线就在 S. 头上三五十厘米的高处纵横交错，蜘蛛网似的黏在摊位后方的建筑表面，然后消失在多半关闭了的小窗口内。摆在破旧毯子和摇晃桌面上出售的有：一篮篮的香料，有粉末、豆荚、香草叶和香料酱；鼓、乌德琴和摇弦琴；关在金属笼中躁动不安的雀鸟，仿佛预感到将有一场可怕的暴风雨；花纹编织得复杂却不对称的地毯，让靠得太近细看的 S. 微微觉得恶心欲呕；沾了许多小污点的粉红肉块，看不出是什么肉；类似他和欧锡佛穿在脚上的那种凉鞋；一大堆把霉臭味渗透到周遭空气中的旧书。这样的买卖场景确实萧条，但比起 S. 截至目前所见的荒凉市容已是热闹非凡。他旁观着一笔买卖成交：有一个身材矮小、肤色粉红、剃了个大光头、身穿西方服饰并戴着眼镜的男子把钱递给书商，那是印着紫色和蓝色图案的纸钞。（S. 试着认出币种，但没能如愿。）那人抱起一本褐色皮革装订的厚重书本，封面有不少裂痕，还布满深色的油渍。

给伊尔莎/福克斯的最后一篇论文：美国诗人威廉·卡洛斯·威廉斯的《雨》。最后机会了。

珍，你可以的，应该吧。对这一切真的厌倦透顶，没办法继续假装自己在乎。

你不需要假装，甚至不需要在乎。这是工作，只是一篇需要写的东西，如此而已。一句一句来。

你知道吗？那首诗我当助教时教过三四次。

忒修斯之船

他将书打开，似乎打算立刻就在摊位上读起来。

就在这时候，那些低语声又回来了，互相交叠、逐渐拔尖，然后慢慢消退，彼此扭缠成哀恸的挽歌。他猛地定住脚步（从欧锡佛的惊愕反应看来，这动作太过突然），往左、右、前、后与上方看去，看不到声音的来源。不过那些声音似乎也不是通过耳朵听到，而是来自头骨底部。有个声音从喧闹中慢慢地清楚浮现。它说道，<u>话语是给死者的礼物，给生者的警告。</u>[14]
那声音一再重复这句话，接着有其他声音加入，随后又有其他声音加入，直到 S. 的脑子里充满一个可怕而不成调的轮唱声。话语是给死者的礼物，给生者的警告。话语是给死者的礼物，给生者的警告。

欧锡佛抓住他的手肘，拽着他往前走。"要是在去年，我们可能得走好几个小时。"他的口气平静得有些夸张，"现在生意不好做，有人说是因为天气，也有人……"

不过 S. 没听他说，而是转身走回书摊，因为忽然

14　此处石察卡可能是草率地转述一般认为出自波斯神秘主义者拜厄济德·巴斯塔米（生于公元八四六年）的一句谚语。

旁注（手写）：

这并没有和第一章关于水的那句话相呼应。

"可能是草率地转述"？好严厉的指控……为什么？

暗喻。⇒ 显然是。

不过注解的这句话本身……这么说很牵强，但石是不是以此作为警告？他会不会是要安柴治小心点？

换言：会不会是他们在书里互相传递信息？双向的……

那家伙真的真的很酷了。

也许又太酷了？……就好像我们希望这是真的，所以就从这个角度看事情。再说？如果他要传达信息，⇒

第六章 沉睡的狗

觉得应该在这儿找一本《弓箭手故事集》。概率微乎其微，但他还是应该找找……

……话语是给死者的礼物，给生者的警告……

[……这时他看到那个光头男人从刚买来的书上撕下一页，小心地对折两次后妥善地塞进外套的口袋。接着又撕一页，折好塞入。当他撕下第三页，抬起头，发现S.正盯着他看。<u>他注视S.时表情冷漠淡然，以一种冷静而独特的专注凝视标的物。</u>S.掉过头去，却感觉到那人仍一面看着他，一面对齐书页边缘，对折再对折塞入口袋，然后看也不看就选好下一页撕下来。]

这一段明显指涉圣托里尼男。

话语是给死者的礼物死者的礼物死者的礼物

欧锡佛拉着S.继续往前，这回S.顺从了，尽管欧锡佛的拉扯让他不快。他一边走一边耸动肩膀，以驱走体内从头皮一直到腰椎的刺骨寒意。"别再做出那种事了。"欧锡佛小声地说，"我还不想死。"

在某个摊位闪烁不定的灯泡下，有个眼珠白浊、

旁注（红色）：
紧张谁。
收到阿图罗（菲洛梅娜在巴西马帝的主要联系人）来信，他说很抱歉，不得不拒绝我的同事，因为他让菲洛感到不安。

什么同事？↓
这正是我的问题，不会是我把他们引向了她吧？

也许是你翻译有误？
信用英文写的，而且我确定寄信之前她会看一遍。

旁注（左下，紫色）：
何不打电话、写信、发电报，或甚至写在手稿纸页上？为什么藏在故事中，藏在<u>艺术</u>之中？

旁注（右下，橙色）：
或许这才是最安全的地方。也或许他想平用一种结合艺术+政治+<u>感觉</u>的方法一呈现他完整的方方面面。

> 费拉拉是在狄虹被抓前几天失踪的……所以才让人以为泄密的一定是他。他的失踪也是麦安排的吗？我好生气……

忒修斯之船

> 据目前所知，费拉拉没做错什么，他的一生却都毁了。

弯腰驼背的老家伙，面前摆了各式编织篮，有些很小，有些又高又宽足够藏纳一个人。S.和欧锡佛走近时，头上的灯泡嘶一声灭了。当老人迅速地将手伸进口袋，S.忽然觉得体内肾上腺素瞬间飙高，然而那人掏出的不是手枪，而是一根短短的木竖笛，并随即塞进没有牙齿的牙龈之间。他吹响笛子，发出有如猫科动物哀鸣的单音，接着忽然一头栽入音符群中，一个跳过一个，毫不逗留，演变成哀伤、凶险的呜咽旋律。S.听得全身起鸡皮疙瘩，后来甚至听到其中一个篮子里窸窣作响，看到它在无人碰触之下微微晃动，并且听到——有可能吗——里面传出孩子似的嘤嘤哭声。还有那篮盖是不是开始往上掀……？[15]

> 埃里克！
> "虚无加密法"解码方式
> 所以关键字"sleeping"和"dog"+注解中每个年份的后两位数字，可得出：
> 66, 64, 47, 83, 64, 33, 46, 86, 53, 54, 52, 43, 72, 85, 66, 46, 64, 44, 72
> 即：
> MAC WAS JUDAS NOT TIAGO
> 犹大是麦，不是蒂亚戈（·加西亚·费拉拉）。

欧锡佛再次拉他向前，脚下一步也没停。"别停下来，"他说，"尤其不能在这里。"他们背后的笛声仍在

---

[15] 凡是认为蒂亚戈·加西亚·费拉拉是"正牌"石察卡的人，看完这一段理应起疑。他是个格外敏感的人，只要是一个孩子受到一丁点儿苦的情景（或故事）都令他难以忍受。因此我无法想象他会构思、更遑论写出这样的句子。他有一个儿子死于战争将结束前的一场法西斯空袭，我想那对他而言是个极其残酷的打击，他破碎的心终其一生无法平复。

> !!!
> 如果这和我想的一样（而且真的属实），那么几年来的文学史整个儿被推翻了。
> 犹大出卖了耶稣……
> 麦金内才是将狄虹出卖给法西斯的人？而不是费拉拉？

> 而且菲洛还藏在暗语中告诉石察卡，表示石并不知情。她怎么会握有他不知道的情报？说不定她和麦金内三杯黄汤下肚，开始一起痛骂狄虹？（一想到他后来可能大肆张扬，把此事透露给不该知道的人，我就觉得好有趣。）这件事我忘了问菲洛。我列问题清单，却很难逐一对照，我太认真听她说话了。

第六章 沉睡的狗

继续吹奏。

S.感到眼球后方隐隐抽痛，视力似乎不像他记忆中那么好。是在做梦吗？他眨眨眼、摇摇头、揉揉眼睛，都没有用。前方远处的夜市淡成一团有如近视造成的模糊。就连近处的摊贩与他们的商品的边缘看起来也模糊朦胧，好像被某种多孔薄膜包裹起来，整个城市正慢慢渗入薄膜，又或是他们慢慢地透过薄膜渗入城市。

他们经过一个烤坚果的摊贩，推车底下白中透着橘色的煤炭发出爆裂声和嘶嘶声，坚果焦黑刺鼻，还散发出暗灰色的浓烟。S.的眼睛开始刺痛流泪。他继续往前走，烤架上的热气似乎也一直黏着他。也许他发烧了，也许此地的冷酷怪异是某种赤道地区的谵妄症状所导致。他听到远处有昆虫似的低声哀鸣，声音逐渐接近，随后在他耳中形成令人痛苦的泛音。他连忙捂住双耳，并告诉欧锡佛自己不太舒服。

可是欧锡佛仰头望着从屋顶间隙可以得见的狭长夜空，即便听见S.的话也表现得像没听见，反而只是加快脚步，招手示意S.跟上来。S.看不到声音从何而

忒修斯之船

来，只听见它尖锐地划过他们头上的夜空，随后隆隆奔向城市外围的阒黑沙漠。"是飞机。"欧锡佛说。

"我从来没看见过。" [第四、五章订后已过数年。

"你应该祈祷别看见，至少今晚别看见。"

从外围的沙漠隐隐传来迫击炮轰隆隆的炮火声，地面跟着微微震动。] 指德国入侵北非？

"入侵了，"欧锡佛严肃地低声说，"快点儿。"

商贩纷纷收拾商品，丢进箱子、篮子，或是丢到毯子上包起来。他们立刻开始撤退进入建筑物内、巷道里、暗影中。欧锡佛加快了速度。前面有个卖食物的小贩打翻了推车，炽热的煤炭和插在焦黑铁杆上、飘着小豆蔻和胡椒味的暗褐色面包卷散落在黄土上。那些面包的形状像 S 符号吗？有那么一刻他觉得像，但这时欧锡佛叫他准备好，同时抓住他的长袍，倒数三、二、一，跑，两人便冲进一条窄到必须侧身而行的巷子里。

小巷中途有一道木门，除了有暗淡斑驳的油漆之外毫无特色。欧锡佛迅速连敲几下门，安装在门上的小窗吱嘎打开，他低声对门后的人说了几句话，接着

[绿色批注：] 算算时间，在穆迪针对20世纪最令人困惑的文学之谜：石察卡是谁？"发表重要言论"，引起整个文学界振奋瞩目之前，我们只剩下一个月？真他妈太好了。

[橙色批注：] 就让他去发表、去出版他的书好了。你又不认为他的观点是对的。

[绿色批注：] 重申：我不能断言我知道他的主张是什么，又是拿什么作为证据。也许他根本没用萨默斯比的自白录音带。~~我们一定有足够能力破坏他的构想~~。你何不这么做？然后花一点时间发表你的观点。

[橙色批注：] 珍，那也会是你的观点。

[红色批注：] 如何啊，打算把我一起拖下水……[··]

第六章　沉睡的狗

便听到里面门闩被拔除，门缓慢小心地打开一人的宽度，欧锡佛跨步入内。或许S.略迟疑了一下，想必如此，欧锡佛才忽然又抓住他的长袍，用力拉他跨越门槛。他进去以后，有人重重将门关上，重新插上门闩。

里面是个洞穴般的空间，S.从外面想象不到有这么大。圆拱天花板高近十米，刻满密密麻麻的形状与图案，但因光线昏暗且布满层层油烟污垢，所以难以看清。他右手边有一道摩尔式拱门，底下倾斜的阶梯通往一个占了偌大房间四分之一面积的阳台。一楼的空间从这一端到另一端被架子隔成许多通道，墙边排放着橱柜、箱盒与皮箱，此地的用具全都打包在里头。

整个地方一片忙碌的景象；里头想必有五六十人，全都穿着长袍，男人戴黑色土耳其帽，女人围头巾，几乎都一言不发，迅速审慎地分工合作。一个男人从架上取下书本，把对开本与散页用麻绳捆绑后，交给一个女人放进小板条箱内，等箱子装满了，再由另一个男人重新盖紧盖子，将板条箱推到房间更深处，那儿的地面已有几块木板被撬起，露出通往建筑物底部的一截活动木

橙色批注（右上）：
你让她把东西寄到你住处？ →

红色批注：
没有，请她寄给艾龙菈，又有空给咖啡。

橙色批注（左）：
他们迟早会发现 ← 她在帮帮我们。

绿色批注（右上）：
我刚收到狄虹博物馆寄来的一堆文件！！不是扫描或影印的，是她手抄后寄出的。很怪。总之：全部看完得花些时间。

橙色批注（右中）：
但若不是原件，就不能100%相信。我在想……到了某个时间点，我们当中需要有个人亲自去瞧瞧。

绿色批注（右中下）：
告诉你吧，我问过她信和日记里究竟有没有提到任何鸟类。在埃及亚历山大城的一篇日记(1922年元旦)说她去赏鸟庆祝，开列看到的鸟：1910年布拉格那几位朋友都在内，另外还多了几只：
- 萨拉斯（印地语"鹭鸟"）
- 朴里奇（苏格兰盖尔语="鹦鹉"）
- 斯旺+芬奇（英语="天鹅"+"雀鸟"）

橙色批注（右下）：
也许：
萨拉斯 → 辛格
朴里奇 → 麦金内
斯旺+芬奇 → 卢珀+萨黑尔维比
你觉得布拉格饭店登记簿上的"访客"是这4人之一吗？

红色批注（底部）：
埃臾，你记得问菲洛这件事吗？→

绿色批注（底部）：
她在不同时间和他们每人都通过信，但她依然说从不知道哪个是否。我再次怀疑石察卡会不会只是虚构人物——S组织所有人的集合体，一个他们能用在激进作品上的名字/会吸引更多人阅读的响亮名号。我知道菲洛真心相信他只有一个人，但话说回来：也许她必须要这样相信。

> 《辣手摧花》今晚9点15分？后排左侧角落（面向银幕）。
> 我会到、还有，我会紧张。我也是。

> <!!!> 我们不能再用那个房间了。
> 在妮斯说老板要去信，会约见有意的买家，
> 希望房间随时替他留着（至少接下来几周都是）。

忒修斯之船

> 这样也好。反正穆迪和佛尔莎也常去那家咖啡馆。而且还有其他人。

梯。但这些人搬运的不只书，还有卷轴，还有画作，还有一块块石板，还有雕塑与陶器与挂毯，所有物品都被送到地下安放。这里散发着一种古老且安静决绝的气息。

"这是哪里？"S. 跟着欧锡佛走向拱门时问道。

"可以让你见到你该见的人的地方。"欧锡佛回答。

> 所以说你相信莜洛。
> 100%。在我告别时，她拉起我的手捏了捏……她是那么瘦小，几乎只剩一具空壳，但她捏得很用力……所以我确实知道（事实也摆在眼前）：她说的一切都是真的，或者应该说，她已尽力说了实话，而且她是真心希望我们好。

S. 看着两个女人小心地卷起一张挂毯，上面绣着养鹰人出猎的景象。她们将卷筒分几处结绳后，合力抬往地板洞口，那儿有个粗壮的男人接过手之后便消失在地底下。

"入侵？"S. 问道。

欧锡佛点点头。"我们会尽可能地保护。有些东西守不住，底下的空间没有我们希望的那么大。"

> 我们？不是你？
> 我们，绝对是我们。

"为什么全部在这里？这里是图书馆？博物馆？"

> 我最喜欢大学的一点，就是夏立米一次围绕着许多爱书的人（而且大家不会因此感到难为情或抱歉）。一点儿都不像高中。

"一个收藏美丽事物的安全场所，仅此而已。"

飞机在头顶上发出一种低低的、仿佛拉拉链的声音，飞越市区又返回水边。S. 感觉到建筑物在摇晃，不禁想到它可能倒塌，天花板与墙壁可能压垮下来，他可能被活埋在这些重物之下，突然间他好像又回到

> 所以你上了大学很开心？
> 大概是这辈子最开心的一段时间了。离开了家，没那么觉得自己像怪胎，有个很好的朋友/室友。全心投入学习，什么都学。读研究生是一个职业生涯抉择：好像整个人生就押注在你能不能成功完成一件事上面。大学呢？只需尽情发现新事物，完全（或几乎）没有责任。

> 就像是人与人的关系，刚开始都很简单。

{ 240 }

第六章 沉睡的狗

那个狭窄阴暗的洞穴中，和蔻波在一起，和那可怜的蔻波在一起！正当惊恐之情袭上心头，一转眼就被愤怒取代了，对那些毁灭人、生命与美的人所产生的愤怒。

这个就是反抗运动？在他看来自不量力得可怜。"我没有看到任何人在准备作战。"他说。

"这不是那种反抗运动。"欧锡佛告诉他。

"那么，"S.说，"也许应该让它变成那种。"

"也许你可以办到。"

"我不会在这里。"

"说得也是。"欧锡佛的回答肯定得让S.心慌。"你不会。"

他们爬上阶梯来到阳台，看见十多个人正用剃刀割下裱了框的画，平放在看起来很坚固的金属箱内。其中有一幅肖像画，是一个男人坐在桌前，手持鹅毛笔，指上沾染了墨水，仰着头出神，隐隐流露出幸福的神情。但奇怪的是蜷缩在他脚边的狗，乍看之下像睡着了，但其实它的眼睛眯成一条缝，龇牙咧嘴地面对男人身后某样不在画中的东西。S.几乎可以听到狗

{ 241 }

我们从未谈论过石察卡的名字。他们在布拉格那一天，那个死去的少年瓦茨拉夫·石察卡和他同姓，纯属巧合吗？

重申：那是报纸上的名字。这样一个世人认定已经死了的无名小卒，对他们而言是绝佳掩护。

那为何又把他的名字缩写从 V. 石察卡 改为 V. M. 石察？

这样就会像是他的名字，却又不完全一样？不确定这有何重要性……

的喉咙深处开始发出低吠。[16]另外还有几幅尚未拆框的画靠在墙边：一名充满干劲的船长在航行时观测六分仪；三名精疲力竭的妇女正要离开工厂，傍晚的天空飘浮着灰烬；一个衣着不合身的年轻人在一群富人面前拉小提琴，眼神中混杂着对创作的喜悦与恐惧。

这排画的最后一幅比较小，约莫三十厘米见方，而且面向墙壁。有个女子走过去取画，行走时一头黑色及腰的长发也随之摇摆。当她转过身面向S.，他才发现她只是个小女孩儿，顶多十三岁。他看着女孩儿安坐到地板上，将头发拢到肩后，开始割下画布。又是一幅肖像，这回是个头发乌黑、颧骨高耸突出的少女，穿着样式简单、像布袋似的连身裙，坐在简朴的木椅上。少女的手指上没有任何饰物，颈间却戴着项链，坠子是一颗暗色宝石。她身旁的桌上有一本厚厚的书，还有一条绿丝带在书页间做了标记。

[16] 有些小细节不一样，但石察卡指的似乎是一八六四年荷兰画家赫里特·梵·斯怀赫特（一八四四至一八七二年）的画作《作者毫无所察》。我想他是察觉到我相当喜欢这幅重要作品。

埃里克！柴治会不会是……把自己视为这条狗？我是说，往好的方面想，不等他受到什么威胁，她都已准备好撕裂对方的候啦。

（你说过她很凶悍对吧？）

这应该是她选择狗作为掩护和关键字的另一个原因。
也是她在注解里丢一句"我相当喜欢这幅重要作品"的原因……

完全没注意到这个。
看来她对于S组织事务的参与，比我想象中还要积极，她好像不只是编辑和翻译，还有协调或保护或共谋……

这让我很好奇：她藏在大中央车站的包里装了什么。

第六章　沉睡的狗

肖像中的那张脸是索拉的脸。也许是年轻时的索拉，十六或十七岁，但无论如何，尽管这幅画可能已有百年历史，那的确是索拉透过如蜘蛛网般的油画清漆裂痕在看着他。

"那是谁？"当女孩儿把画放进箱子后，S.脱口问道。

欧锡佛一脸气恼地转头看他：现在炸弹、迫击炮弹和一支军队眼看就要到了，这个问题有什么要紧？不过女孩儿清了清喉咙，愉快地回答："她是萨玛。"似乎很诧异他竟然不知道。

她看出了S.对这个名字毫无反应，便解释道："有人说她只是个来自沙漠的女孩儿，爱上一个欧洲水手就跟着他的船走了。也有人说她是搭着他的船来到这里，待了下来。有人说她有一副甜美的嗓子，也有人说她一辈子都只是轻声细语。有人说她懂很多国语言，也有人说她只是个美丽的傻瓜。我的家人说她是个远亲，但也可能只是我们说来唬人的。"

"没时间说这些废话了。"欧锡佛厉声打断，"阿布迪呢？"

> 她长什么样子？
> 请见附件。
> 原以为她会更像书中描述的索拉。
> 如果头发长一点的话，也许吧？我确实 ~~看着~~ 感觉得到相似之处。
> 安安分分差不多就好了。
> 为她着想。
> 索拉/萨乐美/萨玛

> 正如《下天鞋》里主角中意的对象。
> 正如菲洛梅娜。

> 她到底有没有查出西涅是谁？
> 没有，这只是猜测，但我想在她内心深处从来就不想知道。

忒修斯之船

"他去替我们的客人拿行李。"女孩儿说话时仍盯着 S.。他仔细打量她的长相：深色眼珠配橄榄肤色，鼻子修长，下巴突出。这些五官集中在一个小孩儿脸上，看起来很不搭调，但将来得到岁月的恩赐便能找到平衡与优雅。他不知道即将降临的暴力会不会使她无法享受这份恩赐，顿时兴起一股冲动想带她走，带她离开即将来临的枪林弹雨。可是跟他在一起，跟一个遭到悬赏追缉、前途未卜的人在一起，真的会比较安全吗？

"这是在这里画的。"女孩儿接着说，直率地无视 S. 的心不在焉与欧锡佛强压的怒火。"画家很可能是伟大的欧玛·提萨塔沙。" <又一个石捏造的艺术家。

"在这个城里？" → 19？似乎是阿拉伯语"19"。

"在这间屋子，在这个阳台。"她指出画中幽暗背景里的柱子与拱门。那部分正好是 S. 此时站立处所见的景致。

"有人说她是画家的情妇，"女孩儿说，"也有人说是水手的，还有人说她两个都爱。更有人觉得她只是个模特儿，一个拿酬劳让画家作画，画完就被遗忘的

今天下课后伊尔莎问我认不认识你。我当然否认了。

后来呢？
她想装作若无其事，随意说起什么这学期我——在课堂上说过的一些话让她想到你。然后她盯着我看了一两秒，像是在等我承认。

那就表示她知道，或至少是起了疑心。

> 我们眼中只看见自己想看到的。例如：
> 狄虹论者想要相信不是女性；
> 费尔巴哈论者：石=会丢炸弹的无政府主义者；
> 埃斯壮论者：石=他们一生热爱的作家；
> 瓦茨拉夫论者：石=有生命的鬼故事；
> 麦金内论者：石=才华横溢的知识分子……

第六章　沉睡的狗

可怜女孩儿。又或者她根本不存在，完全是提萨塔沙想象出来的。"

远处再度响起沉重的沙沙声。尘土从天花板掉落，宛如初雪轻飘。

"你叫什么名字？" S. 问女孩儿。　*不知道。*

"喀泰芙泽。"　*名字有何寓意？*

他谢谢她，并告诉她自己的名字。

或者（若石是S组织的名义领袖）：那么还有所有不同成员的名字。

"拥有很多个名字会比较好。"她说。*石（化名？佛图努斯、狐狸之舞等等？）*

"时间。"欧锡佛近乎咆哮。"时间。"说完他低声地咒骂阿布迪。　*以一个孩子而言，这是非常成熟／聪明的表达方式。*

这时他们听到噼噼啪啪的拖鞋声急速上楼，一个高得不得了的人（至少高出 S. 一个半头）来到阳台加入他们，正是屋主。他皮肤黝黑，胡子刮得干干净净，身材瘦得吓人。虽然也穿着宽松的灰色亚麻布衣，但**长袍**的领口与袖口都有一圈蓝色绣花。他提着一只褐色手提皮包，见到 S. 立刻往他怀里塞，力道大得出人意表。"很感激你的贡献。"那人对他说。*他被迫接受的负担（礼物？）*

关于她长相的描述有点儿像蔻波。

所以说这又是世代交替的例子？S.悲伤之余看到了蔻波的影子？或者这是某种鬼故事？

S. 细看了手提包，只见表皮破旧磨损，并有许多

↙ 你比我想象中高。 我小时候很矮，16岁才忽然窜高。

　　你当时会那么难过，这也许是原因之一，一下子改变太大。

{ 245 }

哈，也许吧。当时我倒觉得这是唯一发生在我身上的**好事**。

忒修斯之船

刮伤与斑驳剥落的痕迹。手把已用得很旧,还有其他手指握过的凹痕。[这让他想起司坦法的提包,被他留在山里那个,只不过这个看起来比较小,皮比较薄,木质手把的颜色也比较淡。两者的相似度足以令人犹豫,但当然不可能是同一只。对吧?不会的,这太荒谬了。]

远方传来爆炸声。一架飞机再度划破这栋建筑上方的天空,接着又一架,然后再一架,三架都朝沙漠的方向飞去。S.听到飞机绕了一圈,可能是在城市边缘,随后又飞回来。欧锡佛和阿布迪向彼此靠近,交头接耳,S.察觉他们起了争执。

"索布雷罗,"他提高音量以压过噪音,对喀泰芙泽说,"那个水手叫索布雷罗吗?"

"对。至少在某些书里面,他是。"

S.在箱子旁蹲下,仔细检视画像中那本书的书脊与封面。上面有些标记,但很模糊,无法辨读。

"我在找一本书。"S.告诉喀泰芙泽,"索布雷罗写的书,叫'弓箭手故事集'。这里有吗?"

"我从来没听过,但是可能有。我们搬了好几千本

> 世代交替:⇒
> 袋子不一样(也许因为这两个人不会一样?)
> 却相似(人不同,但角色相似?)
>
> 像是爱德华五世传承给爱德华六世。
>
> 珍,我觉得……或有(可能是)埃斯杜佳给任何接替领导S组织的人。
>
> 例如:石察卡。
>
> (大中央车站的箱子里会不会有一本《弓箭手故事集》?)
>
> 莘洛替石察卡保管时,知道那是什么吗?
> 不知道——她只晓得是很重要的东西。

第六章 沉睡的狗

书到地下去了。"

"东西给你了，"阿布迪对 S. 说，"现在走吧。你不能待在这里，一分钟也不行。"

S. 轻轻摇晃一下手提包，掂掂它的重量。相当重，但轻重不均匀。里面有一些纸张。

"有必要的话就打开吧。"欧锡佛说，"不过要快。"

S. 弹开搭扣，小心打开提包。没错，里头有一叠纸，写满了蝇头小字，也有一沓照片用夹子夹在一起。但此外还有：装着各种液体（有些清澈、有些浑浊、有些色彩鲜艳、有些浅淡）并塞上瓶塞的小玻璃瓶，用缝在内衬里的皮环妥善固定；玻璃纸包装的粉末与干叶；精密切割用的注射器小刀片和几支细尖头笔刷；六支飞镖与一根十五厘米长、口径窄小的木管。还有一支镶有珍珠贝母的黑色自来水笔，从包里的其他物品看来，S. 猜想这支笔的储墨管不是用来装墨水的，说不定笔尖还特别削尖了。他拿起笔在指掌间转了转，欣赏环绕着笔管的珍珠螺纹。若在明亮的光线下，应该会很漂亮。

"为了组装这里头的东西，牺牲了很多人命。"阿

{ 247 }

旁注：

这句话让我想到，如果石不是一个人，那么……他那些书是谁写的？有很多不同风格，但其实也没有那么不同。

这个嘛，《彩绘宴》与狄虹的《这一切我都献给你》有那么一点关联……

《夜栅栏》读起来有点儿像菲赫斯比。

但我还是认为石的书有某些一致性，最简单的解释是：我们的确看到了一些他人的影响，另一个可能是"体验或体理论"：石从他人那儿收集了很多故事，经过翻译、部分改写、加入细节……然后以自己的名义出版。

如果这么做，应该会有人表达不满。

所以这是我不相信的原因之一，另一个原因则是，尽管他的书触及许多政治论点，但在我看来，几乎每一本都有属于个人的感觉，仿佛是某一个人对世界的愤怒，以及他对文字的爱。

> 珍,如果下次见面不要谈那么
> 石、菲洛、穆迪等人的事,你觉
> 得呢?如果……只聊我们的
> 事,怎么样?

> 我知道我想,试试看。

忒修斯之船

你真的觉得如你做得到?

布迪说,"你必须把它带走。走吧,回到海上去,完成你的任务。"

> 我和你想象中的样子像吗?
> 我尽量不去想象你的模样,
> 也算是保持神秘吧,我想。

"你们到底当我是谁?" S.问道。问题是针对阿布迪、欧锡佛、喀泰芙泽三人。

> 你从来不好奇我长什么样?
> 真是谎话对打草稿。

"这和你是谁无关。"阿布迪说。

"我不是杀人凶手。" S.说。

"那么,"欧锡佛说,"也许你应该是。"

> 我们是经验的总和?
> 或者有某些经验让
> 我们起重大变化?

"时间和境遇会改变我们,"阿布迪说,"问为什么是没有意义的。你是……"[17] 但他的话被打断了,因为此时已离得更近、听起来更深沉可怕的轰炸声撼动了土地,撼动了建筑物,也再次震落一阵尘土与灰泥石砖的碎片。

> 好吧,也许我想过
> 你应该是红头发。没
> 想到会有那样的眼
> 睛,谁想得到呢?

欧锡佛抓过手提包,啪地关上搭扣,再塞回给S。"够了,"他说,"我们现在就走。"他推着S.往楼梯口走,S.顺从了(他已经经历了太多,如今不能让自己死得轻如鸿毛),但仍转头对喀泰芙泽说:"索布雷罗的书,你找一找。找到的话好好保藏,那很重要。"他当

> *[噢……]*
> ↓
> 不过你的确很会翻
> 白眼。这点我料想到了。

---

[17] 在阿布迪还没来得及告诉S.他是谁(或可能是谁)就中断对话,果然是石察卡的作风!

> 如果喀泰芙泽是西涅的化身:是否暗示书在她手上?
> 有可能,但我不懂:若真是如此,他为什么要写出来?他难道不想彻底保密?
> 而且他为何要写这整本书?为何冒着自曝身份的风险,
> 除非这整本书是要写给菲洛的。
> 不管其他读者会怎么想……

第六章 沉睡的狗

然不晓得是否真的重要，但心里觉得应该是。无论如何，女孩儿可能听到也可能没听到，因为飞机群再度从头上飞掠，发出撼动建筑物魔鬼般的轰隆巨响。

他们从小巷的另一头离开。街上几乎空荡荡；除了几个男人发疯似的狂奔，踢踏得尘土飞扬，其余居民都躲在屋里，门窗紧闭。残留的灯火大多熄灭了，但此时云散月出，整座城笼罩在冷冷的紫光中。

他们奔跑着。欧锡佛动作快速而敏捷，不停扫视屋顶、窗户以及门口、巷道与凹壁内，确认有无危险，而S.只是努力跟上他的脚步。可能的话，他们都藏身暗处，不得已之下才全速冲过月光照亮的空旷处。S.一手将提包抱在胸前，并透过一种奇特的出窍状态留意到自己手中仍紧抓着那支笔。这段时间里，沙漠传来一次次轰然回响的爆炸声，夜空闪烁着黄色与橘色的光。许多野狗狂吠不止。飞机来回呈弧线飞行，绕着城市画圈，范围越缩越小，那种无情的威胁感让S.惊觉自己其实暗暗希望能完成他们来此的目的，把该毁

> 我猜我们不能被人看到一起出现在校园里。
> 确实不是个好主意。
> 那么布区其他地方呢？
> 我不想老是去学校放映所。
> 那里很暗，是个优点。
> 不一定，如果我们想看到彼此的话。

> 那么萨洛认为他真的是杀人凶手吗？
> 她说：她很希望自己能相信他不是。
> 这回答并不直率。

忒修斯之船

灭的都毁灭了，将宁静平和留给天空。彷徨迷失之际，S.不禁怀疑欧锡佛根本不是带领他前往椰林、前往水边。

他们绕过一个转角后，欧锡佛戛然止步，将S.拉进一个阴暗的门口蹲下来。他指向一处屋顶，只见淡蓝的微光闪烁。是月光照在眼镜镜片上。有个人端着来复枪蹲跪在那里。

欧锡佛试着推推身后的门，没有上锁。

他们进入的室内幽暗杂乱，看来屋主走得匆忙。空气弥漫着食物的腐败气味。有两只皮包骨的猫（一橘一黑）交缠蜷缩在一块脏床垫上，活像一对阴阳鱼，虽然外面如此纷乱扰嚷，它们仍径自睡着，更令S.惊讶的是连他的出现也没吵醒它们。"还会有更多狙击手，"欧锡佛轻声说，"大部分的特务应该都到屋顶上去了。这都是安排好的。"

"因为我的关系？"

"他们无论如何都会入侵，只不过是因为你才会选在这个时候。"

靠里边的一处凹壁有扇窗，大小正好能让一个男

如果有人要进穆迪办公室瞧一瞧，这办法似乎管用……

请别做任何傻事。

~~既然我不能毕业，倒不如做件轰轰烈烈的事。~~

就算你现在不能毕业，<u>还是能上暑期或秋季班的课</u>，<u>到时候就能毕业</u>。除非你干了什么天大的蠢事，害自己被逮捕/退学（不管是出于多么良善的动机而做的，蠢事就是蠢事）。

你不明白。当我跟爸妈说这学期可能毕不了业，我爸说我得"好好规划，钟鼓起来"。套句他的话，不能准时毕业等于"毁灭"。

不管他是什么意思，那都不是他的真心话。

是啊，你还真是相信父母的同理心 + 谅解能力……

第六章　沉睡的狗

人钻过去,他们就这样来到另一条小巷。建筑之间拉起晾衣绳,悬挂其上的衣物为他们遮挡了视线。狙击手要不是没看见,就是选择暂时不开火。

S.发现自己双眼泛泪、呼吸紧迫。有火,不知什么东西在什么地方燃烧,空气中充满着带着呛人甜味的烟。直到那座倾圮的城门映入眼帘,S.才看见烟的源头:枣椰林大火肆虐,火焰在林梢狂舞,阵阵黑烟缭绕升空。欧锡佛见状高声痛斥,他们也随即钻进另一个门道。"我们到岸边去碰碰运气。"欧锡佛说。

"划船的人会在吗?"

"但愿会吧。"

两人正准备再度冲刺,却忽然不知从哪儿射出一串枪火。欧锡佛被一块弹飞的碎石块划破脸颊,大叫一声,立刻用手捂住脸。血幽幽地从他指缝间流下来。

<u>他在流血</u>,S.心想,他是真实的。"你没事吧?"他问道。

"当然。"欧锡佛说着用衣袖往脸上一抹,在布面上留下长长的一道血渍。伤口立即又涌出鲜血流下脸

{ 251 }

Margin notes (handwritten):

想到一件事:你在核订行记时见过埃斯卓的笔迹,对吧?还见过其他任何人的吗?

1910年那个小组的所有成员。
- 狄虹:《这一切我献给你》,作者签名初版书上(图像来自拍卖行的目录)。
- 黄拉拉:自杀遗书字条上(图像出自他的自传)。
- 费尔巴哈:他写的小册子底下全都有签名。

你说你有一份布拉克萧家收女儿的原稿的扫描件……在校订或眉批等地方有发现任何相符的笔迹吗?

这我得找找,现在没有办公室可用,东西一团乱。

昨晚在地道里有人喊我的名字,我拔腿就跑,结果跌了一跤,腿被一截管子割伤。伤口很深,血流了满地。

答应我要去看医生,好吗?我可不希望你生坏疽或什么的。

颊，但欧锡佛毫不在意。"准备好了吗？"他问。S.准备好了，两人便离开藏身处，经由歪斜的街道、走下狭小的巷道、穿过一道道拱门，前往海岸边。他们身后炮声隆隆，飞机呼啸盘旋，远处则有子弹的砰砰响声和民众的呐喊声，烟雾漫空，一支机械化部队正由南部沙漠出动，准备进攻这座城市。<u>群鸟纷纷逃离，急速飞往海上，振翅鼓动时引发一股可怕的乱流。</u>

这条街通往一个广场，再过去就能看见海岸和那有如节拍器般摇晃的船桅尖端。欧锡佛放慢速度变成快走，他们沿着边缘而行。在九十度角的方位有一座拱门，椰林的熊熊火光透射过来，广场上的石块因此跃动着一抹愤怒的橙红。就在他们穿越这个空间时（只有短短近十米），屋顶的某支枪响起，空气中咻的一声，欧锡佛往前一颠、倒落在地，头在暗处，脚在亮处。

枪口闪出火花了吗？月光照到枪手了吗？S.没看到。

S.将他的向导拖到成排的建筑旁边，蹲跪下来，看见血从他右眼上方的一个黑洞流出来，在人行道的

> 在巴西马劳，只有少数人知道她是谁。自从名字缩写为F.X.C.的菲洛梅娜·柯岱拉在宗费拉镇"死亡"后，她就一直以"爱梅琳达·佩加"的身份度日。
>
> 佩加=葡萄牙语"鸟"。
> 她说她就是忍不住要取这种名字，说的时候还面带微笑。

{ 252 }

第六章 沉睡的狗

平滑石板上积成血泊，他割伤的脸颊也仍在流血。

(欧锡佛是真实的。) 很抱歉我哭了。
真是松了好大一口气。+很抱歉我这么亢奋……
我对一切都太兴奋了
(和不察卡有关的一切
都是，但尤其是你)。

S.必须移动，必须往前跑，离开广场到码头上去，但他压抑住因为惊慌而想抄捷径直接奔过开阔地的冲动，始终没有脱离暗处，并竖耳倾听所有声响，像弹壳叮叮咚咚弹跳过屋顶砖瓦的声音、枪机闭锁声、狙击手调整姿势时外套的摩擦声。他利落地转过街角，小心翼翼地不暴露自己的任何一部分。

下次会更好，对吧？不是没有糖～只不过……我也不知道，一下子太千头万绪了吧。

哗啦。他身后一扇窗的玻璃四散纷飞。

惊吓再度使他抽离了当下，暂时神游太虚。**枪手不只是拿枪的人**，他边跑边想，**也是选择何时扣扳机的人**。当他经过一处阴暗的凹壁，听到窸窣的响声，一转眼已经被擒抱住，那力道之猛把他肺里的空气全挤了出来。他自觉被拉直身子往后拖，一只粗壮的胳膊死命扣住他的咽喉，他连呼吸的机会都没有，胳膊被压制在身侧，手提包从手中脱落。袭击者一脚将包踢开，传来皮革刮擦过石板的声音，接着那只手臂迅速上移，遮住 S. 的双眼、将他的头向后拉扯。一柄尖

很高兴看到你说还有下一次。
不同形态的身份问题。
作为**角色**的自我
vs.
作为**选择**的自我

她说尽管石的书在那儿卖得很好，却少有人发觉她就是石的编辑兼翻译（就算她用真名），还说葡萄牙语版向来是她翻译得最好的版本。

{ 253 }

忒修斯之船

凉的刀刃碰到他的喉咙,眼看就要横切而过。S.绝望之余生出一股蛮力,扭着挣脱开来,踉跄地往前扑去。

此时,时间变得缓慢,几近停滞不动。

从拱门灌入的海风吹在皮肤上很冰凉。他眼看着手提包打开来,里头的散页纸张犹如鼓翅的海鸟翩翩飞起,照片则如光线般散射而出。玻璃瓶在铺石地上弹跳打转,碰到接缝处还跳起来,他看着这些碰撞弹跳,原以为有些瓶子会破裂,不料一个都没破。这些玻璃瓶拼尽最后力气弯弯曲曲地滚过人行道,那声音让他想起孩子们射弹珠。多有趣啊,他暗想,此时此刻,在这条步道上,时间竟然走得这么慢,比城里其他地方都慢,也比在一星期有如一年般漫长的船上慢了千倍。能够发现并记起时间有如此的弹性、可塑性与奇异特征,这是何等的启示!

当然了,S.这些想法并非以完整的语句呈现;整个意识,无论是内容、含义,或是混合着敬畏、企盼与疏离的感觉,全都包含在一个刹那间闪现的突触信号中。它闪了一下,就这么一下,然后没了,而紧接

> 现在有你在身边,我觉得特别
> 好奇。凡事你怎么江河日下(我
> 爸的用语),却没那么可怕了。

第六章　沉睡的狗

着闪现的则是纯粹而强烈的求生欲望。笔出现在手中，他顺势出击，又砍又刺，直到感觉到尖锐的笔尖插入皮肉组织，听到潮湿的嚓嚓声。他一刺再刺，直到那个体型巨大的男人砰然倒地，抽搐了一下，死了，变成一具和S.穿着相同长袍的尸体。从现在到以后，此人苍白浮肿的脸都是一样陌生。

　　S.瞪着男人脖子上像蜂窝一样、鲜血淋漓的伤口，呆若木鸡。他感觉到自己的血在体内沸腾涌动，有种凶残、无人可挡的感觉。笔杆光滑，他的前臂暗沉潮湿；他粗重的呼吸中则带着脱缰失控的疯狂暴力。他看见又有一个穿长袍的人蹲在广场上，仓促地捡拾散落的纸页、玻璃瓶、小纸包；他往前踏出一步，准备再次出击，因为他非得拿到那个手提包，他不会再让它被夺走。不料那个人啪的一声扣上搭扣后将提包递给他，并以粗哑的声音说："走吧，走吧，你得快点儿，后面还有更多人。船停在最左边的码头尽头，快点儿。"他头上斜戴了顶黑色土耳其帽，深色长发从帽沿跑出来。他的脸背光，看不清楚。

> 用笔当武器，正是石会相信的事（但此处并非比喻）。
>
> "潮湿的嚓嚓声"？
> 好恶心。
>
> → 石要是知道有人偷走了中央车站的包，应该会崩溃。
> 或是愤怒。

忒修斯之船

———

　　这回，时间没有慢下来让S.思考。他立刻反应过来，扫视广场周围的屋顶一圈，纳闷着怎么没再飞来子弹。

　　(("他被我们解决了，"这人说道，同时把提包塞进他手里，"好了，走吧。"))

> 你要是能录下她的道别就好了。那是我最想听到的。

　　瘦瘦的手指，他留意到了，他确实留意到这点以后才跑开来，穿越拱门往水边跑。跑过一大片平坦的空地，上面堆放着渔网、防水布和浮标，宛如为赋予生命的大海所设立的纪念碑，只是臭气冲天。接着跑下一座长长的码头，木板在他的重压下吱吱嘎嘎呻吟。没错，小船就在那里，上面还坐着那个发色淡黄的水手，双桨平放着，就像海鸥的双翼。S.踏上船时，船身剧烈地倾斜，但在他推离码头后便恢复平稳。

　　水手的船桨在碎浪中翻搅。S.低伏着身子坐在船尾，尽量不要成为有可能（也确实会）飞越海面朝他们射来的子弹的目标。他们逆着汹涌的海浪，划向笼罩着那艘碇泊船只的黑暗之中。在他们背后（S.往回偷瞄了一眼，所以知道），红光越发炽烈了，因为那场火烧黑了草地之后蔓延了整个市区，枣椰树的焦黑枝干仍

———

第六章　沉睡的狗

———

有余烬明灭闪烁，码头上也有枪口不断闪出火光。这原本偷偷的一瞥延长成凝眸注视，看的不是那片惨状，而是他发现有个人影躲藏在港口唯一的灯塔脚下，避开射击手的视线，遥望 S. 渐渐没入黑暗中，甚至可能在 S. 的身影消失前挥过一次手。

《广场上的那个声音。确实又粗又沙哑，但却是女人的声音。**黑色土耳其帽**只是掩饰深色长发的变装手法。广场上的那名女子，废弃灯塔阴影中的那名女子，会是喀泰芙泽吗？但她怎么可能那么快就来到这里？难道只是欧锡佛和阿布迪组织里的另一个女人？

不，他的心告诉他，**那是索拉**。

索拉？那个声音比他记忆中的她要粗得多，但话说回来，时间的确不停地往前走，无论快慢。》

S. 再一次离她越来越远了。[18] 耳边的每一个桨声都

---

[18] 我对石察卡也有类似的感觉。我与这位杰出作家的合作关系为我数十年的人生下了脚注，如今他已逝世三年，我觉得时间带着我离他越来越远。眼看新的十年即将展开，世界又出现许多新的纷争，我也担心时间同样会带领读者们离他越来越远。我会尽最大的努力让他活下去，哪怕只是通过文字。

她在新赞拉镇的死亡是那个联络人阿闾罗的表兄弟伪造的。她觉得很讽刺……不靠其他人帮忙的话，要想失踪竟是如此困难。

真希望当初跟着你去。

珍，也许我们暑假可以再回去，在你去纽约之前。

看样子她似乎在旅行时间，忘拉下了石察卡。

我不这么认为。她应该只是在一小群关心她的人当中，找到了自己归属的位置。

早在80年代结过5年的婚（是另一个男人，他死了）。

她有过其他对象吗？结过婚？

她说是一段"非常愉快"的日子，他是个"好人"，但这显然不是年轻时的她所期望的。——这也不是我期望的。人生苦短。

忒修斯之船

令他心痛，这些桨声正要将他送回船上去，而疯狂的是那里竟似乎是个安全之地。但 S. 对这份安全忽然失去了兴趣。现在回头无疑是自杀，他会在碰到陆地之前就被射死，可是……

这时候闪出一道明亮的橙红光芒，是他所见过的最明亮的一次，即使相隔遥远，那轰天的巨响仍震撼了他的耳膜，他也差点儿被一阵冲击波震趴在船底。当他回头望向城市，构成天际线的建筑大多已被夷为平地，整个市区都被一个蓝黑色雾气圆顶所覆盖，底下火光烁烁。他知道：那些街道到处都着了火，石头、金属、纸张与血肉在空中横飞，到处是高温与烟雾与濒死的哭喊。

他想到自己去过的那栋屋子，想到阿布迪，想到年轻的喀泰芙泽，[想到其他七手八脚地忙着保存艺术与美与文字与智慧的所有人，心里不禁怀疑人或物品得藏到多深的地下才能逃过此劫。他也好奇索拉，或是他们任何一个人，能否到得了那么深的地方。]

{ 258 }

[它烧毁了，埃里克]
有人把它烧毁了，而且是因为我。

没有谁真的身陷危险。
里面是空的，对吧？
这是你真心的回应吗？你说的根本不是重点啊。有危险的是我的家人，不是你的。不能因为你不关心自己的家人，就代表我也不该关心我的家人。

我的意思是：若这场火是S组织所为，想借此恐吓我们，我们就不该称了他们的意；但若不是他们，只是哪个王八蛋在胡搞，那就更没有理由害怕了。

你不能就这样决定不害怕。

消防队长说很可能是纵火，你还是想叫我别害怕吗？

她对我说的最后一句话（而且是握着我的手说）："别和我们犯同样的错误。"

第七章

黑曜石岛 [1]

我搭小船靠岸，　　　我对太阳慨叹，

一名身穿长袍的男子　当一轮明月与闪闪星子

正在等候我。　　　　吹哨呼唤我。

我们走过一片枣椰林，我们走着，一面揶揄朝圣客；

---

[1] 本章对于死亡的强调值得注意，从章名便能看出。石察卡选择黑曜石作为岛屿的组成成分并非偶然，因为黑曜石（obsidian）与讣闻（obituary）有相同的语源字根。或许也可以说它和"任性"（obstreperous）、"迟钝"（obtuse），以及另外至少五个带贬义的英文单词有类似关系，而这些字眼我全都会用来形容那位在巴尔的摩某份报纸上连续刊登了几天石察卡讣闻的匿名作者。这篇讣告到后来演变成针对石察卡较后期也较私人的作品的一连串羞辱，为了什么原因我至今仍猜不透。（其中最遭人诟病的《伊米迪奥·阿尔维斯的飞天鞋》，不仅惨遭评论家与购书大众抨击，就连激进左派人士也视之为一部自大自满的变节者之作。尽管如此，我相信这的的确确是石察卡想要写的书。）

什么语源啊，胡扯。

不过整段注解重复提及"讣闻"，值得注意……

P.264 注5那串毫无意义的字母更引人注意吧（这里也特别提到"5"……所以注5可能藏了暗语。）

也许这两个线索其中有一个是要误导人的……

太可恶过一定隐藏话又似一下，完全消不出来门外头，这是不懂

{259}

忒修斯之船

最后来到一座城市， 最后来到一座纪念碑。[2]

穿越了一个夜市。 震天雷一概铁面无私；

特务公然隐身 天使甘愿应声受罚，

在我们当中。 与我们道别。

笼中的雀鸟 虚构之石冢

振动着翅膀， 镇吓了四方的风，

拍打它们的牢笼。 将它们牢牢固定。

孩童自篮内听到笛声 呵，还懂得自我磨炼的文人，

发出喃喃的呻吟。 奋起对抗那盘散沙吧！

储藏之地已不复见。[3] 休养生息亦如死亡！

> *有可能。也可能是指原本的计划与最后结果之间的差异。*

不用钉子，进度慢了许多。鱼钩是弯的，S.费了不少工夫才让倒钩以适当的角度刺入木板且不会从手

> *这是在诉石遇到写作瓶颈吗？*

[2] 听说有一位石察卡的**法国**书迷为了缅怀作家，正试图在巴黎的拉雪兹神父公墓为他设一座纪念碑。我无力资助此举（已故的出版社发行人卡石特也没有什么可贡献），但若能成功我会很高兴。

[3] 此处不妨也考虑一下，S. 刻写在舱壁上那些我称之为"调解的"或"调换的"文字中也有死亡存在。"已不复见"变成"**亦如死亡**"，"**城市**"变成"**纪念碑**"。这个角色显然很担心自己终将一死，也许连他自己都没有意识到这份忧心。

> *外国人名的翻译对译者想必是极大的挑战：根据的不是意思，而是发音。*
>
> *所以或许菲洛的翻译功力没那么差劲。*
>
> *我一直在想，石用那么多种语言写作……那些全是菲洛懂的语言……也许就因为她懂，他才试着去学？*
>
> *但是为什么？*
>
> *（这样对他们之间的沟通没有帮助啊……）*

> *因为人陷入……迷恋（？）时做的事不一定有什么道理。*
>
> *他到底能借此不让自己曝光（如果她知道他的母语，会更容易猜出他的身份）。*

> ※ 说好了……下一次碰面我们不要再谈石察卡，这次我是说真的。
>
> 抱歉，我又再度沉迷了。
>
> 其实我也是。

> ㊗ 埃里克！今早那个人就坐在我家旁边的公交车站，轻轻敲着他的手机。好像想让我看到他离我住的地方越来越近！
>
> 他快把我吓死了。

第七章　黑曜石岛

上滑脱。没多久他就放弃了，又回头去为手提包里的纸张与照片伤脑筋，他已经把这些全摊在舱房里弯翘起来的木板地上。

> 要我去你那里住吗？
>
> 你要是在校园里被发现，会被指控的。

照片共有五十七张。※每张拍的人似乎都不同，但S.不太确定，因为都是在公共场所（建筑物的阶梯上、咖啡馆里、火车站内、船上）拉长镜头拍的，影像十分模糊。[极少数几张聚焦清晰的近照，则像从某种政府文件中挑选出来的。]其中有四十二人可明显判定为男性，九人为女性，至于另外六人，S.始终不能肯定。

> 有关石的克格勃旧档案里有4张不同男人的照片，都是他们认为的石察卡可能人选，其中没有一个是来属S组织的那些作家。……是我们认为（他们）属于S组织的。

其中特别有一张，当S.从照片堆中抽出一看，不由得倒吸一口冷气：㊟一名男子穿着深色风衣坐在火车上，手里拿着报纸（S.觉得是德文，但字体太模糊无法确认）。那人低着头像在看报，目光却掠过报纸上缘，仔细观察坐在对面的什么人或什么东西。S.认得这个人的脸，他永远忘不了。他在B城电力公司附近的小巷内见过，不是变装后携带炸弹去放置的那人，而是留在原处、神情更为邪恶，并露出令人毛骨

> 所以组织里要过也还有其他人。

> 珍，你回去过你失踪的那个公园吗？
>
> 没有。我爸妈都假装那地方不存在，到现在仍不肯提起。

{ 261 }

> 这样好了，我们一起去，当作下次约会，不谈工作，只有我们。
>
> 等等……你确定？

> 非常确定。当时又不是没发生什么坏事……我还过上了好事。我很高兴能独自一人，能看到我所看到的一切。

忒修斯之船

悚然、不怀好意的微笑的那个。那突出于深陷双眼上方的浓眉，那大大的鼻子，那方方正正、和连在底下的粗脖子一样宽的下巴。<u>拍这张照片的人就坐在隔着走道对面的座位上</u>，而且（应该）没有让他起疑。

S.把照片翻过来，发现背面有字。在左上角写着 #4，旁边还有一排工整的字：

> 但泽—柏林，一九〇八年十月

底下则以不同的笔迹与墨水写着：

> 丹吉尔，一九〇五年六月
> B城，一九〇六年十月
> 洛杉矶，一九一〇年十二月
> 的黎波里，一九一一年九月
> 萨洛尼卡，一九一二年三月

每张照片背面都有类似的注记：左上角是一到五十七之间的数字编号，加上地点与日期，而且下面多半还有其他日期与地点。他断定这就是大名鼎鼎的韦沃达特务群，以及他们被目击到的年份。

打从一开始我就应该怀疑伊尔莎。

我已经走火入魔到觉得每一个人都可疑。

连我也是？

或许应该要怀疑你，但我没有。

参见第十章酒桶标示

第七章　黑曜石岛

另外有些人也看似隶属于韦沃达原来的侦探，那帮相貌粗犷到近乎原始人的彪形大汉。他们的照片都以个位数字标记。然而这五十七人当中剩下的人，最大的特色就是没有特色，只能以最普通的词汇来形容。绑着头巾穿着深色大衣的深色头发女子。留着胡子、搭乘电车的男子。戴着眼镜、撑着伞的人。

至于那叠纸，大部分都写着混合或提炼毒药的说明。其中的成分则以拉丁语句标注（*Fulva mundi; Argentum implet faucibus*[4]; *Sanguinem ulcera; Avis veritatis; Sagittarius servum*），其中有许多和写在玻璃瓶标签上那一丝不苟的微小字体一样。此外还有二十五张葱皮纸，上面打满了字，当中既无空格，也无标点符号、分段、可辨识的字或明显的组织原则。这些会

---

[4] 意为"银填满喉咙"。凡是找遍了所有布沙奖／猴子事件相关记述的石察卡忠实读者也许会记得，石察卡曾在声明中表示，虽然大家经常说埃梅斯·布沙有三寸不烂的银舌，"但他如今已侵吞了世上这么多的财富，很可能连银喉咙、银回肠、银结肠，甚至银屁股都有了"。

> 在汽车旅馆，当我们所有人都来到停车场观看火势，有个人一直盯着我看。普普通通的一个人，棕色头发、中等身高、不胖不瘦。若要我去指认，我恐怕也记不得他的脸。

> 但你觉得他和火灾有关？和你有关？

> 我不知道他究竟怎么想……但我是因为他才离开那里，到我爸妈家去。我只想往其他方向走得远远的。

> 他会不会跟踪我？？

> ★听我说,她用的可能是"连续金钥加密法"（Running Key Cipher）,用一本书或文章的内容作为解密金钥。（所以是……注1提到的也尔的那篇讣闻？）但必须先知道是从文章的哪一句话开始。
>
> 注1出现了"猜不透",讣闻也出现了:
> "令人猜不透的《科里奥利》与太甜得发腻的《飞天鞋》"。
> （原文: the impenetrable CORIOLIS and the saccharine WINGED SHOES）
> 就从这里开始?
>
> 用这句原文当解码金钥,注解的字母串可解为:
> Sum Losing hope.
> Please get in touch.
> (萨姆绝望,请联系。)
>
> Sum?
> 萨默斯比?这就表示他不是石察卡。
>
> 也可以说:起码她不认为他是。
>
> 你还是希望那是石察卡,对吧?因为你拿到了那卷录音带。
>
> 你说得也许没错,但有一部分原因是:在石察卡的可能人选中,我最喜欢他写的其他书,那些书超级低俗,但我就是喜欢。
>
> 我有一个大哉问:菲洛相信石察卡是杀人凶手吗?她对此作何感想?因为让她失去他的就是这个,而不是他的写作。何况,想到自己心爱的人是个嗜血的杀人魔……人会很奇怪吗?

忒修斯之船

是他的加密指令吗？倘若是的话，怎么解？[5]

他将照片重新收拾整齐，用拇指快速地掀翻边缘。他注视着手提包里的其他物件：飞镖，玻璃瓶，树叶与种子与根，笔刷，下毒者的笔。看样子他的任务就是找出这些人，并加以毒害。[6]

这当然是荒谬的想法。他不知道这些人在哪里。他不知道他自己此刻在何处，甚或是在**何时**。该如何追踪一个不想被发现的人，他毫无概念。就算能够一步一步按照说明调配出毒药，他也怀疑自己是否会有本事或胆量将毒药注入另一个人的体内。但说也奇怪，

---

[5] 我觉得这段情节会让读者既好奇又茫然（将他们设想成S.的话），便建议石察卡列出其中一两行为例。他马上驳回这项提议，尽管他确实写了满满二十五页的谜样文字。（他就是具有这种强迫性格的艺术家。）或许他认为任何文字实例都会转移读者过多的注意力，而忽略了主角与他的处境。但他仍写了几行样本，以帮助我了解他认为主角S.注视纸页时有何感受。为了和我一样好奇的读者着想，在此列出范例：

LBQTAHMAK
AFPFAPGOJM
UPBANGRNJL

[6] 我已有心理准备，那群研究石察卡的"理论暴民"读到这一行可能会骤下断论，说石察卡的确如某些传言所述，是个杀人凶手。令人好奇的是，大学（尤其是美国大学）还会不会多此一举教导所谓"隐喻"的概念。

> 珍,这样是有问题。

> 我问过她。她说当时她告诉自己:那只是他为了读书、为博得名声/恶名等等,才编造出来的谎言。她说她很可能多少[..]做错几件事,但她宁可略去不谈。她只想和他在一起,并远离他们周遭所有的秘密+威胁。

第七章 黑曜石岛

最基本的问题（**为何要这么做？**）感觉上倒很容易回答：特务杀死了他的朋友；虽然还没杀死他，却已试着出手；而且他们心甘情愿当一个遍布全球的暴力集团的走狗。为何不这么做？因为这个奇怪世界的运作方式依然烦扰着他。他不确定能不能在这世上行使自由意志，也不知道自己在这世上是否扮演着其他任何角色。而且：以任何合理的标准评判，他都是彻底地孤立无援。

他重新整理好提包，把它推到舱房的一个角落，再盖上毯子。虽没有太大的隐藏作用，但直觉告诉他这东西最好眼不见为净。

是个阳光和煦的晴天，蓝天上的卷云成群结队地飘移而过。风势稳定，船却似乎停滞不前，只是在短距离内震颤摇晃。S. 往甲板上扫视寻找大漩涡，但没见到人。说实话，各级船员的人数都明显变少了。以常理判断，不见了的水手肯定就在下层甲板——船在 H 城外海只碇泊短短数小时，他们不可能就这么凭空消

好吧，珍，我要难为情地坦白：我一再拖延碰面的原因之一，是怕自己让你失望。

我知道，我老早就知道。那样的我……难道没有让你失望吗？？

当然有，但没有失望到要放弃。

死亡的提醒？
↓
而且（或者）是影射 S 组织成员的减少？

忒修斯之船

失。他仍坚信时间在海上流转的速度无异于陆上。

那个噘着嘴的水手站在主甲板的中间部分——他现在认出了船上有一些女船员，而她便是其中之一。她的身材像条鞭子，还搭配了天鹅颈与窄额头的怪异组合，但若不是她老眯着眼睛一副不好惹的样子，加上那青中带紫的肤色和（当然）用线交叉缝合的嘴巴，他或许也会觉得她迷人。[7] 她拿着一个手把被锯掉一半的拖把，似乎正试图教猴子擦洗甲板。猴子根本不予理会，只是不停地在她身旁兜圈子、吱吱喳喳地叫，仿佛利用它能发声的自由在嘲笑她。S. 暗忖，这猴子聪明的话最好别得寸进尺。

她看见他走下阶梯了，这点他有把握，但却非得等到他站在跟前大半晌，她才肯正视他。"大漩涡呢？"他问道，"能说话的那个？"他比出长胡子的样子，嘴

---

[7] 且猜猜石察卡以谁作为这个噘嘴水手的原型。请容我先提出几个联想以抛砖引玉：布鲁日的弗洛丽丝！某个英国小女孩儿！苏格兰女王玛丽一世！作家菲茨杰拉德之妻泽尔达！整个北非巴巴里海岸上最受西班牙海盗科瓦鲁维亚斯喜爱的风骚侍女！达吉亚娜女大公！第一任布沙夫人！

> 好牵强啊！
>
> 换作是我，绝对不想被当成原型创作她这个角色。（"不想被当成这个角色的创作原型"）闭嘴。
>
> 那当然……但要怎能相信有个"转世修女石察卡"，不是很好玩吗？世界会因此变得更有趣。呵呵，等等：你是学者，不准享受人间乐趣。
>
> 我们得把和死去修女通灵的那个小女孩儿弗洛伦丝·斯托纳姆一史黛西加入嫌疑人选名单。
>
> ← 不，不需要。她不是人选，她的故事太荒谬。

第七章　黑曜石岛

———

巴一张一合，以防她听不见或是没听懂。

虽然她身子动都没动，脸却沉下来，表情从轻微的气恼变成可怕的蔑视。

和她站得这么近更令人不知所措。连她的眼周也微微泛青。"你看起来不太好。船上有青柠吗？青柠？"他说着举起手比出青柠的形状，但自觉可笑，又迅速放下。"你知道吗？你愿意的话，可以和我沟通。"S.说道，难掩急躁，"用手势，用笔写，或用那该死的哨子也行，只要你教我听懂它。"

听到这儿，她嘴里咕哝了一声转身走开。猴子跟在她后面，只是临走前还在甲板上撒了泡尿。

S.在船上到处打转寻找大漩涡，一一跨过甲板上因木板腐朽而裂开的缝，这些都是等着无辜脚踝一踩入便立刻弹起的阴险陷阱。与他擦身而过的水手即使察觉到他的存在，顶多也只是冷淡敷衍地瞅他一眼。就连从幽灵船来的少年，那个不久以前还是个人，而不是畸形且全身覆满盐巴的哑巴少年，也对他视若无

———

> 我们看完电影走出来的时候，我几乎无法保持冷静，难以相信竟然真的和你本人在一起。我只能不断提醒自己别摔跤，或是做出什么夸张的蠢事。
>
> 我还觉得奇怪你怎么那么安静。
>
> 你实在没有理由不能见我。我们就简单喝个咖啡什么的，不一定要很正式。

> 当少年在第二章首度出现，看似会成为S.的"他我"。但他们立刻背道而驰，失去了所有共同点。

> 刚刚在学校才庭强见大一的室友，聊了一会儿，我猜大家在毕业前多都喜欢做这种事。总之：学年一开始我们还挺要好的，但后来认识了耶各布，就突然觉得她无聊又无趣，完全不值得深交。⇒ 见下页

忒修斯之船

睹。他听到的哨音是日渐稀少又病态的一群人的音乐。

他走到右舷栏杆旁停下，眼前只见大波起伏的海浪与云彩斑驳的天空。他闭上双眼，感受着微风轻拂脸庞。他闻到盐味、油漆味和潮湿的帆布味，还有似乎已留在鼻窦内挥之不去的一丝烟味。他一直待着没动，倾听船身在海上的颠簸撞击声、船员们高高低低的哨子声、木板的吱嘎声、船帆边缘和牵索的拍打声。过了片刻，他留意到更远处的声音：持续的隆隆低音，包裹在一种像无线电没调好频率的噪音中。他心想，这或许是时间加速的声音。

他转身看着一双瘦巴巴、有点儿泛蓝的手伸出船尾舱口，接着是一双瘦巴巴、有点儿泛蓝的手臂，接着是瘦巴巴、有点儿泛蓝的水手，就是那个光头、招风耳的老水手。他手用力一撑，两眼空洞无神地跳上甲板，仿如气喘般吹了一声哨子，然后吃力地拖着脚步走向主桅，拼尽全力往高处爬。随后削哨子那人从后桅索之间跳到船尾甲板上，冲击力道之大让双膝险些屈跪，然后便消失在船的内部世界。由此看来：尽

> 科技与时俱进，和船上时间一样快。此时离第一章已过了数十年。

> →接项
> 我不只是跟迪我们渐行渐远，而是到查和她渐行渐远。这次聊完才发现我们俩远比我所想的更相像。

> 也许吧。虽说要保持联系，但我猜我们都知道多半不会。实在漂离得太远，或是太久了。

> 但改变的不只有你一人，每个人都会改变。只有到了现在你才可能发现那种共同点。

第七章 黑曜石岛

管船员减少了，轮班工作依旧照常。

海图室的门被 S. 打开时发出尖锐的吱嘎声。那个大胡子水手原本正弓身看着斜摊在桌上的几张纸，闻声立刻直起身子正好面对他。S. 从水手眼皮重垂的双眼中看见忧虑的神色。他看起来或许比其他船员健康，却有什么事让他忧心忡忡。

呒啥好担心底，大日头，大漩涡开口说，尽管 S. 未置一词。

"船员人数好像变少了。" S. 说。

船员系船员，人数系人数。[8]

"不过他们到哪儿去了？" S. 伸长脖子想看看桌上的海图，却仍被大漩涡宽厚的肩膀挡住视线。

叨道底愈小愈好。对我们大家都好。

"你为何从来不必轮流到舱底？"

我底工作在裏面，跟你一样。

[8] 又一个关于身份本质的评语——我认为其真谛较接近波兰哲学家米提赫（还有美国人韦恩）的观点，而与麦金内的观点较为不同。

> S.组织成员渐渐减。到了1940年还剩下谁？萨默斯比、麦金内、黄拉拉、维克斯勒（如果他确实曾是其中一员）、卢珀（如果还活着）和辛格？还有谁仍忠贞不贰？埃斯壮、狄虹、敖巴哈、德罗兹夫都死了，或许是清水？马苏？沃林福德？布热齐克、恩达博？阿克尔曼？（他们当中有任何真的是组织的人吗？）还有谁都不曾考虑过的其他人吗？

> 民族精神·石察卡还活着。
> 若真有其人的话，也许吧。

> 埃里克：
> 新一期的现代欧洲文学杂志刊登了一篇D.M.多尔森写的论文，主张清水是石察卡，追踪了1910—1950年间他所到过的——和石察卡书中背景对照，他所有地方都去过，几乎每个地方都是在出书前两年内的某时间去的。讨论石察卡的各个网站都对此大肆宣扬。有张地图可以完整看到所有地点。相当不可思议。

> 巧合吧，这只能证明清水经常旅行。再说要写某个地方的风土人情，也不一定要去过。

> 你对这个多尔森有何了解吗？

> 他颇受敬重，但这不可能是真的。我也知道你会说我只是不愿意相信这是真的。

忒修斯之船

"你知道的,我会去看看下面到底怎么回事。你挡不了我一辈子。"

大漩涡耸耸肩。劝你最好还系别记找麻烦。不过你要系宁愿被扣起来,我们也可以安排。他说这话时,尖锐刺耳的声音中并未附带威胁的语气,只用煤灰色的眼睛直盯着 S. 的脸。S. 不由自主地倒退一步。

"我知道你不会杀我。" S. 站在门口说。

有地方要企,要系把你弄死了可不行。

"你能不能告诉我你对索拉了解多少?或是莎乐美?或是萨玛?"

传说罢了,大都。

"她们都是同一人。而且她在试图帮我,不是吗?"

你记己小心点,阳光。想帮忙不一定就帮得丧。[9]

---

[9] 石察卡曾将刘易斯·卢珀寄给他的一封信转寄给我。这个说话强势且脾气暴躁得出了名的美国人,在石察卡最初十年的写作生涯中始终以其纪人自居,在石察卡聘请我担任小说翻译后不久,他便鲜少公开发表意见,最后在一九三〇年销声匿迹。在那封信中,卢珀力劝石察卡不要雇用我,说我只是个无名小卒,很可能还是个见钱眼开的人,不会尽力保全石察卡的隐私或是他作品的质量。我非常想听听卢珀现在对我的看法,但恐怕永远无法如愿。

(左侧手写批注,红色:)
我大概想不出比偷偷闯入穆迪办公室更糟的主意了。他是我的问题,不是你的,你这么做不会有好结果的。

(黑色:)
这我明白,我也明白你是不得不这么说,好替自己找借口。到时万一出差错你才不会内疚。<u>万一出差错,我还是会内疚</u>。

参见《科里奥利》第三部,桑德变造访三重岛(那里的每个人都有三重夏的自我)。

↓

也可能是影射<u>《三联镜》</u>

第七章 黑曜石岛

"这么说来你知道某些我不知道的事咯。"

咚然。

"那跟我说说时间是怎么运作的。时间在船上过得比陆地上慢,除非我是疯了。"[10]

不能话。不了改陆地,而且我也不系你,对吧?大漩涡往回瞥了桌上的海图一眼,然后凝望舷窗外。我对习间底了改不比你多。

大漩涡想必是分了心,才会让海图清清楚楚展现在 S. 眼前。这些图的发霉情况必定不像他先前看到的那么严重,因为水陆的界线清晰可辨。<u>大多数陆块都涂上了红墨水。</u>

"红墨水是什么意思?"他问道。就在他注视之际,有一块地区的红色向外渲染,越过陆地的界线渗入海中。其他地方的红色则似乎转为暗沉,甚至脉动起来。他感到头晕目眩。<u>这时船忽然猛冲入波浪谷底,</u>

> 关于这句话有个普遍(但错误)的诠释:象征共产主义的传播。这完全不是韦沙达/布沙传播的重点。
>   红色=鲜血

---

10 这纯属我的个人揣测,但石察卡可能在影射厄特沃什症候群(他自己发明的疾病),只是把它让人丧失方向感的必然后果予以调整,加入了时间的维度。

> 厄特沃什症候群似乎涵盖了石的每一分不安全感/不确定性/沮丧挫折/焦虑不安。
>
> 因此这几乎是每一个人都可能罹患的疾病。

我给你的厄特沃什轮还在吧?
— 当然。

我和菲珞有相同的感受。

~~我想~~我们俩都是。

忒修斯之船

S. 瞬间觉得反胃欲呕,尽管胃里空空如也。

大漩涡缓缓转过身。他看了看地图,随即看着 S. 好一会儿,然后往前一步,粗鲁地抓住 S. 的双肩。他不仅有口臭,那一颗颗歪七扭八的黄板牙也比 S. 记忆中的更令人憎恶。他蓦地用力一推,让 S. 转身摔出门外,屁股先着地后整个人顺着粗糙龟裂的甲板滑了出去。

大漩涡走出海图室之后,歪着头凝视天际,先往左,接着往前,最后往右看。S. 先前注意到的那些隆隆低音与电气的嘶嘶声依然遥远,但已变得更响,大气中偶尔还出现放电脉冲。烟味也更呛鼻了。大漩涡摇摇头,表情似乎是不敢置信,然后拿起哨子,吹出一连串紧急而形同哀叹的低沉哨音,先是一个低音,接着一个高音,接着又变成低音。

缠到一半的绳索静止下来,刷洗甲板的拖把、刷子和磨石停止了动作。有几个人从桅顶探头来看着这个大块头,仿佛想确认自己没听错音调。逆风的船帆不停抖动、啪啪作响。S. 感觉到一股阴郁不祥的情绪弥漫全船,犹如在 B 城外海遭遇的那片暴雨云;只是

关于加速事件的批注让我再次想到叔叔。船上发生的事几乎可以说界定了我往后的人生(或至少是往后的部分人生),为此我至今仍恨透了他……但他其实没那么坏。我们个性简直南辕北辙(我想他这辈子都没看过一本书),但他只是尽量做些让自己快乐的事,并勇敢面对让自己伤心的事。

↓↓

难怪乎所有人都爱这老头。

第七章　黑曜石岛

他分辨不出这股情绪是愤怒还是恐惧。

猴子坐在甲板中央的木桶上，将一块硬饼干撕碎丢入风中聊以自娱。S.看见几道暴戾的目光射向它，其中也包括它在幽灵船上的同伴，不禁精神为之一振。终于有这么一次，S.觉得自己并非船上最不讨喜的生物。[11]

大漩涡又吹了一遍哨子，音调相同，船员们的反应更加静定而沉默。直到他吹了第三次，才有人点头、吹哨回应。有一声哨音来自掌舵的女子，船也跟着紧急掉转方向，最后以最高速稳定地驶离。船首的三角帆全数扬起，一面大三角帆随风飘动，全速前进的船上一片骚乱。<u>计划改变了，而且是重大改变，而时间——不管在这片水域上看起来多么有弹性——仍是至关重要。</u>

也许在影射他们何时察觉S组织遭受危害/背叛？

转变航线后持续了整整两天——是船上时间两天，S.自我提醒的同时也纳闷自己这么跑来跑去浪费了多少生命。这段时间里气候恶化，天空变成一块浓密扎

颁奖典礼上发生的事似乎算是界定了他的后半生，或者对他有所影响。

11　我经常被问及是否知道在布沙奖颁奖典礼上抢尽风头的那只猴子的下落。我不知道。我在信上问过石察卡一次，他回答："这该死的家伙当然趴在我背上，不然还会在哪里？"

*但我说石察卡根本在胡扯：
界定他人生的不是那件事，
而是他自己。*

蒂洛证实了："一切都同归到加来。"布沙有好百私企图。

我也这么想。——但我认为重点应该不在于猴子（布沙当然因此成了笑柄），而是加来大屠杀。S在那儿制作+发送的小册子揭露了布沙一直试图掩盖（且眼看就要得逞）的一切。我想这整件事就是这样引爆的，这是场叙事之战：有势力的一方所写的 VS. 对此势力造成最大危胁的那群人所写的。

实的灰布,遮蔽了太阳、月亮和杂乱的星星。他们穿过阵阵飓风,海浪卷起汹涌的白沫,几分钟内降下近百毫米的大雨,但去得也快,世界旋即恢复了那依旧灰蒙蒙一片、不动如山的姿态。

这段航程中,S.多半待在自己的舱房,只偶尔爬上甲板借清新的空气醒醒脑,伸展一下打结的四肢,游说着索求多一点儿水或多一块小得可怜的饼干,来回踱步寻求那片寂静所无法提供的答案。仍可听见那些从水面上传来的令人惊慌失措的声音,但是船继续加速前进,拉开了它本身与来源不明的声音之间的距离。

在底下,那狭窄拥挤又臭不可当的空间里,舱壁板接受了鱼钩的刻写,一字接着一字,一句接着一句。虽然S.心里想写的字句,和出现在新剐破后露出来的苍白木质上的字句鲜少相同,他却已不感到困扰;这样的现象似乎已不那么令人震惊甚至奇怪。他几乎不再费心地检视写出来的结果了。

他在手提包里的东西上也花了不少时间。他会仔细端详每张照片,凭记忆确认那些毫无特色的面容,尽

这可以当作情绪摇滚乐队的队名吗?

糟透了。

明天得交威廉斯的诗赏析报告,我一个字都没写。肯定完蛋了,天晓得我还在这里写什么鬼……

第七章　黑曜石岛

管可能只是徒然。他严谨地依照纸上的说明，调配了少量 Sanguinem ulcera，结果产生出一种混合氨气、杏仁与腐肉的味道，让人五脏六腑都纠结起来。他这才发觉自己不知道如何处置它，**不想**知道如何处置它，更不想让它留在近身处。于是他从船尾将它滴入波浪中，希望船后不会留下谋杀的轨迹——这同样也可能只是徒然。

夜里他梦见了索拉。梦境只是零碎、片断的叙述，以不同的情绪色彩与纹理呈现：[12]

他在一个山中湖泊里游泳，她在远端的岸边等他。他们位于高海拔处：植物只有盘根错节的矮盘灌丛，肥大的金黄月亮占据了八分之一的夜空。他在墨黑色的水中又划又踢，却怎么也靠近不了她。她挥手高喊，或许是在喊他的名字，他便划得更快、踢得更用力，但仍无法靠近，甚至可能还往后漂。就在此时他感觉到

---

[12] 相较于早期作品，石察卡在《科里奥利》与本书中确实更常使用梦境情节。不知道是不是有意识的美学抉择，但我怀疑这是"真实"世界的困境让他精疲力竭的结果，因为在这个世界里他必须耗费大量时间、精力并专心致志，不只是在写作方面，还包括维护他十分渴望、又甚或十分需要的隐私与匿名状态。

忒修斯之船

肚子、大腿、脚上的皮肤有细微的刺痛感，原来是水蛭开始吸他的血，他顿时心生忧惧，倒不是因为失血或发现自己成为其他生物的猎物，而是担心上岸后会让她看见什么模样的他，心想也许还不如淹死的好……

还有这个：[她在最底层甲板的通道上等他。看不出来她是挡住不让他进去或是请他一同进入；她定定地站着，脸部背光，看不清表情。也不知道为什么，他张嘴尖叫。那喊声是出于焦虑？挫折？恐惧？说也奇怪，他无法分辨。] 无论其缘由或目的为何，梦中的这声呐喊让他吓了一大跳，并从梦中惊醒，吊床因而剧烈地摇晃……

……他醒后刚意识到心怦怦直跳、浑身冒汗，便又立刻被迷雾笼罩……

……他站在屋顶上的一群旧鸽舍之间。一只鸟飞来，脚上用黑线系着一张纸条。S.直觉知道那是她的传书，而且飞越了很远的距离，但当他打开薄薄的纸张，[却看不懂上面写的符号形体。那是字句，他知道——而且是她的字句——但他完全无法辨读。他需

> 珍，你父母来的时候，你希望我去见他们吗？你的心思好难猜透。
>
> 我自己也猜不透自己。我不懂他们为什么要来，离毕业典礼还有一个月。他们有所期望，我却不知道是在期望什么。你干吗这么急着要见他们？
>
> 我没有，只是不想缺席……我是说为了你。

第七章　黑曜石岛

要回信给她，亟须在彼此之间传递一些字句，于是在纸上下笔后卷起来，用线绑在骨头中空的细瘦鸟脚上。将信鸽放飞灰色天空后，他才发觉忘了在纸上画一个记号。鸟儿消失在铁砧般的乌云间，S.等了又等，鸟儿却始终没有出现。

　　以及这个：他和索拉在一个有回音嗡鸣的巨大房间内，墙壁和地板都是石砌的，装饰着酒红与金黄色的地毯、挂毡和布幔，家具则是专为高大得不可思议的人所设计。他们紧紧地并肩坐在一张沙发的中央，两边遥不可及的扶手升到眼睛的高度。他们面前有一张镶满金色漩涡图案的桌子让人微感晕眩，桌上摆了数十副假牙，一副比一副精巧复杂，有一些实在太可怕，他一想到要把它装进嘴里就毛骨悚然。索拉转过头张口欲言，露出一整排的粉红肉色。S.用舌头舔了一下牙龈，发现自己也没有牙齿。梦里的迫切性很清楚，他们俩都得试戴那些假牙，直到找到适合的为止；但他们却静坐不动，因为谁也不想冒着在对方眼中变成怪物的风险。这个梦好像就这样持续了一辈子，（呵，

{ 277 }

橙色批注：
你去过凡尔赛吗？我很想去看看。
唉，当初就该把握机会去巴黎的。
珍，巴黎又不会跑掉，你有的是时间。
我们就去吧，抛下这一切。你可以去那里做你的研究，我就坐在咖啡馆里看小说，用手机搜索你要我查的资料，一派优雅地喝咖啡，假如海明威那群"迷惘的一代"作家来到现代。

黑色批注：
我们在巴黎会暖和一点。

蓝色批注：
你说得好像我不会跟你上咖啡馆似的……

橙色批注：
沟通中断——无法说出最需要说的话。

绿色批注：
埃里克：我们别重蹈莱洛柯娜与石豪卡的覆辙。我们一定要随时随地对对方说出必须说的话，不要有所保留，不要有空白页。

还有：我们别依赖飞鸽传书。

红色批注：
你比以前风趣了点，虽然还是不怎么高明。

忒修斯之船

变幻莫测的时间！）膨胀到无法想象，而他们就坐在那里、坐在那里、坐在那里，始终沉默而焦虑、无牙又静定，等待着有些什么改变……

忽然沉闷的砰的一声，行进间的船一阵震荡后停了下来，S.随之醒来，汗流浃背。上面哨音齐鸣，果断而沉重的脚步声咚咚咚地踩过甲板，可以听见降下并卷收船帆的声音。他打了个呵欠，搓搓僵硬疼痛的下巴，感觉余悸犹存，脏腑发冷。他明白，噩梦就如同大漩涡那些海图上多变的血潮，才不管什么界线。

他翻身跳下吊床，急匆匆地爬上阶梯，因为爬得太快，踏空了一阶，扭到脚踝，便坐在舱口边缘，双腿悬空，像在等着疼痛流泻消退。空中满是雾气，颇令人神清气爽，天空则灰暗得冷酷。他深吸一口气，满心感激。

船停靠在一个破旧不堪的码头上，码头所在的灰沉小岛以穷乡僻壤来形容再恰当不过。往内陆四分之一英里约莫是岛屿的中心位置，有一块火山岩巨石从灰色平面上拔地而起，陡升三百米，随后被一个深邃

{ 278 }

[顶部橙色手写]：说真的，这算什么？我临走前最后一个月的恣情纵饮吗？我们两人都希望不只是如此吗？我们能够让这段关系不只是如此吗？因为我早已学到：光靠希望是不够的。

[顶部红色手写]：珍，我同意你说的……所以我们去公园的时候：不谈石察卡、不谈新S组织、不谈穆迪、不谈雅各布、不谈伊尔莎、不谈强势的父母、不谈溺爱的叔叔、不谈课业。就只有我们。

[右侧紫色竖写]：就这么办。

[左侧黄色手写]：但愿我们不会发生这种事情。

[左侧绿色手写]：从现在起我应该多用开线。我是说真的。我们不能这么被动，只是坐等我们之间会不会擦出火花。

你不觉得已经有了吗？

[左侧橙色手写]：可是有多少？？我是说除了我们的石察卡计划之外。

第七章　黑曜石岛

而不规则的火山口倏然终结，致使岩峰（与一度确实有过的高山假象）隐入高处的虚空中。外露的黑色熔岩从两侧延伸出来，活像乞求的双臂——地球爱好剧变，只对自己本身不断的重整感兴趣，而这正是它遗留下来的充满讽刺的纪念物。

> 参见《科里奥利》第二部29章。(伊拉兹马斯船长发现了作为<u>世界轴心</u>的黑山。)

唯一有人居迹象的是一栋长而低矮、外墙木材饱受风吹日晒的仓库，与码头之间连着一条摇摇欲坠的木板步道。步道架高约三十厘米，底下是小岛的荒芜地面，黑黑亮亮、尖尖刺刺，看起来很危险（也许有一些边缘尖锐的双壳贝密密麻麻地葬身于此），赤脚踩上去可能会割伤。当 S. 眺望这片色调由黑到深灰到浅灰的景致，不禁想象自己也被过滤掉了色彩，变成眼前这单色全景中一个不起眼的污点。

船员们开始卸下船舱里的板条箱——箱子上污渍斑斑，还是那熟悉又叫人心惊的色泽。板条箱从船尾舱口高举托出后，由四名水手一人负责一个角，拖过甲板，放上舷梯顶端几辆仿佛快解体的推车。尽管船员们身体孱弱，工作起来仍毫不懈怠，用力时的咕哝

忒修斯之船

———————

声取代了哨声。

　　为何在这里卸货？他想到 H 城那栋有秘密地下室的房子，看来将任何有价值的货物存放在这座岛必然比较安全，他无法想象有谁会选择入侵此地。这有价值的货物是什么呢？有多少价值？对谁而言？还有那少数几个水手搬着空桶，小心翼翼越过岩石，离仓库左侧越走越远，他们要去哪儿呢？答案（包括底层船舱的谜底，甚或还有他在这疯狂的失忆世界中的位置）就在仓库和那些（一旦装满后的）桶子里，因此 S. 决定既然来了就要彻底找出答案。他仔细观察下方甲板上的活动模式，思索着自己从船上逃离的路线与时机。

　　这时候，他看见大漩涡站在舷梯顶端，屈起食指叫他上前，让他十分惶恐。

　　步道被这个大块头压得不停颤晃、发出抱怨声。S. 低下头，看看步道若是垮下，自己会摔落在什么样的地方：只见一大片贝壳状的黑色岩石宛如包裹着一层薄壳，经过千万年的敲击磨砺显得平滑光亮。他蹲

———————

> 不敢相信你竟然来了,就只是为了去那个公园。
> 同样不敢相信你竟然买那种老爷车。
> 我只是想办法前往那里,不是为了讨好你。
> 我也不敢相信车子竟然没抛锚。

第七章 黑曜石岛

跪下来,伸手抚过其中一个光滑的表面。(那岩石触手生温,光泽的表面还映出他的倒影。)

> 如果民波拉夫就是石察卡,而不暴露他的行踪又那么重要,他为什么会出现在那个电影场景?
> 那很可能不是他。

他们背后传来一辆满载的推车辘辘作响的声音,有三名水手在后面推,另外三人在前面拉。有个车轮滑出走道边缘差点儿翻车,幸亏水手们使尽全力又把车扭正,让它朝正前方继续前进。大漩涡在仓库的卸货区,将两指放入口中吹了声哨,S.也跟着继续往前走。当他来到入口,大漩涡(不粗鲁,但也不温柔地)抓住他的衣领拉他进去。

> 我很好奇他是否有许多替身,正好足以在真实世界中制造+延续谣言。给石察卡好几张面孔,却又没有一张是真正的他,这是摆脱追踪的绝佳方法。

仓库如洞穴般,空间比 H 城那栋建筑大出许多倍,至少有四分之三已摆满板条箱:有些箱子沿墙排放,有些堆栈起来,以长及仓库纵深的通道相隔,有些还堆高到天花板,各种不同大小、形状、颜色、年代的都有,其中的许多(大多)都有蓝黑色的喷溅与沾染污渍。虽然户外潮湿,室内却毫无发霉的状况。他暗想,可能是因为黑色岩石储存热气,保持空气干燥防止腐坏。S.看见一条通道上,有一群水手正将推车上的箱子搬移至堆放区。他才起步要往他们那边走去,

忒修斯之船

大漩涡便再次抓住他的衣领。不行，他说，随后指指后墙的一道门，推他走过去。你的工作在那边。

"我不懂。"S.说。他确实不懂，不过这么说主要是为了争取时间，观看水手堆货，尽可能留意关于他们工作的一切。

计划改变啦，大漩涡说，现在你得去见见夫人。

"是索拉？"S.问得或许太快了些。

大漩涡哼了一声。不正合你意吗？动作快点儿，时间有限。

后门外有一条步道歪歪扭扭地通往山上，结构似乎比连接码头和仓库那条小路还不牢靠，木板随着他的步伐压低、回弹，偶尔还会刮擦到底下的岩石。又起风了，阵阵强风吹掠，S.发现要想保持平衡可真是不小的挑战。

小路延伸到山脚下中断。S.努力在风中站稳脚步，同时寻找另一条路径，却找不到。他抬头搜寻岩石表面有无可以利用的手脚攀附点，却发现即使有这样的

> 说真的：我从来不曾有过如此近似坠入情网的感觉。
> 这是我有史以来第一次听到这近似爱的告白。
> 只是想强迫自己保持头脑清醒，一切都发生得太快了。
>
> 这我懂。我在原生家庭里常常说爱，我想大多数时间，我们俩都不知道爱有何意义。或者应该这么说：我想我们俩都不知道爱对我们个人有何意义。
> 因为爱不只是一样东西对吧？
>
> → 你最好是！
>
> 珍，以后我几乎每一天都会瞥见/在人群中看见某个人，觉得那就是你。发现不是的时候也会无比失望。
>
> 埃里克，还记得我们在河上小径时你说了什么吗？
> 我说了很多。我们在那儿待了好久，我都差点长出青苔了。
> 闭嘴。我指的是你说：对莫迪发生的事，你终于原谅自己了。你觉得这会改变你和父母的关系吗？
> 不知道。以后我对这整件事会少一点愤怒，但并不表示他们会有所改变。也许我们已经太过疏离了。

我完全明白他为何会加入：书大卖、能与一群知名作家来往、以一种朋克摇滚的姿态对抗世界、置身一个重大秘密的核心。有哪个20岁青年会不喜欢？

(况且若他在过程中迷恋上狄虹，就更不可能放弃留在她身边的机会了。)

第七章 黑曜石岛

途径通往山顶，那尖锐的岩石也会把他的手割得血肉模糊。他啐了一口又咒骂一声。他得想办法爬上这玩意儿（其迫切性就跟在梦中一样清楚明白），而令他更气恼的是：又是一个目的不明的艰巨挑战，又让他想起了 B 城山上的悲剧。

他考虑着想要掉头。<u>如果拒绝扮演这个未经他同意就分派给他的角色，他会有什么损失？</u>他正琢磨着，却注意到山脚下环绕了一条表面平滑但布满刻痕的狭窄岩石小径，黑黢黢，在昏暗西斜的光线下很难辨识。他随即走下木板道，踏上小径，循路绕过广阔的山脚。小径从这里蜿蜒而上，形成一条断断续续、有一搭没一搭的盘山路。

夫人。什么样的夫人会住在这种地方？

他又啐了一口，再骂一声，继续循路而上。

从断了头的山顶上，可以看到整座小岛：崎岖的岩岸，要命地蔓延成一大片的黑色黑曜石矿田，两条步道，仓库，还拴着船的船坞，除此再无其他。甲板

可是就某种程度而言，(他们)是在利用他，但你又如何评量呢？怎么判定是谁在利用谁？倒是看得出来他们之间的友谊非常坚定。

他们之间好像有很多复杂的关系，而且还包括石察卡(瓦茨拉夫?)和葬菇妲妮。

所以说，如果瓦茨拉夫就是石，这表示：
- *他跳桥后没死；*
- *他遇见了埃斯壮和其他人；*
- *他们若不是帮他重新整理他的书，就是把他的名字放到他们自己写的某本书上(不过《布拉克森霍尔姆》像是相当年轻的人写的)；*
- *而他(但比较可能是他们)决定在领奖典礼上发表他们的声明；*
- *他们决定乘胜追击，让"V.M.石察卡"成为激进派的传奇人物。*

这让我好奇：瓦茨拉夫这么做有多少是出自愿，而不是因为(他们)希望这么做。

忒修斯之船

上见不到任何一个水手,这可能是同一处地域的另一番写照:毫无生命迹象。

他走向火山口边缘,千百年前这座山向内崩塌的位置。往里一看,更多的黑碰黑:难以看出底部有多深。风声呼啸,风势反复无常地回旋,他的手指、脸颊、鼻子都冻僵了。若是失去平衡,或只要一个松懈,就会被风扫进火山口深处。他退开边缘,忽然间(而且自己也感到不解地)谨慎起来。

他转过身,低着头顶着风走向小屋,其实一到山顶他就看见小径通往屋门,却始终视若无睹。而他已不打算再拖延碰面的时间了。

小屋外墙的木板和仓库一样因饱受风雨而泛白,不过看起来比较坚固,接缝密合,角度没有偏差。S.脑中闪过的字眼是顽强:它端坐在一座了无生气的岛屿上、一座死气沉沉的山巅之上,对抗着风雨与理智。你爱推就推吧,它仿佛在说,反正我哪儿也不去。

屋子有一扇小门,门上有一个大大的铁环。S.停顿了一下。他的人生,他重塑的人生带他来到这里:

> 这你不会知道。不能只因为没有人要出版,就说它不真实。这只是代表你不会得到你想要的关注。如果我们是对的,我们就是对的。公布真相的方法有很多。继续。

> 忧郁的本质

> 重点是:假如柠拉夫就是石,而且死的时候(可能真的死在哈瓦那)没有在任何地方留下任何行踪,那么我们便无从证明起,到头来又跟其他关于石的荒谬臆测没什么两样了。埃丝米那样的名编辑不会出版这种论述,凡是有点规模的出版社都不会。

> 就像石察卡面对布沙的态度。

> 还有你,面对穆迪。

> 只不过……我很确定穆迪以为我从精神病院出院后就离开了这里。他以为我跑了。

> 这件事真有那么重要?

> 让你对抗的人知道你在对抗他,这样不是更好吗?

> 我还是很失望没能找到那栈杂志。不敢奢望经过了这么个暴雨夜日,但也表明望能找到我看见那些马可地点。

第七章 黑曜石岛

这个握在手里沉甸甸的门环；这栋位于死寂山边的简陋小屋前的这扇门；这座位于奇怪岛上的山；还有这座隐藏在一片奇怪海域中的小岛。一个个奇怪的连接点环环相扣，最后他到了这里。他人在这里，这里却哪儿也不是。

他敲敲门。

里面传来一个声音，由于风声轰鸣听不清楚。也许是请他入内，但也可能只是逐客令。他用肩膀推开门，走了进去。

屋里亮着柔和的橘光。在一张长方形阅读桌上，有三根蜡烛在失去光泽的朴素银台上淌着蜡。桌上放了六七本很大的书，每一本都至少比索拉那本索布雷罗的著作大上一倍。空气很暖和，但 S. 看不到热气来自何处。有个书架遮蔽了最里侧的整面墙，架上全是大小相仿的书，看起来都很老旧，也都以褐色皮革装订，书脊处还有突出的脊环。

另外三面墙上则挂满船只的绘画与素描：有单桅帆船与纵帆船、中国帆船与游桨帆船、快速帆船与多

珍：
你别听校方摆布。要是校警握有任何对我们不利的实质证据，我们早就知道了。

很好奇布洛作何感想。他知道有人在出版那些书，在追踪他的特务，却不知道是谁。他唯一掌握的只是一个名字。

埃里克，你说得对。我是可以读研究生，拿个图书馆学的学位。

你当然可以。

我知道很多人可以，只是从来没想过我可以。

> 此外：她会播放《布兰诗歌》，开得很大声。她写作时喜欢听，因为他深爱此作品。他曾几度告诉她，他从来听过表达得如此真实而强烈的热情……远胜于他曾经写过，或者这辈子可能写得出来的东西。

忒修斯之船

这好像是我们所找到有关于他最具体的信息了。感觉很怪。

意思是你认为这不是真的？ 不，只是觉得怪。

许多船只，
许多传统。

桡帆船、三层桨座战船与东印度海盗战船、维京长船与大帆船、平底船与马来帆船、舢舨与前桅高后桅低的小帆船，还有一艘熟悉得令人心惊的地中海三桅帆船。绘画技巧并不特别高明，但每张画都以简单精致的木框仔细裱挂起来。这位夫人似乎是个做事一丝不苟的人。

真有趣，这像极了我第一次见到的菲洛。结果发现她写了好些小说（她说不记得有几本，阿阁罗猜测约有30），却从来也没想到要出版，没有兴趣。她说光是写就够了。

她就在那儿：在一张书桌后面伏案坐着，S.只能看见一头白发。她正弯着腰在其中一本大书上写字，鼻子几乎都要碰到书页了。不知怎地，她下笔时的沙沙声竟比连番捶打着小屋的强风更响亮。

"恕我冒昧，听说我有必要见你。是那个大水手遣我来的。"S.说。我觉得她不会答应。

你应该要求看一本。（假设没有任何一本是用英语写的。）

女子的一举一动缓慢到S.真希望能替她完成动作。她将笔搁到一旁，将纸上的墨水吸干，把椅子往后推离书桌，撑着书桌站起来，起身之际全身的关节还噼噼啪啪地合奏了一段华彩乐句。她拖着脚步走向他，却仍未抬头。难道是脖子维持同样的姿势太久了，再也无法抬高？他沉思着自从在旧城区的那一夜之后，自己身体的老化、下背部的僵硬，以及不断折磨着他

她看起来如何，身体健康上？
她走路不是很稳（阿阁罗通常会扶着她），但反应依然敏锐，让我觉得早年的她应该敏锐到吓人的地步。

这点我们很早就知道了，至少我是知道的。你呢，学者先生，倒是有点儿迟钝。

请问：同学，你老是提醒我这一点，会不会有厌烦的一天？
回答：别做梦了。

第七章　黑曜石岛

臀部与膝盖的酸痛。

"谢谢你。"见她已为他付出这么大的努力，他脱口而出，但一说完就后悔了。她惊人的年纪与她的意图丝毫无关。

她停下来，与他相距一臂之遥。接着抬起头来。

他倒抽了一口气，他克制不了自己。[她左半边脸上有一大片形状不规则、一条条肌肉凹凸不平的烧焦组织，根本分不清五官。眼睛纯粹只透着一丝消沉；耳朵已不存在，鼻翼上有疤痕，但鼻子多半仍完好。那一侧的嘴巴已封死且没有嘴唇，]而他注意到另一侧半绕着针刺的疤痕。

他转移视线，端详她的项链：那是一块黑曜石，小而方，边缘粗糙不平，用一条皮绳系着。她举起胳膊，用颤抖的食指抬起他的下巴。*看着我*，她说道但未出声，他照做了。她戴着金丝边眼镜，左眼处没有镜片，右眼的玻璃镜片则如宝石般切割成许多刻面，好像昆虫的复眼。在那只眼睛里，S. 看见自己的影像，紊乱且支离破碎。

{ 287 }

绝对是比喻。
不知后者能否获得证实。
就跟索布雷罗一样。

所以石码这段的意思是：她是"传统"的一部分，但这是比喻？或实际如此？就像说她来自一个类似数百年前S组织的团体？

芾洛丽丝？
什么意思？
根据不同记载，布鲁日的修女芾洛丽丝经历第一次迫害幸存下来后，正是此番样貌。
那石察卡为何把她写进这儿？为了嘲弄"英国小女孩&死去修女通灵事件"？他似乎不像在打趣。

也许他把她视为同志……之所以有那么多人想要她死，是因为她写的东西揭发他们滥用权力。(多为教会里的事，但还是和S.的作为很相似。)

— 你怎么说？

我说我不知道她在说些什么。

忒修斯之船

> 你必须做出选择。

这话我听过了，他回答，但嘴巴依旧闭着，话语只存在于念头之中。还没有真正面临那个关头。

你有选择。而且是关于将来你要如何活下去，甚至能不能活下去。

在弄清楚自己是谁，弄清楚这些个纠葛以前，我不能就这样做出选择。

他看着她绷紧下巴，眯起镜片下那许多只眼睛。他令她失望了，甚至还激怒了她。他感觉到脸红，感到发际线处汗水直冒。当他擦拭额头时，才察觉发际线竟后退了那么多。[13] 他觉得受到双重诅咒：不仅在船上浪费了大半生，更糟的是在陆地上也同样老化了。

那么你将会死，而你曾经是什么人也将不重要了。告诉我，板条箱里装了什么？甲板底下是怎么回事？

她嘴巴扁了一下，似笑非笑。工作。

---

[13] 有些读者可能会好奇：这里可不可能在暗示真实的石察卡当时的模样？我要对他们说：读者们，你们认为像石察卡这样才华洋溢的作家，无法想象一个角色的外貌吗？你们非得认定一个作家在描述某个角色时，每个琐碎细节都是自己的写照吗？

[左侧页边橙色笔记：]
今天上完课，伊你斯要我留下。她说她知道我和你一起做研究，又说我是自找麻烦。她没有直接威胁要挂掉我的课，但感觉真的很像抓到我的把柄。她肯定是希望我知难而退。

[绿色笔记：]
很好，因为她不能为了这种事挂你。她只能因为你的成绩挂掉你。

[黑色笔记：]
人永远不可能未卜先知。重大决定需要信心。

[黑色笔记：]
石察卡写这个的时候早已步入中年，或许更加意识到与她在一起的时间无多？

[蓝色笔记：]
也很可能是真的，真的厌倦逃亡了，就像插曲中的S.。

[蓝色笔记：]
也许我不该跟你说这个（我知道你对年龄差距有点敏感），但昨晚雅各布打电话给我，说他听说我正在和"那个老家伙"交往。他说他想"表达关心"，又说我若需要找人聊天，他随时奉陪。

[红色笔记：]
不值得回应。

第七章　黑曜石岛

———

我一定要找出那是什么意思，那是什么。

你不需要。但你可以选择去尝试，那也是一个选择。

还有毒药呢？我要出去杀人？

那是另一个选择。你要明白：猎人们接近了，而且步步逼进。他们已经在海上发现我们。

地图，流血的地图。

地图上显现出来了，没错。

那些是我唯一的选择？

你可以两个都选，也可以转身离开。

然后要做什么？做谁？

她将头一歪，S.看着自己的影像在她的镜片中重新定位，一时对烧毁她半边脸的那场火感到好奇。

你不打算问索拉的事吗？

她的问题吓了他一跳。他不想承认自己把索拉忘了。她理应是他第一个要关心的，只是周遭实在有太多怪事，还有太多其他的问题要找出答案。没想到你知道她的事。

索拉的问题始终都在，夫人说。它在空气中，吸

> 看得出来石察卡何以会决定继续下去，继续待在S组织。(如果他不知道除此之外还能怎么过活……)随着成员一一被杀，他必定觉得风险越来越高。

> 还有菲洛啊，她一再试图说服他可以脱离。

> 或者(诚如这段的夫人所说)，他可以两个都选。

> 太严重了。失去对邪恶的关注。
> 他的反应完全被动，毫无戏剧性，但这种情形可能不断在他身上上演。
> 不过石察到这里似乎明白了，他知道应该要有所不同。
> 终于啊，但这股信念仍不足以让他决心改变。

忒修斯之船

入了肺部，再从肺进入血液。]

哪一个选择可以让我见到她？

也许一个也没有，也许全部都可以。无法预料。

他们无言了。屋外的风在咆哮。在这个地方没有呢喃的声音。船上没有，这里没有。

注意时间，她说，你不能被留在这里，没有人住这里。

他应该在船员们回去之前回到船上，再也没有更好的机会能下到底层甲板，但他就是还不想离开山上小屋。那些书。我想知道那些书的事情。

她颤抖着手指向一本放在阅读桌上的大部头皮装书。坐下来，随便你看，但要注意时间。

他面对着书坐在一张摇晃不稳的椅子上。书的封面与书脊都装饰着同样的优美符号：

←((S))

[所有的书都有这个 S 记号吗？他查看了桌上的其他书：有一本印着类似字体的 H 字形；另一本有一个

左侧边注（红字）：

所以爱是不可或缺？无可避免？两者皆然？
我觉得石察卡证明了：
　　爱是可以避免的。

左侧边注（红字）：

我们对他们两人故事的来龙去脉几乎毫无所悉。

左侧边注（红字下划线）：

埃琪!! 你亲眼见过葬洛，还替他说话？她可是百年难得一见、令人肃然起敬的女人！

左侧边注（红字）：

我觉得她没这么严厉批判他。她伤心，却不愤怒。

左下边注（棕字）：

你今天去过咖啡馆吗？
布告栏贴了一张画有S符号的传单，上面只写了："埃一、胡一：call我，重要。"
没留电话号码。
要我call他"重要"的人？
　　那一定是穆迪。

底部（紫字）：

上床以后的你变幽默了。

右下（红字）：

呃……别忘了：当初担心别人看到这些留言的人是你。

第七章　黑曜石岛

> 她的语言能力情案厉害……
> 怎么会猜不到石窟卡归困语？

> 她说，她猜最可能是捷克语，但没有把握。她知道对她自己而言，如果瓦茨拉夫就是石，那会是最好的结果，因为无人知道他的存在，他也应该没有任何瓜葛纠缠……所以他会是最能轻易放下一切与她远走高飞的人。

华丽的希腊字母 Ψ；另一本则是希伯来字母 א。还有乌尔都字母 ع。有一本是象形文字，另一本的记号（或书名？）是他不认识的一个字母。他眯眼凝视屋里所有架上的书，虽然看不清楚，但似乎每本的书脊上都有一个字形符号。

> 石在暗示S不止一个吗？或是不止一个版本？在许多文学传统中都有一个"作家 & 组织"？（与那些不同船只的图画相符。）

他翻开 S，俯身向前。

第一页是他的船的木炭画（**不，他提醒自己，是他被拘禁的船**），或者应该说是船较早期的样子，当时还是和谐完整的一体，是造船者为了实现飞驰海上、让其他船上的水手愕然称羡的梦想所完成的地中海三桅帆船。S.每翻过一页，就会看见船的另一张画像，空白处还列出它经过了哪些改造。

他快速往前翻，每次翻个十到二十页。一次又一次，船身总有一处会撤旧换新，重新诠释，重新打造。有些改变很显著（后桅被一截高大橡木所取代，树干还有一处明显的扭曲；原本优雅的船首斜桁变成发育不良的翻版），有些则微不足道（十来个系索羊角换新后，角长了那么一点点；有一块甲板木板因为切割时

忒修斯之船

———

窄了不到三厘米、得用焦油补缝而被换掉）。有些改变十分巧妙得当，还有更多却不然，每一次似乎都只是拉大了原本的计划与最终结果之间的差距。

有一页描述船只遭到炮火击沉后的大规模重整；另一页（已十分接近结尾）呈现的是它被水龙卷打得支离破碎后重新修复。到了最后几页，它已经变成一堆不相搭的桅杆和甲板和舱门和舷窗和排水孔和船舷和船首斜桁和舵轮和船舵和船帆的胡乱组合，也就是他所认识的这艘船。可怕的东西。

他使劲儿从一千多页翻回到第一页，两手因兴奋或疲惫而抖个不停。他眨了几下眼睛。这些是同一艘船吗？直觉告诉他是，但会不会是这些纸张用同一个封面装订起来，影响了他的判断？[14]

为什么？为什么这些素描（其实是图解）会被收

---

[14] 这一幕提供了最佳佐证，让我们可以断定格思里·麦金内不是石察卡。麦金内**绝不可能**放过这探讨身份理论的大好机会，他一定会详述历史上曾有人极尽愚蠢、令人乏味、脱节与放纵之能事，企图提出类似的问题（其中可能至少有一个是麦金内自己提出的），到头来自然又是他沾沾自喜、自鸣得意地大肆卖弄学问。

———

{ 292 }

手写批注：

谁的计划？
谁来决定你应该如何？

菲洛说麦金内在1946年初来到纽约，备了一套说辞解释他为什么亟须联系上真正的石察卡。所以她说她不知道，便高挂一道讽案。
她确实不知道。
没错，她很庆幸自己不知道。她不希望他从她的反应中猜出些什么，但她始终怀疑自己是否犯了错，给了他可以利用的什么东西。

复合理论："V.M.石察卡"只是一个可供其他所有作家使用的名字，一个运动的名义领袖。
↓
↓
（这说明了为何S组织的作家一个个死去之后，S仍持续存在。）

→ 即使真是如此，我们依旧不知道菲洛爱上的是谁。（总不可能是他们所有人！）

第七章 黑曜石岛

集、装订、注解、保存？一开始又为什么要画这些？还有为什么在每一幅画中，<u>画家为船身描影时巧妙地隐藏了一些直线与曲线——若是放松眼睛不用力看，就能发现这些线条组成了"SOBREIRO"（索布雷罗）</u>？

他环视整洁的屋内一周，扭扭身子，摇得椅子吱嘎响。门仍旧关着。屋外的风仍旧狠狠吹打着。蜡烛几乎熔完了。老妇也走了。

她当然走了，没有人住这里。

风向转变，仓库的声音随风传到山顶。S.仍然可以听见船员们在工作，可以听见哨声和用力的低吼，可以听见箱子叠高、卸下、推拉、重新叠高时与其他箱子的刮擦与碰撞声。他往外望向码头，船的甲板上依然空无一人。

他不是一定要躲着人，奔回船上爬下船尾舱门到底层甲板去——这是诸多选项之一，但却是他的选择。假如沿小径走下火山，再沿步道来到一个像酒醉后的猛然大转弯处，然后离开步道穿过黑色岩石朝船直奔

> 你觉得还有哪里是安全的？
>
> 可以试试咖啡馆，看行不行得通。
>
> 必须是我们确知谁都不可能发现、连意外发现都不可能的地方。
>
> 那儿的办公室里有个加锁箱。
>
> 所以我还得请你朋友帮我拿？？
>
> 不可能。⇒下页
>
> 我真希望柰布雷罗的书在穆迪手上，那么等他揭发，书就会被送到安~~全~~ 被的地方供人研究。(甚至连我们都可以拿来看！)
>
> 你比我有信心。
>
> 我知道书在他那儿。我也相信我们会逮到他。
>
> 每周一、三，穆迪会在11 a.m.进办公室，1点吃午饭，3点上课，下课后就回家。
>
> 每周二、四，则是1点进来，5点离开。
>
> 周五完全不进办公室。
>
> 我可以去当头号大间谍了。
>
> 珍，到此为止，这样做太疯狂了。

⇒ 我们是不是应该别再用这本书了？写 E-mail 会比较简单。你能不能至少考虑一下？现在更没有理由相信 E-mail 了。我喜欢把我们已经做过/发现/注意到的一切保存在同一个地方，这样比较容易看出其中的关联。这做法不太实际，我知道……但我还是喜欢交换批注。很喜欢在忒修斯之船书页空白处听你说话。《忒修斯》是我最爱的书，它曾是我论文的主要内容，如今也成了我们的剪贴簿。

原来我们只是剪贴伙伴，这倒是最新消息。⇒

而去，在抵达码头之前或许能避开仓库那边的耳目。

等等，如果卖刀的本身也是S的一员，怎么不知道石察卡是谁？

他在严峻无情的黑色海滩上跌倒了吗？

是啊，他跌倒了。

也许他们当中只有几人知道……只有1910年在布拉格的原始成员知道？

下坡还不到四十步他就跌倒了，两个膝盖都被刀锋般的石头割伤，等他来到平地，裤子已破破烂烂，鞋里也又湿又黏地积满鲜血。他一离开步道就跌了一跤，而且摔得很重；爬起后，一边将血抹去一边漫不经心地想，不知道伤口是否深到可以看见白色头骨。他带着刺痛的双眼和一个脱臼的膝关节，往船的方向最后冲刺。

可是莫迪斯比不是原始成员，他不在那里。

这个嘛，或许他们觉得他可以信任，或是有什么小失误而被他发现了。我不知道，无论如何事情就是如此。看来他保守了秘密，甚至到最后还试图帮菲洛甩开新S组织的追踪。

船上悄然无声。除了上空的海鸟鸣叫和海水轻拍船身的声音之外，一点儿声响也没有。他打开舱门，爬入下方的幽暗中，踏下一级阶梯，再一级，接着又一级。他心里闪过一丝忧虑，担心猴子一旦发现他，便会发出尖叫声，并龇牙咧嘴地示警，但猴子就算在船上也并未现身。

F不在场，代表这纯粹是S的选择。

到达底层甲板后，S.停下来冷静地确认自己的伤势。他体无完肤，裂伤处处，身上无一处不痛。一片

我想他知道这是他自己做的选择，只是并非每次都愿意承认，即便是对自己。

> 好吧，你说得对，比喻不当，但你不也还是喜欢写批注吗？至少当我们不能在一起的时候……

第七章 黑曜石岛

当然，但我宁可多和你在一起。

锋利的黑曜石嵌在手心，没有流血，直到他拔出石头血才开始流出。他将石头丢进口袋，很高兴能保留岛上的一样纪念品，也好记住这种他必须随时乐于忍受的疼痛。

他往前走，来到一扇门前停下。门四周的木板上布满蓝黑色污渍，有喷溅痕迹、有条痕、有斑斑点点、有几摊干涸的液体，颜色深得有如那个山中小潭。他刚刚走过的地上有一条条歪歪斜斜的细线。门是打不开的，但现在的他知道痛算不了什么，便用肩膀对准门板撞了又撞，直到将门闩撞落，门晃了开来。

跨越门槛

> 但这是错误的门槛，正是这门槛把他带离了索拉。
>
> 所以不过是在表达懊悔吗？莫非他希望自己从来不曾提笔写作？或是从未与S组织共同写作？或是从未选择脱离？
>
> ↓ 埃里克，你觉得我们的门槛在哪儿？当我们终于决定见面的时候？

里面地板的污渍更为密集。四面墙壁，简单的木桌木椅。房间宛如屠宰场，在里头挣扎扭动的动物喷出了黑藤般的液体。[15]

> 也许我们还没跨越呢。
>
> 写作有如暴力行为？

还留有十个箱子，外加散落一地的几十张散纸。S.收齐纸张，读了水手们写在上面的字句（两面都有），全是一些零碎的故事，S.永远不会知道开头或结尾或

---

[15] 参见《山系》第一章的屠宰场一幕。

忒修斯之船

中间过程,只能从这些零星片断一瞥某个水手倾吐了些什么、放弃了些什么、奉献了些什么。

桌上有一叠空白的纸、一个沙漏(S. 推测可以计时三个钟头)、一瓶墨水和一支笔。他一时感到好奇:这些纸从何而来?这是个谜,没错,但 S. 很快便将它抛到脑后。他坐下来,把一张纸方方正正地摆到面前,拿笔蘸了墨水便开始写起来,同时将流血的手搁在腿上以免弄脏纸。

这是一件美好的事,能够拿笔在纸上写字,而不是用钉子或鱼钩刻橡木;能够感觉自己的话语如此流畅地由工具传送到纸面上,不再受到摩擦或杠杆作用不佳的阻力,反倒是笔尖在纸上刮出细槽时,还能透过笔本身享受那种细腻的触觉。这里不同于他的舱房,在这里他觉得心和手之间没有隔阂,转换没有错误,传输也没有静电干扰:出现在纸上的正是他想写的字句,影像与他脑海中的画面一致,感受到的也正是那令他胸口发热、头皮发麻、眼球受压迫的感觉。

是什么让他忘却了周遭的一切?是能够表达自我

> 自我有如某样有限的/逐渐衰退的东西。
> 我的已经所剩无多……

> 对我来说,以前是工作,现在是你。
> 狗屁,有一部分还是工作。
> 但不是全部,这可是有天壤之别。

第七章 黑曜石岛

的那份原始的喜悦？是伤口的痛楚？是在纸上畅吐生平的同时脚边还积了一摊殷红的血泊所产生的结果？[16] 或是当过去的种种感觉（假日时母亲烤蛋糕飘出抚慰人心的香甜气味，浆果在舌上留下的酸味，小豆蔻与肉桂的辛香刺激，奶油的浓醇；父亲的脸，包括那半闭的眼睛、歪歪的鼻子和懒洋洋的微笑；兄弟姐妹在冷风强灌的公寓里裹着厚衣轻声说笑）冲破压抑的堤坝，奔流过他的脑海、他的神经末梢、他的血脉、他的心时，伴随而来的幸福感？也许都是吧。有些答案综合起来也无多大意义。

回到现实世界，回到底层甲板密室的真实空间后，S.隐约意识到大漩涡的庞大身躯横在门口，身后还有一群缝了唇的脸，都在往里看。大胡子水手的嘴型像在说话，也发出了声音。唉，要命，他似乎在说，**本来不苏要走到这一步底。**

---

16 参见《万卜勒的矿坑》三二二页（此处濒死的卡斯韦尔决定用自己的血在矿车侧面写下遗言，而他所能想到的就是列出自己微薄的财物；最后他还来不及注明继承人便死了）。

> 但如今确实走到这一步了。

船员们一拥而入。削哨人、噘嘴女孩儿、长着招风耳和留着扫帚胡的那两人、幽灵船来的男孩儿,他们全部都在,就连那只该死的猴子也骑在男孩儿肩上。其中三名水手将 S. 拖到甲板上紧紧压制住。他呆呆地看着女孩儿(她噘起的嘴似乎微带怒气)递给大漩涡一个鱼钩和一卷黑线。大漩涡摇摇头,又喃喃说了几个字,便将钩子刺入 S. 嘴角的皮肉。

S. 灵魂出了窍,看见缝线拉穿过去时,自己的眼睛瞪得老大。

但石察卡不得不持续同意这么做,每一步都不例外,即使他并不自觉。

那么这真是他想要的吗?

> 插曲 → 模仿《黑色1》
> 的剧情结构。

自由拍触技曲与赋格曲

> 这是我们的解密线索吗？
> 完全找不出头绪。
>
> 任何一个注都找不出线索。

特务 #4

> 毫无进展，呃……

> 她之所以称之为"插曲"，
> 也许不只是因为它在书中
> 的作用……会不会是个转
> 折点？要和其他藏有暗语
> 的章节区分开来？

有个男人搭乘夜车前往布达佩斯。他穿着衬衫坐在车内；白天的萨拉热窝弥漫着不合时令的热气，甚至当穿越迪纳里德山脉时，车内的热气也仍未稍减，好像已经附着在旅客身上似的。尽管时间已晚，他们依然继续来来回回传递酒瓶，**情绪高昂地喋喋不休**，谈论当天的骇人事件与未知的明天。**大公死了！**塞尔维亚人受到毫不留情的痛斥，还有无政府主义者和工会人士和土耳其人和各门各派的民族主义者都不例外，只是无人浪费唇舌为死去的皇储说几句温暖贴心的话。

> 今早又有另一个人在公交车站
> 观察我的住址。
>
> 珍——公交车站总会有人
> 站在那里等车，他们也总
> 会看着某个地方。

> 你说得轻松。没有人在跟踪你
> ……珍就你所知是没有。

忒修斯之船

男子并未加入谈话[1]；事实上，他有诀窍能避免受邀加入无聊的社交活动（他也确实能够不被人注意）。他坐在位子上，读着刚才从席勒熟食店的桌上随手拾起的报纸。他就这样隔着报纸指示伊利法：让他那群武装的肺痨病鬼重新回到街上，如此说不定还有一线机会能完成半小时前查布林诺维奇的炸弹没能达成的任务。果然：车子出现在弗朗茨·约瑟夫大街（有那个蠢笨的皇储、他那个恶婆娘，还有他惊慌失措的司机），直接停在普林西普面前，就好像他是他们原本便预定要接上车的乘客，而不是一个身子虚弱、浑身汗

> 就算忽略掉那一连串引发第一次世界大战的事，特务#4依然是个王八蛋。

> 抄缮官理论纯粹以《黑色19》为依据。《黑色19》自成一派，无论题材或风格都与石的其他作品没有太多重叠之处。这一幕是唯一明显参照该书的地方。

> 要不是有那么多谣言说石察卡是凶手，根本不会有这个理论。

---

1 石察卡描写哈布斯堡帝国政治阴谋的血腥故事《黑色十九》出版后数年间，兴起了一派理论，主张石察卡的作品乃出自"阿匹斯神的抄缮官"之手，也就是塞尔维亚秘密军事组织"黑手会"的领导人德拉古廷·迪米崔耶维奇（别号"阿匹斯"）身边，那位鲜少有人见过、从未被拍到照片（也可能并非真实存在）的神秘助手。（盛传这名所谓的抄缮官聪明绝顶、心狠手辣，他其实才是促使该组织成立的幕后推手。）不管此人撰写石察卡那些作品的可能性有多小，石察卡显然在这段《插曲》中玩弄了这个想法。只不过引人注目的是作者在这第一段当中，便让黑手会特务的局势由优转劣。但这是"抄缮官石察卡"在灭绝过去的自我吗？是在否定原有的意识形态吗？是另一个石察卡在消灭一个谣传的身份吗？或者以上皆非？

{ 300 }

插曲　自由拍触技曲与赋格曲

臭，还带着枪与任务的矮子。[2]

　　普林西普的食指扣了两下，大功告成。晚安了，恶劣的皇储；早安啊，大好时机。来自焦虑政客与急切将领的电报，想必已淹没了人在城堡的韦沃达。即将爆发的战争必定范围极大、耗时极长，将是绝佳的买卖机会。

　　男子坐不住，站起身来将厚重的大衣重新折放成整齐柔软的环状垫；打从火车出站前，他的痔疮就突然剧痛起来。重新坐下后，无意间与三个一伙儿的男人目光交会，他们身子摇摇晃晃地站在走道上看着他。真有趣，他暗想，有时候注意到他的不是清醒的人而是喝醉的人。这三人八成是想弄清楚他打哪儿来，因为他的相貌方正、黝黑、阴沉，与他们不同。其中一人的胡子乱糟糟、脏兮兮到令人瞠目结舌的地步，那儿恐怕住了一大群啮齿动物。

　　昨天的报纸？ 另外两人之一对他说。**在今天这样**

---

[2]　卡石特出版的《黑色十九》英文版二六二页曾出现与现实世界杀害大公的凶手普林西普完全相符的描述。

{ 301 }

忒修斯之船

的日子怎能看昨天的报纸？

男子耸耸肩。我知道今天发生了什么事。

三名醉汉听了大笑不止。

喝一点儿吧，留大胡子那人说，和我们一起喝。

男子就着车厢里的微弱光线觑视他。我认识你吗？

哈！大胡子大嚷一声。哈！他拍了下膝盖，几乎歇斯底里地笑弯了腰。不太可能吧，他好不容易接着说，<u>我来自很远很远的……</u>他的手腕用力一挥，却没有特定朝哪个方向，后半句话则含糊成一阵嘟哝声。

> 不知从何而来的人（石）。

拿来吧，男子说。他要是喝一点儿，他们就会闭嘴，继续无视他的存在。那么就敬这个多变的世界吧，他说，那群男人则像笨蛋一样大声傻笑。塞尔维亚特产的李子拉齐亚烧得他喉咙发烫，那口味说不上喜欢或不喜欢。他始终相信培养这些微不足道的嗜好只是浪费时间。[3] 他咽下了酒，将酒瓶递回去，谢过他们，又再次举起报纸。他们若是再纠缠不清，他会用更强

> 我喝过这个。有个克罗地亚的教授带来参加里斯本的研讨会。和他+穆迪+其他几人共饮。他说假如阿匹斯的抄谱官不是石察卡，至少也是他把石训练成了杀人犯。穆迪不断指出他有许多主张只是出于臆测，这家伙根本听不进去。

[3] 石察卡对于任何消遣娱乐的态度可以说是一样的。

> 这也是个消极反抗高手？

> 那你呢？我只是闭嘴洗耳恭听，大概就是尽好我的本分。

> 所以当我提到我父母如何期望我来乘听些话，别问太多问题的时候……

插曲　自由拍触技曲与赋格曲

硬的方式让他们不再关注他。

　　他从窗口看出去，外面早早降临的夜幕已使田野、树木与零星错落的农舍蒙上蓝色。玻璃上的倒影够清晰，让他得以观察列车上的群众并确认自己不再受到注目。他觉得喉咙痒痒的，轻咳几声，却未见好。他又咳了几声，试图以一连串越来越用力的"喀喀喀"清除喉咙的异物。他暗自希望不是感冒了；他得在两天后到达城堡，旅途中光是痔疮就够难受的了。他又咳了一阵，气管好像收紧了。他闭上眼睛，专注地深呼吸。再次睁眼时，他面向窗户，更清楚地看到自己的影像；乡野景致已被墨黑的夜色笼罩，看不见了。他的双眼显得浮肿，肌肤似乎染上了黑夜的色调。他看着自己大口喘气、飞沫四溅，举起手摸摸喉咙但无济于事，便又再度闭上眼睛。

　　最后报纸盖住了他的脸，而且一直持续到火车发出尖锐的刹车声，驶进布达佩斯东站，才有个脚夫前来戳戳这具已逐渐僵硬的尸体。当然了，哈布斯堡的秘密警察会留意到这出悲剧，并记录存档等等，但说

（旁注）

我好像又快要生病了。我实在没这个时间啊。

埃里克，你真的有必要去查出那个蒙特文学协会里到底有谁。你难道不想知道他们是不是有点在耍你？他们从未要求我让他们看些什么，我想不出我能怎么向他们泄露信息。何必无缘无故拒绝这笔钱？这对我的研究工作有帮助。

麦金内一开始恐怕也是这么说的。

忒修斯之船

实话：火车上的一个死人也就是火车上的一个死人，只要证件齐备，没有什么贵重物品需要归还，也没有什么重要人物会为他的死费神。这个人是小人物，无足轻重，说穿了只不过是某份证件上的一个名字。（他们倒是在他口袋里发现了一张揉皱的纸，是从一本书上撕下的。什么样的人会随身带着撕下的书页？疯子罢了！）没有什么问题非问不可，没有哪个同车旅客非侦讯不可。

可能也只有两名乘客还记得死者，但他们几乎喝得醉茫茫，还被列车员拖下火车，扑通倒在月台上呻吟，来往的行人经过时都别过头去。在火车上与他们短暂共乘，还递了一瓶酒给死者的那个大胡子旅客呢？他们或许会推测他在距离布达佩斯数小时车程外的某个偏僻小站下车了。总之唯一清楚记得的，就是他是个自私的浑蛋，也不请他们喝那最后的第三瓶酒就消失不见。

至于那瓶酒，如今躺在一条河底，而大胡子正搭着一艘藻痕斑驳的小渔船顺这条河而下，准备回到大

{ 304 }

旁注（左侧）：

麦金内会同意这点吗？
多重的自我在死后会继续吗？

昨晚跟晓了，瑞吃两眉见穆迪走进咖啡馆，醉醺醺，跌跌撞撞地进去，东张西望一番。离开时撞到报纸架，还整个儿打翻的好个精彩场面。

他是怎么了？他想要的东西都到手了啊（或至少是唾手可得）。

我猜还不够吧。（又或者是他担心一切都会被夺走？）

李子酒味道如何？
我喜欢。
他只带一瓶，我好失望
自私的浑蛋。

插曲　自由拍触技曲与赋格曲

海去，并留心确保手提包的干燥，维护内容物的安全。

* * * *

每一次 S. 从陆地回到船上，总是直接走到自己的舱房。<u>他不再记录自己不在时，船经过哪些整修、更换与改装而改变了外观</u>，而是只从大致氛围上意识到这类改变。对他而言船并无不同，还是他睡在艏楼下方舱房的那艘船，还是他在甲板上、在索具间、在纸墨房里工作的那艘船，也还是载他到他需要去的地方的那艘船。船就是载着他的船。船就是原来的船。[4]

他隐隐意识到船员人数持续减少。每当再回到船上，似乎便又有一两人失踪。他也不想费心去确认是哪些人。

还有一件事他也注意到了（或者比较恰当的说法是：他**承受**或**忍耐**着它的折磨），就是充斥在天空中令人痛苦的嗡鸣声；声音越来越响，压迫感越来越强，

> 平静地接受不可能的事实。
> 正如我们现在在做的，不是吗？
>
> 除了平静之外。

4　见第七章注解八，二六九页。

忒修斯之船

隆隆低音与尖锐的金属摩擦声不分轩轾，那静电干扰的嘶嘶声和燃烧爆破的噼啪声是如此立体，仿佛举起手就触摸得到，就好像沙漠风暴横扫过来的沙粒，打在手心和指腹时还有刺痛感。如今几乎所有的水手都拿撕碎的帆布、树脂或任何能发挥类似用途的东西塞住耳朵。

进入舱房后，他将手提包放到满是节瘤的地板上，脱下衬衫，弯身在一个备有剪刀、刀刃与肥皂的脸盆上剃胡子，再用衬衫把脸擦干。他掀开一个雪茄盒盖（这是某次记忆模糊的登陆造访得到的纪念品），取出一个鱼钩和一卷黑线，将线穿过钩子，重新缝起嘴巴，然后用剃刀刀刃切断线尾。（这是个简单的工作，不比刮胡子困难。他可以在黑暗中完成，可以在三十节风与两米高的海浪中完成，可以在睡梦中完成，他也很可能这么做过。）他重新穿上衬衫，用一只袖子擦去嘴唇渗出的血，重回甲板加入船员的行列，做自己分内的工作，让这艘修修补补的破船能继续行驶于海上，一面等着轮到自己进入船舱底下，切开自己身上的一

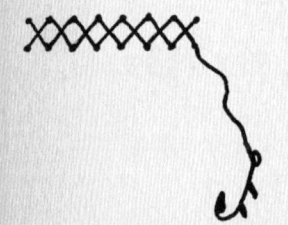

根据布兰德医生：做伤害自己的事很容易可以为常。足够常做的话，这会变得平常，成为习惯；就像平日的生活。

插曲　自由拍触技曲与赋格曲

———————

条墨脉，尽情挥洒到那些纸页上。

　　三小时后，他又会拖着沉重的步伐、身上沾着墨水、缺氧、摇晃不稳地回到甲板上，吹响哨子。工作、下去、上来、偶尔睡觉（尽管其他人似乎都没睡），工作、下去、上来。经过数日、数星期或更久，很难说，因为 S. 已不再留意时间。到了一定时间，大漩涡会从船尾甲板吹哨，告诉他差不多该下船寻找下一个目标了。S. 便下楼到自己的舱房，点亮油灯，细细研究照片上的脸，熟读有关于这个特务为韦沃达或他的客户做了哪些事的详细资料（诸如杀人、掳人、破坏、恐吓、镇压、挑衅等等），然后着手策划。当他听到哨子吹响弗里吉亚[5]调式的一串音符，就表示**看到陆地啦！**就会收拾行李、割断缝线，爬上小舟。这个时候，他

---

[5] 这一页的原始手稿涂得乱七八糟，可见石察卡为了定义这些音符的音乐调式煞费苦心，而在我看来，这似乎是小到不能再小的细枝末节。这"一串音符"一开始是弗里吉亚调式，接着变成米索利地亚调式，接着是洛克利亚，接着是多利亚，接着又是洛克利亚，就在即将付梓前才又变回弗里吉亚调式。他在一封信中解释说，音调的差别意义重大，对于细节的"感觉"很重要。我承认我是个音痴，而且我认为就算他为此捏造一个音乐术语，或是完全略去不提，对故事细节也毫无影响。

觉得这个注解一定隐藏着线索……
她还特地提到这所有音乐调式……

的胡子多半已经浓密到足以遮盖嘴唇周围的伤口与疤痕——但登陆以后倒也没有人曾经如此近距离地看他。

这是他的工作、他的仪式、他的生活。诚如大漩涡经常提醒他的，**要让那些该死底浑蛋不得安宁**。

* * * *

特务 #34

爱丁堡验尸官的报告中将死者姓名登记为他荷兰护照的姓名。这本护照并未经过任何变造，是一份毫无破绽、不容置疑的官方证件，却也是彻头彻尾地捏造出来的。#34 受雇于韦沃达时，便抛弃了原来的姓名与国籍。他早先的个人资料已不存在。

验尸官给的死因是**心跳停止**，但比较准确的描述是：他在格拉斯广场一家拥挤昏暗的酒吧将帽子挂在帽架上，帽带被人涂上一种难以追查的毒药（由一种罕见的安第斯山茄属植物所提炼），经皮肤吸收后导致心跳停止。

（左侧手写批注，黑色）：

我不明白你怎么能在校园里自由自在活动，又不被发现。你个子高，长得好看，还有个怪怪的歪鼻子……我觉得你相当令人印象深刻。

嗯……我知道，不是这样。
说真的：你做了什么吗？

像是石察卡？不，等等，即使以石察卡的身份写作时，所有的可能人选依然都继续匹配，对吗？没人需要……怎么说呢？抹除自己的过去吗？

没错，主要几个成员确实如此。也许卢珀+抄谱官有过被清除的秘密过往。

或是戈茨拉来！

（红色批注）：

这是我不流于俗的魅力（大部分人看不出来）。

避免与人眼神交汇。如果只是低头看地上，谁也不会认为有必要记得你。还有：一有机会就使用学校的蒸气地道。

抹灭个人历史。

这个嘛，并不是他的过往经历被清除，而是他的未来并不存在。

插曲　自由拍触技曲与赋格曲

———

验尸官在死者的裤子口袋里找到一张从一本芬兰小说中撕下的书页：Archerin Tarinat 第一五七与一五八页，作者名叫杨卡·沙克西。[6] 无论是书名或作者都没听说过。他把纸交给警司，后者向他保证这东西是完完全全、百分之百的毫无意义。验尸官走开时，注意到警司将纸高举向光，仔细审视。

＊＊＊＊

当 S. 身在底层船舱，笔尖在纸上飞快划动着，墨水喷溅在皮肤、衣服、木头上时，出现在纸上的是闪现的影像、是闪电般的感官记忆、是对事件零碎片断的印象。不管他怎么有意识地想把这些串连成有条理的线性叙述，它们就是不肯就范，事实上他越努力尝试，它们就越抗拒。有许多片段好像属于他自己的过去，但也有一些几乎肯定属于他人的人生：他会听到欧斯崔罗的父亲威胁着要把他卖给阿拉伯市集里拐带

———

[6] 依我之见，传闻中石察卡与"圣托里尼男"之死的关联已受到极度过多的重视。倘若读者有兴趣，相当轻易地便能找到错误百出的相关信息。

（绿色批注，右上）
※ 也许吧。但话说回来，突然之间发生了很多事，看似都和S或新S组织有关。会不会那一切尚未完全结束？会不会只是暂时蛰伏，如今又卷土重来？说不定德雅尔丹发现了什么……

（橙色批注，右中上）
又一个《弓箭手故事集》(Archer's Tales)……
（虚构的作者）

（蓝色批注）
我还查到了：
沙克西=芬兰语"鹦鹉"。

（橙色批注，右中下）
感觉很像《科里奥利》，到处都有这本书的影子。这正是大多数评论家痛恨它的原因，通常作家+文学教授会比较喜欢这本书。

（蓝色批注，底部）
我查证过了……直到20世纪70年代好像陆陆续续有些类似圣托里尼男死亡事件———的报道。

（绿色批注，底部）
报道没说是哪本书吗？

（橙色批注，左下）
哇，我在《西班牙国家报》的网站发现，去年10月在巴塞罗那还捞起一具尸体，没有身份证件，口袋里有张书页，死因不是溺毙，倒势看来是坠崖所致。

（蓝色批注，右下）
没有，我再看看能不能查到。很可能只是巧合，对吧？ ※

忒修斯之船

孩童的人，也会听到菲佛村里的家长在描述"冬之城"的凄惨景况；他记录着自己亲眼见过和一些只是听说的苦难；他为那些从未谋面也永远不会知道已经辞世的人，涂写着慷慨激昂的悲歌；他誊写出一名船长的航海日志，而他从未参与过那些旅程，也从未登上过那艘船；他记录（或坦承？）了他在陆地上隐匿行迹的杀人过程，然而当他像个精神恍惚却埋头苦干的火神赫菲斯托斯，流着汗坐在油腻橙黄的火光旁，看着这双不像自己的手奋笔疾书之际，这些叙述却不断偏离事实，越来越扭曲怪异。索拉从未出现在他的纸页上，却能感觉到边缘空白处有她的存在。她督促他更深入地探查，更敏锐地领会，即使"因为……"的答案显而易见，也要继续追问"为什么"。但她从未进入书写的本身。我不属于那里，他想象她这么说，我的位置在文章之外。

胡乱拼凑了这许多影像、文字、声音、人生、废话、豪言壮语、狂热的梦想、独白与卑鄙的谎言，最后得到了什么？他这一行接着一行、一页翻过一页，

[左侧手写批注：]
有个评论家说《科里奥利》具有"潦草初稿的所有特色——而且，还是在喝了苦艾酒的微醺中写就的初稿。"

↓

此人还说《忒修斯之船》"让他没有理由重新考虑他对石察卡作品的评价"。

难怪石察卡会痛恨评论家，我不意外。

即使是喜爱他作品的评论家，他也不喜欢。

[底部手写批注：]
我想我们可以大致作出结论：
只要你不为S组织奉献或不是菲洛梅娜，他都不喜欢。

你讲这个未免多余。她也为S组织奉献过，只是不在组织里面。

插曲　自由拍触技曲与赋格曲

———————

是在做些什么？其他水手又在做什么？堆放在那些板条箱里的书册究竟有何用途？他说不准。可是他有种感觉，觉得他和索拉和他们都在努力做同一件事，一件能普及四方的事。他的任务就是将话语化为文字，让小小的启示与日俱增。**放轻松**，索拉低声说道，**你不需要明白。**

S. 从陆上返回时，经常发现许多箱子从房里消失了。他怀疑箱子被搬进了货舱；最近航行时已尽可能地减少载货量，船身吃水却总是很深。

* * * *

特务 #26（你 [7]）

老板（也就是城堡里的那个人）需要他的铜，所

———————

[7] 有趣的是，石察卡的**所有作品**当中，只有这一段采用了真正的第二人称叙述。（当然了，他偶尔的确会使用"你"这个直接称呼。）我在写给他的信笺中建议他改用平时惯用的第三人称，但他很坚持，并信誓旦旦地说，要是我或其他任何人再提议改变这一段的叙事观点，他会把稿子从出版商那里抽回来，一把丢进最靠近他的火堆。

> 别相信这里所写的。在这个时候，当他开始明白她对他可能）有何重要性的时候，他真的还会对她如此严苛吗？

> 谁知道？也许正是因为他开始了解到这一点，才做了过度的补偿。比较可能的是：若他感觉到这将是自己此生的最后一本书，就真的、真的不希望任何人干涉他艺术上的决定。

{ 311 }

忒修斯之船

以你从蒙大拿州的比尤特奔波到亚利桑那州的比斯比，到墨西哥的卡纳内阿，到日本的足尾町，到芬兰的奥托昆普钢铁公司，到赞比亚的卡富埃国家公园，以确保供应无缺且价格低廉。如果这意味着你偶尔需要把某个世界产业工会的成员吊死在铁道桥上，或是火烧一座帐篷镇，或是以斧柄的连续槌击来传递信息，或是当鬣狗在黑暗中狞笑时割断某个酋长的喉咙，或是赏某个紧张兮兮的矿场守卫一记机关枪再眨个眼，或是郑重地给某个目光短浅、手指还沾有墨渍的"掏粪"记者上一课，你会去做，还会做得神不知鬼不觉，表现出职业水平，冷静有效率，而且目标明确。老板正在根据他的远见改造世界，一如历史上所有的伟人，而你则是他这番雄心壮志的工具。况且：他让你自行选择要用什么货币领取酬劳。

你从未见过他，这是当然。你从未去过城堡，甚至不知道它地处哪国境内。但你从其他特务口中听过一些传说：有一次，在几年前，老板曾邀请极少数几个宠信到城堡去。他们参观了葡萄园，接着是地窖，

{ 312 }

把自己想成是工具……真恐怖。

但并不罕见啊。虔诚信众不都是这么想？问题只在于你遵行的是谁的意志，为了什么目的。

（正如同布沙庄园）

你认为菲洛曙光庄园所在地之后，布沙一家人还待在那里吗？

好像没人意识到她曙光了那里。

*你就有一个啊，你希望自己成为出色的学者。

那条路有些颠簸。

闭嘴。至少你还有一条路。别因为杨迪找你麻烦就决定投降，你仍始相信自己的能力。

插曲　自由拍触技曲与赋格曲

我年纪比你大，我才有更多时间去找路。

并在里面开了一桶他们每个人有生以来尝过的最香醇醉人的葡萄酒：最深沉的红色，口感无与伦比（醇厚到在味蕾上停留了数小时），是一个了不起的人的意志精萃，经过采摘、压榨、浸渍、熟化与装瓶而成。

据说只要特务表现得杰出（像你就是，你十分以此自豪），或许有一天联络人就会在他（或她）的外套口袋里，偷偷塞一张参加类似活动的邀请函。<u>你对这样的故事深信不疑，期待有一天能成为其中一部分</u>。偶尔你会买一瓶自己能负担得起的最贵的红酒，然后在喝下肚后告诉自己，不管老板在城堡里用什么样的酒招待，都会比这个好喝千百倍。

我之前没怎么注意这段话……但刚刚重读才意识到，我还没有过像这样的故事。那种巨大的信心，那种让我极度渴望成为其中一部分的东西，对特务#26而言，这份信心倒是派不上什么用场。

正因如此，你才不希望被要求随身带着一张撕下的纸。每当伸手进口袋摸到纸张，都会以为可能是邀请函，而一旦发现只不过又是一张破纸写着某个疯子的故事，总会感到椎心的失望。但你接到了指令，也会依命行事：只要你的任务是"消灭S"，就得带上一张撕下的纸，随身带着却不能看，然后把纸留在尸体身上，最好是在口袋里。假如是裸尸，放在嘴里也行。

哈……没错，很好，有趣，随便啦。说不定石寨卡是在藐视相信那个特定故事的人……但你不认为每个人都需要一个故事吗？或是好几个？

越听越像我父母的口气了……

不是在说宗教，总之不完全是。石寨卡对于自己身为作家的故事＋人们需要起身对抗权势的故事，或许还有绝卡菲洛相娜建立起真正关系的故事，有信心。

{313}

而她相信的则是自己有责任保护他的身份＋他的世界，更坚定对他和她能在一起的故事保持信心。

我想说的是：我完全没有那样的东西。我很希望现在已经找到了。（见上↑）

忒修斯之船

为什么？有一次，在几年前，你问了联络人。这不正是S组织对我们的人做的事吗？

这是我们发明的，联络人说，这可以说是我们的印记。S组织这么做，是一种嘲弄，一种企图扰乱并打击我们的卑劣手段。

没错，它是扰乱了我，你脱口而出，来不及阻止自己。你当下立刻怀疑自己的职业生涯是否到此为止，甚至怀疑自己能否活着离开。

（你的任务很简单，联络人说，听命行事就对了。）

此时此刻，在这个下着雨的午后，你搭上市区电车前往一个陌生地址，一栋没什么特色的建筑。你接到的任务是消灭S，而且联络人如此紧急地传唤，想必十分重要。车厢充斥着浓浓的湿羊毛味。你觉得外套口袋好像被拉扯了一下（其实与其说拉扯，倒更像是迅速一捏），你伸手想去抓扒手的手腕却扑了个空。

你往口袋里摸了摸，感觉到那张纸还在，松了口气。一切都照计划进行。但你猛然惊觉：撕下的纸页向来都放在左边口袋，不是右边。

珍，我在地道里发现一个S符号，很接近斯坦德林大楼旁的入口。
又是穆迪：表示他知道我在附近 + 我会从地道进出。（符号旁的墙上写着"请来电"。）

你会打吗？
不知道，如果走错了这一步，后果会非常严重。

参见：我父母。（你的任务很简单……）

很高兴看到你也开始用"参见"，欢迎来到学术研究的**黑暗面**。

现在想想，我知道他们不是在命令我，只是想把我留在一个美好、最安全的小盒子里。出自善意，但还是难以消受。

珍，我可以理解……
尽管在公园里没发生什么事，他们还是自觉失败。而他们不想再有那样的感觉，谁都不想。

可是我是我，而不只是一样让他们体验感觉的东西。

你觉得你爸妈为什么来找你？

不知道。
但不可能是好事。

> 另外，事情还有了超乎预期的发展，例如：我陷入绝望+感到孤独莫名，于是开始在书页间和一个陌生人笔谈，结果走到了这一步。

插曲　自由拍触技曲与赋格曲

> 埃克，你说得对，但请注意：我们同时也被困在一大堆麻烦中。请不要说："到处我们有伴。"
>
> 好，我不会说。
> 你心里在想，我知道。

是邀请函？

你觉得自己有这个资格，只是从来不敢大声说出来。你是查出 H 城仓库所在的特务，经验老到，早期便加入了消灭 S 的行动——尽管到头来没有一个是你在找的"S."。你奉献了多年青春，效命的精神可靠而绝对。邀请函早就该送达了。

> 珍，还有一件事必须考量：滨州大的学位若没真正拿到，会更没价值。
>
> 这话真是耳熟。你一辈子循规蹈矩，对长辈的要求无一不从，也都做得很好，而且从不惹麻烦。结果得到什么？一个无趣的前男友、一个没多大意义的学位、一个让你差从此困在无趣平凡生活里的无趣工作。喔，顺带一提，就连这些也都是拜你爸在幕后撑控所赐。

你从口袋掏出纸张，挡住身旁的目光，偷瞄一眼。是联络人给你的那张纸，上面写满你看不懂的东方文字。失望之余你觉得心揪了一下。

你扫视周遭的面容，寻找任何一张可疑、引人注目的脸——或是刻意不引人注目的脸，就像你和其他特务同志将要做的那样。所有的脸模糊成一团。电车戛然停止，几名乘客拖着脚步跨出车门走入雨中。这时你才注意到大腿的刺痛感，鲜血从长裤被割开的一条细缝中渗出来。你还没来得及反应，还没来得及冲出车门去追那个对你下手的人，视线已晕染成一片五颜六色。

> 平凡有什么不好？
>
> 做个特别的人比较好。
> 别想蒙我相信你能完全满足于平凡。因为我知道那是谎话。

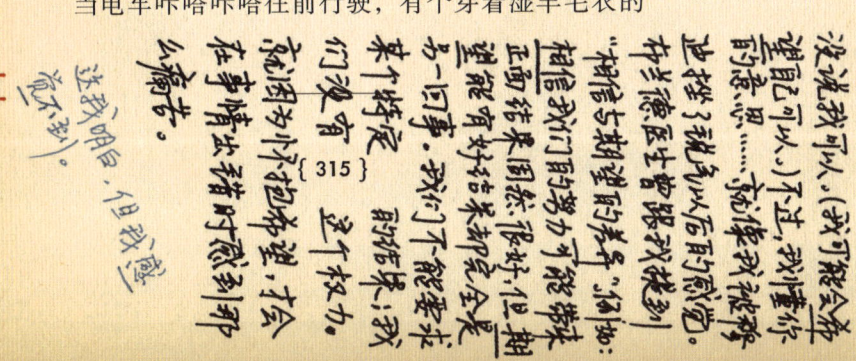

大脑里的一条动脉爆裂。

当电车咔嗒咔嗒往前行驶，有个穿着湿羊毛衣的

> 达到声明，但我感到
>
> 没说我可以（我不能全部的都说…）不过，我懂你的意思……她唯一能够让我接受了就加入后的原因，"相信我们有办法改变，正面结果因此，做好，但是期望能有好结果都是为了一伺事。我们不能牵挂别的假设，承诺的时候，这个桩办。

{315}

忒修斯之船

人肩膀无意中撞到你，你立即倒下，手里仍紧抓着撕下的纸。你砰的一声跌入一群恼怒的陌生人的肩膀、背部、手臂与膝盖之间，倒在散发出灰烬与皮革味的湿地板上，眼前所见只有一片模糊的黑、灰与黄褐。你就死在那儿了，在一个你不为人知的城市，一个你不为人知的国家，一个你不为人知（也本该如此）的世界。在这之前，你还**不够**不为人知，对吧？

最后笼罩你全身的感觉是失望，因为你一定、一定会在口袋里发现那封邀请函，不是明天，就是后天，再不就是大后天……

* * * *

每次出任务，S.都会遇见盟友、协力者、援助者与煽动者，但他并不知道，也不想知道关于他们或他们生平的一切，甚至是他们的联系方法。不管是无知得像一块光滑的玻璃，或是不让有心人抓到把柄，又或是维持难以捉摸、危险而致命的特性，都比较安全不是吗？

> 我又是打电话，又是搜寻资料，留下了好多能追踪的足迹……天啊，我甚至还写了E-mail，想也没想收件者是谁。从来没想到应该更小心一点。
>
> 我应该提醒一句的，我们俩都完蛋了。

插曲　自由拍触技曲与赋格曲

反观那些帮助他的人，也对他一无所知，只知道他在做什么。

或许他本身也有点儿像韦沃达：虽然实体存在于无形，对世界的影响（包括疆域与资源与痛苦与渴望等各方面）却恰恰相反。此外，他也同样在一个位于谣言之邦[8]的庄园上运用这份影响力——此地光线以不自然的角度折射，普通人得戴上特殊眼镜才能看清事物。

* * * *

特务 #47

#47 攫住喉咙，往前趴倒在饭店豪华套房的早餐桌上，鼻子首当其冲地压进切开一半的葡萄柚里——他刚刚才舀起一勺来吃，没想到那么酸。这时有个人出现了，（从哪里来的？窗台上？隔壁房间的窗帘后方？

8　我认为《谣言之邦》是石察卡最初为这本小说拟订的书名；他在一九四四年写给我的一封信中曾提及他正在创作一首文学幻想组曲，不知道最后会变成什么样子。

[手写批注：我本来没打算到我爸妈家。只是上了车十飞快开走。我不想让那个人再看见我，不想让他（或任何人）知道我在哪里。]

[手写批注：包括我在内。]

[手写批注：对不起，我太害怕了。而且那间该死的汽车旅馆还失火?!……汽车旅馆，然后是我爸妈家的谷仓？千万别想告诉我那是巧合。]

忒修斯之船

衣橱里？）他可能来自S组织，至少肯定是S的成员之一。

#47还趴伏在下了毒的水果上，这个S把他的头拉起来。我想结束这一切，他说。

#47摇摇头，透过满腔浓稠的口水说，不会结束的，你不知道吗？

男人停下动作，歪着头像在倾听#47听不见的声音。我的确知道，隔了好一会儿他才说。

#47端详那人的脸。他们曾经奉命寻找过这张脸吗？他认为没有，不过他的记忆，又或者他的整个大脑可能都靠不住。他眼看就要被自己淹死了。他想问：你们总共有多少人？我们不停地消灭你们，你们却又不停地再次出现。但他没有足够的时间或气息。

对他下毒的人会大大地叹一口气，同时揉皱一张纸。

* * * *

令S.心力交瘁的倒不是杀人，而是计划、划船、信任、旅行、跟踪、杀人、逃亡、划船、缝嘴、航行、

> 厌烦了。厌烦了学校＋跟踪狂＋我的家人＋枝蔓＋光看就像跟踪狂的人。厌烦了S组织＋新S＋新新S＋其他各个可能他妈的重复的S。只想离开这里，和你待在一起，远离这一切危险、压力、狗屁。

> 参见第十章：
> 这不足以成为放弃的理由。

> 你看了今天的《又角鞋日报》吗？第5版。

> 该死。珍，我早就告诉过你，那是个要不得的想法。

> 我猜现在不是称赞你那张照片很可爱的时候……

> 看来我猜得不错。

> 像是睡到中午起床,出去喝杯咖啡
> 吃个甜点、在咖啡馆露天座享受好
> 几个小时的日光浴……

插曲　自由拍触技曲与赋格曲

> 没错。
> 我要吃哥拉奇,好爱那种酥皮
> 点心。

书写、航行、书写、航行、书写、计划、划船、信任,同时也知道韦沃达在追杀自己,|)知道自己迟早会遭到某个特务的刀或枪或绞绳或冰锥 [9] 的暗算,再不然就是被韦沃达某客户国的秘密警察循迹追获,直接从大街上将人绑走交出去,让他接受清算。(当然了,无论他被哪种武器制伏,最后都会被人从窗口扔出,这是他们的做法,他们会在你身上放一张纸,然后从高处推你,让你跌下来,让你快速坠落。)

> 还有写了又写、写了再写的《雨》
> 诗作赏析报告,根本毫无用
> 处,同时心知肚明伊尔莎不
> 会让我好过。

> 拿去:我替你写了一篇。
> 还不错,随便你怎么用。
> 《[目瞪口呆]》
> 就当作是非常← 我们总有一天能好好睡觉。
> 时期读的吧。
> ⊗我们总有一天能做任何事情⊗

不,其实是那持续不断的翻腾涌动,是那继续前进继续行动继续冒险的需要,<u>要让那些该死底浑蛋不得安宁</u>,非要不可。

你也许会说 S. 怪不得别人,要打这场仗,要过这种在提高警戒中昏昏欲睡或在昏昏欲睡中提高警戒的生活,要容许自己满足于让索拉活在手稿空白处而不是自己怀里,这完全是他的选择,而你说得也许没错。但你也应该要了解,他内心里起了一种消磨作用,将

> 怪异的观点转换:
> 叙述者试图直接说服
> 读者不能全怪 S.。
> 还不如起头就写"亲爱的
> 菲力,很抱歉让你虚度了
> 一生,不过……"
>
> 他在书中其他段落
> 确实自责得很彻底。

---

[9] 看似指涉石察卡所景仰的苏联共产党领袖托洛茨基遇害案,但并无证据证明两人曾经见面或通信。

> 从英国秘密情报文件可看出布珍与斯大林
> 的关联;文中却略去布珍与英国之间的关联。

忒修斯之船

选项、抉择甚至欲望都越磨越细，直到再也无法凭靠肉眼观察或重量或转移来证实它们的存在，而只能凭靠信心。一直到欲望幻化。

> 我似乎在默许你做出轻率的决定（无可否认，我也因此间接受惠）。
>
> 你并没有"默许"我做任何事。

* * * *

特务 #8

关于 #8 的死，少说为妙。即便 S. 也承认那不是任何一个人所应该承受的痛苦——即使那个人是，比方说，是蔻波从洞穴跳下时开枪射中她的人。那颗子弹被她残余的生命包覆住，速度骤减落入浪涛中，要破坏它的杀伤力已经太迟，但记忆永远无法抹灭。

> 复仇的限制。
>
> 有时候会想，我做这些有多少纯粹只是为了报复穆迪？还有伊尔莎？
>
> 你现在做的完全是你原本就会做的事。只是变得更投入罢了。

* * * *

S. 的睡眠已经够少了，还不时受到迷迷糊糊的恐惧感扰乱。他自觉半清醒着却动弹不得，四周有一些无形而带有恶意的东西从暗处看着他，同时慢慢靠近，慢慢缩小范围包围他。有时他觉得索拉入梦了，真真

> 我从小就有类似经验。不常发生，可一旦发生就很吓人。你只能眼睁睁看着那些可怕的东西步步逼近，也知道它们总想伤害你。
>
> 你家人知道吗？
>
> 妹妹知道。爸妈重新装修房子的时候，我们有一阵子共享房间。她亲眼瞧见了，当时她醒着，整个人吓坏了。她说我发出的声音吓死人了。→ 她说得对！

> 你觉得这是从什么时候开始的？如果说应该会是个精彩的故事。可惜我不知道。
>
> 好吧，我知道，是从我待在旧工厂的那夜——那夜开始的。

插曲　自由拍触技曲与赋格曲

切切地进入梦中，不是像他书写时在纸页空白处低语，而是和他一同存在着，让空气中充满快乐鼠尾草的香气。[10] 她会从内心最深处发出铃铛般清脆又响亮的歌声，将魅影驱回他们来自的地狱深渊，让极度缺乏睡眠的他可以重新入睡。只是大部分时间她都不会出现，没有铃铛般的清脆嗓音来驱散魅影，房里包围他的圈子越缩越小，最后所有黑影一齐扑过来，当他惊醒时，四肢僵硬酸痛，声音沙哑，尖叫声响彻船身与甲板与其间的所有空间。

要是能召唤她就好了。

等等……

可以吗？如果不能召唤到最底层甲板，那么到他的舱房呢？

可以试试。他有根针，而且舱壁上补了几块没有刻写的全新木板。至少试试无妨。

> 你的梦里有这样的人吗？能够保护你？
>
> 没有，孤单一人。后来我学会了如何在噩梦开始后唤醒自己，不一定能奏效，但曾经救过我的也只有我自己。
>
> 不是说等你父母离开后要见面吗？怎么了？
>
> 我有事必须要离开一下，算算时间，我腾不出72小时。

10　请容我重申稍早的一个观点：我们不一定能单凭内文细节判断书中角色的原型是哪个真实人物。在此，石察卡选择快乐鼠尾草作为代表索拉的香味，但他同样也可以选择玫瑰天竺葵、泰国青柠或九重葛。

忒修斯之船

＊ ＊ ＊

特务 #9 与 #41

P城啊！人或事物在此被抛出窗外之城！上万起坠落事件之城！重力再教育之城！在你这座城中，消灭S变成一件如诗般的任务！

老板想必很了解这种诗意，否则 #9 与 #41 怎会被召见？在被占领的城市里，地方上资源丰沛。军靴的节奏不分日夜地踩响街道，对于杀两个通过无线电散布谣言的颠覆分子灭口，这些士兵根本不当回事。杀人、砸毁设备，也许还会附带着烧毁整条街。士兵们会兴高采烈地执行任务，就像占领军的秘密警察，就像通敌者的秘密警察。但是当老板想要以某种特定的方式达成目的，那就是唯一的手段。

情报并不确定，向来如此，但他们知道的是：老板的名字（**韦沃达**，他们低声互道，带着犯罪般令人晕眩的兴奋悸动）在一个短波频道上广播着，并与种

旁注（左侧，紫色）：
诗人威廉斯的报告拿了 C⁺，（我现在吉星高照！）期末可能需要拿个 A⁻。

旁注（左侧，红色）：
你觉得伊尔莎会公正给分吗？

旁注（左侧，蓝色）：
以前不觉得，现在会了。

旁注（左侧，紫色）：
美国战略情报局的文件可看出布珍与纳粹之间的关联。

旁注（左下，橙色）：
这么讽刺……如果这些段落全是根据真实的案件而写，有没有证据显示石察卡（或任何与S组织有关的人）做了类似的广播吗？

旁注（左下，蓝色）：
据我所知没有。

旁注（右下，橙色，带箭头）：
要是能听到他的声音就太酷了。

旁注（右下，蓝色）：
很怀疑会由他本人发声。

旁注（右下，红色）：
我知道，渴渴渴了。

插曲　自由拍触技曲与赋格曲

种不法及通敌行为有关。而凡是如此公然指控老板之处，总有一个 S 存在（若非整个 S 组织的话）。

（老板不喜欢成为街谈巷议的话题。老板不喜欢出名。老实说，老板不喜欢有人想到他，除非是那些想方设法要和他做买卖的人。他的客户们很重视这个，也很依赖这个。）

散布言论攻击的无线电信号已经被追踪到了。就来自这里，P 城中央广场附近一条繁忙街道上的一栋建筑顶楼，而城里三家报社中最不配合的一家的办公室也在这栋建筑内。每次广播都相隔十九日又十九小时，S.计算时间非常精准，接下来这次将会在今晚八点开始。每回由两个人广播，一男一女，这倒是出人意外，因为 S.（或说 S 的成员们）总是单独行动。无论如何，一旦 #9 与 #41 上到那栋建筑顶楼，这两个声音便会安静了。

三天前，#9 与 #41 分别搭不同班列车抵达 P 城，相约在一间可以看见报社大楼的旅馆碰面。他们在邻近一带勘查溜达，然后一面喝着浓烈咖啡与少量白兰地，一面对照笔记资料，并反复地详读 S 档案。他们

忒修斯之船

大声说出内心的想法，认为只有疯子才会全心全意地阻挠进步、政治现实、常识，以及现金与服务及产品的自然流通。他们进食、小睡、走动、观察。他们拟订计划，推敲琢磨后加以修改。他们俩都愧疚地坦承想让这次的消灭 S 行动变成创意的表达，变成艺术。

他们商定好写一篇故事。当然，到了故事结尾，播音员会双双被抛出窗外。这是既定结局。但在他们的行动内容、他们的动机，以及潜藏在他们注定要背叛老板与一切现状的命运底下的渴望中，或许能展现一点儿艺术。

#9 提议的情节是，情绪不稳定而危险的男 S 突然发狂，抓着情妇一起跳窗自尽。#41 不赞成，她比较偏好殉情。命运多舛的恋人，她建议道。#9 听了十分感动。很好，他说，像极了莎士比亚的风格。

关于播音员自杀遗书的口吻，他们俩意见分歧。#41 想要以伤感而甜腻的口气，陈述他们的爱是如何承受不住残酷的战火。忽然感觉到下体一阵温热刺痛的 #9，则提议让这两个不适任者承认，他们之间的堕

手写批注（左侧）：

我回到家时发现窗子开着，没法关上，太害怕了，不敢靠那么近。心里想到德雅尔丹。

我最爱的一门课：表演莎士比亚。去年修的课，读了他笔下的悲剧，所有的学生都得在课堂上表演几幕戏（这对我来说很可怕，因为从来没表演过什么，也从来不想）。我被分配到在《李尔王》的一幕饰演小女儿科迪莉亚。紧张得要命，还以为会当场昏倒。后来教授（是个瘦小的法国老女人）要我放开一点去表演。我甚至都不太记得她确切说了什么，但是很有效，我真的放开了，最后变得好好玩。这也多少让接下半的学期生活更有趣。现在我对他的悲剧都能倒背如流了。

插曲　自由拍触技曲与赋格曲

落性爱让他们羞愧到无颜再活下去。最后 #41 让步了。她知道且相当敬畏 #9 这么多年来令人钦佩的工作成就。他是韦沃达最早期的侦探之一，曾经将一个时常出没于码头且与 S 同谋的贼人直接推下深谷，（多么诗意啊！）曾经火烧鲁汶的图书馆，曾经说服日本人采纳"九一八"事变的计划，还在长达三十年的时间内执行了数十次消灭 S 的行动。

#9 负责写男子的遗言，#41 写女子的。他们坐在 #9 套房的沙发上，一起阅读两人的文学创作，上身不断朝彼此靠近直到肩膀相碰，#41 发现自己的手已搁在对方的大腿上。她暗忖：这就是人们所谓的爱吗？[11]

晚上八点整，#41 还在抚平衣服的皱痕，#9 已打开收音机，调到 S 成员的惯用频道。声音很小，几乎像静电干扰声般微小。他们谈论着韦沃达在地中海某座小岛上一间工厂所生产的致命毒气。

---

[11] 石寮卡笔下有许多人物到头来都会发现自己对爱的观念、感觉、责任与实践感到困惑不解。即使令人憎恶如特务 #41，这一刻却提醒了我们，她内心里不只保有些许人性，面对她自以为已掌控的世界，也有如一个迷失的孩子般惊惶失措。

{ 325 }

忒修斯之船

目标已经定位，行动开始。

#9 与 #41 从控制街道的士兵身边大步走过，士兵们已接获命令无须注意此二人。他们经过一楼漆黑的报社办公室（根本就是无政府主义的烂报），然后爬上后侧楼梯，爬了五段楼梯。他们很安静，很有自信，行动协调得完美。（各自心里都贪婪地想象着任务完成后，又得搭乘不同列车离开 P 城之前，在 #9 的房里该如何庆祝。）在楼梯平台上可以听见那两个声音，听起来微弱得恰到好处。((#41 将门踢开，#9 对自己所展现的力量与意志暗感激动。))

里面：一间长形的空房，一件家具都没有。地板上摆着一部正在转动的留声机，还有一支麦克风连接到大小如童棺的无线电发送机。没有男人，没有女人，只有保存在醋酸纤维唱片沟槽中的语句。

#41 正要转向 #9，便有一支细小的飞镖插入他的喉咙，声音有点儿像张开两片湿湿的嘴唇。她的目光还来不及从他身上转开，第二支飞镖便射向了她。

他们摔倒在地，一起扭动抽搐着，宛如一对舞伴。

{ 326 }

插曲　自由拍触技曲与赋格曲

尸体一直躺在那里未被发现，直到数星期后报社员工才被尸臭味逼出大楼。总编辑找到与占领军合作的警察之一请求协助，得到的回答却是他大楼里的尸体他得自己去料理——他难道不知道有一场该死的仗正在开打吗？

尤其是在20世纪30年代。对(他们)来说，那是特别难挨的十年。

＊＊＊＊

S作家群，一一死去。

船，就如同逐渐萧条的鸟舍。水手减少了，哨声减少了，如今吹出的音色也不若 S. 初登船时那般丰富多变的鸣啭（可能之前数百年都是如此），而是虚弱无力的吱吱尖叫，根本压不过弥漫在空中的可怕回响，那声音撼动的不只是船，还有大海与天空。唯一能逃避这股喧扰的地方就是底层甲板。

炭黑的雾霾模糊了海上的景致。一股无烟火药味与焦肉臭味被海风推着走，却没有散开，偶尔还从韦沃达在海岸山区里的试爆场飘来一波令人作呕的气味。那味道不只让 S. 想到那座小潭，还让他仿佛身临其境，双脚踏在短硬的枯草地上，肺叶因身在高处而吃力地运作，朋友们一面移动一面交谈，一面怀抱信心一面

我的几位老朋友邀我去去"为旧日情谊"喝几杯。真烦。好像在替配乌守灵似的……你知道最让我焦躁的是什么吗？她们全都知道接下来要做什么，而且都兴奋以待。是啊，当然了，既然再也没啥好烦心的，何不花点时间怀怀旧呢？

何不干脆就去呢？你一直都太用功了。怀旧也没那么糟啊。

唉，早知不该去的。她们只想谈论：珍妮的新男朋友。大概是室友说去的。她们说难怪布知道了，而且十分关切。

{ 327 }

所以呢？

[手写旁注（左）：我一直想到老友格里夫……他也主修文学。我们俩都主攻20世纪，我毕业论文写卞察卡，他写保罗·哈蒙德·保罗（英国作家，书晦涩难懂，不太受到读者喜爱。而且名字很荒谬）。保罗和卞不是同一时期的作家，因此我们经常开玩笑说，如果两位作家原来是同一人，那该有多酷（尽管我们会批评对方研究的作家写的东西一文不值）。]

[手写旁注（橙色）：真有意思，你们还保持联络吗？]

[手写旁注（左下）：接到通知，星期一要和波州大图书馆的米儿开会。不如吧。]

[手写旁注（左下角）：*召唤缪斯变成自我鞭笞。]

忒修斯之船

————————

努力掩饰自己内心的惧怕。]

为什么空气中有这种味道？稍早他问了大漩涡，但与其说是想找答案，不如说是为了想办法救自己脱困，因为直到今天，每当想起死去的友人，那忧伤的捕狼陷阱就会啪的一声咬住他。为什么呢？

细界在燃销啊，大日头。[12]

你以前闻到过？

很多次了，可从呒一次像这样。

紧张的状态让大漩涡、让其他水手、让他都受到折损。他们快速地老化，他们的身体一致地衰退，思绪一齐变得迷糊，在等待未知的未来时，彼此的恐惧也连成一体。 [手写红字：很像"夜惊"。]

[手写红字：只是我们无法把自己喊醒。]

* * * *

→ 呵，索拉！请你凌驾   呵，水手，请你结束
这最高明而混乱的发明！   恍惚吧，这无心

————————

[12] 这句话呼应了残酷的万卜勒在《万卜勒的矿坑》第六章中说的话（除了"大日头"一词之外）。

插曲　自由拍触技曲与赋格曲

（为我歌唱，索拉，
歌唱爱情，且愿你的歌声
如潮流般牵引，
带领我穿过这些鲜血
与墨水的汹涌湍流，
因为我一次又一次地
被迫脱离正轨。

~~而混乱的失望！你
只是个水手，如此而已。
白昼漫长，而黑夜扰人。~~

你结合了一阵汹涌
激荡又狂乱的鲜血与墨水，
为什么呢？遭天谴的人。
一次又一次被撕扯，
你已无足轻重。

手写批注（橙色）： 我还是觉得诗由上的"于"至"有暗流，我们只是还没看出来。"

手写批注（橙色）： 但是召唤缪斯应该是为了求取灵感，对吧？他却不然，他是在求她救他。

手写批注（绿色）： 你指的是S.还是石？

手写批注（绿色）： 不管是谁都一样烂——把救他一命变为她的责任。其实那是他自找的。

舱壁上的删除线，地板上的删除线。在舱房里，为了召唤她而开始的一切，最后却都成了对他自己的诅咒。[13] 于是他放弃了尝试；他闭上眼睛书写，只是把

手写批注（绿色）： 如果这是石说的话，表示他知道这是他的错。他想说他因为选择鲜血+墨水而放弃了爱，因此遭天谴。至于画上删除线，我想是在暗示尽管明知这是事实，他仍没有勇气去听。

你是误。去盾。[..]

---

[13] 比较 S. 对于自己这般"调解书写"之经验的不同反应。在第七章，他似乎对此手足无措，却又能感觉到他有些惊讶。但在这里，我们看到 S. 在抗拒，努力想征服它，好像比较确定自己想说什么，又不能忍受无法说出来。可不可能石察卡自己也在与类似的矛盾拉扯着——存在于艺术的意图与实践之间的矛盾？存在于期望与表达能力之间的矛盾？我与他的书信来往无助于了解此问题，但这似乎是相当普遍的内心挣扎，不只是艺术家，很多人都有，因此我要大胆宣称答案不只是可能，而是肯定的。

> 这件事你问过薛洛吗?
> 她知道的就只有名字，说是麦金响有意无意提起过，但同时留意着她的反应……她认为西涅·拉贝就是狭虹，却始终未能证实。

> 她根本不知道自己在问什么……(但她难道不知道这么做会让人陷入危险？又是为什么？忌妒？西涅·拉贝对她而言只是一个名字。不对：一个名字、一场仪式、一份威胁。)

忒修斯之船

钉子放到木板上画形状，没有任何意图、灵感或慰藉。

睁开眼睛时，他发现眼前的木板上只刻了短短一句，一个问句：

> 我回档案室查过了，石察卡原稿没有这以行！这一段写到"意图·灵感或慰藉"为止。

> 根据伊尔莎：
> 拉贝 = 德语"乌鸦"→ 狭虹？

→ 谁是西涅·拉贝？

> 从头到尾都没解答这个，为什么？

* * * *

> 所以是她把自己要问他的问题直接放进小说内容？幸好他已经死了，否则会气炸。

特务 #2

> 从第八章藏的暗语看来，她的敌人是死是活都无所谓。

#2 坐在一辆科德 810 的驾驶座上奄奄一息，车子停在金门大桥下的尖兵堡暗处，登记的车主则根本不存在。太平洋海风从车窗吹入，将特务的头发（此时已比照片上花白许多）吹得一团乱。#2 临死前说了几句话，嘲弄仍留在后座的 S.（他正等着看长期以来的对手断气）。到领地去吧，特务说，去找总督。你该会

> 也许这正是她的目的，她在问他是否爱上别人。

> 感觉又是一个她早已知道答案的问题，只是想让他亲口坦承。

> 绝对不要对我做这种事，稚有多惊讶。

停尸房里，当验尸官撬开死者的嘴巴，将会发现 Ang Mamamana Kuwento（作者名叫柳丽娃·席罗伊）

> 他想让你亲口坦承什么？

> 我不知道，我没什么好坦承的。

> 菲律宾常见的鸟

第一八九与一九〇页被松松地揉皱成一个玫瑰花饰。

> 我该相信你吗？

> 引箭手故事集（菲律宾塔加拉语）。

> 此事确实发生过：这位旧金山验尸官写过一本回忆录，提及他终生难忘 {330} 的杀人悬案之一。我的意思是，(关于钉子与书页的) 细节丝毫不差 —— 尽管所有报道中都没提及，而回忆录也是直到20世纪50年代末才出版。→

第八章

领地

领地：一长条偏僻的热带河谷，在韦沃达发现它周遭山地矿藏丰富之前，几乎鲜为人知。然后，他送来了开采队，送来了枪和钱，送来了对现代化的渴望借以魅惑原住民，送来了监工与化学家，送来了私人军队以确保该地区继续鲜为人知。

韦沃达在领地开始部署作业后不久，某邻国政府便派来一支军队兼并了这块土地，并宣称拥有其资源。那些人无一生还，而数日后该国本身也遭到北半球某个与军火商韦沃达交好的强权侵略、占领、

→ 这么说你认为石察卡是在坦承犯案？

当然了，如果他认识警局里的人（或甚至验尸官本人），也可能得知这些细节，但我觉得读起来像是他人就在现场。

之前我不这么想，但现在改变主意了。

忒修斯之船

去势。[1]

竞争的采矿公司所承租的飞机飞越后一去不复返。巡逻海岸的军舰遭遇无法解释的灾难。间谍伪装成有意交易的买家（或劳工、研究当地人的人类学家和迷路于丛林的笨拙探险家），都被大卸八块寄回给他们的联络人。倘若韦沃达有任何手下要离开领地，他们不会开口；倘若有任何人打算开口，就会在话说出口之前消失无踪。（因为看见韦沃达不想让人看见的东西而付出代价的，不只札帕迪、奥布拉多维奇、勒迪尔加。）

---

[1] 本章较早期的草稿中，对于领地的历史有较长而详尽的描述。虽然绝大部分的历史都是悲剧，却也不乏一些喜剧元素，其中包括一段插曲，关于政府如何不断地逐步进逼，企图将该地区纳入版图，进而宣示主权。原本一条画了一百英里长的线，拓展（或称转让，取决于你对私有土地的定义）成脸上画着可怕表情的大量人像，隔着一定距离设置，摆满整条边界；后来被一面及腰的石墙取代；后来又被一道壕沟取代；接着变成护城河；接着再变成充满肉食性鳗鱼的护城河，但鳗鱼很快便被贪婪凶恶的老鹰给扑灭了；然后护城河得以干涸，壕沟填平，搭起了一道<u>高得令人晕眩的栅栏</u>，并在栅栏上钉了一些老旧、饱受鼠噬且表情远不如从前可怕的边界稻草人，此后手段越来越荒谬。即使这段原始草稿铺陈巧妙，但在这严肃得要命的 S. 故事中，石察卡在这个时间点决定不加入如此有趣的滑稽引申场景来分散读者的注意力，我认为是明智的决定。

（手写批注）

这里面有解开暗语的线索？章名没有帮助。

大海捞针。

栅栏

意思是？

意思是，我们从这里更能了解到菲洛伤得有多深。这是栅栏加密法（Rail Fence Cipher）。自己去查一查吧。

Cool. 有几道栅栏？你又是怎么解出来的？

注解说栅栏"高得令人晕眩"，所以我想数目一定不小，结果一试就中。你猜？

{332}

19

答对了。

第八章　领地

他们到底从这些山中的土地里挖出了什么？铁和铝矾土，某个情报单位这么说（尽管他们并不以独立作业著称）。[2] 锌和钼，另一个说。沥青铀矿和某些尚未命名的稀有金属，又一个说。这些说法可能全部属实，也可能无一是真。但在 S. 看来有一点再清楚不过：你不会只为了保护一个铝矾土矿场，就招募军队，组织策动战争，收买地区军权政府，并贯彻大范围的沉默与血腥的治理手段。

因此 S. 想象中的领地，并不是一片诗情画意的田园风景，有绿意深浅不一的浓密丛林，有咖啡褐色的浑浊河水，有鲜艳的蓝色和绿色热带鸟类鼓翅高飞；而是覆着厚厚一层蓝黑色糊状物的山陵，丛林地上有又臭又黏的蓝黑色丝网从密密的枝叶间悬垂下来，动物一旦被网住便难逃挣扎到死的命运。他还看到一条河有如环节动物似的朝大海蠕动——不是流动，而是

---

[2] 虽然石察卡从未向我坦承过这种事，但我相信他多少能从全世界几个最可怕的情报单位处，走门路取得卷宗资料——包括针对他个人所搜集到的全部档案。

忒修斯之船

蠕动——慢慢地逐步前行，同时却也义无反顾。

然而这只是 S. 心目中的领地。事实上，河流就是河流，并且保留了它应有的面目：河道有大量泥沙淤积，但河水畅通注入大海。S. 与向导（一男一女）约在河口碰面，他们将一艘独木舟侧翻过来，躲在舟身的阴影中等他。男人帮 S. 把小船拉上海滩，藏入和树一样高的沼泽草丛中。

这对男女年纪很轻，顶多十九二十岁。他们尽可能地避免直视他，不过这是出于当地习俗或纯粹是理性的判断就不清楚了。女子自我介绍名叫安佳，男子叫瓦卡。她没有主动说出她背巾里婴儿的名字。S. 大声地说出自己的姓名，安佳却摇摇头，指着他说："塔拉卡契。"

"S.。"S. 说。

"塔拉卡契。"

"我不知道那是什么意思。"

她看着他，不发一语。

{ 334 }

手写批注（橙色）：
如果是，石肯定是S作家群中年轻一辈的：麦金内、瓦茨拉夫、维克斯勒、辛格、德罗兹多夫……

在埃斯珀的日记里发现这两段文字：
1949年5月："我从未想到能和我们的朋友如此亲如父子，而他有同感，十分感激。"
1950年11月："我们的朋友今天到来。我涌如纵横难以自抑。"
←这位朋友一定是石察卡吧？

手写批注（绿色）：
那么1950年发生了什么事？是某种背叛吗？

他会不会知道自己将在巴黎遭遇到什么？似乎难以置信。(即便他知道，为何没告诉S里的其他人？为何还让那个人继续待在组织里？

有没有哪个真实人物的合此处的安及瓦？

我没查到，但吻合的人肯定太多。我们永远不会知道难民营帮助的，然后又消失。我们不可能无所不知。还是个复杂又乱七八糟的人生。

手写批注（橙色）：
会不会是石察卡书中的人物？也许是《万卜勒》中的马格罗莱夫妇？

手写批注（绿色）：
你说得对，有些相似处。也可能是呼应司坦法古蔻瓒（好像他们又重新轮回了一次）。

（正文中下划线标注） 名字的寓意？毫无头绪。

> 是清水吗？ 不是。 关于他的对话比其他任何人都多。
>
> 珍，我知道你很努力想当个勤奋的研究者，但是拜托——你真的认为是他？

第八章　领地

> 不过从埃斯壮日记那句话的慈父口吻看来，最符合的人选是瓦茨拉夫。（若我们对1910年发生在布拉格的事猜测得没错的话。）

"好吧，"他耸耸肩说，"塔拉卡契。"重要的是你做的事，不是你的名字。[3]

介绍过后，两名向导只与彼此交谈，仅寥寥数语，用的是 S. 从未听过的语言。安佳先爬上船，然后从 S. 手中接过行李妥善地收到渔网底下。S. 随后上船。瓦卡负责将他们推离岸边，进入微波荡漾的河水中。

安佳坐在船首，当她面向前方划桨时，婴儿正好与 S. 面对面，并以冷静、明确的打量目光凝视他。S. 知道自己的长相丑陋吓人：缝线的伤口在渗血，胡子却尚未长到可以遮盖它们，脸颊凹陷，嘴唇布满痂疤与伤口，头上一块块地变秃，还有一只眼睛因为微血管爆裂而眼白充血。假如他们看见他赤身裸体，看见他全身的浅蓝斑点，一定会害怕或嫌恶到弃他而去。[4]

---

[3] 此处 S. 那么排斥取新名可视为名字是身份认同的基本要素。仔细想想，他最早探讨这个观念是在《三联镜》中，那是一本过度冗长、自我意识强烈、上市后滞销的小说，出版时间就在我和他开始长期合作前不久。但如今回想起来，那本书似乎是《忒修斯之船》的试作。

[4] 以 S. 这个角色的性格发展而言，这一刻具体呈现了他目前为止最有趣的特色之一：虽然能够冷血地杀人，却也想着寻求社会关系的联结（但话说回来，他又没有把握能做得成功）。

忒修斯之船

———

瓦卡递给他一张薄薄的树皮，上面用胭脂虫红墨水画着一张人脸，手法细腻得惊人。那是一个中年男子的脸，秃头、三层下巴，眼睛被多肉的脸颊挤小了。这个长相有些面熟，但S.也说不出为什么。五十七人当中仅剩数人，而此人并非其中之一。"这人是总督？"他问道。

瓦卡点点头，便向S.取过树皮，将画像抹糊成一团红，然后从船侧丢入水中让河水冲走。[5]

"这是涅麦茨？"S.问。两名向导一听到这个名字立刻沉下脸。

安佳打了个手势，示意S.在沿着船中心线的一个狭窄空间躺下。他们已经逆流而上够远了，现在他得躲藏起来。他觉得被湿湿的渔网困得难以动弹，又找不到适当的姿势能让行李不再戳刺他受伤的臀部。这天天气炎热，空气潮湿得让人呼吸困难，他的胡子也痒得要命。他可以听到低语声从水中穿过船身传来。

5　看着瓦卡的举动时，我们也看到了自我——尤其是多重的道德自我——被迅速、轻易且毫不犹豫地抹去。

第八章　领地

小婴儿眼睁睁地盯着他看，显然对他的苦境无动于衷。

之前，在船上，大漩涡曾为了领地的任务与 S. 起争执。这几系某个特务要钓你丧钩的陷阱。[6]

S. 点头认同，有可能是这样，但他仍然要去。

细下里好好瞧瞧，大日头，闻闻那烟味。把粤指从耳朵里抽出来，不要再到处晃荡，想找出记己系谁了。大漩涡的粗壮臂膀交叉在雄厚的胸前。他在等着，S. 也在等着。

在环绕着船身轰鸣不停的隆隆声中，他们默默地注视对方。大块头的担忧不是没有道理，S. 明白，而且他说的也没错。一个人的身份会有多重要？或者说得更正确一点儿：一个人知不知道自己的身份会有多重要？可是一小时前在底层甲板，S. 发现自己写出了在热带河流中划船的事，并且感觉到纸页空白处有索拉的存在。继续吧，她只是这么说，继续划船，你就

---

[6] 我可以试着想象石察卡提出主张说，任何读者面对作者给的故事都只能照单全收。他的措辞会非常严肃，但字里行间却看得出他在使眼色承认，大漩涡这句话带有他的自嘲自贬。

{ 337 }

手写批注：

爸爸妈妈刚留言给我，说他们要来找我。我不喜欢。

他们一定是注意到谷仓失火时你有多惊慌，也许只是想亲自确认你没事。若是如此，那就是整个大问题（也就是我这个全部人生）的其中一部分。

显然不是全部吧。
???

你并不像你希望别人以为的那么无助。

你怎么知道我在想什么？

对了，还有呢？我从来没有说过我很无助。所以你去死吧！

我讨厌看这一页。

忒修斯之船

<u>会找到自己</u>。换班后,当他回到主甲板上,却没有遵照既定流程。他没有吹哨子,没有在微光中缓缓走过甲板,没有爬上桅索梯到桅顶定位,反而是站在中央甲板上,用刀子(就是那块黑曜石,装上鲸鱼骨把柄)割断缝线。感觉到清醒、毅然决然且意外地完整的他,冲向船尾的海图室猛然推开门,打断正对着另一张渗滴着红色的海图沉思的大漩涡,提出他的要求。

他们瞪大眼睛等着,直到西方天空出现一道靛蓝色闪光[7],两人才同时转头去看。S.刚要张嘴问是怎么回事,船身便受到冲击波的震撼,他们在一阵舷侧炮火齐发的猛烈重击下趴倒在甲板,瞬间大块木板与碎片钉子齐飞,有个水手从船桅顶上摔落,整条船也几乎翻覆。一种类似于切碎金属的声音穿刺着他们的耳膜,刺鼻的毒气无所不在。S.在甲板上眼看着那个留着开花扫帚胡的水手掉落,抱着头,鼻血直流。一边耳朵

---

7 一九四六年二月,据报在荷兰小镇沃尔弗哈附近的天空出现了奇怪的靛蓝色闪光。虽然武器制造商爱普集团在那一带有一间工厂,却未能证实该现象与其工厂运作绝对有关,报道中甚至只字未提。

[左侧手写笔记:]

只是让你知道一下:营销深补救得还算差强人意。虽是哀求、眼泪并攻势齐管齐下,但还是补齐3所有作业。会有点危险,但我想我和学位之间的唯一阻碍就是艺术史期末考+伊歌莎/福克斯。

干得好!
真的很以你为傲,
继续加油吧。

第八章　领地

流出血来的削哨人低声哀哼着，猴子则不知在什么地方吱吱尖叫。

大漩涡拉着栏杆站起来，望向出现闪光的天空。S.顺着他的目光看去，发现就在海平面上空有六个黑点排列成"V"字形。是飞机。距离很远很远，引擎声却震耳欲聋，仿佛正从头顶上疾飞而过，还擦掠过前桅支索。紧接着，在另一道闪光过后（这道光将让S.在船上时间的一星期当中，视线持续出现条纹），飞机不见了，世界回复安静，只剩微风、小浪和困在缝合双唇内的恐惧呢喃。

"他们进企了，还呒追踪到我们，可他们进企了。"

"进去哪里了？"

"像我们这样底船，打造底很安全。"

"所以这是……"

"表系他们耶再来，更常来，来底也更久，追得我们更近。"他吹了哨子，恢复镇定的水手们也以哨音回应。那是一首协议与绝望之歌。计划是：转帆顺风驶向黑曜石岛去清空船舱。要系满船沉下企就该死了。

—— *你把那些东西带回家了？*

当时没打算把东西留在我住的公寓。

我打电话给妹妹，问她爸妈到底要来干什么。她说雅各布打电话给他们，说他很担心我，为了课业、"我的行为举止"，还有你。他们问她知不知道我的情况。她说她把我带回家的："那一大堆疯狂又无聊的玩意儿"告诉他们了。天哪，听她的口气还挺得意的。

我恨死她了。

忒修斯之船

———

船首的三角帆扬起时，大漩涡拉住 S. 的衣服，整个脸凑上去，几乎和他鼻尖相碰。**顺便把你丢到领地企，不代表你赢，几系在我们掌握情况以前，让你暴露在陆地丧比较安前。**S. 被他满嘴臭到极点的气息惊呆了，一时语塞，他则自顾自地大步离去。

小婴儿就是不停地看着 S.。[8] 他流着口水，用牙龈含着小小的手指，皱起嘴巴做出古怪的表情。他会无缘无故地忽然大叫起来，但始终盯着 S. 不放。这份关注让人有些狼狈、不知所措，因此当他好不容易昏昏入睡，S. 大声吐了口气，然后整个人放松下来，看着积云飘过天空，翠鸟在水上枝叶间轻盈飞舞。一只凶猛的老鹰从高处俯冲，消失在舷缘底下，再次升空飞离时，爪间有一条细瘦如鞭的棕蛇在扭动挣扎。

———

8　如果本书读者以安佳的幼儿为题热烈地讨论与臆测，也没什么好惊讶的。石察卡显然想借由这个无名婴儿的存在暗示些什么，只是他确切的用意十分隐晦不明。我觉得我们可以推测此刻在 S. 眼中，这名与他自始至终都保持距离、甚至可能陷入某种神秘僵局的幼儿，证明了他无法在传统家庭生活中找到一席之地，未来他除了继续从事危险工作、过着漂泊的生活之外别无选择。

婴儿在故事中的功能？
象证？隐喻？与情节无关。

他在想象自己与菲妹从未有过的婴儿吗？

或是与任何人。

第八章 领地

瓦卡用脚碰碰 S. 的肩膀，随后丢了一些网子在他身上。S. 不明白有何必要更加小心，因为不管河上或岸边都不见任何人迹，但他相信他们比他更清楚当地的危险所在。他尽量无视鱼腥味，专注倾听各种声音：昆虫的叽叽声、灰色翅膀的喇叭鸟的吱吱声、动物跃出河面的哗啦声。

他当然应该想着总督 涅麦茨，他暗自复诵，一次又一次地检验有无任何熟悉感[9]，可是他的心觉得疲倦，沉闷潮湿的空气也令人头昏脑涨。虽然不打算睡觉，他还是睡着了，（还有什么地方比划行在充满肉食鱼类与爬虫类的河上的独木舟，更不适合发生睡惊的吗？）而且飘忽入梦。

他坐在独木舟中，是一艘由钢铁而非树皮制成的小舟，他坐在船尾大幅度摆动手臂划桨，自信满满，而不是躲在船底缩成一团。阳光灿烂，汗水浸湿了他

---

[9] 这一刻很有趣，因为 S. 不知不觉间落回到传统想法的窠臼，认定任何人名都必然有某种意义与持续性。（你想想船：尽管没有名称，又几乎时时都在做一些小改变，它的身份何曾有过疑问？）

忒修斯之船

的衣服，却有大块大块的冰漂浮在水面上，碰撞着船身，刮擦着船的龙骨。船首坐着索拉，别开了头。她的头发又长了，和他在旧城区遇见她时一样长，只是黑鬈发如今掺杂了数量惊人的灰发。她背上背了一只猴子，不过猴子动也不动，S.心下怀疑它是否还活着。

索拉没有说话，也没有转过来面向他。他隐隐知道有某种违禁品藏在他们之间的船底，只要看一眼或有所反应都很危险。他没有看，说也奇怪，对这样神秘物品他一点儿也不在乎。他划着桨，她也划着桨，两人相距咫尺却宛如天涯，彼此不交谈也不打照面。他们就这样划入白浪滔滔而汹涌的河水，逆流而上，天长地久。

当防水布从脸上滑落，阳光照射下来让合着的眼前一片通红，S.才醒过来。他眨眨眼，让眼睛适应一下光线，此时独木舟正好绕过一个急转的河湾，景色起了变化：原本两岸皆是平地，如今进入了深谷。两边岸上耸入云霄的赤褐色峭壁，高度至少近千米。

第八章　领地

山上草木蓊郁，不过每一面都有一块椭圆形红岩石，边界划分得清晰而用心，看得出是刻意从翠绿山林中仔细切割出来的。每一块椭圆石内都有一幅以高浮雕刻成的岩画。S.只要将脖子略转几度就能看见十五、二十幅画：一只展翅的猛禽、一只睁开的眼睛、一轮光芒四射的太阳、三条细长的鱼排成三角形、一只闭上的眼睛、一只张开的手、一道闪电、一个让S.联想到风车扇叶的图像、一圈羊角螺旋、一只蜘蛛、一条蛇、一匹狼、一只鸟。[10] 每幅图像高约七至十米，即使距离这么远也能看清细节，而且背景被涂上了光亮的蓝黑色颜料，更加强了立体感。

有些岩画布满裂缝，有些石块受到重力作用自行掉落而变得满是凹痕。这些图像已经俯临这座深谷很长很长的时间，这一点倒是显而易见，因此当向导收起船桨，仿佛行**额手礼**似的向前弯身时，S.并不意外。

10　在石察卡的第四部小说中，与书名同名的洞穴里的石壁上，你也会看到许多像这样的图像，不过此处的图像外观有一些细微但重要的改变。见英文版第四十八至五十五页。

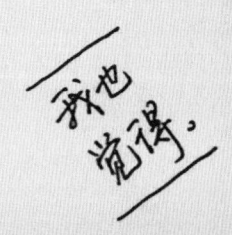

> *我觉得这些改变似乎并不重要。*
>
> *我也觉得。*

忒修斯之船

独木舟中的沉默也从单纯的没有出声说话变成一种虔敬的噤声。

独木舟自动向前漂流。安佳弯着身子，背上的婴儿正好面朝天空，一面咯咯轻笑。当她挺直上身重新划桨，婴儿又再度面向 S.，也再度变得一脸严肃。看着云彩斑斓的浩瀚蓝天无疑是比较愉快的。

"那些画，" S. 轻声问道，"是什么？"

安佳的声音吓了他一跳，因为他并不真的期待他们回答。"我们的故事，"她说话时始终望着河水上游，"我们是谁，又是怎么来到这里的。"船尾的瓦卡嘘了一声。为什么？担心被人听见吗？关于那些图像有什么是 S. 不应该知道的吗？他们的故事必须瞒着外人以保安全吗？

上游远处传来机器的声响：在某处河湾背后有引擎声嘎嘎作响，有排放废气的嘶嘶声，有某样重物反复敲击土壤的砰砰声。瓦卡又用脚尖去踢渔网，把 S. 的脸多盖住一点儿，S. 不得不极力压抑住气恼。他从网眼看出去，发现独木舟左转离开主河道，进入狭

第八章　领地

窄蜿蜒的支流，接着进入更小的支流，再来又是更小的支流。左手边有一块空地，许多和他们这艘类似的独木舟沿着河岸排放，后方可以看见树荫下的几个茅草屋顶。

"旧村。"安佳说，"旧习俗。"

"你们住在这里吗？"S.问道。

"我们一直住在这里，"她说，"以后也会一直住下去。"

这里都是他们的人，S.却还得继续躲着。这里缺乏信任，他猜想。

瓦卡迅速而鬼祟地点一下头，向岸上传递某种细不可察的暗号。这些人，或者是其中一些人，知道他来了，而且一直在等他。他逐渐意识到他有多么不了解自己的处境——远远超过他平时出任务时所能容忍的程度，通常早在他下船之前，目标、方法与危险便都已归纳得一清二楚。

敲击声持续着，现在离得更近了，紧接着有三声快速的连爆声。声音很遥远，但S.感觉到身体紧绷起来,准备好迎战另一次的冲击波震撼。幸好并未发生,让他松了一口气。

支流向右转,他们又回到主要河道。此时映入眼帘的是另一个较大、人口较多的聚落,地上寸草未生,只是密密地挤满废木片与锡片搭起的歪斜小屋。沿着河边有四栋营房般的长形建筑和一个水泥码头,码头架设了一座高大的吊车与其他重型机械,以便将矿砂装上货船。电线杆架起的电线发出单调的低音嗡鸣声。

"新村。"安佳说,"公司建造的,很多人搬到这里来。他们拿公司的钱,帮忙盗取我们的山林。"

S.拉开渔网,将脸微微抬高想看清楚些,但瓦卡踢踢他的肩膀(力道不重也不轻),他便又倒下去。以前见过这个地方吗?是在梦里出现过?或是某一次在底层甲板的神游?在成为S.之前的生活经历中来过这里吗?

想必有两千人住在新村,并在矿场里工作。他不禁好奇还有多少人留在旧村。根据他看到的情形,可

不可思议,看看那个荷兰武器商爱普集团衍生出多少公司,这每家又再衍生出多少:煤矿、钢铁、化学、铁路、报纸、石油、银行……我才刚开始画布沙/爱普的子公司族谱,就已经失控了。

你听说过TLQI吧?很大的农业综合企业。我爸的公司替他们做一些人事+营销咨询服务。猜猜我找到了关于他们的什么资料?

——你追溯到了爱普/布沙。

给这位先生颁个奖。

我严重怀疑你爸是个邪恶的布沙人。

第八章　领地

能不到一百人吧。[11]

　　曾一度团结的居民，如今为了各自在周围山区的不同利益考量而分裂。对某些人来说，最重要的是山上的图像，对另外一些人来说，则是山里的财富。S.想起了K族，想到该族到后来越来越少的艺术家选择深入黑暗中留下历史壁画。他也想到了船，想到日益减少的船员。他心想成为同一族群中剩下的最后一批人，或甚至最后一个人，该是什么感觉。[12]

　　支流朝另一个方向急转，环绕着矿业小镇转出一个更大的弯之后，便看见另一座绵延数英里直到远方的峻峭山岭。不过远处许多山顶都被铲平了，这些山从谷底拔起，最后却忽然被截断成凹凸凸凸的平台，

11　在《万卜勒的矿坑》中也有类似的工作动力。正如希罗宁姆斯·万卜勒对那个在他矿业帝国的帐篷镇里印制宣传报的人所解释的，用比喻的方式来说，你可以买走一个镇上最重要的谋生技术，让镇民"挨饿"，然后就可以开始着手让他们真正挨饿，直到他们没法可想了，就会来求你给他们工作。

12　石察卡曾向我坦承（而且还是写在《飞天鞋》手稿空白处的留言）：当他所属团体（从他极有限的社交能力看来，他与该团体的关系应该是拘谨且/或不深的）成员不断迅速流失伊始，他也感觉到了这种痛苦。

→ 我知道，这让我对他安排的那份营销工作更加反感。不不想和那个世界有任何牵扯。很难避免，甚至是根本不可能。

忒修斯之船

———

　　轮廓有点儿像黑曜石岛上的火山。（差别当然在于这些山见证的并非大地而是人类的力量。）公司盗取了山林，安佳是这么说的；S.对此话的双重真相感到不可思议。山里的矿产，当然，但他们也盗取了山的顶峰。

　　每座人工平顶山的中央似乎都有一个开放的坑洞，人与机器从这里挖出山的内脏，让矿井不断深入地底。铺设的道路蜿蜒而上，将每个矿场与河岸连接起来。两山之间的斜坡则布满一堆堆肿瘤般的碎石。这一切（包括矿坑、铲平的山顶、碾碎的石块）全都和山侧图像一样染上了蓝黑色光泽。假如这样的图像曾装饰过这片山林，如今也只成回忆了，而且是很快便会遭人遗忘的回忆。[13]

　　此外，还有第三个真相：韦沃达的公司也偷走了象征的符号。

　　靠近村子的山多半都还完好，包括这些山上的椭

---

[13] 石察卡曾一度在一九三二年那本极受低估的《洛佩维岛》中，提出无比巧妙又令人难忘的探讨：即使再进步、再有远见、再合作、再善意的社会，都可能因为自然与人类所引发的剧变，以惊人的速度瓦解。根据石察卡的想法，我们不该认为文化认同比个人认同更持久。

{348}

> 这个得上网到一个珍本书网站订购。
>
> 我的可以借你啊。
>
> 没事，我自己想要一本。
> （反正我爸不会看信用卡账单！）
>
> ↑ 我还真丢脸。

第八章　领地

圆形岩面与其中的石画。S.暗想这番光景还能维持多久呢。

"涅麦茨。"船尾的瓦卡说完啐了一口。

S.明白政府的策略：<u>如果要把山炸开来，而且每爆破一次就抹去一个族群的历史，那么就得从最远的地方开始动手。</u>不管你怎么做，旧村民都会愤怒，但新村民却会容忍，认为这是为了现代化与富足的未来所做的合理交易。等你挖到聚落边缘的山区时，新村民早已忘记曾有那些雕刻存在过，或至少也忘了它们曾被重视珍惜过，至于旧村民则已经消失了。

安佳一手放开船桨，握拳搁在舷缘上。"塔拉卡契。"她喊了一声，S.很好奇这个字眼究竟何意，因为她似乎相信单凭他一人之力就能阻止这一切。他很想告诉她说他办不到，说他累了，说他这么多年来的秘密行动与死亡任务，其实只是让自己，又或许也让其他被特务盯上的人活在这世上更安全一点点；说他即使杀了总督，很快又会有另一个新总督取而代之。假如韦沃达需要那些山里的东西，韦沃达就会取得那些

忒修斯之船

山里的东西。可是 S. 不想让安佳和瓦卡知道这个，他自己也不愿去想。[14] 他必须保有最低程度的错觉，相信这么做是有重大意义的。

他留意到约莫一英里外有一片遭破坏的山林，仍保留那片图腾空地最底下的弧形部分，只是一块小小的扇贝状红岩，周边都被树木与染成蓝黑色的枝叶所遮盖。而那空间刚好也是一幅雕刻的底部，图形被厚厚的蓝色涂料覆盖而难以辨识（呈现效果十分奇特，看起来好像同时烧焦又冻结），但他看到的就像这样：

> 埃蕊，你有没有看到图书馆的展览"从历史看波拉德"展出的照片？

> 没有，怎么了？

在他的视野前方：是那个婴儿的脸，此时正睡得香甜，还皱着小嘴轻吸空气。

> 因为有一张照片可以看到格洛书公司旁边的建筑正在施工，也就是说你可以看到那家公司如今已经不存在的某面墙壁，而且上头涂了一个大大的S.已经褪色了，几乎看不到，但我发誓真的有。你一定要去看看。

他想起了纸页空白处的索拉，在他决心动摇时

---

14 参见《山塔那进行曲》的人物杰里·弗罗斯特。他始终苦于无法忘却宿命论，认定肤浅腐败的文化前景堪忧，而他除了自己也再无力改变些什么，结果他找到一个救赎的机会，就是参与一趟表面看似毫无意义的探险活动，深入传闻中记载有魔鬼之风吹袭的危险山区。

> 原来柯岱拉也有本事写些有用的注解……

> 你说得对，很难看清，但确实有。问题是：那是谁画的？

> 面对穆迪一定要做好充分准备,即使是和石察卡无关的东西,那些监视你的家伙……幕后黑手就是他。无法证明,但我知道就是他。尽管他们只是在装神弄鬼,这种行为还是残忍到令人痛恨。

第八章 领地

> 装神弄鬼?
> 你是说我不应该害怕?

> 我是说也许,面对这种事情最好别做出错误判断。

她叫他继续,继续逆流而上做他自认为该做的事。他的努力不够充分,但很可能是必要的。即便他无力阻止——不管是领地的破坏,是让城市化为灰烬、让人民变成鬼魂的战争与武器,是用一人的命换取另一人的利益,或是让孩童失去父母、无家可归——他的任务就是尝试。这份义务,这份(应该),从何而来?对他始终是个谜,就如同那个符号的来源,但却丝毫无损它的真实感。

> 我应该要拿到学位。不是因为爸妈这么说(或付了学费),是为了我。

塔拉卡契。也许这代表的意义就是:尝试的人。

安佳和瓦卡又划了十分钟,他们才看见总督官邸。宅子坐落在河岸边的一座小山上,洁白崭新得耀眼,屋里大概能容纳几百间工棚,花园里还能再塞进几百间。总督(当他在阳台上吃早餐的时候)想必能欣赏到令人赞叹的美景:一条主要河流,多道深沉浓浊的支流蜿蜒过山谷,成排未遭破坏的山陵,大片大片的天空,当然还有他所居住的突发之城[15]。他就在这个将

> 很高兴听到你这么说。然后我应该要离开这个地方。

> 去哪儿?

> 不知道。但我认为重点就在这份未知。

---

15 不排除影射《科里奥利》(第六部)中的"突发之城",而后者本身又影射《飞天鞋》中伊米迪奥·阿尔维斯的来处"沉没之城"。

忒修斯之船

土地转变成账本数字的地点欣赏这片美景。

> 感觉有点像我失踪的那个克鲁扎特公园。

河道转了弯,将他们带到官邸所在的另一边,这里有一片带状的浓密树林聚集在山坡上,正好能为入侵者提供掩护。瓦卡轻轻踢了踢 S.——**做好准备**——接着他和安佳又用力划了几下,找到一处林木较稀疏之处让独木舟靠岸,也好让 S. 下船,只是他动作不怎么优雅利落。他把行李抱在胸前,两条腿交互站立,一面等着腿部的血液流动恢复正常。"跟着猴子走。"安佳划着桨将船推离岸边时,这么对他说。

> 明智的建议。

他不确定她是什么意思,但也不感到惊讶。**当然会有猴子了,猴子总是无所不在。**"我回来的时候你们会在这里吗?"他问。

"如果安全的话。"她回答道,但口气让 S. 觉得她有什么重要的话没告诉他。他已经学到了教训:你不小心卷入的情节总是比乍看之下更为复杂。

安佳与瓦卡划到河心,套句大漩涡的话,就是暴露自己。瓦卡将钓线抛入水中,安佳则将背巾拉到前面开始给孩子喂奶。总督的守卫(毫无疑问是有守卫

第八章　领地

的）只会把他们视为旧村里一对死守着旧生计的夫妻，正在河上顶着酷热、汗流浃背地干活儿——这些人真是笑话，怎么就不明白还有比祈祷让鱼上钩更简单、更好的谋生方式呢？真让人忍不住要可怜他们，至少会可怜他们直到厌倦了为止，到那时候再拔枪将他们赶回他们祖先的凄惨无益的泥滩去。[16]

S. 打开手提包拿出所需用品后，将提包藏到一棵即将枯死的沙箱树的空心树干内。他很快就找到猴子了：是用刀刻在树皮上看似猴子的笑脸。这记号标示了一条上山小径的起点，山径狭窄而草木茂盛，比那里更隐秘。

有人在监视他吗？也许有吧，但他并未感觉到威

---

[16] 历史上的帝国入侵者往往会展现出令人恼怒、无穷无尽的高傲态度，还夸口炫耀自己在文化与精神上的优越，结果为比他们"低等"的人带来的也只不过是死亡（包括肉体和精神上）、疾病与掠夺，一念及此，石察卡总是愤慨不已。可参见他的著作《部队旅》，书中虚构的历史连接了现代（真实）发生在非洲、亚洲与美洲原住民运动的镇压行动。这部小说影响深远，当今许多革命运动领袖都宣称受到她的启发。

忒修斯之船

胁迫在眉睫，何况他有信心能在必要的时候消失。他脚步平稳、静悄悄地在树林间移动，仔细留意着四周环境，观察倾听有他人存在的迹象——还真是奇怪，他竟能对自己的秘密行动、对自己的身体从经验中学习培养出来的能力这么有把握，而对于这个身体的主人、对于同时赋予身体保护壳与生命的这个身份却又如此地不确定。有一只吼猴从遥远的山里发出叫声，声音回荡整个山谷。地面上顿时一阵窸窣作响：很可能是啮齿动物。许多昆虫在他周遭扑扑地翻飞，空气中只闻处处鸟鸣却不见鸟的踪影。有些啼声在他听来格格不入，他分辨出了它们：灰背隼、乌鸦、蛎鹬，还有一只鹊色唐纳雀吱吱啾啾叫得热切。[17]但全然没有哨兵、狗、警报器、饵雷等迹象，S.完全畅行无阻，

17　许多评论家都察觉到石察卡经常以鸟类来界定虚构的景色，因而思忖他会不会是训练有素的鸟类学家，或至少是个热爱赏鸟的人士。老实告诉你们，我确知他至少是后者：有几次他打电报通知我将有一两周无法回答我关于稿子的问题，因为有某种他特别喜爱的鸟类正好从他住的地区迁徙过境，他非去看看不可。但是读者们，没有，他从未明确说出是哪个地区或哪种鸟类。

不可思议

> 不晓得他到底打算在里面收藏什么，但我可不会做无罪推论。

第八章 领地

不久便来到山顶，注视着领地总督的世界。

[他沿着周边穿梭在树林间，一面勘查情势。阳台上有两名仆人静静地收拾餐桌，五官肤色都与安佳和瓦卡相似。站在车道大门入口处的守卫是个年纪较大的男人，大肚腩把身上那件褪色土灰长袍的扣子绷得紧紧的，脸上留着密密的花白胡子，低垂的眼皮偶尔会猛然睁开，好像就连站着都可能睡着。大宅三楼敞开的窗户传出了妇女与孩童的声音。花园里，有一个白皮肤、体形稍胖的男人，穿着白色亚麻衣、戴着宽边软帽，信步走在一排排色彩艳丽的玫瑰花丛间，偶尔蹲下来摘除几棵杂草，从那慵懒的姿态看得出他是出于自愿而非受命于人。[18]

看来他就是总督了。

男人脱下帽子扇风时，S.清楚地看到他的面貌。瓦卡的素描与真人不太相符（画中的他显得凶狠许多），但也相似到足以证实是他没错。不过 S. 仍然没有

18　这种工作如娱乐、娱乐如工作的状态，是仅止于有钱有势者得以享受的奢侈，其例之一参见本书第十章节庆宾客的榨葡萄。

> 就是聘请菠菜成灵童新安葬图书馆特藏收藏品档案室的空调。

{ 355 }

> 所以，你在穆迪的办公室有何发现？
> 花了一点工夫才找到这个……还在想你会不会秉持原则不问我。
>
> 我大概也没那么有原则吧。好了，快说。
>
> 所以：没找到他的书稿，却找到一本拍纸本。只是快速浏览（不想拿走，也不想待在里面看太久），但他似乎认为石窟卡是萨默斯比。（没看到提及埃斯壮，所以他或许认为单纯只有萨默斯比。）
>
> 没找到你的录音带，但无所谓，反正他肯定已经有了语音文件。（你自己怎么没有？？）
>
> 没有索布雷罗（如我所希望）。
>
> 找到一张裱框照片，是伊尔沙低头看看他的办公室抽屉。
>
> • 找到一块黑陨石，放在一个有衬垫的盒子里，还有个信封（可能是邮寄这块石头用的），盖了巴黎的邮戳。
>
> • 还找到：他房子的设计图，连同一项威灵的估价单放在桌上（波州大

忒修斯之船

认出他是谁。

总督走到一排花丛的尽头后掉头回来,现在他每走一步都离得更近了。S.定在原地不动。虫子在他头的四周嗡嗡叫,吸着他脸上的汗水,他依然不动如山。他已备好三支镖,尽管他知道只需要一支。

总督走着走着,来到花园边缘一棵美果榄树荫下停下脚步。S.看着这个男人在热带酷夏中,胸口随着粗重的气息起伏着。也许那个特务临死前误导了S.,也许这里不会有什么大惊奇。

总督再次脱下帽子,拿出手帕擦擦额头。他的胸膛鼓胀、收缩,S.瞄准了胸骨下方格外脆弱的那一点,因为如日冕喷发般的神经就藏在那寸肌肤底下。S.的精准度完美无瑕,数年如一日。飞镖射出、击中目标的声音(仅仅一个声音)既熟悉又新鲜得迷人。

麻痹的效果几乎是立刻发作。总督被S.拖进树林时,虽然意识仍非常清楚,却有如一团上百公斤的重物。

总督的脸圆圆胖胖,被肥油包覆的颧骨因微血管扩张而涨红,已转灰白的头发理成小平头,脸上的胡

> 这一段被菲洛做了修改，在S的原稿里是欧斯崔罗，不是菲佛；总督的名字则是斯帕内尔（Španěl，意为"西班牙人"）。所以说S坚决认为叛徒是西班牙裔的蒂亚戈·加西亚·费拉拉。

可是菲洛在第六章的暗语中提过这点了。也许她想要100%确定他收到了消息。

第八章　领地

子刮得干干净净。他的鼻子肥厚带有红斑，眼睛和一般中年人一样经常眯着，左耳形状畸形。直到这人的表情紧绷成兔子般的抽动模样，S.才察觉到他是谁。他想象着总督体重减少四五十斤、满头乱发、不听话的胡子参差不齐。"菲佛。"他喊道。那对眼睛长得比较开，但这不太可能是岁月的痕迹，应该是S.记错了。

"涅麦茨。"总督回答，不过那是菲佛的声音，只是因为年岁而变得沙哑，因为毒药而变得黏浊。

他当然改了名字。"菲佛"是被通缉的炸弹犯，如果重新改造成一个全新的人，对他（还有韦沃达）会简单得多。"这名字是韦沃达替你起的吗？" S.问。

"你凭什么……"他喘着气说，"以为我见过他？"

"这里的矿场由你监督，你又是极少数几个近距离见过我的人之一。如果真有人去过城堡，那非你莫属。"

涅麦茨笑了起来。"根本没有城堡，那不是真实的。"

当然，这件事本身就不真实。"是韦沃达任命你的吗？"他又问了一次。

"那么久以前的事，谁还记得？"总督试探性地

我提到杨迪的履历，他还在读研究生时拿到的那些补助金……这会不会是他和艾卡尔丹决裂的部分原因？说不定他被收买了。被麦金内的人，或是其他人。

怎么会有人想收买他？谁会在乎一个文学系研究生在干吗？

不知道。或许他们以为能让他写一些似是而非的东西，借此防止其他人更进一步发现石察卡的身份？以及/或者布沙尔曾经是/现在是/变成了什么身份/状况？

这有点牵强，珍。

好歹是个理论嘛。
——埃里克

又或许他们想看看他知不知道（或是能不能找出）任何关于西涅的信息？

你何不就用你率乎的中间名"约翰"？

因为那也是父母取的，也因为我比较喜欢"埃里克"。

可是你从来没有正式去改名，对不对？

这个嘛……最近太忙？

忒修斯之船

———

微微一笑，也许是因为不确定身体还有哪些部位能动。（嘴巴，可以；脸，可以，差不多就这些了。）"你还是被叫作 S. 吗？"

"没有人会叫我。"

"真可惜。你……一定很难过吧。"

"他们在洞穴里朝你开枪了。"

总督又发出一个无力的笑声。他似乎是那种用轻笑声来断句的人。"你只是**听到**他们开枪。"他说。

"他们杀了其他所有人，为什么不杀你？"

"我运气好，"涅麦茨说，"最初几发子弹没射准。我说我想帮他们，我是说真的。我的人生就在一瞬间改变了，但改变总比结束好。"他伸出舌头舔了一下嘴唇。"告诉我，现在要结束了吗？我就要死了吗？"

S. 不理会他的问题，接着说："司坦法、蔻波、欧斯崔罗。所有人当中，最愤怒的人是**你**，想烧掉工厂的人是**你**，如果要说这是谁的战争，就是**你**的战争。"

"对，的确如此。直到我决定它不再是我的为止。为什么你还在作战？为什么这成了**你**的战争？"

———

{ 358 }

菲洛说她在1940年收到一份很糟糕的稿子，后来不得不回去以便销毁。连邮寄用的信封也一并要回，她说有别于以往的信件，这是唯一一次信封上的邮戳清晰可见：都柏林。她说稿子是用英语写的，但里面错误百出，她觉得像是以德语为母语的人会犯的错。

是维克斯勒的书。那是与石豪卡合作的失败之作，或是他自己个人的败笔？

无论哪种都不好受吧。

如果那本书是一项"石豪卡计划"，合作经验又糟糕到某种程度，他可能因此转投布沙与爱普的阵营？ 或是他从此变得很容易受到诱惑。

第八章　领地

S. 看着躺在眼前地上的这个人：手臂垂在身侧，原本洁净无瑕的亚麻衣沾上了泥土与树叶，一张灵活的脸被僵硬的身体所困。他寻思着：是否有办法让另一个人完全了解你所做的抉择？"那毒药，" S. 为稍早那个较简单的问题做出解释，"是从红斑曼巴蛇身上提炼的，稀释以后成了绝佳的麻醉药。所以你很可能不会死，至少不会因为这个而死。"

"瞧瞧我们，"总督说，"我们渐渐老了，我们已经老了。现在才来问，才知道自己后半生的评价，已经太迟了。"

"你的评价很简单，你把一生卖给韦沃达了。"

"我过得很好。我促进有利的投机事业，负责管理、监督，我可没有在世界各地奔波毒害人。"总督顿了一下，仔细观察 S.，测试他对自己的挑衅有何反应。S. 则小心地不露痕迹。"这就是你做的事，对吧？"

"我一直在逃亡，" S. 说，"自从我们离开 B 城以后。"

"这么说你真的是他最想找到的 S.。这么多年来，特务们解决了那么多人……"

（手写批注：珍？ 埃里克？ 新S 将 (旧)S —— 解决？ 但不一定是杀死他们，也许(也有)很多人倒戈。布洛+麦金街 有的是钱。而我们很清楚那有多容易陷进去。）

忒修斯之船

不是"解决",是杀死。S.很想说,但仍提醒自己要冷静。

他发现有一只大齿猛蚁正沿着总督额头上的一道汗渍爬行,大颚随时可能刺入皮肤。S.盯着蚂蚁看,一面调节呼吸,慢慢吸气、吐气,一面斟酌思量,最后还是挥手拨开蚂蚁。他并不期望,也没有因此获得感谢。

"你其实可以不再逃亡的。"总督说。

"我从来就没得选择。"

总督笑了一下,但由于身体无法动弹,喉咙被锁住了,只发出打嗝般的声音。"你一直都有得选择。"

S.纳闷着为何尚未有人来扰乱他们。"没有人会来找你吗?"他问,"现在,你好像和我一样孤单。"

"有的话,可能是路边那个守卫吧。还得看他午餐喝了多少酒。希望你别杀他,他老了,走路不稳,也不怎么清醒,不过倒是个好人。"

"没其他人了?"

"也许有哪个想找人玩耍的孩子,也许我的妻子。"

今天斯坦德菲大楼及穆迪办公室到处都是校警。

妈的。一千遍:

他妈的。

不晓得他怎么知道的。我发誓我没有拿走/打破/移动任何东西。

希望真是如此。

我真的不想被抓,我知道我当时冲昏了头。我不是那种人,真的不是。只是现在一切都变得好疯狂。

第八章　领地

总督说到这里略一停顿，用尽力气将头微微侧偏。"你没结婚吧？"他问道，但想必已知道答案，"你找到你一直在找的那个女孩儿了吗？叫莎乐美吧？"

"我们曾经擦身而过。"S.说。索拉，想到她让他痛苦。痛苦会转移注意力。

"可是你从来没有**找到**她，你只是从她身边**经过**。"

"我还没放弃。"

总督叹了口气——挺戏剧化的，S.暗想。"我有好的生活，我有家庭，我吃得好、睡得好，还种我的玫瑰花，没有什么危险——除了现在的情况之外。"

"也许你应该更常身陷险境。"S.说。

> 这样的人生比较像是石察卡的人生。
> 也像是菲洛梅娜的。

"你听着，你想想，在任何时刻你都可以决定把寻找莎乐美当成最重要的事，在任何时刻你都可以说不，不再四处漂泊，不再试图拯救世界上那许多狭窄、阴暗、过时的小巢穴……"

"你对那艘船知道多少？"

"我根本没提到船。"

"你暗示了。"

忒修斯之船

"我暗示的是……这是你自己做的选择。所以你从来没找到她,关于她是谁,你还是一概不知,更甭提你自己是谁了。"有只带着虹彩的绿蝇停在他鼻头,嗡嗡直叫,搓搓脚,然后又飞走了。"你知道吗?村里有个女孩儿长得有点儿像她,我可以带你去见她。"

S. 没有回应。

"我娶的也是村里的女孩儿。"总督说着微微一笑,露出的牙齿和大宅本身一样洁白耀眼又方正。"她叫茉莉,她父亲就是主导分裂的村长。"

"这么说,也就是帮助你剥夺这些山林的人。"

"我们不是剥夺,是采收。"

"那么岩画呢?"

"村长了解他们已经不需要那些画了,再说也没有证据显示那是村民的祖先刻的,只不过族人**选择**相信这种说法。"总督的呼吸变慢,"他们的历史,我的、你的……这只是经过选择的……故事。

"他们之所以需要他们的故事,只因为他们别无所有。想想韦沃达所做的:他以充满动力的方式、独创

珍,就在你忙着闯空门+天知道还做些什么的时候,我又继续找起了资料。结果发现德雅尔丹的结婚记录:
1952/12/1,在卡尔卡松,对象:<u>西涅·拉贝</u>。

我的妈呀。但她是谁?为什么菲洛会把她写进书中?

卡尔卡松离狄虹博物馆所在的佩皮尼昂不远。与狄虹有关?西涅会是狄虹的<u>女儿</u>吗?

西涅·拉贝:1930/11/14生于佩皮尼昂。
~~母亲~~:"雅·拉贝"。没有父亲的记录。

{ 362 }

> 真是不可思议，他想巴结你，却照样可以这么自大惹人厌。

> 不意外。我惊讶的是他想让我重回"团队"。

第八章　领地

> 只有在他去书之前的蜜月期吧。

的方式，帮人们重新塑造他们的世界。他提供多种理解世界的模式。不错，的确有破坏，但那是为了……"他闭上眼，又重新睁开，"为了创造。而且这种创造更深入也更真实，不像山坡上那些形象……或是帆布上的色彩……或是纸上的涂写……"

"闭嘴。"S. 命令他。只要笔尖一刺就能让这个全身麻痹的人肺部停止运作，就能让他溺毙在这丛林的空气中，甚至不需要切割得很深，只要在他额头表皮画一条短短的破折号，又或是往他的脖子打个句点就够了。假如 S. 选择在他身上刻一个 S 记号，还没刻完死神就会降临。

> 好吧，埃里克，我把你的字条钉到布告栏上了。琢迪要是去过咖啡馆，那么他已经看到了。只是莫迪还没消息。

总督安静了片刻，但随即又低声窃笑，好像无力克制自己的思绪。"我的岳父大人啊！那个人太热爱他的矿藏了，所有女儿都以矿物命名。若想对自己称为家乡的地方表达敬意，还有比这更纯粹的方式吗？茉莉是茉莉迪娜（钼）的简称，还有她的姐妹们：波西雅（铝矾土）、费拉（铁）、阿珍姐（银）、尤拉妮娅（铀）。最年轻的一个叫莎布丝坦西雅（物质），老实

> 他很快就会有反应，我保证。
> 没错，他留下一个信封，告诉我他在埋由写了什么！

他表达了歉意，但很笼统，完全没有承担起任何特定的过失责任。他说他想在书中列出我的名字，特别感谢我找到萨默斯比的自白录音带，还说我是"团队"的重要一分子，值得肯定。 {363} 唯一的条件是（他努力说得很委婉）：我必须正式授权让他使用录音带当作证据。他还说，别人发表了清水二不察卡的论文，对"这个计划"是个加分，因为比起萨的自白，那篇文章实在可笑。（他写道："而你想必已经知道这一点，否则我身为你的老师就太失败了。"）　✱

说,虽然几个姐妹都很美,这个小妹却更是美若天仙。她们全都……"

总督在拖延时间。S.仔细审视周遭。真的还没有人发现他失踪吗?

S.把排行第六的妹妹的名字重复一遍。"就是那蓝黑色的物质。"

"对,不过它在土里是灰色,而且有漂亮的金色纹理。你想看的话,我可以拿一点儿给你看。"

"不过那**到底**是什么?"

"就是**物质**。一直都是这么叫的。"

"你的朋友们就是因为发现这个才会被杀。现在世界各地都有人因它而死,而你却在这里帮他,看他需要多少就提供多少。"

"这些?这离他需要的量还差得远呢。别低估了……"

"够了。"S.说。

"你会杀我吗?"

"我说,够了。"

第八章　领地

"我和茉莉,我们生了四个孩子。"总督说,"别杀我,你没有必要这么做。"

// "说实话,"S.说,"我可能有必要。" // 原来出版社打了电话给萨思戈斯比的律师的女儿,以确认穆迪有权使用录音带。她说她把带子给了我,所以得由我授权。

就在此时枪火声响起,寥寥几个断断续续的砰砰声,仿佛新年午夜开香槟的声音。"那是什么?"S.问道。

"你不知道?"总督再次发出闷阻在喉头的笑声,这让S.觉得已有充分的理由要这个人死。

"告诉我。"

接着听到越来越多的枪声,太多了(光听声音,有数百支枪吧),无情的子弹连发射出。总督带笑的嘴咧得更开了。(那些牙齿啊!)"想必是四点整了,"他说,"若是如此,那声音就是我们最伟大的创造之举。"最近有一间仓库丢了很多炸药,他解释道。他接获举报说旧村民准备在货物装船时炸毁码头,借此展开一场大规模的血腥暴动。"我们认为最好在他们行动之前加以阻止。"他做此结论。

!!!

真想不到。她一定很喜欢你或者她只是个诚实的人。光是这一点就足以庆祝一番,何况还有一个事实:我不点头,穆迪就不能出书。

而你不会点头。

当然不会,但我要利用这点,让那个纽约大编辑埃丝米·艾默森·普拉姆来找我接洽,到时候我会让穆迪的所有论述变成一堆屎,还要让他忙得像热锅上的蚂蚁。

就算有尖叫声,早在传到官邸的高度以前就被浓稠的空气阻隔掉了。S.的成功:
　　短暂,而且微不足道。

{ 365 }

忒修斯之船

"你在杀他们。"S. 说。

"只杀参与的人,"总督说,"和那些没能阻止他们的人。是别人下的命令。要是让我做决定,我会直接逮捕他们送到矿场去。不过他们得先看看山里的表演。"[19]

表演?

镇上的枪声很快便消退了,此时只偶尔爆出一两声,S. 想象着从新村到旧村路旁的尸体,茅屋内与茅屋之间的尸体,脚步蹒跚地走向幽暗树林时被拦截的伤者。紧接着远方山头传来一阵爆炸声,几乎震伤 S. 的耳膜,并在他头颅内不停回响。一道褐色的尘柱直升上天,随后有许多蓝黑色火花环绕着尘柱往下飘。有碎石纷落的声音,只是从这个距离听起来很微弱。又一次爆炸:另一个山顶,没了。那个气味,那个蓝黑色气味,那个物质的呛鼻臭味,还有呢喃的人声顿时

---

[19] 参见《阿姆利则的百年四月》该小说揭发了在殖民地印度诸多令人没法宽恕的暴政与勾结行为,最终引发一些与恶名昭彰的一九一九年大屠杀有关的事件。此处正同上述小说,我们看到一个有权势的人物在"惩罚"民众,引致可怕的结果,却不肯承认自己选择成为屠杀工具的罪责。

[左侧手写批注:]
有些人认为辛格有可能插手这一本。
就像狄虹参与了《彩绘窟》。
只不过不是因为细节。这本有辛格的案子是因为风格。
随便啦!
……还有你该完成的其他所有作业。

[下方手写批注:]
有趣。《华盛顿与格林》和《阿姆利则》如出一辙,除了阿姆利则大屠杀改为三角洲的一场大火之外,相同架构、相同语气、相同主角(只是名字不同)。
这两本书其实都不算是有主要角色。
你对辛格的作品了解多少? 不多。
你能不能多读一点他的东西?
我还在吃着消化石察卡。

第八章　领地

变成长长的尖叫，充斥在山谷的空气中，让人听得咬牙切齿，耳朵也缓缓滴出暗色液体。<u>骚动气氛让 S. 一时失了方寸，让他的思绪与决断力都变慢了。</u>

<u>也或许他只是老了，无力应付了。</u>

全身僵硬的总督抽动了一下小指。

如今 S. 需要的是些许的安静，是静止的片刻，以便想想如何应变（他千不该万不该没有事先计划好就前来），不料另一座山顶又爆出爆破的巨响，然后是第四响、第五响。还有多少呢？

"我们接到指令要让产量增加三倍，"总督在阵阵噪音中说道，"到了某个时间点，全部的山都会开发，所以何时开发又有什么关系呢？"他的语气丝毫不带感情，实事求是。这不是幸灾乐祸，这是信仰。

这时候，近处发出巨大的砰砰砰三声响，S. 抬头一看，看见那个老守卫出现在近百米外的草坪上，由于手持火器并有了使用它的理由而再次精力充沛。他翘起臀部，稳稳地站着，一缕烟从枪管冒起。枪口不是瞄准 S.，而是河的方向。

（手写批注）

> 欸，再把谭雅尔丹写给我的便笺重读一遍。他的语气听起来不就是这种感觉吗？
>
> 他好像无法确定能信任哪个学生，所以他信任了你。且让我们面对现实吧，此举完全不理性。

> 但他并没有错。他相信了自己的直觉，而且直觉是对的。

> 不是每个人都会这么想。

> 等我的书出来以后，他们就会了。

> 你会在扉页上写上这本书是献给他的吗？

> 不会，献书的对象已经定了。
>
> ↓
>
> 不过我会讲出他的故事，也会让读者明白他帮了我们多大的忙。

{367} *你说"我们"。*

> → 对,得继续查。 → 这比初级的营销工作有趣多了。
> → 目前还无法。 即使每个人都觉得这根本不可能
> → 但无法证明这是真实情况。 (所以说查下去也毫无意义)?
> 还有……歪歪扯扯的戏论事 忒修斯之船
> 埃斯杜泊解救;V.M.名案卡的开端。 对,当然了,还有一些其他
> 好理由……

> 从水边开始:
> 加来大屠杀、
> 圣托里尼岛、
> S.的每次重大转变。

S.感觉到五脏沸腾,这种愤怒并不是他熟悉的感觉。情绪会引发失误,他告诉自己。情绪会引发失误,**话语是给死者的礼物**,<u>从水边开始也将在此结束</u>,而在此结束后也将重新开始。他脑子里充满各种说话声,一种谵妄的状态产生了。他惊愕地看着老人转过身来,枪口大致朝向他们,慢慢地往前走。守卫在一座大理石喷泉背后找到有利的位置站定,喷泉水从[墨丘利]神像的嘴里喷出,也就是那个穿着飞天鞋又身兼商业之神的使者。20

> 这段显然在影射 ← 墨丘利(Mercury,罗马众神之信使)等同于
> 埃梅斯·布沙。 埃梅斯/赫墨斯(Hermes,希腊神的信差)

> 那从他嘴里喷出来的 "我们都有自己的任务。"总督说。假如他想借此
> 就不应该是水。 向S.求情,恐怕是选择错误。这句话很可能是他的最后遗言,但S.并未慢慢花时间证实这一点。[他反而是再次享受了笔尖穿透表皮的感觉,享受了轻轻一戳便

---

20 此处是一个复杂的影射。在我看来,此刻的S.显然是作为作者的"他我":长期以来,作者不停地在艺术与交易、在意图纯正与讲求实际(或是再更进一步推到犬儒)之间的固有压力下痛苦挣扎。不过这些矛盾对每个人而言都很辛苦,大家当然也都能理解——只是证明了一个人因为生而为人而苦恼。我在《忒修斯之船》工作稿的旁注中曾指出这一点,却不知道他有没有看见。

> 所以这是不对于所有出卖S.组织的人的复仇幻想?
>
> 但若是如此,却也突显了复仇是多么空洞。

第八章 领地

突破皮层微不足道的防卫的那种快感。(说真的:我们自以为控制得多么万无一失、界线划定清楚、个人道德(百密无疏),其实几乎不费吹灰之力就能让我们门户洞开、精力外泄或是引进异物与毒物。)他冲过林间时,那种快感的幻觉让他指尖微刺;与此同时,子弹在他四周咻咻地飞射,使得树叶焦黄、树枝迸裂,连原本幸运地筑了巢的鹊鸟也因找错地方落脚而惨遭杀害,以悲剧收场。

> 不知道是不是真的有这种说法,但我喜欢.
>
> 新的最爱用词?
>
> ——不是,前10名吧.

鹊鸟考察卡 → 这段又是最棒的了吧,为了配制造的问题怪罪全世界.

他停下来给吹箭筒装好箭,瞄准,老守卫立刻重重倒落。

S.奔往河边,树枝割伤他的脸颊,藤蔓将他绊倒,而像他这样一个不存在的人是不该发出这么多声响的。山间的爆破声仍持续着。十七声、十八声、十九声……

这话很耳熟…… ←

> 你说得或许没错,但发生在哈瓦那的事正是"幸运遭遇却以悲剧收场"的最佳诠释不是吗?原本他们好不容易终于能脱离,完成著作+在一起.

这次还是一样,他没有救活任何人,没有阻止灾难降临在周遭的人身上,苟且偷生却未能发挥更大的用处。他好想回到船上。

> 而这段是因为想到叔叔吗?
>
> 不记得了.
>
> 你要知道,你没有责任救他.

→ 好吧,也许是想到他,但也是想到我朋友格里夫.我们各自上了研究院,我来到这里,他去了佛罗里达.之后我只见过他一次.有天晚上他打电话给我(沮丧到极点,精神错乱,需要我安抚.)于是我在电话里安慰他.后来我借了一辆车,开到佛罗里达确认他没事.在那儿住了一星期(那几天很辛苦),他好不容易才答应去住院一阵子,接着一切问题似乎都解决了.他出院后,我们为了鸡毛蒜皮的小事起争执,后来再也没说话.一年后,他真的自杀了.我一直到看到校友会刊的讣闻才晓得.

↑ 天啊,谟里克,真想不到.)→ (但你也没有责任去救他.

忒修斯之船

他在下游四分之一英里处找到了独木舟，船徒劳地往岸边推进，因为被一棵绞杀榕暴露在外的 V 字形树根给缠住了。瓦卡的尸体不见踪影，从独木舟侧面与岸上草地沾染的血迹看来，应该是被某种饿兽拖下船去了。<u>安佳仰躺着，身子底下的渔网渗透成饱满的红色。她颈间有个暗色的洞，双眼圆睁着，凝视天空。</u>

婴儿，无影无踪：没有婴儿，没有背巾。

关于这个，有许多可能的解释，S. 爬上船后嘴里喃喃念叨着这些可能性，一面从安佳逐渐僵硬的指间抢过船桨，往船尾一坐，将船推离，发疯似的向下游划去。婴儿呢？和瓦卡一样，被拖下船去了？被某个披荆斩棘、穿越浓密树林来找他的人抢去了？像摩西一样，被绝望的母亲放到篮内顺河漂走了？<u>还是可能有圆满结局的。</u>不是他所想的那个。

又或者：也许一开始就没有什么婴儿。也许根本只是 S. 的幻想，是他想象出这个孩子，暗喻一个许诺的人生，一个他从未有过的人生。

毫无迹象显示婴儿是真实的，除了 S. 那靠不住的

{ 370 }

旁注（手写）：

这段安佳的描述与葛蕾被有关？+和狄虹死于马德里有关？（但狄虹的"化我"，也就是书中代表她的角色……已经死了。）

谁知道呢？作者说了算。 大或者他想借此表达他再次经历了狄虹之死。

还有埃斯壮之死。（代表他的角色显然是瓦卡。）

那么婴儿呢？西涅没死。 也许他并不确定。

但的确有个婴儿：我们知道西涅、狄虹和德雅尔丹之间有所关联。 有个婴儿存在过，另一个却不然。

负空间。 这么说他是想在不泄密的情况下告诉莎拉？天哪，就不直接告诉她不是简单多了。

也许吧—— 但没成功，她没看懂。

通过书是最安全的做法。

第八章 领地

记忆之外。

如果婴儿从未存在过，就不可能失踪，不是吗？S.边划船边喃喃自语边点头。

经过旧村时，现场一片火海。韦沃达——创造需要毁灭。

支流交会处，水流像弹弓一般将S.——这个操控着一艘装载死者、失踪者与从未存在者的独木舟的男人——弹射出去，以更快的速度向前移动。前方河上有其他独木舟，于是他划得更卖力想追上去，卖力到几乎每划一桨就可能翻船。当最后面那艘独木舟距离近到能听见他的招呼声，他立刻扯开嗓门大喊，直到声音沙哑。后来，河水流到一处石滩岔了开来，水势汹涌湍急，S.已不记得逆流而上时河水有这么凶猛（不过他当然不记得；那和缓、慵懒的水流必然也和小婴儿一样，是他想象出来的）；而就在河流分道前，那艘船上的两个人转过头望向他。

坐在船尾的（他可以发誓，他真的发誓，他永远都可以发誓）是索拉，正身手矫健地划船通过激流。

在船首的则是S.自己。或许比较年轻，手臂结实

忒修斯之船

———

黝黑，肩膀宽阔方正，但他看得出来：那个人是我。

在他们俩眼中他又是谁？一个疯子？被遗弃之人？从阴间返回的亡灵？

S.的船桨没抓稳，被水冲走了。他用手划过去，却眼看着桨越漂越远。他看着前方那艘独木舟迎上水流，顺着沙洲左侧河道急速冲向下游；看着自己无能为力地漂向更深、更缓、更多石头的右侧河道。当索拉与他的另一个自我消失不见，他垂下头，用手掌根使劲儿搓揉眼睛。好长一段时间，他闭着双眼任凭漂流，每当船撞上石块，就懒懒地打转。和一个死去的女人与从未存在过的婴儿同在一艘独木舟上的这个男人，他顺水漂流着，漂流着也淡淡期望着：无论何时何地，当这条支流将他注入大海时，船都能找到他。在这个人生中，那是他唯一能够仰赖的依靠了。

船没有找到他，是他找到了船。

或者说得更准确些，他在不远处的近海看到了船被炸毁、燃烧后的残骸：焦黑的木板与桅杆、船帆与

> 埃斯壮在日记里提到的会不会是两个不同的"朋友"？会不会1929年是瓦茨拉夫，1930年是西涅？那么埃死的时候，西涅才有几个月大。天哪。
>
> 至少他见到她了，也体会到做她的父亲是什么感觉。
>
> ↓ 埃里克，一年前你不会写这种话。

第八章　领地

木箱、绳索与缆线等碎片，全都在覆盖着一层蓝黑色油膜的水面上起伏波动。许多船骸仍冒着烟，有一些漂浮的碎片上扬起小小的暗橘色火焰风帆，在微风中啪啪晃动。即使船身还有完好的部分，也消失在水底了。韦沃达的战机已然飞走，但引擎巨大低沉的轰隆声仍回荡在空中，随着风的回旋打转，音调时高时低。

尸体都面朝下漂着，四周的水面在沸腾，冒着看似浓稠的大水泡，水泡一破便散发出灰色蒸气与那蓝黑色物质的气味。他认出了其中几人，又或是告诉自己他认出来了：有那个削哨人，少了一只胳膊；有那个龅嘴女孩儿的纤瘦身躯；有那个从幽灵船逃离的幸存者；还有一个已面目全非的水手。他四面八方都是肌肉烧焦的味道。他大喊出声，问还有没有人活着，恳求至少还有谁活着，但耳边只听见那个令人晕眩的嗡嗡声、他自己粗哑的呼吸声，和他自己无声的呐喊。

那边，倏然浮现：一具体积最庞大的尸体。头发散成一圈大大的光环，粗壮的四肢加上酒桶般的躯干。

瞧，他手里还紧抓着一张地图，整张完好无缺、未遭

{373}

[手写批注：]

我爸妈以为爸爸的火是你放的，因为那个名字+妹妹跟他们说的话/雅各布告诉他们关于你的事。我口中所描述的你则完全不重要。爸说要报警，但想先给我一个机会"做对的事"。我就照做了，我叫她少烦我。你会以为现场一片叫嚣痛骂，其实没有。我大概就是因为这样才回到车上。当我们停在医学中心对面等红绿灯，我才意识到是怎么回事，然后气冲冲下了车。

珍，今晚到我这儿来，住我这里。不行。

救哥里夫也不是你的责任，你知道的，对吧？

有时候吧，但并非总是如此。我现在有点创痛感，很担心可能会再次乱发神经。如果是这样……我不知道……请原谅我。对不起，珍。

别道歉，否则我也得为我的失控道歉。

忒修斯之船

火噬，但四个角落处全都被染成最深、最血腥的红色。

从水边开始也将在此结束，而在此结束后也将重新开始。话语是给死者的礼物，给生者的警告。

他告诉自己的是什么样的故事？说他是个乘船航行于文明边缘的人？说他是个漂流在一个应该从不属于他的人生边缘的人？说什么都没有了？什么都没有了。能够救他、能够解释的女人，没了。他其他无数的自我，没了。他的缝线没了。他的毒药没了。(他的纸页没了，也许沉入水底也许化为灰烬。)他只剩这副空空的躯壳。他是个幽灵。

页边批注（红色，上）：

看到一辆清运车停在你的住处外，今天。

我也看到了。我戴了顶帽子。低着头。

他们在清空我的东西，就是我爸＋我女朋友那个笨蛋男友。

那你现在住哪儿？

你那里？

页边批注（橙色，左）：

图书馆把我撵走了，需要找新地点放书。书放在一个有我名字的袋子里，清洁角班的人替我收在柜台后面。

这不是长久之计。

这如果是了长久的麻烦，那我们运气也未免太好了。

页边批注（橙色，右上）：

我解开了这章的栅栏加宽。共有17道栅栏，配上注解中特别标记的字

页边批注（红色，下）：

解出来之后我哭了。莎洛梅娜以为问题全在狄虹身上，却没有察觉到他其实一直在想她……他总是会再给她机会证明她也爱他。

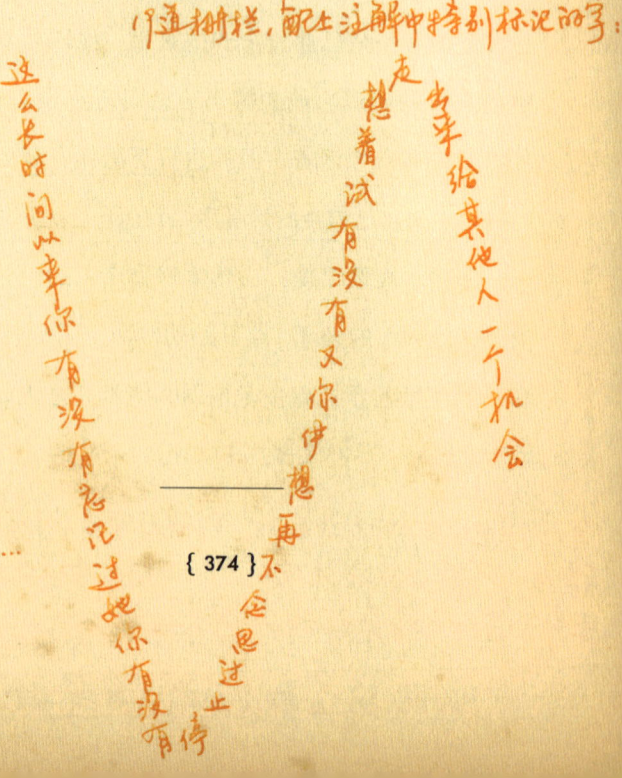

页边批注（橙色，曲线环绕）：

这么长时间以来你有没有放弃过她你有没有停下来，尝试给其他人一个机会 走，想着试有没有又你伊想再不介意过止

> 今年冬天读这个，
> 你会不会觉得很刺激？
> → 还好，让我觉得好像有
> 另一个人明白这种感受。
> 我猜应该也没乍看之下那么悲惨。

第九章

负空间的鸟 → 这一章的暗语完全没进展。

> 这真是棒呆了的注解字，
> 我还剩几本，你想要这本。

> 本章只有一个注解，她没
> 给~~我们~~他太多线索。
> 可是一定就藏在文字中的某处。

> 别担心……我完全不
> 在意别人怎么使用"疯"这个形容词。我再也不
> 在意了。

S. 的公寓住所只有一扇窗，窗外景致几乎全被直径大过拳头的垂冰给遮蔽了。从冰柱间的空隙望出去，S. 看见又一个灰暗早晨在冬日的冰雪迷蒙中来临。地上的每个形体都变得模糊，磨去了棱棱角角，剩下一团与原物形状相似的白色。

> 你什么时候改变的？
> 不知道，但应该是因为
> 我们在书上交换批
> 注这件事吧。

他一手压在窗户上，五指张开。寒意冻僵了手掌，紧紧攫住手腕，又顺着前臂往上爬，直到他将手抽离。手的形象留在玻璃上，宛如霜海中的一座透明岛，由他体温制造出来的一点儿暂时的清明。

没错，他还活着。

当然，那个空间很快又会被从边缘渗透进来的霜

忒修斯之船

———

所占领。再过不久，也将只有 S. 自己记得原先的边界所在了。

他不晓得自己何以会在冬之城。他不记得如何到达此地，也不知道最后怎么来到这间公寓。最早的记忆是他脚步沉重地走在结了厚厚一层冰的大马路上，牙齿在冷风刺骨、如极地般的凛寒中咯咯打战。身边有其他数以百计的人，但在他眼中都只是模糊不清的浅淡影像。他试图和其中几人说话，他们却置之不理，仿佛他不属于他们的世界。慢慢地他才回想起，在这里谁都不属于其他任何人的世界。他们都占据同一个空间，却并非共同占据。想象一下上千张描图纸，每一张都淡淡地画了一个人，然后全部叠在一条冰冻市街的景象之上。上千个互不相干的独立现实发生在同一地点。

他死后到了某种炼狱吗？他莫名地来到司坦法那个民间传说中的奇特国度居住了吗？也就是不乖的小孩儿被送去的那个神秘冬之城？他在这里是囚犯？是流亡的人？是忏悔者？这些问题他都还无法回答。他

我知道这听起来很疯狂，但我一结束最后一场考试，就想和你搭上飞机去巴西。说真的。别管什么典礼，别管我爸妈，别管我的组织，别管我的东西，全都别管了。我有我爸的信用卡。

所以我有寒林的 $$。
你还是不知道他们是谁 / 他们想要什么。

我想我永远都无法表达我有多感谢你属于我的世界。
埃里克：请你看我夹在这一页的信。我常要你看看这封信。

原来你撒了谎。
我没有，只是没有说出整件事的经过。
你修改了整件事。
我从来没有告诉过任何人。我甚至从来没有考虑过告诉任何人。以前我从不觉得这有什么重要。

拜托，埃里克，别为了这件事情离开。我想要帮助你了解。对不起！真的太对不起了！

学生会副主席辞职，他们应该已做出决定。我不敢回电。尽管我老装不在乎，我其实是在乎。拖延并没有帮助。

真的吗？这件事真的让你这么生气？或者你只是想找个方法甩掉我？

第九章　负空间的鸟

知道，自己有可能是疯了，但无法判定，何况无论如何他都无计可施。总不可能吹个哨子，就让心智恢复理性与健全。如今能做的就是扣起大衣的扣子、绑好靴子的鞋带，努力跋涉过严寒的生存现况。

S.转身离开窗边在房里踱步，试着活络双腿的血液循环。这里空间很小，和如今已不存在的船上舱房差不多一样大。地板是松木板，拼接得不怎么完善，墙壁刷了一层薄薄的白色涂料，颜色变得比较淡。有电，一盏裸灯泡小灯；有水，走廊尽头有一间只与幽灵共享的厕所；有暖气，但不够暖，即使在屋内也要穿上厚重的大外套，加上靴子、手套和毛衣，而这些衣物感觉上仍不像是自己的。他在裤管和衣袖里塞了报纸隔绝寒冷。他有一张简单的木桌、一张椅子和一支笔，就跟在底层甲板时一样。地上有一部打字机，他只会在屋里冷到让墨水凝结的时候才使用。他睡在角落的一张简陋的床上（一个塞满报纸的麻布袋）。他喝茶，吃饼干（比船上的饼干好不了多少）。这些都不

手写批注（左侧）： 但不会发生在我们身上。——我清楚地知道了。

手写批注（右侧）： 你知道吗？我明白石察卡是想告诉萨特，说他知道了她，他的人生是空虚的，只是我对这种烈士姿态讨厌至极。明明是他自己做出的选择，一次又一次。他原本可以说："我们在一起吧，这所有一切都比不上你，比不上我们重要"。而他没有，他硬是没有说。感觉上你好像不太明白这点，埃里克，你好像随时都准备为他找借口。你疯了吗？因为你不但亲自和菲洛梅娜见过面，还亲眼看到她的人生最后变成什么样／没变成什么样。

手写批注（下方）： 你说得一点都没错，他们的际遇是出悲剧，这是他的错，我明白。但他只是一个凡人，不是什么超级英雄，甚至连英雄都称不上。焦虑、颓丧、愤怒、悲伤、愤怒、渺小、充满悔恨，或许不是你、我或甚至菲洛心目中的他，但他是菲洛爱上的人，所以一定有些什么优点。再加上，或许等他领悟到生命中重要的事物是什么，已经太迟了。不过你知道吗？这种事是会发生的。

> 所以说到目前为止你喜欢萨?
> 潭爱。他的书有点不入流,但看得出背后有个聪明的家伙。
> 如此说来……这是一种逃避?
> 有意思。

忒修斯之船

是他去找来的,他到的时候就已经在那儿了。他仔细留意着墨水和茶和饼干的存量,总觉得会越来越少,但其实完全没有。

S.重新坐下,将椅子拖向前靠到桌边,俯身开始工作。他拿起笔蘸了墨水,在纸上草草写了起来,将刚才为了证明自己的存在,中途站到窗边透过冰柱向外凝视而没有完成的句子写完。

他啜饮一口杯中的茶。杯子是冷的,茶也是。

> 天哪,这地方还真冷。

他并不想离开冬之城。在这里的时间里,他没有目击到纷争或烦闷或痛苦,无须哀悼,更无须目睹任何人死亡。他始终没有感觉到特务的存在。((在冬之城不太可能惨遭横死,却也不像真正活着。))

冬之城有一份日报,提供三项重要用途,不过S.只注重其中两项:

首先,可用来充填袖子和裤管和靴子和床铺。

{ 378 }

左上角(沿页边):
你这一路肯定很辛苦了。可以告诉我你是怎样找到我的吗?在火山顶那么高的海拔进行"求爱",身体够挺得过去吗?

左侧红色:
这么说或许有点冒险……不过辛格古怎似乎合作了《阿姆利则》一书,最后受到彼此影响。

绿色:
这一章有许多短短的、跳跃式的段落,感觉很像辛格的早期作品。(是为了向他致意?)

不过辛格后期的小说和不鲁卡的非常相似:那种不太属于这个人世的疏离感、隐藏的自我检视、身份的问题。

红色:
交了艾略特的论文,请福克斯帮我批改(这肯定把伊尔莎气死了),但他说得由她来改。到时我若需要申诉,可以再拿给他。

黑色:
至少交出去了,这挺重要的。
不,老实说,分数才重要。

橙色:
伊尔莎给了我C,福克斯没有异议。
那么你现在情况如何?
和之前一样,完全不确定能不能过关。

右下橙色:
唯时了,今天在课堂上伊尔莎瞪了我一眼。我所做的一切都让她更恨我。

第九章　负空间的鸟

其次，它记载了 S. 以前居住过的世界所发生的事件。报上叙述战争、贸易、暴动与屠杀的故事，一篇篇文章疯狂记录着权力的无数形态与口气。（报上并无冬之城的新闻，因为冬之城**没有**新闻。这也可以视为市场力量的作用：冬之城寒冷、静止、毫无重要性，这种地方谁也不想掌控。）

第三，报纸是 S. 的书写媒介。他填满了数千页，字就写在一行行铅字之间细细的白色空间里，空白处写完了就直接写到印刷字体上面。像洗去墨水后再次书写的重叠抄本，层层积淀。

> 又一个你最爱的词？
>
> 我真的很想收敛一下……
> 不过算了，没错。

他填写完的报纸堆在角落里，几乎已堆到天花板那么高。

索拉一次都没有出现在空白处和他说话。他刚来的时候，几乎毫不间断地写，就只为了能碰巧找到她。如今书写时，他总是忘了留意。

一段时间以前，S. 还很在意冬之城的可能地点（相

忒修斯之船

———

对于报纸上所提到的世界），还整理出一个理论：虽然冬之城属于那个世界，但严格说来却不在那个世界里面。光是扬起船帆朝低纬度驶去，绝对无法到达。冬之城与那个世界既非上下关系，也非平行关系。冬之城在，我们熟悉的世界在，而且两者相距不远，但也许不总是如此。

　　S. 写了什么很难看清，可是细心的人也许会发现在滔滔字流间提到了以下字句：沉默寡言的水手；一群被蛇咬伤、浑身颤抖发热、濒临死亡的孩子；圣人在一个表面浮油的光滑水洼中显灵；集体坟墓；旋转的单车轮；留着传奇小胡子的男人；一个陷入热恋、鞋子上长着翅膀的探险家；一场工厂的大火；蜘蛛王子孤独以终；赈济所；壕沟；节庆蛋糕的温热香气；在粉红色的手之间传递的钞票；垂挂、吊死在桁端的男人；一个乞丐的说教；有个弓箭手的箭飞绕世界一圈后落在自己脚边；一座着火的帐篷镇；穿过山洞的铁轨；一个消失的部落；一群自称为革命党的人；船上一名年轻女子对自己带有口音的英语感到害羞；一

———

{ 380 }

> 也许吧，但有些书有赖其他人帮助？或是所有的书，除了最后三本？《飞天鞋》（为菲洛写的爱情故事）、《科里奥利》（大量的存在幻觉）+《忒修斯》。

> 你刚刚说出了石察卡 = 瓦茨拉夫，没有任何修饰。

> 这段混合了《忒修斯》的剧情+瓦茨拉夫的人生。

> 我打了电话给萨默斯比的律师的女儿，谢谢她没有授权给穆迪。我们聊了一会儿，她对石察卡的问题真的很感兴趣。放心。——和她谈话，我很小心。但不可思议的是她告诉了我什么事。我提到《忒修斯》书中的坏小孩传说，她说她小时候有一次跟爸爸说她讨厌他，结果他说她该懂得感恩，而且要小心点，因为他认识一个小女孩父母双亡＋有坏人在世界各地追她。而那个女孩只有两个叔叔在轮流当她的爸爸，他们必须一直换地方，因为也有人在追他们。她说多年后她还经常想起那个小女孩，每次都会伤心落泪。

> 西洼？
> 那两个叔叔呢？一个是萨默斯比，另一个是谁？

[旁注左上：你和格里夫为什么起争执？真是那么鸡毛蒜皮的事吗？]

[旁注上方：等回答ing……]

第九章 负空间的鸟

[旁注右上：好吧，就告诉你——他出院后没多久打电话来，要我帮他看论文的其中一章。他的沮丧也让我觉得可笑，因为他早在几年前就该交出去了。我笑了笑，跟他说等我有时间就会看，他却大发雷霆，骂我是个高高在上的王八蛋。我也发火了，拜托，亏我大老远开车到佛罗里达，帮你捡回一条命，结果得到这种对待？于是我叫他别再来烦我，就挂了电话。我真是完完全全的自私、自以为是、小心眼。但我一直想着这件事，后来发现事情并不像表面这么单纯。这件事让我了解到他有多脆弱、我有多脆弱、我们都有多脆弱，包括你在内。还有伊尔莎和穆迪（即使他们俩都不知道），不蒂卡和菲洛，肯定是我们都想成为了不起的人（不管这个词如何定义），但大部分时间却都不是。我们都只是陷在一片污秽混沌中，试着相信自己有能力变得了不起，却只是越来]

[左侧方框批注：群疯狂的猴子列队游行；印刷纸张如倾盆大雨般落下；无尽的懊悔。]至于这些元素与故事内容有无连贯性，则完全是另一回事。

    S. 抬起头来，因为听到送报货车驶过积雪大街时轰隆隆、咣咣当当的声音。货车每天早上都会将一大叠当天的报纸运到中央广场，放进一个木箱，但和城里的人一样，只能透过蒙蒙霜雾隐约看见。车子复杂的引擎声和装上雪链的车轮声也同样微弱不明，但 S. 已经自我训练到可以听见，也期待着听见这每日的嘈杂声。能帮助 S. 维持所剩无几的健全心智的事情不多，而出门拿报纸这个简单仪式便是其中之一。

    当他踏出公寓大楼来到街上，肺部受到寒冷的冲击，一时几乎无法呼吸。顶着风移动时也受到寒风的惩罚，脸失去知觉、眼睛刺痛，寒意更有如一根根细针刺穿他的层层衣物。风呼啸着扫过街道，发出了此地所能听见的最接近旋律的声音。

[右下旁注：越接近崩溃而不愿承认。我们会对自己编故事：关于我们自己的故事，或许也有关于其他人的故事，关于角色的故事，借此躲避自己是多么渺小的事实。]

[底部旁注：也许这不是躲避，也许是这些故事帮助我们不至于如此渺小。]

忒修斯之船

冬之城没有鸟,至少 S. 没有见过。他偶尔会梦见一只黑鸟仰躺在雪地里,挣扎着。鸟的胸口被子弹打穿,但伤口流出的不是血,而是羽毛里的色素,渗入积雪后散开,形成一个黑色椭圆。随着色素排放,鸟的躯体逐渐褪色,越来越淡,而雪也饥渴地,甚至贪婪地接收它抛弃的所有颜色,直到最后只剩下一大片冷黑中一具乌鸦形体的白色躯壳。一只负空间里的鸟。但 S. 知道这只是个梦。他还有足够的理智告诉自己这一点。

他双手环抱身子往前走,尽管这样并没有温暖一点。还要走多远?他说不准,也许一英里,也许更远,他对于这类事情的感觉好像变迟钝了,有些日子跋涉的距离似乎多了一倍甚至两倍。冬之城仿佛一个距离变化不定的城市。

今天会有另一个居民抬起头与 S. 四目交接吗?即使在如此恶劣的情况下,会有人展现一丝共通的人性吗?

不会的。今天他仍会一如往常地走在沉默疏离的人群间,每一步都在提醒他,他们眼中的他就像他眼

{382}

第九章　负空间的鸟

───────

中的他们一样虚幻模糊。他们的目的地或许相同，都是报箱，但之后他们依然会回到自己阴郁安静的寓所，读着自己无力改变、遥不可及的事件。

　　S.拼命地眨眼，想眨掉结在睫毛上的冰。他缩起脖子，继续往前拖行。

　　报箱有一米多高，吹积在它周围的雪堆也差不多一样高。S.伸手进去，用冻僵的手指摸索拿起一份报纸。今天的头版：另一座城市遭火夷平的照片。

　　极端的寒冷中和了报纸油墨的复合香甜气味，或者也可能是劲风直接将味道吹散了。不过，S.还是把报纸凑到鼻前嗅了嗅，没有期待也没有收获。他将报纸对折卷起，塞进大衣口袋，重新展开漫长而艰辛的回家之路。风往往会在同一时刻跟着他转向，因此回程也和去程同样辛苦。不料今天的风向维持不变，朝他的背狂吹，执拗地推着他，让他最后快步疾走起来。他滑倒了几次，还有一次一头栽进刚积起来的雪堆中。

　　快到公寓大楼前时，突如其来的一阵强风吹得他

───────

忒修斯之船

从大门口前滑行过了头。他双臂画圈，两脚猛地倒退试图让自己稳住，但还是再次摔倒，这回肚子朝下，像企鹅般滑过冰面，一直滑到一间空店面的橱窗前才被挡下。这栋建筑内的水管肯定在漏水，垂冰从天花板连到地面，粗得有如橡树的树干。

他在窗玻璃里看见自己挣扎起身的倒影。好不容易站稳脚步后，他细细端详：一个男人与他对望着，站在一座冰林前方，<u>脸上最后的些许青春气息已然消逝</u>，而他又被带回到置身于码头城市上方洞穴里的那一刻，置身于钟乳石与石笋与K族绘画历史中的那一刻，置身于希望中的那一刻——不管希望多么渺小，至少当时蔻波还活着，菲佛还是菲佛，而S.尽管对自己的经历毫无所知，也还感觉与过去和未来相联系着。

他转身背对橱窗，挺起胸膛迎向凛冽的寒风，逆着风走回家。在他内心里回旋的怒气犹如在街道上打转的雪魔，气韦沃达和他那帮特务，那是自然，但也气自己做选择时的决定与拖延。多奇怪呀：他独自身处于一个半存在的市景中，<u>但愤怒却让他想起悸动与</u>

最近一直在想这个。
我的确猛然惊觉事情就是这样……离开校园就代表你再也不能把自己当成小孩子。你再也不是小孩子了。有时还挺兴奋的。有时却又令人沮丧到极点。

我在医院里惊觉到的其中一件事，就是我真的不再年轻。没错，我还没到30，但其实没有差别……我花了10年研究这个东西，结果却一无所获。没有报酬。没有成就感。没有事业。天晓得你该如何从头来过？该如何重新塑造自我？而很显然的，我还没办法到。

也许你办到了。
只是不怎么明显。

A. 我不知道你在说什么，还有
B. 我是为了什么目的而重塑自我？这能让我得到什么？

a. 我不知道。

{384}

b. 也许这正是我们应该做的。

第九章　负空间的鸟

布兰德医生一定藏了什么，关于把话说开来总会有帮助读者的……

真实的感觉。他想大声嘲笑这种讽刺的现象，但只怕风会把肺叶冻僵。

进到大楼门厅后，他解开围巾，跺跺脚将雪抖落。地上有个信封，上面印着模糊不清的 S 字母。他弯身捡起时，背脊还发出诉苦的声音。他闻了闻墨水，有股甜味。接着他脱去手套，撕开信封，里面有一张笔迹陌生的短信，开头直呼了他的名字，信尾却没有署名。信中指示他赶往广场以西六条街外一栋公寓大楼的九楼，也就是说要多挑战半英里路的酷寒。

他毫不犹豫，围起围巾戴上手套，欢迎天气使出最残忍的手段。假如他要去的是个充满特务的狼窝，而他们认为将他放逐到冰天雪地之境太便宜了他，他也认命。他已经准备好面对一切可能发生的情况。

来到那栋公寓时，他的眉毛和睫毛都结了冰，脸颊被霜雪冻得已无知觉，口水与吐出的气息也在上唇凝结成一层厚厚的冰。他停下脚步，抬头望向最高层的九楼。窗口没有透出灯光，半透明的行人在他身旁默默地

手写批注：

其实，我一点也没有我预料中那么生气。

你打算和你父母试试这个方法吗？
你打算和你父母试试吗？

不过我早在跟她谈前就感觉到了。（我是说，我确实气她这样对你施压，但对于我跟她之间的事，我倒没那么生气。）

我觉得遇见你以后我火气变小了。
（我是说真正遇见你本人。）

埃里克，我没有问你的论文，甚至连看都没看。那篇该死的论文里字字句句都出自我，要完成可真不简单啊。我一走进办公室就这么告诉他们。之后发生了什么事，我啥都不记得了。肾上腺素太旺盛。

楼层有何寓意？

忒修斯之船

———

川流而过，没有说话声，甚至没有脚踩雪地的声音。

今天比平常更冷吗？有一只脚已经完全麻木，他往地上跺跺脚跟，希望踢回一点儿感觉。经他这么一踢，一块三角形冰块跟着滑落，露出嵌在人行道上的一块铜牌的一角。刻在上头的正是他久违的记号。他于是朝冰面一踢再踢，直到整块铜牌露出来为止。

> *所以这是在向他的生命致敬？或是庆贺他的死亡？*

```
    S                        S
         编故事的人
      阿基梅德斯·德·索布雷罗
            在此坠落
          一六二五年一月九日
    S                        S
```

> *从未想到这个……*
> *"编故事的人"语意不清，可能指"说故事"或"说谎"。*
>
> *还有那个S符号呢？*
> *是哪一边的人在使用？*
> *我完全摸不着头脑。*
>
> *好，我现在明白了，因为好人不会烧仓仓。*

初落的雪已积到大楼门阶的高度，几乎就要堆到门口，但一路来到柱廊的地面上却只有他的脚印。他停下来，凝神观察背后的街道，期待着会有什么不同，至于是什么他也不知道。但放眼所见，还是那些虚无缥缈的人彼此擦肩而过，转过某个路口，进出建筑物，蹲下并重新绑好冰冻靴子的鞋带，手里同时拿着报纸，但比起放在报箱里时，此刻的报纸则显得比较不扎实，

> *可是在费尔巴哈的出生地和狄虹的洞穴里也有一个S，埃斯壮的鸟类素描里也有。*

> **▶ 菲洛的洞穴里也有。◀**

> *可是<u>就在我卧室窗户底下的人行道也有一个，有哪个好人会做这种事！</u>*

{386}

> *现在清楚了，两边的人都会用。一边是为了做记号；另一边则是要嘲弄他们，就像在说：我们赢了，而且我们可以盗用代表你们的符号。*

也许就明摆在眼前。章节、意象……她靠这些就足够了。她想说他们很相似、都是鸟、都很脆弱，随时可以不再做此刻的自己，可以死去，可以发现他们有不同的信念，或是爱上不同的人。

第九章 负空间的鸟

也就是：Seize the day，把握今日。

而他并没有。

形体也比较不明确。

我是在厘清思绪。
↑
琢磨，当时你是希望
我把一切想透彻吧。
↑

楼梯不平整，随着他一阶一阶地往上爬，脚下不时地发出吱吱嘎嘎的呻吟声。他慢慢上楼，一面提醒自己要保持冷静，要保留精力与专注力。（唉，想当初这些都是出于本能的事！）然而踏上九楼平台时，他已汗流浃背、气喘如牛。他脱下围巾和手套收进大衣口袋。此时只有一扇被霜遮蔽的小窗透进光线，空气中有被遗弃的味道。你不能因为我把自己的故事都告诉你，就这么走人，这样不公平。要走晚一点再走。但现在请留在这里。

被放逐至今，昔日的人声第一次传进他耳朵里，虽然并不是往常的那种喧闹声。他只听到两个声音，十分微弱，被数百年空洞的偌大回音所环绕：

Você não está seguro（你不确定），一个男人的声音说。

为什么在此用葡萄牙语？他试图尽可能直接与菲洛梅娜对话。

Ninguém é（没有人确定），一个女人的声音说。[1]

---

[1] 原始打字稿中有无数画线删除与手写订正之处，显示作者对于谁该说哪句话始终摇摆不定——事实上，就因为涂改太多次，那一页根本脏乱到无法辨读。我采用的是最初打字稿的原文，这与其说是编辑上的决定，其实更像是考古。

什么也查不出来。我也不知道还能想出多少方法来
———— 解读这个注解。
也许这不是暗语的一部分，也许她只是实话实说。

那么这一章的暗语在哪？
*也许根本没有，也许有某种别的信息。

忒修斯之船

———————

紧接着，一个尖锐、往下降的音调，几乎细不可闻，可能是铰链的摩擦声、病猫的叫声，或是一个人从九楼坠楼身亡的声音。

S.走向公寓门口。他伸出手抚过所剩不多的头发，在大衣上将手擦干，然后敲门。

脚步声从公寓里面慢慢靠近，门把转动，<u>门开了，只开一条小缝，他从门缝瞧见有一双眼睛在打量他。</u>随后眼珠往左看、往右看、越过他的肩膀往后看，似乎在确认 S.是单独一人。

"是我，"S.说，"只有我。"

门又打开了些。一只手从缝隙伸出来，抓住他的手腕往里拉。警觉立刻传遍他全身，但后来发觉他是受到引导而不是拉扯。他跨过门槛……

……走进一个空荡荡、几乎毫无特色的房间，墙上的油漆剥落成近似装饰性的卷曲长条。没有家具。有一扇窗，外侧冰封内侧脏污。在一面墙上有一扇衣橱门。不过，房里唯一重要的细节是有索拉在。

她将他身后的门推关起来之后，抬头直视他的双

———————

但愿你能叫穆迪把人撤走，或者如果真有新的S组织，而我又是他们的目标，亦叫索林那群浑蛋伙伴做点什么。除非来其里他们干的。

第九章　负空间的鸟

眼，一面在寻找些什么，一面牢牢抓住他的手臂。

她出现在这里真让人吃惊。还有一件事也几乎同样令他吃惊，那就是她清晰、鲜明、温热、有呼吸，无可否认地真实。再者：他可以感觉到她的触摸。她的手温暖地、紧紧地扣住他的手腕，她黑色大衣的袖口毛边搔弄着他的皮肤。

她额头上、眼角与嘴角、下巴两侧的下斜处，都有浅浅的皱纹。她深浅不一的灰白头发剪到下巴长度，发型应该在他所不知道的某个地方或某段时间相当流行。她的脸蛋依旧像一个散发着月光的明亮、浅淡星体，只是似乎比他记忆中瘦了些。他忽然害怕她会再次消失，害怕他们会继续变老，而且可能分别死去。

他差点儿就脱口说出我爱你。

"你是真实的吗？"但他却如此问道。

"我无法证明我是，"她说，"但你也无法证明我不是。"

"所以这是信任，又或是信念的问题。"他微笑着说。

"对，我想是的。"

旁注（右上，红字）： ★ 又或许他是想通过这整本书来告诉她？没那么直接，但毕竟是心意。也许他自认这是能力所及的最佳方式。也许他觉得利用这本书来表达，能够多付出些。

旁注（右，橙字）： 也许他是这么想的。真的，有何不可？写作是他喜欢做的事，他也以此界定自我。或许写作也是他认识自己的唯一方式。但这样还是太便宜行事了。写进书里，回避亲自去做，这样的冒险比较小，暴露的自我比较少。这其实是不够勇敢去爱人、去和爱人一起冒险爱。

旁注（右中，红字）： 别忘了：菲洛也做了她自己的选择。

旁注（绿字）： 很好奇石察卡曾有多少次差点儿这么做……

旁注（红字）： 多少次并不重要。重要的是他做了没有，而他没有。如果哈瓦那的邀请不算在内的话。

旁注（橙字）： 不够。差得远了。★

旁注（左下，绿字）： 你应该把民族拉夫的事告诉埃丝丰·晋什么的那个编辑。

旁注（左下，红字）： 我试过了，她完全不买账。

忒修斯之船

她走到窗边，透过一个可以清楚看到外面的小孔向外凝视，视线扫过街道、附近的楼房、天空。

"我想我们很安全。"S.说。

"不，"她说，"没有人是安全的。"

他冻僵的脚逐渐恢复知觉，仿佛被人一刀刀猛刺着。他屈屈脚趾，蜷缩了一下，又屈了屈。

"这么说，"他发觉到，"索布雷罗曾经住在此地。"

"时间很短。"她说，"更重要的是他死在这里。"

"我们会在这里碰面相当巧合。"

"也许是巧合，也许是传统惯例。"

"我不懂。"

"你好像觉得我有答案。其实我和你正在做一样的事：听从本能，做出反应。或许我快了半步。"

"你是怎么找到我的？"他问。

"也只剩这里了。"她说得好像理所当然，"你还想找到韦沃达吗？"

在今天以前，在一小时以前，他会对这个问题犹豫不决。可是现在呢？"想，"他回答，"当然想。"

> 今天收到他们寄来的包裹。又一张支票——但更重要的是：哈瓦那的那张照片！！纸条上说他们最近才取得，急着想进一步了解。
>
> 嗯哼，所以现在该是你回报他们的时候了。

> 他们是站在我们这边的，我知道。

> 也许当初就是他们在拍卖会上买下照片，而他们带索你来厘清这照片为何如此重要；或者他们可能修改了图像来愚弄你、误导你，你怎么知道？

> 结束3. 伊沃娜告诉他们说她弄丢了。

> 天大、天大的好消息啊，珍。太棒了！
>
> 但她又是为什么呢？之前她那么有把握。

第九章　负空间的鸟

找到城堡的位置了,她告诉他,而且有办法把他们两人都弄进去。陆上时间的九个月后,会有上千人聚集到那个地方参与一项活动,到时韦沃达会发布某种声明。从宾客名单来看(其中包括国家元首、军事与宗教领袖、无足轻重却狂妄的独裁者、一夕之间窜起的反叛军、产业巨子——总而言之,就是韦沃达能贩售武器的所有对象,他能居中牵线建立合作关系进而需要武器的所有对象,正在大规模采收或寻求自然资源的所有人,渴望聆听并附和他对于"毁灭是为了创造"、"重整世界的艺术"等简洁有力的看法的所有人),几乎可以确定这份声明十分重要。"你可以在那里发挥巨大的影响力。"她说。

> 你认为在布洛的公司曾发生这样的事吗?

> 情况和这段描述的不同。我认为这是碌卡希望发生的状况,他借由写作来实现愿望。

"我一无所成,"他对她说,"我这一生中毫无重要成就,又可能会有什么影响力?" <u>真的吗?</u>

> 只不过那并不是他写的结局。

她打开衣橱门,取出他留在领地的手提包,只是现在更加破旧、伤痕累累,污点与霉迹斑斑。她把手提包往他面前一丢,他问这是不是他的,她点点头。

"你当时在领地,"他说,"在那艘独木舟上。"

忒修斯之船

"对。"

"跟你在一起的人是谁？"他问道，并沉住气等候她的回答。

她面露困惑。"只有我一人。"她说。

她没有说谎，他心想，但她说的并非事实。

他们裹好御寒的衣物，步下索布雷罗的那栋公寓大楼，随后暴露在此城永不止息的冬寒中。她超前几步，两人既不交谈也不对望，以免招致注意。他们走得很快，都弓着身子抵抗风，但即使如此，S. 的眼睛仍旧刺痛、灼热、流泪，湿湿的泪水冻结在脸颊上，握着手提包手把的五指也屈僵成爪状。

一英里路，也可能不止。S. 眯起眼睛，甚至闭上眼一连走个十来步，因此当索拉停下来，他便撞了上去。她带他来到冬之城的港口，只见水面结满一大片冰，似乎已有千百年之久。海湾里全是被冰块困住、挤压变形的船只残骸。

"我们来这里做什么？"他问。

---

*上个月在加拿大的新斯科舍发现了圣托里尼号的尸体还有另外两具：一在喀麦隆，一在秘鲁近海的一处礁石上。

WTF！还以为巴塞罗那的尸体只是巧合……结果现在呢？

如果我终究要被弃尸河中，希望至少能选择他们撰写的书页垫在自己脸下的哪本书。

珍，别开这种玩笑。

老实说，我觉得我必须要。

好，哪本？

《飞天鞋》。

不是《忒修斯》？

我想要奇幻爱情故事，没有这许多怕恨的那种。

从水边开始也将在此结束……
有趣，他怎能知道这是在终点还是起点？我们又怎能知道。

第九章　负空间的鸟

"我们有一艘船。"她说。

他愕然地看着她,她则伸手指向冰封荒地的另一头。扎实的冰层延伸数英里远,但再过去可以看见一条细细的开放水域,上面有一个黑点。她踩上海水表面,然后回头等他跟上来,可是他害怕。他想象自己走在冰上,听到一个巨大的龟裂声,然后眼看着脚下裂开一条缝。他想象自己掉入水中,被水流卷到坚硬的冰块底下。

"冰块很结实。"她说,"我就是从船上走过来的。"

信任的问题,又或是信念。

"我的纸,"他想起住处的那堆报纸,踌躇地说,"我的工作。" *就像枪上膛。*　*告诉我你没有枪。*　*我没有枪。*

"已经装上船了。"她告诉他,而他相信了。他拉着她的手,跨上冰面,两人一起往前走,一步接着一步。

他们并肩走着,脚下不时地打滑,但从未摔倒。

"我一直以为你知道我是谁。"他大声地说,好让声音压过风声。 *就像石寨卡面对菲洛说话。为什么我不能直接告诉她。*

下页 ★

忒修斯之船

"跟其他人知道的一样多，"索拉说，"如此而已。"他看着她的气息绽放如花，又立刻被强风一吹即逝。

"你找到我了，在旧城区，你知道要上哪儿去。"

"我不是去找你的，是你刚好在。"

S. 继续追问。"据你所知，我是谁？"

她擦擦鼻子，拨去睫毛上的冰珠，继续艰难地往前拖行。"我想你要问的应该是你曾经是谁，"她缓缓地说，"而这点除非你深深地在乎，否则并不重要。你在乎吗？"

S. 迟疑了。他知道自己曾经很在乎，也觉得似乎应该在乎。曾经有许多年，他以为自己在乎，却几乎没有认真地去追查过真相。这个秘密不再令他动心。比起记录着他的人生真相，但早已被遗忘的官方文件，这些真相本身并不是更重要。那么回忆呢？身为家庭一分子的感觉呢？童年的感官印象呢？还有日复一日地为铜制弹壳装填火药的青少年，在开始认清真实世界时所感受到的小小领悟与心碎呢？他在船上的恍惚状态中、在严寒的公寓里都体验过这些，也许无法拥

{394}

★ 在石察卡的原稿中，此处她并未回答他。

这是菲珞时石察卡说的，她已经努力表达得很直接了。

这段写的是……他必须回答自己的一个问题。或是决定他有无必要回答。

因为我们就只是我们——此刻的我们。也是我们决定以后要成为的人。

第九章　负空间的鸟

有，但那些时刻环绕在他身旁，偶尔也可能闪闪发亮。他可以看见星星，但他已不再需要星座。

前方近百米处，扎实的港口冰层结束，开始出现浮冰。从漂浮冰块间的裂缝已可见深色的海水，底下的波浪一推涌，冰块便起伏不定。而漂浮在这些冰块之间、不时遭到大冰块撞击的，是一艘熟悉的船。

[直觉告诉他这是同一艘船，多少经过重整修复，只是比原本胡乱拼凑的破损状态更加不堪。这可能是海面上所见过的最怪异、最破烂、最可能随时解体的船了，即使再宽宏大度，对航海深具感情的人看了都会觉得生气。船身镶接的木板似乎各有不同来源，三支桅杆和船首斜桅也都歪七扭八，船帆则是用黄色、骨头色与灰色的帆布碎片缝接而成，从那一条条歪斜的长线看得出来缝补手术毫无技术可言。顶层甲板上的枪炮是来自不同时代与地区的武器大杂烩，其中几座布满铁锈，想必是在海床上待了数十年。S.发觉有

> 这是S对于船的想象？
> 或是反讽托奈的.
> 或是在讽刺整个
> "V.M.石察卡"集合体。
> 哇，难以想象那群年人
> 之间还能有更大的差异。

忒修斯之船

一点不仅是可能，而且是极有可能，那就是这船上无论木板、舱门、系索羊角、木钉、门闩、铁钉或绳索，无一是从他头一次被带上船时留存至今的。但无论如何：这就是那艘船。不管这船多么畸形丑陋，不管它基本上有多么**不可能**存在，见到它还是让他有种慰藉感。尽管舱房里的舱壁木板全都换新了，但他知道今晚躺在吊床上，还是能感觉到自己的字句环绕着整个房间。或许他对于在黑曜石岛上看的书了解得并不完整，甚至不多，可是他相信书中对这艘船存续的叙述。

"要毁灭这样一艘船，需要的不只是破坏。"她说。

他停下脚步，顶着夹带冰霰的呼呼劲风往前倾身，以免被吹得倒退。"你去过岛上吗？"他问。

"我就是从那座岛上船的。"

"你为什么会去那里？"

"帮助夫人，管理、翻译、装订，修复可以修复的。"

"但你是怎么**去**的？我是说一开始。岛不在地图上，而是在……"他找不到适当的字眼，便用戴手套

手写批注：

这句话可以用来形容S组织对吧？
男孩得听队不去除，垫迁，独挡耳足
还有人在源头。 —— 所以说。

哈。

希望S组织是这样……
因为新S组织是。

我可能应该告诉你，今天早上我去见了伊尔莎，
跟她说我和你讨论过那首诗，但我并未逾越
助教的界线，只是提问题，试着引导……
而你的论文完全是自己写的，还说我可以
签保证书什么的，如果有必要。

所以她才退让？我不信。
看她之前咄咄逼人的样子，
不可能。

下页 ★

第九章 负空间的鸟

的双手画一个代表圆顶的弧形。

索拉深深吐了口气。他们俩就一齐看着这口气息升起、跌落、消散。"就跟你一样，"她说，"很久以前，我被带到那里去。是另一艘船，另一群船员。为什么呢？问为什么就像问天空为什么在头顶上，星星为什么在更远的地方。这些的确是好问题，可是没有答案，到了某个时候，我们就会选择不再问了。"

前方，船员正往一块浮冰上放下舷梯，S.暗暗希望这块冰会稳固一些，而他和索拉也能顺利穿越浮冰群到那儿去。他瞅了一眼脚下的冰，想必正逐渐变薄，他们脚下随时可能出现裂缝，也或许冰块前缘会倾覆到冰寒的海面下。

索拉跨出一步，踩上一块平坦光滑的浮冰。见S.踟蹰不前，她挥着手催促道："快点儿，我们越早进入开放水域越好。"

//S.呆呆地看着手上的提包。//不重，但凡是可能让他失去平衡的东西都令他担心。"脸上有疤的那个男人

（页边手写批注）

★也许她够了解我，看得出我是真心诚意。其实我们聊了一下。一开始我告诉她我要授权给穆迪（她说她"才不鸟穆迪的事"），接着我告诉她我已经不生她的气了，所有的事都不气了。我说我们都只是试着找出自己想要什么+努力接近目标。而慢着，你怎么知道我没用你的论文？我还没告诉你。

我并不知道，只是这么相信。

这么说你是主动说谎。你知道，我有可能这么做。也许只是还没那么绝望。

↓也许我知道你没有，

这一切比起石察卡 vs. 布沙，S. vs. 新S.，布沙 vs. 世上仅余的和平+公义等林林总总，也就不那么要紧了。

只不过你还是有一点儿气她。

这些都只是说说，我毫无损失。

说什么真心诚意也不过尔尔……

今晚到这里和我碰面。午夜，好吗？

好，我会走地道，在地面上没有安全感。

我不会，昨晚那底下的声音和符号都变多了，上面安全一点。

忒修斯之船

是谁?"他喊着问她。假如那个男人在酒吧里选择绑架别人,S.的人生可能会截然不同,甚至可能很健全、平静,平凡而幸福。不过他已经遇到索拉了,他提醒自己。说不定她也会指引他来到同一个地方,只是路径不同罢了。

"我见过他几次,"索拉说,"<u>可是我不认识他。他的目的不见得和我们一样。</u>"

"不见得?"

索拉转身走过冰面。他可以看出她在厚重的外套底下耸了耸肩。"不见得。"她又重复一次。话语声随风吹回到他耳朵里。

他往浮冰跨出的第一步只是试探性的一步,不料冰块摇晃不稳,使得他张开手臂、跟跟跄跄地跳了几步。不过他很快就恢复了平衡,离冰块边缘还有好一段距离。他觉得没有自己原先想的那么害怕。

他跟在索拉后面,像玩跳房子似的从一块浮冰小岛跳到另一块。虽然落脚时仍十分小心,他发现自己已经享受起骑乘在每一块侧倾的厚板块上,起起伏伏,

关于那些跟踪你的人,我问过穆迪了。结果他大笑,说我肯定是找到合适我的女孩。记得我说过火气弹所消吗?又再度重燃了。那是仓谷之火。是他妈的致命武器黑藤之水。他喝醉了,但还是气死人。下次(如果)再有人靠近我,一定会后悔。

理论上:了不起。
实际上:万万别想。
让自己冒那种险。
所以我就只能早早守着?

{ 398 }

第九章　负空间的鸟
————

一会儿往这边一会儿往那边倾斜，还有跳到下一块时脚往后一蹬，冰块陷落的感觉。当他追上她，来到放置舷梯的广阔平坦的冰块时，另一边就是海浪汹涌起伏的开放水域，他却欣喜地渴望着回到港口，再重新走一回冰上步道。

甲板上有大概二十名水手正在准备启航，他们身上穿的补丁衣似乎和缝缀船帆用的是相同质料，而那勤奋却迟钝的动作 S. 也仍记忆犹新。索拉跳下甲板时，其中有一人去牵她的手，S. 看得目瞪口呆，不敢相信这艘船上会出现这样的举动。他本身没有受到类似的帮助，但有几个船员往上瞄了他一眼，虽然同样沉默，却与以前的感觉不同——愚钝，或许有，但其中带着敬意。这是个令人欣慰的转变。

他虽知道在领地遭受攻击后无人生还，船的重生却给了他希望；他扫视着冰冷的甲板，从船首到船尾，盼望能看见大漩涡的独特身形，可是大块头不在。他端详这支杂牌军的每张脸与五官特征，一个也不认识，

忒修斯之船

唯一熟悉的就是缝合他们嘴巴的黑线。|传统。|

"你上哪儿去找来你的船员？"S. 问索拉。

"他们不是*我的*船员，"她说，"他们*就是*船员。"

"但是谁招募来的？总有个召集人吧。"

她耸耸肩。"志愿者几乎没有少过。"

"是你让他们缝嘴的吗？"

"我是乘客，对他们毫无影响力。我没有任何权限。"

"那我有吗？"他问。

"我想不太可能。"她答道，口气中的不屑刺痛了他。他很想说，*真的吗？即使我做了那么多、承受了那么多、放弃了那么多？* 却也知道这里容不下这种抱怨。

"他们确实明白我们的任务，"她接着又说，"也确实了解这任务的重要性。"

他建议他们一块儿走到中间的甲板处去避风，她婉拒了，反而要他跟她走，然后带他来到海图室门口。"你其实还有个老朋友在这里。"她说。

S. 全然不明白她的意思。旧船员当中没有人是他的朋友，而他在陆地上仅有的朋友也早已死了。

> 传统仍持续着。他期望 S 组织可以持续。而新 S 持续了下去。新斯科舍的尸体身份确认了，是个叫卡瓦纳的人，爱尔兰作家，激进派，不太出名，但毕竟还是……
>
> 怎么确认身份的？圣托里尼岛的最大特点就是无法确认身份。
>
> 一定是有人出了错。

> 是不一定他们不断被替换，我才被收录……

{ 400 }

第九章　负空间的鸟

她打开门领他进入幽暗的小室，湿冷的气味一如往日，只是如今多了一股类似麝香的臭味。一开始S.只注意到大漩涡经常弯伏着身子看地图用的桌子，接着才听见桌下有窸窸窣窣的声音。是那只猴子，用毛毯包裹着，如今已老迈佝偻，鼻子与眼睛四周的毛变得雪白，乍看还以为这只畜生刚去过下着霜的甲板。它抬头看着S.，喉咙里发出一个细而尖的声响，可能是打招呼，也可能是它一贯的嘲弄。

"很高兴见到你。"S.谎称。

猴子卷起嘴唇，露出空无一牙的口腔，紧接着很快又倒头睡去。

"这畜生好像一直跟着我。"S.说。

"也或许是你跟着它。"她回答道。尽管看不见她的脸，听起来像带着微笑说的。

她从桌上拿起一张纸递给他。"我们的地图。"她说。这张纸比大漩涡那厚厚的羊皮纸海图要薄得多。还有一点不同的是，那些海图虽然霉迹斑斑又有流血的倾向，却是以精准的制图手法仔细画出来的，甚至

{ 401 }

> 这么多令人毛骨悚然的牙齿细节是怎么回事？

> 今天打电话给雅各布，告诉他下次再想要搞砸我的生活，至少应该礼貌性地先跟我打声招呼。

> 他怎么说？

> 他一直反复说他真的很担心什么的。我说我明白他是好意，但我就是不在乎。我唯一在乎的是：我爸妈早到这里了会发生什么事。

> 不可能像你想的那么糟。
> 你已经成年，
> 他们能做的有限。

> 这我知道，不确定他们知不知道。

→话说今天早上市警到我的住处来。我猜他们是通过车籍资料找到我的，就知道迟早会发生。总之：我告诉他们没有搜索令不能进来，而他们不可能申请得到，因为他们手里只是穆迪对我的指控，甚至没有证据证明当天（或是前几个月）我人在校园。

忒修斯之船

带有艺术风格，而这张则像匆忙之中的潦草涂鸦。

法国。比利牛斯山脚。多年前，S. 听过一个传闻说韦沃达的庄园就在这一区域，但他始终没有找到证据证明这不再只是无端的臆测。

原始书稿中没有地图，也许他觉得没必要画出来？认为有其他人会画？
或是菲洛放进来的。那就太猛了。在这丰要命的书里放一张前往布洲庄园的地图。她是我的偶像。

我问了她。她面露微笑，说她不确定地图是否正确，但看得出来她对此举真的很引以为傲。

查了卫星地图，看起来那里现在好像什么都没有了。
但有些地方在卫星图上可能被隐去了。
听起来的确像是非常普通的阴谋论，但还是有可能……

"你怎么弄到这个的？"他简直认不出自己的声音。

"当你苛待许多、许多人许多、许多年后，终究会有一个人绝望到愿意冒生命危险来阻止你。"她说，"一个人的胆识：这是反抗运动唯一不可或缺的。"

{ 402 }

我们应该去一趟，亲自看看。反正也不是太远，大概一天的火车？不到一天？

> 既然(他们)找到你了，那些穿西装的家伙也能找到。

> 珍：如果他们到目前都没有任何行动，那么将来也不会行动。
> 也许他们在等我们找到什么。我不知道，我只知道我不断看见他们。
> 他们说不定根本不是你所想的人。

第九章　负空间的鸟

"画这张图的人呢？"

"是个女人，她甘冒生命的危险，也牺牲了。"

"发生了什么事？"

"她在加泰罗尼亚的波尔岬被冲上岸。是溺毙，却不是被海水淹死，而是被酒淹死的。有人把她的头压进葡萄酒里面淹死她。"

> 法国马赛地区的报纸报道过这个：
> 1948/3/19.
> 这种事确实发生过。

这话为何听起来远比 B 城的屠杀，比欧斯崔罗、司坦法、蔻波遭杀害，更令人震惊？因为感觉更像是针对个人的杀人行为吗？因为与韦沃达个人的关系更近了许多吗？

// 比起他做的其他事情，这事会更糟上许多吗？//

又是一个好问题，却也是个没有答案的问题。而且，也是他决定不再问的问题。

> 另一部分的自白？或是贯彻 S. 的故事情节？

恶劣的天气犹如梦幻般的布幕一层盖过一层，冬之城随之消失其后，浮冰也逐渐变薄；四周的水面上仍有一些冰山漂浮，但比较小、比较分散，茫然迷失，一如船上方苍穹的星星。S. 和索拉坐在第二层甲板的

{ 403 }

忒修斯之船

―――――

一间臭味较淡的舱房里，喝着她冲的茶，几乎淡得没有味道，却仍是他做梦也没想到能在船上拥有的奢侈享受。他们鲜少交谈；就好像空气被数十年毫无所获的追寻、错失的联系机会与未表白的心里话剧烈翻搅着，他们正在静待这一切，这些已逝的过往时机尘埃落定。之后，离开舱房时，他们也许可以不让尘埃重新扬起，只是锁上身后的门。

S. 的杯子差不多空了，他轻轻旋转摇晃着些许残存在杯底的微温茶水，看着几片叶子随茶水打转。他问她在船上期间有没有到过底层甲板。

"那一直都不是我扮演的角色，"她回答，"而是船员们的。自从你选择加入后，也是你的了，其实你要是再仔细一点儿看夫人的书，应该就能猜到。不过，我倒也不惊讶，听说索布雷罗也有过同样的遭遇。"她摸摸他的脸颊，虽然她的手一直握拳捧在手心里，指尖依然冰冷。此时做出如此亲密之举，感觉很奇怪。

"这么说我的确和索布雷罗有关系，但有什么关系呢？"

―――――

{ 404 }

第九章　负空间的鸟

她的口气很适合指导脑筋迟钝的小孩儿。"不同的故事，"她说，"同样的传统。"

于是他头一次理解了这个传统，或至少明白了它最基本的组成部分。在时间之外发展的故事——那些转移、对立、反抗的故事。他以文字、图像与声音构成的人生，凝视着世界真实或可能的样貌。一丝丝的真实。他想起了大漩涡，那水手许久以前的忠告蓦然在他脑海沙哑地响起：**你要尊重她，要把她咚作记己的一部分。我们系靠她问载的。**下楼的时候到了。该开工了。"跟我来。"他说。他想告诉她，每当感觉到她在身边，就是他最佳的书写时刻。而如今她就在这里，就在身边。

"我会跟你下去，"她说，"但不能久留。"

他们站在摇摇晃晃的底层甲板，站在那个房间的门口。

四下只听见三桅船在强风的吹袭下加快了前进速度，以及海水擦掠、撞击船身的声音。S. 脑袋里嗡嗡

忒修斯之船

响，顿时一阵天旋地转。他想坐到那张桌前，翻转沙漏，一头埋入墨水与影像的甜蜜云雾中，正如毒瘾发作的人渴望鸦片、渴望可卡因那般急迫，可是也感觉到内心充满焦虑，甚至恐惧。

现在想必是轮到其他人写，不是他，还没轮到他。"现在水手们还轮班吗？"他问。

"轮啊，"她对他说，"但这趟行程除外。抵达韦沃达的地盘之前，你要待在这里。"

"那样可能太过度要求了……"他不知道她有没有听出他的声音紧缩，微弱到逐渐消失。

"你应该待下来，亲爱的，"她说，"<u>这可能是你这辈子最后所做的几件事之一了，好好把握机会。</u>"

尽管他心里想着对，却连连摇头。"有太多事要做、要计划。我得把装备准备好，那些飞镖……"他知道这是个站不住脚的借口。事实上，他只是不想冒险与她分离。

亲爱的。

"你行李里头的装备都放置妥当了，"她说着，手

> 那个编辑埃丝米说不管我怎么做，他们都会出版穆迪的书。还说会给我一些$$，而且我若不接受，他们的律师会想办法玩些手段，让他们照样能谈论里面的内容。
> 贱人。你应该找律师。反击。
> 我放胆一试，告诉她我认为穆迪的论点是错的，她说她没那么在乎，因为他的举证相当强而有力，对出版社来说就够了，重要的事实只在于书未来的销售数字。
> 也许她觉得你在吹牛？
> 不，我认为她是认真的。于是我又放胆一试，她问<u>我认为作者是谁</u>，我说<u>斯</u>特拉夫。结果她笑了，还问我有无证据证明他在1910年之后仍健在。她说："<u>如果你连他的存在都无法证明</u>，就绝对找不到人出版那本书。"

> 你没提到西涅吧？或是德雅尔丹？
> 没。

第九章　负空间的鸟

───────

往书桌一指，"而计划就在那里。"

他举起一只手到唇边。嘴唇被风吹得火辣辣，但却平滑。"我没有针，"他说，"没有线。"他的双腿在颤抖，不是因为深深刺入骨髓的严寒。"那是传统的一部分，"她说，"但不一定非要如此。"她又再次触摸他的脸，这回他也伸出手，将她的手压贴在自己的脸颊上。他们静默了片刻，在变幻不定的船上的另一个片刻。

"我就睡在这里？"S.问道。

"如果你会睡的话，是的。"

"那么我原来的舱房呢？艄楼底下的那间。"

"我会在那里，我一直都住在那里。"

"我在那里写了关于你的事。"S.说，"在舱壁上，至少我曾经试着去写。"

"我知道。"

"还能看到那些字吗？"

"看不到，"她说，"但我知道写了些什么。"

S.无法判定过了多少时间——不是陆上时间，不

忒修斯之船

———

是船上时间——只知道他已经把沙漏翻转了一次又一次。当他坐好将椅子往前拉，缩小身体与桌子之间的空间后，索拉看见他翻了一下沙漏，便对他说不需要这么做，不需要计时；他不必为任何人腾出空间，谁也不会来和他交班。可是他觉得这是仪式中重要的一部分，依然行礼如仪地转沙漏，尽管在时空中踉跄迂回地前进，还是要让时间保持稳定。

一开始出现的句子和影像和细节和想法和感觉，都是经过这么多年以后他已习以为常的：[他遗忘的过往生活中的孤儿与难民，以及在墨水灌注到笔尖、刻在纸上的沟槽的那一刻，他身边的伙伴们——无论当时他处于何种状态。]但接下来，他可以感受到那种改变，就好像钢琴和弦在宽阔的音乐厅弹出后得以慢慢地回荡转弱，即便和弦本身消失了，一部分泛音仍继续在偌大的空间里生气勃勃地嗡鸣，然后提琴的音符扬起、结合、交织成意想不到的和音，接着加入了先前的那些乐音，将整首乐曲带往新的方向，当他跟随在后，便看见了城堡与其庭园在心里面展现。

{ 408 }

这让我想到萨默斯比写给埃斯壮的信……S组织似乎像个家族。至少对他来说，又或许对他们所有人都是。

尤其是茁茁拉夫，他与其他所有人的关系都被切断了。他恐怕比组织里的任何人都更需要这份寄托。

第九章　负空间的鸟

　　他幻想的影像并非建筑蓝图或地图，而是韦沃达庆祝活动的场面。他当然能看见整座城堡的格局：城堡本身；遮蔽了城堡南北面的整齐树木；如波浪起伏的草地与绿意盎然的庭园；往内地延伸甚远的大片葡萄园，爬升越过一座座赤褐色缓坡；许多附属建筑；韦沃达用来随意藏放艺术品与古董的谷仓（那些收藏若非受赠于人，就是窃取、拍卖而来）；六七栋供劳工居住的简陋房舍，后面有一口又深又黑的干井。

　　他看见草地上搭满尖顶大帐篷，小燕尾旗在微风中噼啪飘扬；看见宾客穿着晚礼服、剪裁精致的西装，军装上佩戴的徽章在火光中熠熠发亮；听见开瓶声、笑声、不轻易相信他人的人保持距离的冷淡声音，甚至还听见有所图谋的沉默。他可以看到特务们从人群内外全程监视，他们的秘密行动在他眼中明显得有如打了探照灯。他可以看见谈定交易后的握手，听见碰杯预祝世界进步、改造成功的声音。有些宾客拄着拐杖蹒跚而行或是坐在轮椅上，有些醉得步伐踉跄，有些挺直了腰杆看着那些踉跄的人。[许多人卷起裤管、

穆迪知道埃丝米已经决定不管录音带授权，直接出版那本书。这是其中一件令他发笑的事。

忒修斯之船

拉高裙摆，在橡木桶里兴冲冲地用力踩踏，兴奋地假装正在认真执行秋日榨葡萄的工作（管他什么端庄有礼），并<u>一面开玩笑说葡萄园工人应该减薪，因为这个呀，这是玩乐不是工作，</u>又或者干脆把他们全都解雇，韦沃达大可用宾客在宴会上榨的葡萄汁来装桶就行了。

穷人 vs. 富人
劳工 vs. 管理层

((他可以看到一个年轻人，约二十五岁上下，站在整个画面的正中央，就在城堡的巨大铁门前方，铁门上几乎布满了扭曲盘绕的神与蛇的铸铜雕像。年轻人是韦沃达家族的下一代，爱德华六世，))他的任务就是迎接这些贵宾、询问他们的需求，并向他们保证韦沃达帝国不仅会继续为他们服务，还会做得更快速、更秘密，并展现更优秀的技术与更强大的力量。他是位于节庆活动中心的行星，是宴会赖以运作、时间赖以运转的轴心。唯一让 S. 看不见的人：就是韦沃达本人。

埃里克，你知道吗，颁奖典礼过后一个月，布洛的妻子自杀了。布（+他们任何子孩子）可能因此有了很不寻常的理由。

他描画出他与索拉从海边往城堡前进的每一步。他可以看到船将要驶入的岩洞，还有一条岩壁小径——历经海水坚毅不挠地蚀刻了数千年，又历经在地中海劫掠的海盗开发了数百年。他可以看到岩洞内

{ 410 }

第九章　负空间的鸟

好吧，我有时候依然希望这个海盗叫墨石桑卡。

一面墙壁的红底上，以黑墨画了一只骸骨般的凶猛军舰鸟，那是海盗科瓦鲁维亚斯的标记，旁边还有一堆乱七八糟的神秘符号，而科瓦鲁维亚斯丰富宝藏的藏匿地点几乎可以肯定就隐含在其中，这是多么诱人的谜题，他和索拉却毫不迟疑地从旁经过，就跟军舰鸟本身一样凶猛，丝毫不为外界的诱惑所动。

他看见迂回曲折的小径带领他们往上深入面海峭壁的中心，接着是一条狭窄的步道，想必是岩壁经过数十年徒手砍凿形成的。他随着他们亦步亦趋、汗流浃背的拖曳步伐，沿小路迂回、盘旋而下，来到那口废井泥泞污秽的底部。他记录了他们微颤的气息。他看到石头上的切口，他们就利用这个爬向日光。他看见他们俩从井口冒出来。他看见（又或是瞥见）一个人影躲到韦沃达收藏大量艺术品的谷仓后面，不禁好奇会不会是以某种方式、某种形式出现的喀泰芙泽。他看到那个被酒淹死的女人受雇于韦沃达十九年间所夜宿的工棚。他听见成千上万不安的灵魂在窃窃私语，并听出那个已死的女人的声音也在其中。他仔细聆听，

天文馆有个废弃不用的电箱，就在视线高度，装货门右边十五米。我们可以用来藏东西。

要是有人看见我走到那后面去，不会觉得奇怪吗？

如果你低着头、步伐坚定，我想不会有人看到。不过蒸气地道入口就在小巷弄，从那儿走吧。

刚刚收到卡米史助教的 E-mail。他说我这次期末考成绩好到空前绝后。还说我回答关于超现实致画家十尊斯的问答题，是他见过写得最好的。

你太棒了！
你是做得到的。

{411}

忒修斯之船

────────

甚至不敢呼吸，尽其所能地集中注意力细细聆听。他将它从周遭的嘈杂声中向上牵引，牵引到他耳朵里，直到听清她说的话：*les caves, les caves, il est dans les caves.*（地窖，地窖，在地窖里。）

酒窖，韦沃达在酒窖里。

他还能看见坐落在酒窖上方的建筑、已经被滚进建筑里的那只大橡木桶，也看见仆人正在用桶里的酒——装瓶。他留意到几扇门连接着日照表面与黑暗地窖。他可以感觉到门打开时从地窖吐出的凉气，可以闻到橡木与发酵与泥土与时间的味道。然而如此的视觉禀赋也只到此为止：他看不穿酒窖里的复杂网络，无法确定韦沃达在里面的什么地方。他试了又试，却仍旧看不见。

他放下笔，双手抱头，专注了也许有数小时或数日，但就是看不见，于是他终于领悟到自己是注定看不到的，在这里不行；他必须亲自走下那座黑暗的迷宫，才能找到韦沃达，这个影响 S. 人生之深更甚于 S. 本人的男人，找到他，然后写出结局。

────────

第九章　负空间的鸟

当他回到桌前，回到底层甲板，回到船上，赫然惊觉背后有粗粗的呼吸声，他旋即转身抓住椅背，准备必要时出手挥击。但他把椅子重新放下，轻轻地，因为是索拉，就坐在甲板上，背靠着舱壁，正在熟睡中轻声打呼。真不可思议：这么长的时间以来，他不断在这个房里尝试召唤她前来，都未能成功，而如今她就在这里，真人实体的缪斯本尊。缪斯、女主人翁、同谋、恋人——不管哪一个是真正适合她的角色，她都在这里。

这时候哨声响了，是他记得再清楚不过的一串音符：看到陆地啦！

[手写批注：]
你会轻轻打呼，好可爱。
你很会打呼。
他们在一起——一起生活+创作。

收到阿阇罗的信。
今晚到你那里去，11点。
不要。因为：
a. 明天有文学考试。
b. 我知道信里说了什么，而我现在不想听，也许永远都不想。
c. 对你来说不安全。

不只有信，还有随信附寄的东西。

告诉我何时可以见你。希望很快。

我觉得我需要你。

拜托,
告诉我她走得很安详。

↓

睡梦中走的。
最后几天她都在安排后事、
感谢众人 + 道别、听音乐。
好像认定时间到了。

> 第十章,共有10个注解……
>
> 从章名和注1找不出任何线索……没有奇怪的细节,注解中提到的随笔作家是确有其人,他的书名和书籍内容也都没错。

第 十 章

忒修斯之船

> 你有护照吧?
>
> 有。当初想去巴黎的时候办的。不过放在家里,也许可以叫我妹帮我送来,她欠我一次。

在地中海雾气的笼罩下[1],船驶进海盗的岩洞,主桅的扭曲不直正好给了他们足够的空隙。进入之后,船员将绳索套进已固定在石壁上数百年的沉重铁环,以便将船系牢。细碎的浪轻轻涌入,又卷流而出,像一首浅滩之乐,船也随着波浪摇摆晃荡。

有一名水手年纪较长,泪滴状的双眼离得很近,头顶光秃但耳朵上却冒出两翼蓬勃的白发,他帮着索

> 你看过萨默斯比40年代的照片吗?这就是他。

---

1 石察卡此处的遣词用句并非偶然;虽然书中人物持有前往韦沃达庄园的地图,却仍需要透过雾来辨识地点。随笔作家诺曼·伯根(Norman Bergen)曾在《旋转的罗盘》系列第三册中探讨过,人类对于确认罪恶的位置有极强烈的需求,亦即需要给它一个特定的、有界线的地点(有时是一个特定的人),尽管这是不可能的事。伯根主张道,倘若真有罪恶的界线存在,那也是模糊而空洞的。

> 不知道有没有他和西涅的合照…
>
> 我很怀疑。他们对她的谨慎程度恐怕不亚于瓦茨拉夫,甚至更甚。

> 我知道,只是想看到他和西涅在一起。
>
> 照片里不会有任何S组织的作家。(何况所剩也不多了……)
>
> 希望那些人不久就能找到德雅尔丹婚礼的照片。

忒修斯之船

拉将行李绑到 S. 背上。最后一次拉拉绳索确认之后，他给了他们俩一人一个薄薄的木哨，然后目送他们走下舷梯，走上一块滑溜的岩石平台，从那儿顺着越来越窄的通道便能更深入内陆。当 S. 转头想再看船最后一眼，竟看到老水手还站在栏杆边看着他们。水手向他点头，只是很快地点了一下，却堪称是 S. 从船员身上所见到的最明显的休戚与共（甚至人性）的展现。点那一下头，也是确认了他们将永远不会再碰头。

S. 和索拉经过了科瓦鲁维亚斯的红色死亡军舰鸟与其隐藏在符号中的许诺[2]，但没有驻足审视图像（或画在一侧鸟翼下方的 S 符号），而是继续往前走，同时悄悄练习着种种不同的鸟类鸣啭声，以便进入敌营后能互通消息：跟我来；小心前进；你被盯上了；留在原地；

---

[2] 一九三三年二月，卡石特出版社委托我向石察卡转达《洛佩维岛》的凄惨销售数字，他回信说（这封信我没有保留）若能找到科瓦鲁维亚斯的一个藏宝窟就好了，那么无论是他或卡石特或我，便再也无须为"卖书这种单调乏味且本质上就很矛盾的事情"操心了。他说他找到一张地图，显示在圣文森特岛上的比亚布（Biabou, St. Vincent）附近藏有一处，打算立刻动身前往。我极少有这样的机会能明白石察卡是在开玩笑。

我每读她的信必哭。
我懂，我也是。

她在这个注解中好像也没有捏造事实：确实有了科瓦鲁维亚斯&比亚布的传闻。

还有：《洛佩维岛》卖得很差，这部分也是真的。

很高兴你把这本书带来了。

第十章　忒修斯之船

> 终于明白萨默斯比为何在自白中一再强调他一辈子身为唯一的石察卡何其孤单。他这么说是为了让新S/布沙放过菲洛,没错;但也是为了藏匿西涅。这样一来,他们若听到任何关于她存活的消息,都会认为只是谣言。

<u>我找到韦沃达了;我曝光了;我受伤了;救你自己;快逃</u>。这条手凿的狭窄通道走到一半时,他们已练习好五十种暗号声。有没有什么偶发事件没有暗号?有。安全的时刻少之又少,他们知道,而危险则是无穷无尽。

他们侧身走过<u>通道</u>,脚和肩膀不时互撞,但嘴里仍练习着鸟鸣声,并未开口说话。尽管地下阴凉,S.却浑身冒汗,此地的温暖对于他仍习惯极地(气候)的身体是一大冲击。他停下来擦拭刺痛的眼睛,并吹哨示意索拉等一等,索拉照做了,神情不耐烦地回头看他。

> 通道→ 轻变或改变

> 话说机票或是寨林付的。我还是想知道(他们)的书种是从哪里来的。

行李重重地压在他肩上。里面装的是食粮,没错,但他顶多只是粗略地看了一下内容物。他竟然变得这么粗心大意?

"可以说是粗心大意没错,"索拉说道,而他大吃一惊,心想刚才应该没有说出心里的想法,"但也可以说是信任。"

"也许吧,"S.说,"依我的经验,这两个是同义词。"

"你信任过很多人。"

"大多数都死了。"

> ↓你没告诉我这地方会这么热。
> 从小在阳光加州长大的人是我欸,你应该已经习惯了。

> 如果海盗科鲁姆亚斯是石察卡,我们可能就会在加勒比海。

忒修斯之船

"你信任我吗?"

"信任,"他们的鞋底摩擦过石面的同时,S. 回答道,"但我要是不信任,对你可能会好一点儿。"

假如通道宽一点儿、地面平一点儿,她一定会大步冲向他,然而她却得小心调好角度跨出每一步。不过,她的靠近倒也同样戏剧化。她整个人撞进他怀里,力道之大让他倒退了一步,他们俩就这样合体置身于这片土地底下,任由重力摆布。他可以感觉到她呼吸时胸口的起伏,可以闻到汗水与快乐鼠尾草的熟悉气味,可以听到她张开嘴唇的声音。"你信任我,"她说,"虽然我猜不透是什么原因,但你并不认为你信任我,又或是应该信任我。"[3]

---

[3] 我鲜少在意评论家,但在此我想对一位 K. R. 西蒙斯的评论文章表示感谢。一九四二年九月十日,在俄勒冈一份《波特兰号角报》(Portland Clarion)上,西蒙斯写了一篇关于《伊米迪奥·阿尔维斯的飞天鞋》的书评,称该书并非描写世界政治的失败小说,而是刻画个人情感的杰出且具启发性的作品,证明他(或她)是极少数认清这点的人之一,或许也包括石察卡在内。文学才华不受重视在这个世上也许已见怪不怪,几星期以后《号角报》便倒闭了,我也不曾再发现过这位机敏的西蒙斯的任何文章。

{ 418 }

在石察卡的世界有许多人出卖、剥削、窒息地下党朋友,但同样也有许多人对彼此(和他们努力执行的任务)忠贞不贰。我花了好一段时间才了解到这点。

直到你写出来我才了解到。

好啦,就我判断,这注角中没有一件事是真的(除了她对书评评价不高这一点)。

所以这里面哪个部分是暗语的线索?

不知道。

线索就在这段文字中,我确定。

你会找到的,我知道你会。

第十章 忒修斯之船

　　他感觉到她的胸口胀起、落下、又胀起。他明白她的意思，只是不确定是否真是如此。

　　她呼气在他脖子上，暖暖的、刺刺的。他很纳闷自己是不是又不自觉地说出声来，因为又听到她说："你听着，<u>我们是我们，我们已经是我们好久、好久了。正因为如此，我就是你。</u>"

　　他们在井底休息片刻养精蓄锐，准备往地面攀爬，从底下看仿佛是头顶上很远处的一点儿金光。S.踩上第一个立足点测试了一下摩擦阻力，接着用力一蹬腾空而上，当他伸出手找地方攀附时，不由得心想是否应该回头。<u>回头，乘船到邻近的某个海滩，游水上岸，平安地、静静地度过下半生</u>，将韦沃达、S组织、神秘船、死者的声音、暗杀、索布雷罗和这整件事全都抛到九霄云外。毒杀上千人的他果真能被无罪开释吗？就算可以，这一切有**意义**吗？除了自己，他救得了任何人吗？能让任何人的人生变得不那么悲惨吗？

　　攀爬的过程比他想象中更费力。虽然在冬之城的这段时间让他变瘦了，往上拉升的重量不重，但他毕

{ 419 }

[旁注一，指向"我就是你"上方] 我一直希望我们能告诉她是瓦茨拉夫，她爱的人是瓦茨拉夫。但后来想起她有好长、好长一段时间根本不在乎他是谁。重要的是爱，不是名字、不是日期、不是事实。想到这里我忍不住又哭了起来。

珍，这种事你可以跟我说，不必用写的。

有些事用写的比较容易。

[旁注二，指向"攀爬的过程"段首] 我要回斯坦德希大楼，不先找他谈谈我不会离开。

这不是个好主意，但我明白你为什么觉得这必须。

忒修斯之船

竟老了，或是非常接近老年状态，垂直爬升四百米已非他的身体所能负荷。行李的重量让他颈肩酸痛，每往上爬一步膝盖就格格作响不停发抖，绳索也紧紧嵌入他的皮肤。在他下方的索拉爬得似乎还算轻松。自从在旧城相遇至今，她当然也增添了年岁，只是她似乎老得比较慢。

S.继续往上爬，不是出于勇敢或不认输，而是因为不往上爬就只能往下坠[4]，最后他们终于爬出井口，摔倒在其中一栋工棚后面的日光底下。一路爬上来的时候，他不断想象着一种奖励：享受片刻的和煦阳光，让紧绷的肌肉松弛，深呼吸几口海边的清新空气，让遥远的弦乐旋律轻拂耳畔。但他随即认清这不是他会获得的奖励。

他闻到的不是海的气息，而是那蓝黑色物质的臭味；虽不至于无法忍受，却是怪诞、刺鼻。然而令他

---

[4] 关于作者居住地的传闻，其中较为有趣的一个说法是，他每年会在不丹的桑卡（Thunkar, Bhutan）附近一间偏僻的小屋住上六个月，除了写作之外还忙着爬山。虽然这几乎肯定是不实的说法，但我确信石察卡即便上了年纪，还是有体力攀登那个地区的险峻高峰的。

> 你的腿还好吧？什么时能跑吗？
> 别担心我。

> 也是事实（我是说这确实是"佳闻"之一）。

第十章　忒修斯之船

无法忍受的，让他弯下身、双手捂住耳朵、在草地上扭曲打滚的，是这个地方的声音：恐惧与愤怒的呐喊声又尖又响，好像不是从千百年的雾中传来，而是由无穷尽的现在猛力戳刺着。他隐约意识到索拉搀扶他起身，牵着他往前走。慢慢地，那些声音减弱了，当他垂下双臂重新睁开眼睛，发现自己和索拉在一个大帐篷里，韦沃达的仆人就在这里<u>热食物、倒饮料</u>。隐<u>秘地操办宴会上的服务</u>。仆人约有二十或二十五人，其中大多数人粗略地围成半圆站在他们面前，有男有女、有老有少，全都穿着洁白无瑕、烫得平整的制服。

　　他在船上的幻象中已经见过他们，也知道这一刻的情形：仆人们一直在等候这两名旅人，也愿意提供协助，因为他们的友人兼同伴，也就是那个敢于反抗的女人，受害后下场悲惨。然而 S. 仍感到气愤，因为他们的反抗是被动的，不是自动挺身而出对抗城堡里的那个人。"你们在替韦沃达做事。"他冲动地脱口而出，语气中的轻蔑毋庸置疑。他感觉到心往下沉。他这才明白即使自己曾拥有过社交风度，也老早丧失了。

（右侧手写批注）

请打搅我你的茶。

不客气。

那几页书稿，想想看，她把那几页寄给了我们。

阿图罗说她自己从来没读过。

想想有多少人会为了一睹为快而大开杀戒。(好吧，我用词不当。)

不，你说得很好，我们不能忘记过去，一定要小心。

赛林说他们这里有人。
希望我们会看到他们。

忒修斯之船

有名中年男子一边脸颊上留下一道弯曲的白色长疤，很细也很整齐，看起来像小心而有技巧地刺上去的。他眯起眼睛，双手交抱说道："没错，可是你也即将要假装为他工作，这没什么太大的差别。"人群中泛起一阵窃笑，此人受到的尊敬 S. 永远望尘莫及。

索拉连忙道歉，那人点了个头表示接受。他说他叫图普，而现在抱着两叠折好的衣物走过来的女人是他的妻子罗塞琳。她将一叠交给索拉，另一叠交给 S.。是长裤、衬衫、背心、短外衣、领带、袜子，和一双 S. 永远不可能穿到的崭新而晶亮的鞋子。

"别告诉我们你们的名字，"图普说，"我们不知道比较好。"

罗塞琳带领他们到帐篷最内侧的角落，那儿有一个用板条箱盖上桌布搭成的临时更衣间。在布幕后面，索拉开始解上衣扣子，S. 则默默地站着，将视线转移开来。[5] "不，"她说，"看着我。"见他犹豫不从，她又

---

[5] 这一刻让人想起《飞天鞋》中，阿尔维斯与圣地亚哥（Santiago）亲王的五女儿独处之情景。

{ 422 }

★：阿图罗发来 E-mail，他说是一个法国人给了她那个信封，大约在70年代中期。他们都很喜欢他，觉得他亲切、有礼，尽管话不多。菲洛说他"一举一动充满忧伤"，一定是德雅尔丹。经过多久了依然悲伤？15年？20年？

其实他和西涅也始终没什么机会，到头来多。→ 这次我们别搞砸了。

我不会让你搞砸的。

收到教务长的 E-mail。他们打算调查档案失窃的事。不晓得他们怎么进入穆迪家，但毕竟还是……

瑞典语：公鸡 ┐
           ├ 叫 图普
法语：家雀 ┘

又来，法语和瑞典语：另个版本的狄虹+埃斯壮？

提供那么多文件证据，你恐怕忙翻了吧？

哪有，我不怎么忙。

你对那个谎言作何感想？

其实算不上谎言，只是编故事。我的意思是，要不是伊尔莎愿意替他主编，他就会试着收买我，好混入档案室。

我很确定这也是个谎言。

呃，可能一半是谎言，一半是故事吧。更何况一旦找到他偷的东西，他们就不会在乎了。若是真的找到那又如何？我都已经……这在万里之外了吧？而且毕业了，他根本没证据。

哈！！！你护照上的名字写了"泥哥底母"！请你当作没看过。

这也是真的……

但此刻，我又(再度)想火了。你应该可以听见我冷到牙齿打战。

你还不知道你会不会毕业。

我知道我会。我这几晚外硬是念完了《政治之诗》。真的是太历害了。

第十章　忒修斯之船

说了一遍。他于是定定地看着她解开其余的扣子后将上衣抖落在地上，接着再解开几颗扣子，连身裙随即滑落到脚踝，她跨步踏出。多奇怪呀，他暗想，之前看过她那么多次（不仅是在实体世界，在心里、在梦里、在底层船舱那有如羊膜般的氛围里，看过的次数更多得多），如今又见到这样的她。那些幻象并不是假的，但这个却是**真实**的，两者之间有着天壤之别。

他看着她看着他，双手不停颤抖，但终究还是让纽扣从扣孔滑出。他脱掉衬衫、长裤。他们俩：艺术家与缪斯、杀人者与教唆者，两具已进入且超越中年的身躯，还有最正确的说法是吞忍下心中不确定感的两个人，就这样穿着亟须清洗的内衣，面对彼此站着。**这是真正的我们**，他心想，她点了点头，而这次他很确定自己并未出声。然后她蹲下来，将他小腿上松脱的胶带重新粘好，那是用来粘贴一个装满 Sanguinem ulcera 毒液的羊皮袋。S. 迅速穿上衣服，索拉为他检视长裤覆盖住羊皮袋的情形，点了点头；隐藏得够好了。

她的仆人装合身得仿佛是特定为她赏心悦目的身

（绿字批注）不知道莱诺对这一幕作何感想？
这很可能就是**她写的**。

（红字批注）
珍，我有话跟你说。
我一定要告诉你——以前没说过，但曾经想说，而现在则是无时无刻都想说：

我爱你。

我爱书页之间的你+爱图书馆的你+咖啡馆的你+学校放映厅最后一排的你+爱这里的你。我爱负空间里的你（老实说我也不太明白是什么意思，但我很确定这是真的）。

我爱过去的你+未来的你。这些话应该当面对你说，而我也会一而再、再而三地告诉你，但我想有必要先在这里说出来。

珍妮弗·海任德，我爱你。

夸见：我今晚要当面对你说的话。

（黑字批注）
还有：我爱在布拉格的你，住在一间冷风直灌、到处堆满书本和厚厚几大叠纸张的公寓里的你，我真真切切爱着那里这里的你。

忒修斯之船

材量身定制的。她把头发挽成松松的髻，围裙上过浆，纯白得再无一丝杂质。打扮成这个模样的她像个陌生人。看得出来她在克制平时充沛而旺盛的精力，而他已经开始感到怀念。她摸了一下戴在颈间塞入上衣里头的哨子，也摸摸 S. 的胸口以确定他也戴上了。他很希望她的手别拿开，很希望那温柔又令人安心的压力能永远跟着他，但这当然是不可能的事。

他们再次回到图普身边时，他正用纸巾擦拭光亮皮鞋表面的一个污渍。S. 向这个面有疤痕的男人询问关于空气中的味道。"那是韦沃达某种武器的味道，"他说，"为什么在这里会闻到呢？"

图普嫌恶地挥挥手，解释道：葡萄园里的工人被严格下令，节庆宴会期间要待在工棚里。只要有人被哪个宾客瞄见一眼，就会马上被解雇并逐出庄园。可是一小时前，有一群来自三大洲各个不同国家的军人（这些人一抛开装腔作势的民族主义，承认彼此的武力联盟关系后，就痛快地大喝特喝起来），把其中一间工棚从外面闩住，再将韦沃达的一桶深色葡萄酒从木板

第十章　忒修斯之船

门口和木板墙倒进去，点燃火柴。工棚瞬间着火，那群军人也不管里面的工人尖叫、搥墙、哀求放他们出去，就跑到不远处的草地斜坡上，一面猛灌一瓶新开的酒一面笑着看热闹。"这些是最没资格拥有武器的人，"图普说，"甚至不应该允许他们喝酒。"他往脚边被踩平的草上啐了一口。

"那些工人，"索拉说，"死了多少人？"

"一个都没死。"他回答。韦沃达手下的几名特务从庄园四下的隐藏位置出现，用一些大得像降落伞的特殊毛毯和某种粉雾剂扑灭了火。工人们还是得留在浓烟密布的房舍里，不过出于人道，特务们允许他们打开三扇小窗让空气流通。

起初，这件事最令 S. 感到奇怪的是，韦沃达的特务竟然会帮助除了雇主之外的任何一个人。他正想开口评论，才猛然想到还有一件事更奇怪。军人把葡萄酒倒在门上？葡萄酒**会燃烧**？"那是酒还是武器？"他问图普，"怎么可能两者都是？"

"我们不会得到解释，"图普说，"你得自己判断。"

> 可是塞林为什么想要知道这一切？
>
> 因为他们爱着石察卡的书，跟我们一样。　你一定要让(他们)说出(他们)是谁，到巴黎去，必要的话追踪他们。
>
> 如果要虚伪的未知，我倒宁可当时真正的未知。　我会的，继续往前你没问题吗？

忒修斯之船

罗塞琳把刚刚从酒桶盛起的一瓶酒拿给 S. 看,说这是韦沃达最香醇、最珍贵的葡萄酒之一。透过绿色的酒瓶看去,酒色纯黑。S. 心中暗想:这是结局的颜色。

"他极少请人喝这个,即使有,也只和一小群人。"罗塞琳说,"他想要尽力巴结这些人,几乎可以确定是想为小爱德华铺路。"

代代相传,血的历史。"你对那个儿子了解多少?"S. 问道。

罗塞琳笑了一声,短短的一声苦笑。"六世没什么好了解的,他什么都不是。"

图普倒了十八杯酒放在托盘上,让 S. 端着到宾客间来回走动。S. 从未见过颜色如此深暗的酒,这是底层船舱墨水与领地那些受创山陵的光滑表面的色调,那种不透明感则有如黑藤爆炸地点周边的黏稠物与司坦法从肺里咳出的瘀血。"他的酒都像这样吗?"他问道。图普摇摇头,说大部分还是当地的传统葡萄酒。这些黑葡萄从何而来,没有人知道。

S. 拿起一杯酒放到鼻子底下转一转,香气宜人,

第十章　忒修斯之船

———————

光是闻这味道几乎就能醉人：香甜墨水的气味，加上酒精的辛辣呛鼻。他脑海里的声音又回来了，那些从喉咙深处发出的低语声，他闭上眼倾听。溺毙女子的声音也混杂在里头，但在它们再次安静下来以前他无法辨识。当S.睁开双眼，发现图普和罗塞琳正带着或许是好奇也或许是担忧的神色望着他。

S.让自己镇定下来，然后把酒杯递给索拉。她举起杯子，细细研究那个古怪的颜色。"我在想，"她沉吟道，"他们会不会就是用这个溺死她的？"

图普哼了一声。"他们不会把好东西用在我们身上。"

索拉将杯子凑近准备尝一口酒，被他制止了。"会染色在舌头上，"他边将酒杯放回托盘边解释，"你会引起注意。在这里，黑舌头会让你当场被解雇。"

帐篷外传来一连串调情的口哨声，对象是一名年轻女仆。口哨声停歇后，S.发现没有听到任何类似音域的其他声音。"这里没有鸟。"他说。

索拉的手摸向颈间，摸向上衣底下的哨子。

"韦沃达每星期都会在树上喷药，"罗塞琳提出答案,"他受不了小鸟,不管是啼声、天空掉下的排泄物,或是它们偷吃他的葡萄。"

他们的哨子声根本混不进来。宾客可能不会发现,但特务们一定会。他们一旦分开行动,任何联系沟通都将会很危险。**这也没有办法**,S.以眼神告诉索拉,**我们只能小心**。

"时间到了。"她说。

他点点头。"时间到了。"

S.撑起托盘踏出帐篷。斟在十八只杯中的"墨水酒"吸收了他手的颤抖,轻轻晃动。(问题在于重量不平衡,他告诉自己,不可能是因为胆怯。)他朝酒桶室的方向移动,只要经过几分钟毫无瑕疵的隐形服务,他就能完全不引人注意地进到里面。每当他递出一只酒杯,接受者的目光若非穿透他就是绕过他。即使已经这么多年,他仍暗自惊讶于一个人竟能如此轻易地隐形。

这回,船上的幻象再次帮了他的忙。他看见了自己预料的,甚至创造的景象:除了毫无节制地饮酒作

第十章　忒修斯之船

乐之外，**交头接耳**的私语声、瞄来瞄去的怀疑眼神，与消失在帐篷里进行商业、政治与色欲等种种交易的身影，都增添了趣味与复杂性。S.感觉到狂欢的气氛中有一种不谐和，绷得像根弦，让他想起许久以前在B城码头上，他所感受到的那股几乎压抑不住的怒气。

凡是从托盘上取杯的人，嘴唇、舌头和牙齿几乎都染上了那深深的蓝黑色。在他看来活像一群食尸鬼，但他们彼此间似乎并不觉得。有只杯子进到一只中风麻痹的手中，S.认出了手的主人是某个中美洲**军政府**的前总统，他原以为此人早在数年前就死了。围绕在他身旁的是几名亲信，想必就是这些人为这个领导人策划了战略性的失踪；他们留着模仿革命分子的脏乱发须，搭配他们恐怕更热切相信的金穗肩章。和他们在一起的还有一名得克萨斯州石油大王，那张长满痘疤的脸，S.也曾在冬之城的报上见过；一位来自东欧的财政部长；一名来自中亚、同时受聘于数个主要强国的火箭科学家；四名年轻女子（S.猜想应该是法国人和加泰罗尼亚人），她们微笑再微笑，同时还要优雅

忒修斯之船

地闪避轻捏、抚摸与*摩蹭*身体以获得快感的企图。财政部长开玩笑地将第一口酒含着漱口，可是当一度已死亡的总统用手肘往他胁边一撞，液体随即从他的嘴里喷出，把他下巴的胡子染成黑酒色，并在微微灰白的上衣和长裤上留下条痕。众人哄堂大笑，就连忙着揩去脸上那恶心黑色水雾的女孩儿们也不例外。

托盘空了之后，S. 以坚决而冷静的态度大步走向放置大酒桶的附属建筑，他只不过是另一个去拿酒瓶重新为客人供酒的仆人罢了。<u>远处是那座放满以不当手段得来的艺术品的谷仓，外面有一些宾客正在排队等候参观。S. 真希望也能去瞧瞧，他想象着也许会发现以前欣赏过的画作</u>（甚至可能有一些是来自 H 城的<u>储藏室</u>），来自早已被烧成灰烬的诸多城市的雕刻、索布雷罗那本故事书的原始初版。（会不会也有从黑曜石岛上的图书馆掠夺来的书籍呢？那本 S 书本身？一想到这里他的手又抖了起来。）但他永远不会知道谷仓里有些什么，因为没有时间。对一个必须做 S. 该做的事的人而言，时间永远不够。

> 这里没有写到喀泰克泽，他在党范拿他3辩论，都没有延续下去。

> （其实他有，肯定是写在菲洛没拿到的其中一张稿纸上。我是说她"当时"没拿到的。喀泰克泽在书中的同面涅的化身……天啊，他很怕西涅会发生什么事，担心死了。

> 他之所以没有对菲洛露面，另一个原因就是要保护西涅，这你了解对吧？

> 对。我也知道不该这么说，但还是想指责他。他难道就不能另找别人吗？不能让忒修斯此一个人去吗？但我猜他是觉得没别的办法了。

> 我很怀疑菲洛知道了会好受一点吗？

第十章　忒修斯之船

两名男仆搬着放满刚装瓶的酒的箱子离开酒桶室，往仆人帐篷走去。他们已接获指令，要让门半掩着好让他进去，他们做得很称职。S.很快地扫视草坪以确定自己没有被特务盯上之后，悄悄溜了进去。

酒桶看起来再寻常不过：随着岁月慢慢变黑的法国橡木，顶端与底部直径一百五十厘米，侧边安了一个装瓶用的龙头。只有些许迹象显示桶内装着韦沃达的奇异美酒：桶塞周围的木头沾染了一圈蓝黑色彩晕，下方地板则有一些暗色的喷溅痕迹与糊状物。酒桶侧面以粗大的字体写着：<u>黑加来，一九一二</u>。[6] 一切都回归到加来。

门边架子上有个小型的手摇钻，是特地为他留的。他拿起钻子挤进桶身与墙壁间的狭窄空间，在酒桶最上缘的平面钻了个洞，然后将一截橡皮管连接到羊皮袋的开口，另一端插入洞中。最后将羊皮袋斜斜提起。

---

[6] 把这个放在生涯中最后一本书的最后一章是多么恰当，石察卡如此明显地暗示了那个形塑他的文学生涯以及他的一生的事件：一九一二年发生在布沙位于法国加来（Calais）的工厂之大屠杀。

忒修斯之船

但是不一会儿工夫，他又把袋子换个角度。眼看他就要杀死上千名毫无防备的人，但从另一个观点看来：他即将为这个世界除去上千名最该受谴责的好战分子与人力剥削者。这一刻理应感到激动才对，他心想，甚至应该激动到无法忍受。可是他却觉得像在做一件最平凡的工作，和出门拿报纸或泡茶相差无几。

他将管子分别从酒桶的小洞和羊皮袋口抽出，把羊皮袋紧紧夹住。这时他突然剧烈地冒汗，开始头晕。他让自己站定，不过与其说是站，倒不如说是让酒桶和墙壁撑住他。

这不是他想做的事。

他想要什么重要吗？尤其是现在这一刻，能有机会平反数十年的逃亡与挣扎与恐惧与流血的这一刻，一个人想要什么真的重要吗？[7]

---

[7] 细心的读者会注意到这句话呼应了《蜂蛇的幽默》第二十六章的一句话。就在赫尔医生为了发放疫苗给不友善的原住民部落而消失在丛林之前，他对马达加斯加穆龙达瓦（Morondava）教会的传教士们说："一个人想要什么并不重要。"在此处赋予S.的想法中，石察卡似乎是承认了自己对这类问题的感觉改变了。

（手写批注）

多谢了。
NENÍ ZAČ
捷克语：你太客气了！

他想要的是：
写作，改变世界，和菲洛在一起，确保西涅平安长大。这一切他都想要。有那么要不得吗？

没有，但最后还是伤了菲洛的心。
你不觉得只要他开口，菲洛也会帮他抚养西涅吗？与其找萨默斯帮忙，他就不能依赖她吗？

也许他觉得这样不够安全……无论是对菲洛或西涅。

或者他自己。

这也可以理解。

我明白，但我就是不喜欢这样。
他们应该在一起，
他们三人。

这点你问过她吗？ ← 这些都是真的：赫尔在第26章做了此事，引述的也正确无误。
问过，她说那是她的秘密。或者她当时是说"我们的"。

怎么回事？菲洛怎会突然变得这么有条理？

这个细节似乎相当关键。

好吧，我并不完美。 → 我并不希望你完美。

第十章　忒修斯之船

重要，他如此断定。现在重要，或许一直都重要。

到目前为止他加入酒内的剂量还不会致命，但仍会产生一些尴尬的情况——借由一杯蓝黑色液体给予的些许羞辱。S. 暗自微笑，心想这种感觉多么奇怪：是轻率。（以前当然有过同样的感觉，只不过不是在他记忆中的这段人生。）那场面也将会带有某种诗意：上千人的体内造反，上千人将他们从生活与工作中吞下的脏东西全部清空。

韦沃达（爱德华五世）的确应该有更凄惨的下场，不过爱德华六世呢，这个即将崛起的巨子呢？他会不会和父亲不一样？会不会有些什么已从他内心翻搅脱离？他会和他爸爸一样或（但愿不会）更加凶残吗？

正当他脑中闪过一个念头，敞开的窗口便传来索拉颤动的哨音：一切都按计划进行吗？

他回应道：酒窖的门开着，你在我离开以后进来，我马上回来找你。

她没有吹哨答应。这沉默隐含的意思是：不按计划行事有好理由吗？现在不是失焦的时候，现在不是

穆迪一次又一次想引我上钩，让我爆发（就跟谁一样）。我差点就要上当，还好脑子里听到你的声音，你说：他怎么看待我并不重要，任何事都不重要。于是我坦白告诉他我的想法："事实终究会有水落石出的一天。"但你知道吗？就算不会，也无所谓，我并没有自己想的那么需要真相大白。还有其他更重要的东西。

你说我是东西？

那我们就上咯？

上吧，别忘了那几页书稿。

[· ·]

只是确认一下。

忒修斯之船

怀疑或顾虑琐事的时候。

我马上回来找你，他又吹了一次哨。这回，她答应了。

回到仆人帐篷后，他拿出藏在板条箱中的行李，浏览着以皮环固定并按字母排列的玻璃瓶，找到了他想找的那瓶——*Avis veritatis*——塞入背心内。多年来他极少使用这瓶，因为结果总是难以预料，但今晚在韦沃达的城堡或许正是最佳时机。

[爱德华六世一面咬着中指一块烦人的死皮，一面等候不管是谁他都得忍受的宾客上前攀谈，方才有个野心勃勃的年轻独裁者为了以更优惠的付款条件添购军备，长篇大论的犀利言辞到现在都还让他头昏脑涨。]他掏出怀表看时间。根据指示，他七点得在中庭的讲台上向宾客们发言，现在是六点四十五分，他害怕得五脏六腑都揪在一起了。他知道自己面色土黄、显得焦虑不安，他也知道自己无能为力，只能拿手帕一再地擦拭额头，父亲曾谴责说这样的举动泄露出一种与

{ 434 }

手写批注：

（左侧） 他们说德雅尔丹的妻子死于1956年。不是坠亡，死因毫无可疑之处，只是一个拖了很久、非常可怕的疾病。

天啊，她还那么年轻，(他们)在一起的时间那么少。

你觉得他是什么时候得知她的事的？ 也许是她生病之后告诉他的——她希望有个人知道。

（左下） 叙事观点从 S. 转移到爱德华六世。其他段落不常看到类似的写作手法——有何寓意？

读了他的版本，想想看，如果你当时就知道猴子做了什么呢？

那时的我会很喜欢它，但我现在不确定了。不过，文字保持不变，其中隐含的意义却能有所改变，这实在太酷了。

因为读者变了。

<u>正是。</u>

第十章　忒修斯之船

生俱来且让人无法接受的懦弱。他伸手到胸前口袋，摸摸有人代为写好的演讲稿，安慰自己不可能会出太大差错，他只要照念就行了。

一声爆炸（小小的，但又尖又响）吓了他一跳，心脏差点儿跳到喉头，紧接着四面八方的人都在尖叫。特务们奔向骚动现场，带着毛毯聚集到那名美国汽车制造商的帐篷。帐篷前面有东西着火了，十来名宾客正连滚带爬地逃离火焰。年轻的爱德华渐渐看清了那样东西是个人。特务还没赶到之前，全身着火的人已经倒下，在变黑的草地上发了疯似的扭动，来来回回地使劲儿翻滚。最后，特务们用毛毯将他包住，既灭了火也蒙住了那人的尖叫声。他们将他抬离宴会，经过处留下了他肌肉烧焦的浓重气味。那人才一消失，宴会立刻回复原貌，气氛几乎没有明显的改变。爱德华摇了摇头，纳闷着什么样的悲剧才能让宴会提早结束，让这些笨蛋纷纷回到自己的家与战争与敌手身边。

麦克风发出一声尖锐的噪音，爱德华倏地转头，看见那个分派给他的特务（这是他父亲手下资历最久

忒修斯之船

也最得信任的人之一，身上还穿着旧日的褐色风衣）已站上讲台，对着麦克风说话。他的脸被头上的软呢帽遮住了，说话不带口音，音色也不特别，长相和声音都让人转瞬即忘；不过他姿态中的威严，就连酩酊大醉、最粗鲁无礼的宾客也看得出来。各位先生、女士，有位贵宾发生了意外，因为尽管事先已清楚说明，他依然选择要测试酒的挥发性。这酒是用来品尝享受的，但也得受到尊重。各位刚刚已目睹了后果。感谢大家。再过十五分钟，韦沃达控股公司的新任董事长爱德华·韦沃达六世将要上台发言。和酒一样，他也得受到尊重。唯一的差别可能只在于不尊重的后果为何。他走下讲台时，整个庭园内一片死寂。[8] 就连咯咯笑着踩榨葡萄的人也安静下来，其中许多人都瞪着木

---

[8] 诚如序文中所提及，在哈瓦那（Havana）的混乱流血事件中，有几页手稿始终下落不明。在这个重新建构的第十章，我选择了不明述哪里是石察卡文字的终点、我的文字的起点。文学专家们必然会对此决定愤怒咆哮，但我认为这么做是正确的；若明确划出这样的界线，等于把这本书单纯看成拼凑的杂烩，而不是为了保持石察卡写作原意之完整性而协力合作的结果。

柯岱拉的推论：
简直狗屁不通。

你啊……当时对这个注解的反应还挺激烈的嘛。

我现在也是啊。

我是个文学分子，我想知道。

我想我现在明白了：她借由注解来强调这部作品是他们的，他们俩是共同创作。而且两人不只写下"忒修斯"，还共同创作了他们的故事。

而且他们的故事比"忒修斯"更重要……

{436}

第十章　忒修斯之船

桶内自己那双染成紫色的脚，不确定这项活动还是不是那么有趣。

爱德华又摇摇头，低头看着鞋子，擦得亮晶晶的鞋面都可以看见自己的倒影了。**你只要照着念就好了**，他告诉自己，随后从口袋里拿出稿子，浏览一遍之后再塞回去，这时候有个侍者，一个灰头发、骨瘦如柴、他并不认识的人，端着托盘走上前来，托盘上摆着一杯父亲的深色好酒。

"老人家，你可能没注意听，"他说，"但父亲吩咐过仆人们今天不要让我喝这种黑酒。我必须保持最佳状态，你不明白吗？麻烦你另外给我一杯歌丽那史葡萄酒吧。"

"您马上就要上台说话了，我了解。"侍者说，"您看起来很紧张。"

爱德华没想到这个瘦弱的老家伙竟如此无礼。难道他无视命令与规矩，一直在偷喝黑酒？不——这人的舌头是正常的粉红色。也许他是老了，又或是傻了。"我不紧张。"他说。

忒修斯之船

————

侍者耸耸肩,动作细微到难以察觉。"要对着上千个非常有权力的人说话,任谁都会紧张。您确定不喝这杯酒吗?"

"万一父亲看见我舌头变黑怎么办?"

"您可以提醒他,宴会期间他可是借口带人参观酒窖而一直躲着。"

爱德华忍不住咧嘴一笑;这个侍者说的是实话(说不定他自己也不知道)。爱德华拿起托盘上的杯子,高举着向自己敬酒。"干杯。"爱德华说完啜饮一口,噢,天啊,这杯中物真是他的救星。整个下午他所需要的就是这个。刹那间他感到自信的暖意在体内油然而生。

侍者低头鞠躬。"很高兴能帮上忙。"他说着将空盘夹在腋下,往仆人帐篷走去。那位美国汽车制造商的人嚷着要他再端些酒来。可不是嘛,爱德华暗想,要从失去自己人的悲伤中走出来,他们的确需要提提神。

六点五十五分,S. 往回走向酒桶室。他在酒中下的药开始奏效了,为野外工作者准备的户外厕所已经

————

> 好像象箭的人都会担心自己的父亲。

> 昨晚我们互通了 E-mail。他没道歉,但的确说了他"或许太急于"想让我许下承诺。他最关心的似乎是我到底打不打算去参加毕业典礼,以及他该怎么跟纽约那边的人说。(我说①不要,就算我要去,也不希望他去;②我已经跟他们通过话但回绝了。)

> 感人。

> 我猜这大概是他能做到的最大限度了。他取消了信用卡,说他不想"帮凶"。他没做错,我实在他也会这么做。

第十章　忒修斯之船

大排长龙，还因为有人想强行插队而爆发冲突。有数十名宾客则已循着蜿蜒的路径爬上城堡，睁大了眼睛恳求让他们解放一下肠胃。还有几个人狂奔向近五百米外的树林边缘，但不是所有人都顺利抵达。看来混乱局面已逐渐成形。

进到里面，他发现两名仆人站在一个标示着"黑伊普尔，一九一五"的新酒桶旁，正轮流试着拔出一个不合作的桶塞。S.把托盘放到架上，朝开着的地窖门走去，他们瞥了他一眼，点点头，转移视线，让S.钻入黑暗中。不过走了几步后，他停下来；从这里还是能听到小爱德华的演说。<u>或许图普认为这个年轻人不成气候，但很快就能看出他究竟是什么样的人。</u>

六点五十九分，爱德华六世用一条白餐巾擦擦舌头，在上面留下斑马似的条纹后，连同空酒杯一起丢到地上。他对那名侍者无比感激，那酒正是他需要的，此时他感到一切完全在掌控中，对自己的口才与说服力信心满满。他自觉力量强大得有如白磷，冷静得有……

> 我怀疑菲洛梅娜是否就是从<u>这里</u>开始重建故事。
>
> 读起来的感觉确实有所转变（但不大），后面的段落仍有不少是石察卡的典型手法。
>
> 不过，她肯定很了解他的文风

{ 439 }

忒修斯之船

如灰云。倘若父亲对他喝了黑酒表示不满,他就得意地挥舞那叠新订单,只要他的话一传入那两千只耳朵里面,这些单子就会立刻填好、签字。

他爬上讲台,感觉合身的西装好像就要被紧绷的肌肉撑裂。他走向麦克风,用两手包握住,制造出的尖锐回授声让每个人警觉到当晚最重要的节目即将开始,他们也该闭上嘴、拉起裤子拉链或是做好任何该做的事,然后齐聚到他面前注意听他说话。

他们默从地聚集了过来。[9]

他从口袋掏出讲稿摊开来,清了清喉咙,开始诵读。"各位先生、女士,"他说道,"今天我已经认识各位当中的许多人,也希望在你们离开我们的美丽家园之前,我能结识每一个人。我是爱德华·韦沃达六世,诚如各位所听闻,再过几个月我将接任韦沃达控股公

---

[9] 在石察卡的小说世界中,最重大的罪恶莫过于默从(无论是政治、经济或社会的)权力强加于个人的限制。至于石察卡如何看待一个人默从于强加给自己的限制,就不是那么清楚了。这一点从《科里奥利》第二部中维克托与索菲娅(Sofia)的对话可以看出一些蛛丝马迹,但要以此断言还差得远。

第十章　忒修斯之船

司的董事长职位，因为家父的健康日益衰退——或者应该说是，他要求我宣称他的健康日益衰退。"多有趣啊，最后一句是他的即兴创作，不过台下响起阵阵笑声，感觉很好，感觉很对。"各位当中有许多人已经是家父相当长期的客户，我想在此向各位保证，韦沃达控股公司将继续提供大家期望的服务，其中包括你们可能真正需要的服务，但当然不仅止于此。"说到最后这几个字，爱德华觉得自己仿佛挑了根弦，以纯熟的技巧、优雅的姿态，弹出一个令人悸动的清脆音符。

他往下看，判定下一句话太无聊也没有什么意义，再下一句和下下一句都一样。无所谓，他知道自己需要说什么。这瞬间他整个人呆愣住，看着那些字句出现在纸上，与事先为他准备好的内容重叠在一起，填满了空白处，活力饱满地脉动着，那些是他创造的字句，只属于他一人。他留意到席间鸦雀无声，不知道自己已沉默多久。他们在等他，等他出声，等他说话，等他表达自己、表达他的愿景。他往右看、往左看、往讲台边的四下看。那个老特务在吗？那个人老是神出鬼没的。

"我相信，"他说完决定再强调一次，"**我相信**还有一件事也至关重要，那就是要告诉各位，无论是我、我父亲或他父亲，对你们从来都只有轻蔑——对你们自称掌控的小得可怜、朝不保夕的封地里的那些前任者也一样。你们之中有一半行为幼稚得像小孩儿，另一半则像脾气古怪的老人。幸亏有我们家族，你们才都能拥有玩具……那种制造巨大噪音而且（或者）造成大规模破坏的玩具。"

他暂停下来喘口气。事情进行得很顺利。他的心活过来了。他们很认真地在听，也都被他语句的力量与直率所感动。有人倒吸气、有人呐喊，甚至有一些像小提琴般的叫声。他让几个人因为害怕而疾步走向树林，很可惜，不过当一个人找到真正发自内心的语句，往往就会发生这种事。看到了，老特务就在那里，从讲台左侧密切地守护他，一面环顾庭园；他向其他执勤特务们打出快速、细腻、精准的手势暗号。爱德华对老特务点了个头致意，因为假如有任何人能明白

第十章 忒修斯之船

他此刻在麦克风前所做的事，明白他正在散发力量、决心与魄力，那个人就是他。

"我且说清楚一点，"爱德华继续说道，"我们……"（不过这**我们**是谁？他父亲和他本身？公司？可能需要再进一步考虑。但暂时就是：**我们**。）

吸一口气。

"我们将会茁壮成长，只要各位宝贵的客户——是的，尽管憎恶反感，我们仍然重视各位，因为你们提供了奢华与安逸，<u>你们是白兰地酒渍的圃鹀，骨头把我们的牙龈割得痛快极了</u>，你们是我们一屁股坐下时，垫在底下柔软而舒适的肉团——只要各位重视权力、利益与政治权谋胜过追求爱与平和，胜过所有人（包括，也特别是那些不是你们而你们也不认识的人）生命与尊严，胜过心平气和地接受你的位置只是在辽阔的宇宙间，一个——**就这么一个！**——微小而有限的分子排列组合。"

群众间一阵喧哗骚动！所有人都在注视他，所有人都在倾听他，即便有宾客重重地敲打大宅与户外厕

[手写批注：圃鹀是布沙的最爱之一。你怎么知道？就在颁奖典礼后，英国某家报纸对他做了侧写报道，还大肆渲染一番。我是说，烤圃鹀这道菜最适合坏蛋了。]

所的门,即便有人奔入树林又踉踉跄跄地走出树林!特务们匆匆上前展现团结!能这么慷慨激昂、口若悬河、毫不费力地说话,能和闷在心里的话有这么直接的联系,感觉实在太好了!

"我们将会茁壮成长,"他接着说,"只要你们选择压榨而不是创造,只要你们误将交易视为艺术、将破坏视为进步,只要你们继续沉醉在从某样东西、某个地方或某个人榨取而来的汁液中。我们将会茁壮成长,只要你们合并了权力与影响力、首要地位与荣誉感、目标与决心、义务与责任。因为唯有如此,我们的生意……才能永续……唯有如此,才能不断地加速兴隆。我们最热切的希望就是继续并毫无限制地利用你们的有毒梦想,因为唯有如此,我们才能针对你们——还有许多时候也包括你们的对手——个人的无限可能,求取事先协议好的应得比例。"

此时老特务以更令人眼花缭乱、连爱德华也无法译解的手势表达了他的支持,甚至他的热忱。其余的特务慢慢地接近讲台——靠近一点儿,各位先生,靠

第十章 忒修斯之船

近一点儿，不要错过任何一句话，因为这是真相，是个奇妙的东西！

"我们做的事是个奇迹。"他对听众说，而他们正以忠于自我的表达方式体验一种狂喜的高潮。((那么多人正朝着他而来！多么成功地介绍了他的愿景，简直有如艺术一般！他不只要继续经营家族生意，还要把它带向新的高度、新的广度，甚至新的深度。父亲最后也会了解到他爱德华六世不是个朝三暮四、不思进取、呆傻愚蠢的累赘，而是一个……))

S.对于自己在外面引发的混乱十分满意。当他越深入韦沃达的地窖迷宫，昔日的窸窣低语也越来越大声。他竖耳倾听，试图辨清字字句句，就在他几乎整个人陷入那声音旋涡之际，草坪上的一声枪响让他立即停下脚步。一记枪声，接着是从扩音器传出的砰的一声，再接着是很长、很长又刺耳的麦克风回授哮叫声，传遍了整座庄园。

他的胃猛然一颤。没想到会有人激动到杀了那个

> 一直在等穆迪的消息见报，还没动静。想打电话给图书馆的一个朋友，但似乎不是个好主意。
>
> 对了，编辑埃丝丝半·普什么今天来电，想知道我们有没有兴趣写一本帝戟·加西亚·费拉拉的书。(猜猜费拉拉所有作品的版权在谁的公司手上？有几种语言译本的版权！)我问她会不会出版我们主张民族拉夫是石寮卡的书，她笑了。她这么说："我跟埃里克凯过很多遍了，我不会让他拿我的钱去追逐幽灵。我不能出版无法证实的东西，而这是你无法证实的。就这么简单。"无所谓，让她去死好了。她配不上我们的书。我是说……等我们写完书的时候。
>
> 总之，希望你在乌普萨拉开会顺利。(你很可能比我还寒冷！)

{ 445 }

> 期待明天见到你。少了你，我最爱的哥拉奇点心也没那么好吃了。

忒修斯之船

孩子。是怒火中烧的宾客开的枪吗？或者是韦沃达自己的特务，希望在伤害扩大之前让这毁灭性的情况告一段落？

移动，他告诉自己。那孩子死了。这世界也许会因此变得更好，就算不会，你的内疚也无法让他死而复生。

他用哨子轻轻吹出带有气音的五连音。*我在酒窖。你找到他了吗？* 然后等着索拉回应。

在他头顶上，隐晦不明的混乱声、暴力声越来越响。在他脑子里，那些声音含着久远的痛苦起伏脉动。这个地方肯定发生过无法想象的苦难，这些声音的主人也必然是在这里被偷走了心与灵魂与生命。[10] 它眼下的安静，它的清凉静谧，是一种短暂的反常。

他正打算再吹一次哨子，便终于听到她的回应，声音来自他下方左侧的深处。*我找到他了，往下四层。另外还有两个人。*

---

[10] 当我坐在位于纽约市（New York City）三十三东街的飞天鞋出版社积满灰尘的狭小办公室里，写这最后一个注解时，忽然想到心、灵魂与生命本身也可能是无法想象之苦难的发生地。

旁注（左侧）：

话语（石察卡的？）是给死者的礼物。

话语不也是给生者的礼物吗？为何会只是警告？

《忒修斯之船》这本书＝给菲洛的警告？为了她的安全？

或是在警告她：她无力满足她想要的。

是他们想要的。

旁注（底部）：

这段话让我好伤心，尤其想到我们能像现在这样在一起。她甚至连这样的机会都没有。

没错，但她很为我们高兴。

{ 446 }

第十章　忒修斯之船

还不知道自己已经无后的爱德华·韦沃达五世，刚刚用吸量管为客人斟满酒杯，汲取的是标示着"黑NV"酒桶中的酒。（如果容他大胆自我吹捧一下的话，这是几种年份较新的黑酒混合而成的琼浆玉液，是他至今最成功的手艺展现——但他只是实话实说罢了，不是吗？）这时他忽然僵住，皱起脸来，仿佛嗅到死亡的气味。"你们听到了吗？"他问客人，但他们说没有。"有鸟，"韦沃达喃喃自语，"那些该死的脏鸟跑进我的酒窖来了。"

我在第四层，再给我信号。
我到了。
小心。
好，你也小心。

"鸟，"韦沃达这回口齿清晰地说，"这些脏东西。我都起鸡皮疙瘩了。"

忒修斯之船
———

一如在 B 城上方的洞穴里，声音来源的位置很难确定。虽然在韦沃达最上面两层的酒窖里，酒桶整整齐齐地排成棋盘状，距离平均分隔，也清楚地贴了标签，第三层却是一片杂乱，四面八方都有弯弯曲曲的阴暗小道，酒桶的大小与构造各有不同，有些贴了标示有些没有。一种更深沉的、混杂着泥土与水果与岁月的浓烈臭味，让空气更加浑浊。还有一种更强烈的感受，就是少有生人走进来过。

第四层呢？假如是在建造前先画了图，那么制图者就是个疯子。S. 缓缓地朝索拉的信号方向走去，结果却只是一次又一次走进臭气冲天的死胡同。环状路径总是来到一半中断，有时延伸到上方楼层界线之外的数百米处，有时则是以难以想象，甚至是不可能的斜度爬升、下降。来到这里，他脑中的声音更加响亮，也更清晰可辨；当他看到像人类的大腿骨从土墙突出而伸手触摸时，立刻便有一声尖叫刺穿他。他没听见的是韦沃达或他的客人的声音。距离想必没有他想的那么近。

他也在第四层头一次看到标示着 S 符号的酒桶。

{448}

第十章　忒修斯之船

———

看到一个之后，每次停下来检视的酒桶上也几乎都有。

第四层。你还在吗？在我左边吗？

在，是的。找一条又长又直的下斜通道。

客人品完一八六三年的黑塔拉纳基，显然十分满意，韦沃达替他们将酒杯擦干。

哨声又来了。

"唯一令我感到安慰的是，"他对聚集在身旁的人表示，"它们将永远找不到出去的路。你们认为它们能在这下面撑多久？两天？三天？鸟能靠酒和骨头维生吗？"

　　　　黑敖得萨　一八七一

　　　　黑达荷美　一八四〇

　　　　黑哥尔威　一八三一

　　　　黑比加普尔　一七九一

　　　　黑亚达那　一九〇九

　　　　黑里奥内格罗　一八七八

　　　　黑巴里坤　一七五六

———

忒修斯之船

> 这些：都是有无数民众遭受苦难、死亡、失踪的时间与地点。个人与族群，被消灭得一干二净。传统

与历史、传说、由最不为人所知的个人所说出的最普通的故事，全都没了。

喝下那黑色玩意儿，就是喝下已经消失的一切。

依 S. 的想象，把它保留在酒桶里，就等于禁锢了生命的核心；将酒桶贮藏于地窖，就等于库藏了精华。

发射一枚黑藤就等于夺走消失者所有的翻涌怒气，并借此让其他某个地方的其他人也同样消失。一种抹灭的连锁反应，湮没的范围有如感染般蔓延开来。

他经过一个未见标示的酒桶，发现里头的酒从一处桶板裂缝渗出，将下方的木头染黑了，还能看见泥土地上一片外渗的痕迹。他蹲下来用食指摸了一下，就在这瞬间，他脑中那些疯狂杂乱的混声安静了。

安静无声。

安定了。回到土里安定了。声音与叙述，重新被我们行走的土地吸收了。他领悟到这便是关键所在，能借此看清在船上与 H 城，还有在黑曜石岛与布达佩

以上这些 全看过了，好沮丧。

我们已经幸运到不可思议了。看看我们现在到了哪里，看看我们能做些什么。

你还是这么想吗？因为我感觉不到。

↑ 真惊险，我完全全迷失了。

你当时被吓到了嘛。

第十章　忒修斯之船

斯、爱丁堡、法尔巴拉索、布拉格、开普敦、瓦莱塔、冬之城，以及其他上千个地点所进行的活动之目的。那无数的墨水、无数的颜料，为了保存前人的创造而进行的无数次绝望的行动——这些都很宝贵，因为故事本身脆弱而短暂，很容易被抹去或消失或被破坏，却又值得保存。倘若无法保存，就应该加以公开、循环。

用那样黑色的东西书写是创作，同时也是复生。等于是用先人写的东西来写。

一切都重新写过。传统底一部分。 ⟶ 这也可能是菲洛接手续写的地方。

而他最大的启示却是很个人的：他再也不关心韦沃达了。只要那人活着一天，S.和其他人就会对抗他给世界带来的一切。当韦沃达死去，将会有另一人取代他。当S.死去，将会有另一人取代他。另一个S.。另一段故事。

索拉。他得找到她，把自己的领悟告诉她。他用哨子吹了一个短音后，匆匆穿越一个个交叉口，希望能循这些方向找到她。她回应时，听起来距离好近，他于是加快脚步冲过几近漆黑的空间。小路上突然的

忒修斯之船

一个凹陷让他跌了一跤，倒下时他想起菲佛在洞穴中受伤的情形，不由得暗暗祷告别让同样的命运降临在自己身上。摔得很重，可是当他费力地重新撑站起来，身体的所有部位似乎都仍正常运作。

忽然间，时间就在此处聚集、碰撞。一滴湿湿的东西落在他头上。他伸手一抹，手心留下一道黑渍，抬头便看见那蓝黑色物质渗透过天花板，在此处滴下来沿着面前的一条曲折小径往前流。他向前跑，一面拭去额头上、眼睛里的物质。空气中充满甜得呛人的香味，也充满绝望的呢喃，直到一声尖叫、一声怒吼才将呢喃声淹灭，而他知道那是韦沃达的叫声。随后又有一声——一种狂喜的高声尖叫。那是猴子的声音。他沿着一条笔直下斜的廊道又走了近五十米后左转。（唉，要是会画画就好了！这画面该有多奇怪又有趣啊！）看见了白发、白须、全身苍白无色的韦沃达，手里拿着手枪，发了疯似的到处奔来跑去，试图瞄准那只白嘴猴。而猴子则仿佛重拾了年轻时的活力，不停地在酒桶上、下、中间乱蹦乱跳，一面拔掉桶塞扔

> 我好庆幸菲洛姑终没有打开那个信封。
>
> 是啊，看了他写的版本害我做噩梦。那个女人……
>
> 我不认为他有意让读者震惊，我想他是真心觉得自己让她们全都失望了。

第十章　忒修斯之船

向远方的暗处，让黑酒渗流到地上。上一层楼想必也是它的杰作。

韦沃达的一位客人追着猴子跑，但是没有用，猴子根本不让他靠近，而他追逐的最大功效就是让怒发冲冠的韦沃达无法瞄准。另一名客人则是手脚并用爬来爬去地找寻被丢弃的桶塞，以便趁黑酒全被土地吸回去之前至少保留住一点儿。另外还有索拉，她稳如泰山地站在这片混乱当中，手中高举着在这酒窖中最强有力的武器：石脑油打火机，拇指就搭在打火轮上。他注视着她的脸，那张坦率、镇定的面孔，他知道她愿意将这一切付之一炬，愿意失去一切，也包括（或许特别是）失去她自己，而且毫不犹豫、无须三思。她愿意这么做，因为她已经知道最重要的在于努力，努力地对抗。

"把枪放下，"S.从暗影中走出来说道，"你儿子需要你。"这当然是个故事，只为操控事实而诉说，此外则与事实几乎无关。白须人转身面向他，握枪的手因为情绪激动而抖个不停。枪口瞄准了S.的头，此时此

> 他真的在那里吗？投影仪的幻想来的时候。
>
> 我发誓我打到他了，至少六七次。你听到我打他了。
>
> 那他去哪儿了？
>
> 蒸气地道？
>
> 也许那里也有寨林的人。
>
> 要是他们事先告诉我们就好了。也很希望我们当时留下来，多看一会儿星星。
>
> 当时是你说要丢下一切离开的。
>
> 你觉得我的车到现在有几张违停罚单了？

刻扣下扳机便能立刻除掉他,再也无法挽回。

韦沃达再望向索拉,端详她,评估她的威胁与其真实性。或许他也看到 S. 在她脸上所看见的——冷静而欣然地接受为了崇高目的而自我毁灭的神情。于是他放下手枪,丢向 S. 脚边,接着咆哮着叫客人别再跑来跑去,说他们像笨蛋一样,真该觉得羞愧,另外他也该去瞧瞧他那该死的儿子现在搞成什么局面了。

S. 捡起手枪,打开弹膛,只有一颗子弹,看起来已有数十年历史,应该不太可能发射得了。他将子弹甩进手心,往暗处抛得远远的,然后将没有子弹的枪插入腰带。

时间蓦然停顿,动力起了转变,因为他们全都敏锐地警觉到彼此实际的存在,也警觉到这一刻,他们每个人的故事都赖以为旋转中枢的这个时间点,竟和谐得如此怪异。

韦沃达从他们中间挤过去,吃力地爬上走道斜坡,那两名自惭形秽的客人跟随在后;猴子则跑到最前面,将酒桶的塞子一一拔除,让他们三人踩溅过覆满黑酒

> 我还以为你在里面工作。
>
> 没办法,太冷了。
>
> 这地方是你选的。
>
> 闭嘴。
>
> 操作是你也会选这里。
>
> 真有趣,每次你进来这里,我都能从你脸上猜出你刚刚写的内容是什么口气。
>
> 我们多相处一天,我就更爱你一天。
>
> 欸——你又露出冷嘲热讽的表情了。你的解读能力不佳。

> 我一直以为是石察卡选择写一个虎头蛇尾的结局，想呈现出布沙个人的邪恶特征有多么微不足道……其实，要对抗那股邪恶，你只需要目不转睛地正视它，看清它的真面目，证明你的力量并没有更少。如今我倒认为这结局是菲洛想试着让石知道：他们在一起比斗争更重要。

> 她难道不可能是同时抱着这两种念头？

> 有趣…… 你很久以前说过：重点在于笔握在谁手上。

第十章 忒修斯之船

的湿嗒嗒的地面。走道中散发出烧焦皮革的味道，因为那酒具腐蚀性，不仅更进一步地损毁了他们的鞋子，也损毁了他们的心情、他们对于自己在这世上掌控着多少力量的感觉。

他们的掌控并非绝对。这是个故事，S.的故事。

"除非你知道怎么回去，"S.说，"否则我们应该跟他们走。"

> 看到没？这最后一连串的行动都是她写的，从猴子的出现开始。

(("太可惜了，"索拉说，"我很喜欢这双鞋子。")) 好，这肯定是菲洛写的台词之一。

S.用右手牵起她的左手，两人并肩而行，又长又直的走道另一头仍见得到韦沃达与两名客人的身影。"把打火机收起来，"他对她说，"但拇指继续放在火轮上。"

> 性别歧视？
> 女孩子自然知道。

> 如果埃丝米说得对呢？如果我们不能写那本书呢？如果我们根

他们将走向何处？爬上酒窖较高层，这是肯定的，接着穿越草坪到仆人帐篷，钻入干井，走过绕圈的通道，进入岩洞，上船。会有一名水手解开缆绳，也许就是那个留着两翼白发，见他们生还诧异不已的老水手；其他人则摇起船桨，带船驶向布满繁星的天空，驶向温暖的东南风，驶向开放水域，然后他们将扬帆

> 本就是在浪费时间呢？
> 我们不是在浪费时间。不管今年会不会找到瓦茨拉夫的线索，不管是否有朝一日能找到，我们在一起，而且我爱你。句号。结局。

> 真有意思，她没提到港口的水雷。

> 她肯定不知道他有意再写到水雷。

> 我们并不知道那就是结局。
> 我们也不知道那不是，所以何不相信呢？

> 她可能知道……只是她最想让S. +索拉能彻底逃离。

忒修斯之船

———

而去。此时，S. 会从海图室拿出大漩涡的旧望远镜，它就藏在那只满身黑渍的猴子躺在上面睡觉打呼的毯子下面。从左侧栏杆望出去，他将会看见很长、很长时间都没见到过的东西：另一艘船。不是幽灵船，不是；那艘船上有旗帜飘扬，有水手在甲板上干活儿，船帆调整到适当的受风角度并在风中哼鸣，船后卷起壮观的白浪，而且看似有两个人站在船尾甲板上一同掌舵。从望远镜中看不清他们的脸，其实几乎完全看不清这两人，但他收起望远镜，对索拉说那艘也是他们的船，至于两名掌舵者的身份嘛，就由索拉和他的想象力为他们填上五官吧。

这结局……就连菲洛写的版本也有点儿模棱两可。

我不觉得。

END

———

{ 456 }

喂，把书放下。
进来吧，别走了。
好

图书在版编目（CIP）数据

S./（美）艾布拉姆斯，（美）道斯特著；颜湘如译．--北京：中信出版社，2016.6（2025.03重印）

书名原文：S.

ISBN 978-7-5086-5095-1

Ⅰ.①S… Ⅱ.①艾… ②道… ③颜… Ⅲ.①长篇小说-美国-现代 Ⅳ.①I712.45

中国版本图书馆 CIP 数据核字（2015）第 062275 号

S. By J. J. Abrams & Doug Dorst Copyright ©2013 Gun Point LLC
Book design and packaging © 2013 Little, Brown and Company. This edition arranged with William Morris Endeavor Entertainment, LLC., through Andrew Nurnberg Associates International Limited.
All rights throughout the world are reserved to Proprietor.
Simplified Chinese edition copyright © 2016 by CITIC Press Corporation
ALL RIGHTS RESERVED

Photographs and illustrations by: John W. Banagan/Photographer's Choice/Getty Images; ©Shutterstock.com/Dale Berman; Lynne Ciccaglione; DePaul University; Headcase Design; Celia Hueck/Flickr/Getty Images; ©iStockphoto.com/Grafissimo; • iStockphoto.com/Gremlin; ©Shutterstock.com/jennyt; Phil Kamrass/Albany, NY Times Union; Loren MacArthur; Michigan Tech Archives; Jessica Paholsky/Voices of Central Pa; James Poe; Rayman/Digital Vision/Getty Images; Jinjin Sun; Alex Uchoa; WaveFaber Photography/Flickr Open/Getty Images; Megan Worman; ©Christopher Wormell (prayer card illustration) • Produced by Melcher Media, 124 West 13th Street, New York, NY 10011, melcher.com, in association with Bad Robot Productions • Designed by Paul Kepple and Ralph Geroni @ Headcase Design, headcasedesign.com.

本书仅限中国大陆地区发行销售

S.

著　　者：[美] J. J. 艾布拉姆斯　道格·道斯特
译　　者：颜湘如
策划推广：中信出版社（China CITIC Press）
出版发行：中信出版集团股份有限公司
　　　　　（北京市朝阳区东三环北路 27 号嘉铭中心　邮编 100020）
　　　　　（CITIC Publishing Group）
承　印　者：鸿博昊天科技有限公司

开　　本：787mm×1092mm　1/16　　印　张：29.5　　字　数：410 千字
版　　次：2016 年 6 月第 1 版　　　　　印　次：2025 年 03 月第 39 次印刷
京权图字：01-2015-4618
书　　号：ISBN 978-7-5086-5095-1
定　　价：168.00 元

版权所有·侵权必究
凡购本社图书，如有缺页、倒页、脱页，由销售部门负责退换。
服务热线：400-600-8099
投稿邮箱：author@citicpub.com